SÉRIE NOIRE

Collection créée par Marcel Duhamel

THOMAS CANTALOUBE

FRAKAS

nrf

GALLIMARD

À Amélie, Africaine de cœur.

À Nsansi Roger Yenga, ami de toujours.

« Je dénie absolument que des forces françaises aient participé en quoi que ce soit à des assassinats au Cameroun. Tout cela est de la pure invention ! »

FRANÇOIS FILLON, *Premier ministre, en visite à Yaoundé, le 21 mai 2009*

« L'exception française, c'est ce refus de décoloniser. [...] On n'est certes plus à l'ère des réseaux mafieux de Foccart, des putschs militaires et des mallettes d'argent "rétrocédées" aux présidents français par leurs homologues africains. La Françafrique a su évoluer intelligemment, elle s'est mis une belle cravate par souci de respectabilité mais, dans le fond, rien n'a changé. Et pourtant chaque nouveau locataire de l'Élysée tient à annoncer solennellement que "La Françafrique, c'est fini !". C'est en fait un aveu, une façon de reconnaître que ce système de domination est immoral et indéfendable. Il n'en est pas moins indispensable à la France, car au-delà du colossal profit matériel qu'elle en tire, il lui garantit une position plus forte sur l'échiquier politique international. »

BOUBACAR BORIS DIOP, *interview dans* Mediapart *le 21 janvier 2014*

Prologue

Genève, 15 octobre 1960

Félix était las.

Las de ce pays froid et pluvieux. Las des incessants allers-retours à Berne ou à Zurich pour convaincre ses interlocuteurs du bien-fondé de sa cause, afin qu'ils lui lâchent des billets, des armes, et surtout beaucoup de promesses. Las de ces camarades en exil, comme lui, qu'il fallait sans cesse motiver quand leurs yeux ne brillaient qu'à la perspective d'un poste de ministre ou de conseiller spécial aux lendemains de la victoire. Demain, dans un mois, dans cinq ans. Las de ces journalistes blancs qu'il fallait farcir de belles histoires pour les intéresser : celle du vaillant petit rebelle africain combattant l'ogre colonial français, celle des oppositions absurdes de la guerre froide à dynamiter.

Aujourd'hui, tout s'était combiné pour lui plomber la vie. Il avait dû participer à plusieurs rendez-vous avec des émissaires du gouvernement chinois susceptibles de l'approvisionner en fusils, puis rencontrer un étudiant venu spécialement de France pour le voir à Genève, et enfin dîner avec un plumitif déjà croisé il y a plusieurs mois au Ghana, un de ces types qui flirtaient avec le frisson par procuration en prétendant dialoguer d'égal à égal avec le militant révolutionnaire qu'il incarnait. Heureusement, le reporter avait réservé à l'une des meilleures tables de Genève. Au moins, il se remplirait la panse en ressassant son discours bien rodé. Puis il retrouverait ensuite Liliane, sa chère et tendre Liliane, qui l'avait accompagné partout durant ces deux semaines de périple au pays de la neutralité de façade et des comptes dissimulés.

Il n'en revenait toujours pas d'avoir dégotté une fille pareille. Elle avait fondu sur lui lorsqu'il l'avait croisée dans un bar de nuit et, depuis, elle ne le lâchait plus. Au début, il lui avait glissé quelques billets, mais ce n'était plus nécessaire. Il l'emmenait s'acheter des robes dans les beaux magasins genevois pour compenser, mais il aurait pu s'en dispenser. Elle était intelligente, elle avait de la conversation, et bon sang qu'elle baisait bien ! Sans elle, il aurait grappillé des heures de sommeil, mais son séjour aurait été bien plus fastidieux. Surtout, elle ignorait complètement les regards qui s'appesantissaient sur eux lorsqu'ils marchaient en ville, sa peau si blanche et la sienne si noire. À son bras, il avait l'illusion de l'ordinaire.

Il était pressé de la retrouver, mais il lui fallait d'abord satisfaire à ses obligations. Il finit d'ajuster sa cravate dans le miroir, lissa sa fine moustache qui le vieillissait avantageusement, le faisant paraître plus âgé que ses trente-cinq années, puis annonça au jeune homme qui faisait antichambre qu'il l'emmenait dîner. Le journaliste pourrait bien s'acquitter des frais d'un convive supplémentaire. Il retrouva son chauffeur et la voiture particulière qui l'avait véhiculé aux quatre coins de la Suisse – privilège du président de l'Union des populations du Cameroun (UPC) en mission à l'étranger grâce à de généreux et discrets mécènes.

Dans la berline chic il entreprit Jean-Martin, étudiant et militant venu de Clermont-Ferrand recueillir la bonne parole de son leader de l'UPC, sur la meilleure manière de mener la lutte contre les Français, qui avaient certes accordé l'indépendance à leur pays, le Cameroun, quelques mois plus tôt, mais qui continuaient de tirer les ficelles du pouvoir en place. Au fur et à mesure que Félix devisait, son esprit s'échauffait et sa diction devenait plus fluide. Il submergeait le jeune homme d'arguments et de théorie marxiste. Il faisait le malin. Il jouait le charmeur. En vérité, il répétait son texte pour le reporter qui l'attendait. Félix allait bientôt retourner en Guinée, station provisoire de son exil sans fin, après l'Égypte et le Ghana. Il devait profiter des derniers instants sur le sol européen pour convaincre, encore et toujours, de la justesse de son combat, surtout auprès des rares Blancs bien disposés à l'égard de leurs anciens sujets coloniaux.

Lorsque les deux Camerounais arrivèrent au Plat d'argent, l'envoyé spécial fumait tranquillement dans un coin de salle. Félix fit comme s'il retrouvait un vieux camarade et lui donna une accolade généreuse – il fallait surjouer la comédie de la connivence et de la fraternité des peuples. Il commanda un Pernod et, échauffé par son monologue dans la voiture, il entama la discussion. William Bechtel n'écrivait pas pour une grande publication, Félix ne se rappelait même plus laquelle, ce n'étaient ni *Le Monde* ni *La Tribune de Genève*. Peu importait, il devait parler à tous ceux qui acceptaient de l'écouter, mais les grands titres n'étaient guère sensibles à son message. Les Africains avaient voulu leur indépendance, ils l'avaient acquise depuis le début de l'année, alors qu'ils cessent de nous emmerder ! Il ne restait guère que les Algériens pour empêcher les paisibles Français de savourer leur prospérité et leur modernité. Voici, en gros, quelle était la tonalité de la presse européenne, la tendance maintenant-on-s'en-lave-les-mains contre laquelle il se battait.

Il attaqua par les dernières nouvelles : Patrice Lumumba, chassé du pouvoir au Congo, tentait d'établir un gouvernement clandestin à Stanleyville. Il avait pu entrer en contact avec lui. Cela impressionna Bechtel.

Félix poursuivait son tour d'horizon de la politique africaine lorsqu'un serveur en livrée s'approcha : un appel pour lui. Félix se leva, perplexe. Qui savait où le joindre ce soir ?

Il s'agissait d'un autre journaliste, un prétendu ami de Bechtel, un casse-pieds. Il lui tint la jambe à coups de questions insignifiantes sur les différents membres du gouvernement camerounais. Pressé de mettre fin à la conversation, Félix accepta un rendez-vous pour le lendemain et regagna la table. Des photos s'étalaient sur la nappe blanche : le reporter paraissait fier de montrer à Jean-Martin les clichés qu'il avait pris de Moumié et de lui-même lors de leur rencontre à Accra, en compagnie d'autres agitateurs anticolonialistes. Félix se moquait des souvenirs, il vivait dans l'immédiat. Il expliqua ce qui se passait dans son pays et dans le reste de l'Afrique : la bataille entre les deux blocs, les communistes et les impérialistes, la France qui commettait des massacres dans la brousse camerounaise, les Américains qui voulaient promouvoir leurs satrapes, tel Joseph-Désiré Mobutu au Congo…

Le hors-d'œuvre était déjà servi, mais il n'avait pas le temps de s'interrompre. Les mots se précipitaient dans sa bouche. Il devait parler, informer, justifier, séduire. Il savait que de nombreux services secrets lui collaient aux basques : les français, bien sûr, les suisses aussi sans aucun doute – leur prétendue neutralité n'avait jamais dupé que les naïfs – et les africains évidemment. Les nouveaux dirigeants issus des indépendances commençaient à goûter à leurs prérogatives : en poste depuis quelques mois, ils jouissaient de pouvoir contrôler armée et police, nominations, caisses de l'État et taxes douanières.

Félix ne s'arrêtait plus. Bechtel continuait à fumer, notant de temps à autre quelques mots dans son calepin. Jean-Martin observait, osant à peine picorer son plat. Le serveur s'approcha pour retirer les assiettes, mais Félix n'avait pas encore touché à la sienne. Il s'empara de sa fourchette et avala à grosses bouchées son feuilleté au foie gras. Il eut à peine le temps de le savourer que le journaliste le relançait déjà sur les rumeurs d'opérations militaires françaises dans les provinces camerounaises rétives au nouveau pouvoir du président Ahmadou Ahidjo.

Des opérations militaires ?

Mais c'étaient de véritables crimes de guerre, des villages entiers dévastés, des champs brûlés, les femmes et les enfants séparés, les hommes envoyés dans des baraquements cernés de barbelés et de miradors ! Des camps de concentration oui, voilà ce dont il s'agissait. Il n'y avait pas que les Allemands pour faire cela, non monsieur ! Mais comme ça se déroulait chez les nègres, tout le monde s'en balançait !

Il vit Bechtel faire la moue.

— Vous le savez bien, les Français ont été parmi les premiers à utiliser de telles méthodes ! Durant la guerre de 14-18 puis pour interner massivement les réfugiés de la République espagnole.

Le reporter opinait mollement, comme si Félix venait de lui servir une information douteuse. Incroyable ! C'était lui, le Camerounais, qui offrait une leçon d'histoire. Il n'en revenait jamais de la capacité des citoyens français à occulter leur parcours collectif quand il brillait d'une lumière peu flatteuse. Enseigner « Nos ancêtres les Gaulois » à des négrillons ne posait aucun problème, mais pas touche à la fable érigée tel un monument à la grandeur et à la noblesse de leur très chère France… C'était désespérant.

Félix engloutit un morceau de l'entrecôte sauce au vin servie pendant qu'il s'insurgeait, sauça rapidement avec un morceau de pain.

Bon Dieu, qu'il avait soif ! Il porta sa main au verre de vin qu'on lui avait versé avant de réaliser qu'à force de pérorer, il n'avait pas encore touché à son apéritif. Il avala cul sec son Pernod, puis enchaîna sur une gorgée de vin. Un peu âpre comme bordeaux, mais les goûts d'anis et de raisin se mêlaient.

Il aurait bien voulu s'arrêter un moment de converser, mais comme Jean-Martin ne disait rien et que Bechtel attendait qu'il continue, il reprit de plus belle.

Le reste du dîner se poursuivit au même rythme : pas le temps d'apprécier les mets, pas le temps de souffler. Pas le temps, pas le temps… La révolution valait bien qu'on lui sacrifie un dîner !

Le repas achevé, Félix raccompagna le jeune étudiant à

son hôtel, espérant que Jean-Martin avait appris par imprégnation, et serait à son tour capable de répandre la bonne parole en France. Puis il ordonna à son chauffeur de se rendre rue des Pâquis. Il allait enfin retrouver Liliane pour une de leurs dernières nuits ensemble avant... Avant quand ? Il n'en savait rien. Sa vie s'improvisait au gré des nécessités du combat et des pays qui voulaient bien l'accueillir, de moins en moins nombreux.

Il faisait toujours nuit quand Félix se réveilla, pris de violents maux de ventre. Il éprouvait de surcroît des picotements dans les jambes, comme si des fourmis rouges les dévoraient. Il se retourna dans le lit, gémit, et aperçut Liliane qui l'observait, le front barré d'une ride inquiète.

— Mon chéri, qu'est-ce qui se passe ?

— Mal au ventre... des crampes. Je ne sens presque plus mes pieds...

— Veux-tu que j'appelle le médecin ?

— Oui... j'ai horriblement mal.

Félix ne pratiquait plus la médecine, mais il n'avait pas oublié ses années de cours, ni son expérience de praticien aux quatre coins du Cameroun dans sa jeunesse. Les douleurs qui venaient de le réveiller étaient sérieuses. Ce n'était pas une simple intoxication alimentaire. Et ses jambes ? Pourquoi la paralysie les gagnait-elle ?

Il tenta de se détendre pendant que Liliane décrivait ses symptômes au téléphone. Mais il avait du mal à allonger ses membres et à calmer son esprit. Il se rappela son mentor, Ruben Um Nyobè, tué dans le maquis par les soldats français, il se souvint qu'il était un homme traqué par plusieurs polices, il se remémora les consignes de sécurité qu'il s'efforçait de suivre dans ses déplacements. Surtout, ne pouvant s'empêcher de réfléchir en médecin, il s'interrogea silencieusement, comme il aurait questionné un patient, pour remonter aux origines de ses maux. Il s'était couché tard, après avoir fait l'amour avec Liliane. Il n'avait rien ingurgité en rentrant chez elle sauf un verre d'eau du robinet. Au restaurant, il avait englouti ses plats mais rien n'avait semblé avarié ni douteux. Son repas précédent remontait au petit déjeuner, avec Liliane, le matin même.

— Une ambulance arrive, elle va t'emmener à la clinique. Je vais m'habiller.

Liliane s'éclipsa dans la salle d'eau, sans même un baiser, le laissant seul avec sa souffrance et ses appréhensions.

Il n'était jamais malade, hormis un palu récurrent, comme la plupart des résidents des zones tropicales d'Afrique. Qu'est-ce qui pouvait bien lui arriver ? Il essaya de se recroqueviller sur lui-même dans l'espoir de soulager ses crampes, mais il ne commandait plus la partie inférieure de son corps. Cette ankylose ne pouvait être naturelle. Et cette douleur abdominale ? Aucune affection ne connectait les deux ! Il tournait mentalement les pages de ses manuels de médecine, comme lorsqu'il hésitait face à un diagnostic. Son cerveau ne voyait rien qui fasse sens. Jusqu'à ce qu'il atteigne virtuellement la lettre *P*.

P pour *poison*.

Comme le lui avaient expliqué ses augustes professeurs, certains venins, ou l'ingestion de produits chimiques, provoquaient des réactions violentes dans le corps qui se déréglait alors aléatoirement.

C'était la seule explication valable.

Empoisonné. Mais par qui ?

Liliane ?

Non, elle n'avait rien fait d'anormal, elle avait bu le même café que lui le matin précédent.

Jean-Martin ? Les Chinois ? Pas possible. L'un était un fidèle, recommandé par des camarades. Les autres n'étaient que trop heureux de placer leur camelote militaire sous couvert d'élan du communisme mondial.

Bechtel ?

William Bechtel ?

L'anisette. Il lui avait trouvé un drôle de goût. Il avait cru que c'était à cause du vin qu'il avait avalé juste après. Mais à bien y réfléchir, le vin lui aussi avait un goût étrange. Et il y avait eu ce coup de fil. Le journaliste proche de Bechtel et ses questions absurdes. Son retour avec des photos sans intérêt étalées comme une distraction. Un jeu de bonneteau pour l'étudiant resté à table.

Les choses lui apparaissaient désormais avec une certitude morbide.

Il entendit la sirène d'une ambulance qui s'approchait.

Il murmura pour lui-même :

– Ne demande pas pour qui sonne le glas, il sonne pour toi.

Félix commençait à divaguer.

Sa vue se brouillait. Il distinguait mal les traits de Liliane qui était revenue dans la chambre, affairée à préparer des vêtements pour le départ à la clinique.

Empoisonné, oui, c'était cela. Il avait baissé la garde. Il avait cru nécessaire de parler à ce reporter de pacotille qui n'en était sûrement pas un. Il s'était montré trop confiant. Étaient-ce les Suisses ou les Français qui voulaient sa peau ? Ses compatriotes camerounais du nouveau pouvoir ? Les Français sans doute. Les Suisses tenaient à leur tranquillité à domicile. Le jeune gouvernement camerounais était encore trop pataud. Mais les Français, eux, protégeaient farouchement cette grandeur impériale qui s'effritait devant leurs yeux. Ils essayaient de colmater une fuite irréparable. Ils se comportaient en animal blessé : dangereux et cruel.

Félix entraperçut un brancardier pénétrer dans sa chambre et s'approcher de lui.

C'est à peine s'il sentit qu'on soulevait son bras pour lui prendre le pouls.

Il sombra dans l'inconscience.

Et ne s'en réveilla pas.

1

Luc Blanchard, Paris, 17 mai 1962

Luc Blanchard attendait patiemment, les mains posées à plat sur ses cuisses. Mémoire musculaire des années de pensionnat. Ses yeux scrutaient le fatras dans le bureau de son rédacteur en chef, comme il l'avait déjà fait des dizaines de fois : les étagères constellées de livres, la table croulant sous les papiers et les vieux journaux, les murs tapissés d'affiches et de unes de magazines… Chaque fois, il repérait un nouveau détail. Cette fois-ci, c'était une photo jaunie du débarquement de 1944 sur les plages de Normandie. Il y distinguait une barge d'abordage et des silhouettes au premier plan, des soldats qui s'élançaient sur le sable sous la mitraille. Il n'en avait jamais discuté avec René, mais il n'aurait pas été surpris d'apprendre que son supérieur avait couvert la libération de la France aux côtés des troupes alliées, avec pour seule arme son calepin en cuir.

René Hartmann, tignasse blanche et lunettes de guingois, se penchait sur la copie du jeune reporter, une cigarette dont la cendre menaçait de basculer d'un instant à l'autre calée entre ses lèvres. Comme toujours lorsqu'il relisait les textes de ses ouailles, le rédacteur en chef était profondément concentré. Il biffait de temps à autre les feuillets dactylographiés, corrigeant fautes, expressions malencontreuses ou problèmes de structure. C'était bon signe lorsqu'il agissait ainsi. Ça signifiait que le papier était correct et qu'il serait publié. C'était lorsqu'il ne rectifiait rien qu'il fallait s'inquiéter : tout serait à reprendre.

Le côtoyant depuis quelques mois à peine, Luc en était venu à admirer René. Sinon comme un père de substitution, au moins comme un modèle professionnel. Jusqu'à présent, il n'en avait guère connu. Il conservait de ses années dans la police criminelle une profonde amertume. Il y avait fréquenté plus de flics prêts à se marcher les uns sur les autres, à oublier leur mission, à bâillonner les concitoyens qu'ils étaient censés servir, pour gravir les échelons et grignoter une once de pouvoir, qu'il n'en avait côtoyé qui défendaient la veuve et l'orphelin dans le respect des lois de la République. Cela avait été un crève-cœur que de démissionner, mais il n'avait guère eu le choix. Comment aurait-il pu continuer à se regarder dans la glace tous les matins en se rasant s'il avait conservé sa carte tricolore et son flingue après ce qu'il avait vu et vécu sous les ordres de Maurice Papon* ? Son père, résistant abattu par les Allemands, aurait été fier de savoir que son fils était devenu policier ; il aurait été désespéré d'apprendre que son héritier avait continué à l'être en renonçant à ses principes pour faire carrière, comme beaucoup l'y avaient incité.

* Voir du même auteur *Requiem pour une République.*

René Hartmann avait connu le père de Luc du temps de la Résistance. Profitant de ce lien, le rédacteur en chef l'avait sollicité une ou deux fois pour obtenir des tuyaux lorsque le jeune homme émargeait au 36, quai des Orfèvres, puis il lui avait spontanément tendu la main quand il avait claqué la porte de la Préfecture. Journaliste ? Pourquoi pas ? s'était dit Blanchard. Il aimait lire et écrire, il était curieux et fouineur, il avait des contacts dans les services de l'État, héritage de ses années d'enquêteur. René, un des piliers de *France Observateur*, lui avait mis le pied à l'étrier. Alors que Luc s'inquiétait de ne pas avoir été formé à ce nouveau métier, le vétéran lui avait sorti une de ces scies qui abondaient dans la profession : « Journaliste, c'est pas compliqué : tu vas sur place et tu rapportes ce que tu as vu et entendu. Quand tu écris, c'est sujet-verbe-complément, et, pour les adjectifs, tu me demandes ! »

Après quelques mois en tant que pigiste, Blanchard venait d'être embauché à la rédaction. Comme il le découvrait, les journaux étaient des entreprises foutraques, aux hiérarchies mouvantes et rarement respectées, où chacun faisait ce qu'il lui chantait tant que cela correspondait à la « ligne » de la publication, bien évidemment non écrite, car trop compliquée à résumer. Son sens de l'ordre et de la discipline en souffrait, mais il devait composer avec ce mode de fonctionnement. On lui avait assigné un domaine dont personne ne voulait : les anciennes colonies françaises qui volaient désormais de leurs propres ailes, Algérie, Maroc, Afrique noire. L'ancien empire n'était plus, mais que devenait-il ? « La nature a horreur du vide, avait assuré René. On ne remplace pas toute une administration, tout un schéma de pensée, toute une source de profit, par du vent. Tes collègues veulent couvrir de Gaulle, ses rencontres avec John et surtout Jackie Kennedy, ce trublion de Khrouchtchev ou je ne sais quel grand bond en avant chinois, alors que l'histoire majeure de la seconde moitié du XXe siècle se déroule chez nous. En tout cas, ce qui était autrefois chez nous ! » Luc n'avait pas entièrement saisi l'exhortation, mais il aimait voyager, rencontrer des gens et raconter les mouvements, petits et grands, de ce qu'il observait de l'autre côté de la Méditerranée ou dans les coulisses des ministères français.

Hartmann finit par lever les yeux de l'article que Luc lui avait remis, un récit du pont aérien entre Alger et la France pour évacuer les Européens qui fuyaient leur ancien foyer et ralliaient la métropole, sous les pressions conjuguées des nouveaux gouvernants algériens et de l'OAS.

— C'est pas mal, mon gars, c'est vraiment pas mal.

Cela signifiait que c'était un bon papier. Luc se redressa sur sa chaise. Il avait passé deux semaines entre l'Algérie et le sud de la France pour recueillir des témoignages et présenter le visage humain de ce grand mouvement migratoire qui, il le pressentait, allait définir pour longtemps les relations entre la France et son ancien département.

— Je vais essayer de t'obtenir la manchette, mais ça va être difficile avec la vieille baderne qui refuse l'Europe intégrée. Tu auras au moins un appel de une.

Luc récupéra ses feuillets annotés pour y insérer les corrections avant de les porter à la typographie, fier de lui. Il avait pondu un bel article, seul, dans les délais, alors qu'il s'était lancé à partir d'une simple idée de son mentor : « Ce serait bien de faire un truc sur les rapatriés d'Algérie. » On ne faisait pas plus mince comme ordre de mission. Et pourtant, il s'en était sorti. Avec les honneurs, voulait-il croire.

Il se leva, rajusta ses petites lunettes en métal. Il allait franchir la porte lorsque René l'arrêta :

— Gamin, j'ai peut-être un truc pour toi.

Le vieux rédacteur en chef prit le temps d'allumer une nouvelle clope avec les ultimes braises de l'ancienne avant de reprendre la parole.

— Hier, je discutais avec un copain (dans la bouche de René, les copains, même s'il ne pouvait pas les blairer, étaient des sources qu'il avait rencontrées au cours de ses décennies de reportages). Ça fait plusieurs années qu'on nous serine avec les attentats de la Main rouge, cette organisation de jusqu'au-boutistes prêts à tuer pour garder nos colonies…

— Ah oui, les types qui s'en prenaient au FLN et à leurs fournisseurs d'armes.

— Exact. On n'entend plus trop parler d'eux ces temps-ci, mais ils n'auraient pas complètement disparu. D'après mon copain, ils ont juste cessé de se faire appeler ainsi, mais ils seraient toujours là.

René s'interrompit, pensif.

Luc ne savait pas s'il devait s'éclipser. Il avait certes l'habitude des commandes vagues de son chef mais là, il restait perplexe.

— Tu veux que je cherche ce qu'est devenue la Main rouge ? C'est pas un peu dépassé, comme sujet ?

René sembla revenir à lui, piqué au vif par la remarque.

— Sache, mon jeune ami, qu'une torche braquée sur le passé éclaire le présent et dégage les ombres de l'avenir !

Malgré son ton sentencieux, il sourit :

— Un peu d'indulgence pour tes aînés et leurs dictons inventés ! C'est moins le devenir de la Main rouge qui m'intéresse que celui des mecs qui se planquaient derrière cette étiquette. Mon copain me laisse entendre que ces types n'étaient pas des francs-tireurs. Et qu'ils ne se sont pas occupés que des Algériens. D'après lui, ils obéissaient à des ordres venus d'en haut. Salariés par notre bonne mère la République, si tu vois ce que je veux dire.

Luc voyait très bien.

Mais il ne put s'empêcher de s'enquérir :

— Vraiment ?

— À toi de creuser fiston !

Blanchard devina qu'il ne tirerait rien de plus de René. Au début de leur collaboration, il imaginait que celui-ci gardait jalousement ses sources et ne voulait pas les partager. Puis il avait fini par comprendre que cela ne servait à rien de questionner deux fois la même personne. Trop de journalistes prenaient cela pour une validation de leur intuition alors qu'il ne s'agissait que d'une réitération de celle-ci. René voulait que Luc tire ses propres ficelles. Aboutisse à ses propres conclusions.

Luc sortit sur les Grands Boulevards. *France Observateur* nichait au cœur du quartier de la presse, où siégeaient la plupart des titres parisiens, pourtant Blanchard n'avait guère d'amis dans ce milieu. Il croisait parfois des confrères, mais il était souvent hors jeu. Il débutait et il n'avait guère le goût de traîner avec eux dans les rades du coin pour échanger des ragots et refaire le monde. Surtout en consommant de l'eau gazeuse, car il ne buvait presque pas d'alcool, le carburant premier du journalisme.

Il était descendu au service de documentation requérir un dossier sur la Main rouge, mais il ne l'aurait pas avant le lendemain car il était déjà 16 heures. Il se dirigea vers les quais de Seine à la rencontre d'un bouquiniste avec lequel il avait sympathisé à force de lui acheter des ouvrages. Il contourna les Halles qui, même à cette heure tardive, grouillaient d'activité et auraient ralenti sa progression. Car, lorsqu'il marchait, il cogitait, et lorsqu'il cogitait il pensait à Margot, et alors son moral s'assombrissait.

Leur histoire s'était achevée aussi vite qu'elle avait démarré. Luc s'était mis à parcourir le monde et l'Hexagone, à parler politique et géopolitique, à discuter avec des inconnus au téléphone jusqu'à point d'heure pour leur soutirer des informations. Il employait des mots réservés aux initiés sans se soucier de savoir si elle le suivait : chapô, repiquage, angle, marbre, rubricard, titraille, marronnier… Il était passionné, nouvellement passionné, et cette transformation s'accommodait mal des vieilles habitudes de Margot dans lesquelles il s'était coulé jusqu'ici. Leur différence d'âge – lui trente et un ans elle quarante-quatre – de vécu et d'ambition les avait soudainement rattrapés. Comme une révélation. Un beau jour, ils avaient réalisé qu'ils vivaient côte à côte et non plus l'un pour l'autre.

Luc avait bien essayé de plaider en faveur d'un nouveau départ. Mais Margot avait toujours su ce qu'elle désirait. Et elle ne voulait plus de lui. Il en avait été meurtri, mais la soudaineté avec laquelle il s'était senti repoussé l'avait, paradoxalement, aidé à surmonter la rupture. Voulait-il vivre avec quelqu'un disposé à rompre les amarres aussi précipitamment ? Aimait-il irréfutablement une personne avec laquelle il ne communiquait presque plus ?

Il avait beau avoir accepté leur décision soi-disant commune, mais dont Margot était la véritable instigatrice, il avait beau avoir déménagé depuis quelques semaines dans son propre appartement, il éprouvait des remords. D'autant que Margot lui avait annoncé trois jours plus tôt, par téléphone, qu'elle souffrait d'un cancer du sein. Un diagnostic établi lors d'un contrôle médical de routine, puis confirmé à l'hôpital. Luc avait voulu se précipiter chez elle pour la consoler et l'entourer de l'affection qu'il lui gardait malgré les circonstances. Mais elle avait refusé. Poliment mais fermement.

Elle lui avait présenté cette triste nouvelle avec fatalité, une épreuve supplémentaire dans sa vie qui en avait déjà compté beaucoup, mais qui ne devait pas remettre en cause leurs engagements ni leurs vies quotidiennes. Margot continuait de travailler dans sa boutique de fleurs des Abbesses et lui devait poursuivre son existence sans elle. Il n'y avait, selon elle, nulle raison de revenir sur leur rupture. Elle s'était opposée à ce qu'il l'accompagne à son traitement de radiothérapie à l'hôpital Bretonneau. Même en ami, en soutien. Ça l'avait blessé.

Luc ne pouvait s'empêcher de s'interroger : la maladie avait-elle précédé leur rupture ? Margot l'avait-elle poussé hors de sa vie pour l'épargner ? Elle en était capable. Certains animaux s'isolent bien pour mourir. Il n'avait pas osé la contrarier en forçant sa porte. Il savait que s'il faisait cela, il serait exclu de sa vie pour toujours et il ne le souhaitait pas.

Même s'ils n'étaient plus amants, il entendait rester ami avec elle.

Tout en essayant de faire le tri entre la douleur qui subsistait (celle de savoir Margot malade) et celle qui s'estompait progressivement (leur amour), Blanchard arriva en vue de la place de l'Hôtel-de-Ville. Il la traversa en faisant s'envoler les pigeons, franchit le pont d'Arcole et bifurqua devant le marché aux fleurs, espérant ne pas rencontrer un de ses anciens collègues du Quai des Orfèvres.

Il aperçut Marcel, affalé sur son siège pliant et tirant nonchalamment sur sa pipe. Le bouquiniste se leva pour accueillir le journaliste d'un « Tiens, v'là la jeunesse ! » et d'une tape sur l'épaule.

— Qu'est-ce qui t'amène ? T'as pas déjà fini les *Rougon-Macquart* tout de même ?

La semaine précédente, Blanchard lui avait acheté une édition complète des vingt romans d'Émile Zola – pas l'originale, il n'avait pas les moyens, mais une belle réédition –, décidé à lire l'œuvre entière, au lieu de picorer dedans comme il l'avait fait jusqu'ici.

— Non, je cherche des trucs pour le boulot. T'aurais pas des bouquins sur les trafics d'armes du FLN ou les types qui se faisaient appeler la Main rouge ?

Luc avait pris l'habitude de questionner Marcel plutôt que de fouiller dans les rayonnages serrés de ses caisses de livres rangés de manière apparemment aléatoire et sur plusieurs couches.

— J'ai ce qui te faut ! Un bouquin que j'ai rentré il y a un mois.

Marcel plongea dans sa caverne de papier et, avec sa

mémoire d'éléphant qui valait tous les index de bibliothèque, dénicha l'ouvrage qu'il venait de mentionner en moins de quinze secondes. Une couverture blanche frappée d'une grosse main rouge avec la silhouette crayonnée d'un homme déplaisant qui brandissait un flingue vers le lecteur. Blanchard saisit le document signé d'un certain P. Genève et le feuilleta.

— C'est tout ce que j'ai pour toi sur le sujet. Tes collègues pisse-copie ne sont pas très loquaces sur nos épopées africaines de ces dernières années…

Luc grommela. Il savait qu'il valait mieux éviter de se lancer avec Marcel, anarchiste tendance « tous pourris », dans des discussions politiques.

— J'ai pas lu le bouquin mais prends-le avec des pincettes mon garçon. La maison d'édition est inconnue au bataillon et l'auteur écrit généralement des trucs d'espionnage à la petite semaine.

— Merci, Marcel. Je te dois combien ?

— Te bile pas, je l'ai trouvé dans une poubelle des beaux quartiers avec une caisse de romans cochons ! Tu ne me dois rien.

Luc sourit. Marcel lui faisait occasionnellement cadeau de livres insolites qu'il récupérait pour trois fois rien. Un jour qu'il avait quand même essayé de lui glisser de force une pièce de cinq francs, le bouquiniste lui avait assené sa philosophie sur la question : « Seule la bonne littérature vaut quelque chose, le reste ce sont des arbres morts qu'on aurait mieux fait de garder en terre. Je ne vais pas te faire payer pour la déforestation inutile ! »

Blanchard prit le chemin de l'île Saint-Louis et s'installa

sur la terrasse d'un bistrot au soleil pour entamer la lecture du livre. Dès les premières pages, il ressentit un malaise. Ce n'était pas seulement de la mauvaise prose, comme l'en avait averti Marcel, mais aussi un récit hautement improbable et pas du tout étayé. Une parodie de roman d'espionnage, certainement pas un livre d'enquête, comme le vantait la quatrième de couverture. René Hartmann avait raison : cette histoire de Main rouge puait l'intox.

2

Antoine Lucchesi, mer Méditerranée, 19 mai 1962

Le chalutier filait tranquillement sur les flots, la houle était faible. Une demi-lune venait de se lever, apportant un peu de clarté pour la navigation nocturne. Même sans cette lueur, Antoine Lucchesi maîtrisait son cap. Nul besoin d'instruments de bord pour tracer son sillage sur ce parcours qu'il avait effectué des dizaines de fois.

Il grillait une cigarette, à l'abri du poste de pilotage, la main droite sur la barre. Il écoutait le ronronnement continu de son diesel, l'indicateur le plus fiable que tout allait bien. Si le temps restait clément, il atteindrait Marseille vers 11 heures du matin, le meilleur moment pour une entrée discrète dans le Vieux-Port, quand les ferries pour la Corse et l'Algérie croisaient les barques de pêcheurs amateurs et les voiliers, après que les gros chalutiers avaient accosté. Dans ses affaires, il avait toujours opéré au vu et su de tous. Ou presque. Certains de ses confrères ralliaient de petites criques isolées, d'autres dissimulaient leurs chargements sur des navires de fret. Un avait même utilisé un hydravion. Une seule fois car le malchanceux avait mal évalué la taille des vagues au large des îles du Frioul et son engin s'était fracassé en mer. Avec sa cargaison.

La sienne était arrimée au fond de la cale qui n'avait pas accueilli de poissons depuis belle lurette. Il n'avait fait aucun effort pour la camoufler. Elle reposait sur des planches pour la protéger de l'eau qui courait en attendant que la pompe fasse son office, recouverte d'une vieille bâche constellée de taches de mazout. Si ses commanditaires n'avaient pas pris la peine d'empaqueter soigneusement leur morphine-base, tant pis pour eux. Il était juste le convoyeur.

Antoine sentit que l'on remuait derrière lui. Il entendit un bâillement, puis Alphonse vint se ranger à ses côtés dans le poste de pilotage. Il était toujours stupéfié par la capacité de ce dernier à s'endormir dans n'importe quelle situation et à émerger parfaitement frais de son sommeil, un sourire aux lèvres. Alphonse venait de coincer la bulle pendant quatre heures sur le pont arrière, juste au-dessus du moteur. Le ressac le berçait, disait-il comme le vieux marin qu'il n'était pas. C'était leur troisième traversée ensemble et, hormis quelques pirogues et le navire marchand qui l'avait amené en France, Alphonse n'avait jamais posé les pieds sur un bateau avant que Lucchesi ne lui propose de l'accompagner. Antoine n'avait pas vraiment besoin d'un second, mais il estimait que, dans sa profession, il valait toujours mieux faire nombre. Ne serait-ce que pour les apparences. L'équipage auprès duquel il réceptionnait sa marchandise en pleine mer, entre la Corse et la Sardaigne, possédait certes une embarcation qui faisait le double de la sienne, mais il comprenait surtout une demi-douzaine de bonshommes à bord, généralement des Turcs ou des Libanais qui avaient effectué la première partie du voyage depuis l'Est méditerranéen. Lui se chargeait de la seconde partie, la plus risquée, celle du débarquement de la marchandise en France face à des douaniers et une police pas totalement corrompus. Comme Lucchesi ne voulait pas donner aux autres l'impression que sa tâche était aisée, il avait embarqué Alphonse. Son mètre quatre-vingt-dix, ses avant-bras comme des pistons et son visage d'ébène avaient donné le change. Il lui avait juste demandé de ne pas sourire continuellement comme un plaisancier.

Quand il ne se réveillait pas à l'arrière d'un vieux chalutier de dix mètres sans odeur de poisson, Alphonse Mukenga était commis de cuisine dans le restaurant de Maria, la compagne de Lucchesi, dans le Panier à Marseille. Et quand il n'officiait pas à la cambuse, Alphonse étudiait le droit à l'université. En plus de ces activités, il s'occupait de son fils dont la mère était morte, et aussi de l'indépendance du Cameroun. Antoine ne l'avait jamais questionné, mais il supposait que les gages qu'il lui payait pour leurs activités maritimes atterrissaient dans les caisses du réseau d'étudiants camerounais qui, depuis l'Hexagone, préparaient la révolution dans leur mère patrie.

Sans avoir rien demandé, Lucchesi était devenu assez calé en politique panafricaine et postcoloniale – des termes qu'il n'aurait jamais employés lui-même si son mousse, commis et ami ne les lui ressassait à longueur de discussion. Il était difficile d'empêcher Alphonse de parler. C'est sans doute pour cela qu'Antoine le taiseux avait sympathisé avec lui : il n'avait pas à faire la conversation. Il avait un moment envisagé que le mal de mer ou le stress du trafic de morphine-base lui couperait la chique. Il n'en était rien.

— Alors, capitaine, pas de baleine ?

C'était la rengaine habituelle d'Alphonse. Antoine ne s'échinait même plus à trouver une repartie humoristique. Il n'avait pas l'esprit assez vif.

— Non, toujours pas. Et toi, bien pioncé ?

— Comme un baobab dans la savane.

— Il y a du café presque frais dans le thermos, lui indiqua Lucchesi, qui continuait à fixer l'horizon où nuit et mer se confondaient à quelques nuances de noir près.

— Je t'ai déjà parlé de mon oncle ? demanda le grand Camerounais en tenant son café à deux mains.

— Celui qui t'a élevé quand ton père est parti à la ville ? s'enquit Antoine, qui se mélangeait parfois les crayons entre les différents membres de la famille Mukenga.

— Lui-même. Il m'a envoyé une lettre que j'ai reçue avant d'embarquer.

Antoine laissa à son ami le temps de lui raconter les choses. Il avait appris cela de lui : en Afrique on attendait que son interlocuteur ait achevé sa pensée avant de prendre la parole.

— Il ne va pas bien. Il me dit qu'il va bientôt mourir.

Une vague un peu plus prononcée perturba l'arrivée d'eau du moteur. Le diesel hoqueta, puis reprit son cours.

— Je dois aller le voir avant qu'il ne rejoigne nos ancêtres.

D'après ce qu'en savait Antoine, son compagnon n'était jamais retourné au Cameroun depuis son arrivée en France, il y a trois ans.

— Tu as besoin d'argent ? Tu ne risques rien ?

Quand un ami planifiait quelque chose, Antoine ne connaissait qu'une seule attitude : comment puis-je t'épauler ?

— Merci patron, j'ai de quoi me débrouiller. Pour le reste, je verrai sur place.

Lucchesi devinait que cette réponse n'était pas vraiment franche. Il aurait fallu qu'Alphonse soit dans la mouise complète pour qu'il sollicite de l'aide. Quant au danger, il n'en parlait jamais. Pourtant, le trafiquant savait que les activités de son compagnon et de sa bande d'étudiants turbulents étaient surveillées par la police et différentes officines dont il ne retenait pas les sigles. La France gaulliste n'aimait pas les perturbateurs qui déviaient du cap fixé par le Général. À se demander si c'étaient bien les mêmes types qui avaient combattu un certain maréchal depuis Londres sur la base de principes d'indépendance et de liberté.

Antoine en savait quelque chose puisque, à l'époque où il s'appelait encore Carrega, il avait passé une grande partie de la guerre dans la Résistance, à convoyer des hommes et des marchandises, avant de faire le coup de feu dans le maquis en Provence. Seulement, une fois l'armistice signé, il n'avait pas épinglé sa bravoure en sautoir comme tant d'autres. Y compris ceux qui s'étaient planqués et qui roulaient désormais le *R* de Résistance à la moindre occasion qui leur était donnée de réécrire l'histoire.

Contrairement à son habitude, Lucchesi insista :

— Tu es vraiment sûr que tu ne vas pas au-devant de pépins au Cameroun ?

Il savait qu'Alphonse entreprendrait ce voyage sans son fils, qui resterait sous la garde bienveillante de Maria et de lui-même, et Antoine n'avait nulle envie de devoir un jour annoncer au gamin qu'il était orphelin. Ou, plus angoissant encore, que son père croupissait au fond d'une geôle ou en exil.

— Non, je t'assure. Ça ira.

— Il ne va pas t'arriver la même chose qu'à ton ami, comment s'appelle-t-il ? Jean-Marc ?

— Jean-Martin.

— Oui, celui-là.

— Jean-Martin a vu ce qu'il n'aurait pas dû. Et qu'il n'aurait pas dû nous raconter. Mais il a été expulsé. Il n'a pas été tué.

Lucchesi grimaça. Il n'avait aucune inclination à jouer les nourrices mais, l'âge aidant, il avait développé un instinct de protection envers ceux qui lui paraissaient plus insouciants qu'ils n'auraient dû l'être. Il se contenta d'une repartie à l'économie :

— Maigre consolation.

Alphonse lui avait raconté lors du convoyage précédent l'histoire de ce Jean-Martin, étudiant à Clermont-Ferrand et activiste camerounais comme lui : le jeune homme avait accompagné deux ans plus tôt, à Genève, le chef de l'Union des populations du Cameroun à un dîner qui avait mal tourné. Son mentor était mort à l'hôpital le lendemain, victime d'un empoisonnement, comme l'avaient révélé les autorités suisses. De retour en France, l'étudiant s'était épanché auprès de ses proches, ceux qui menaient le combat politique avec lui, dont Alphonse : Félix Moumié avait été assassiné par un agent secret français. Relayer cette information devait permettre de transformer le leader rebelle en martyr et de se servir de sa mémoire pour entretenir la lutte. Évidemment, le gouvernement français ne l'avait pas entendu de cette oreille et Jean-Martin s'était retrouvé sous surveillance rapprochée. Trois mois plus tard, il se faisait expulser du territoire français.

Alphonse avait beau présenter le verre à moitié plein – l'exil plutôt que l'exécution de son camarade Jean-Martin –, le coup de semonce avait été entendu. Le cuisinier n'avait révélé ce récit à personne d'autre qu'à son patron, et la plus grande discrétion prévalait désormais lors des contacts avec les autres militants.

Lucchesi estimait cette conduite plus prudente. Pour la sécurité de son ami, du fils de celui-ci, mais également pour lui-même. Il devait bien l'admettre : il ne raisonnait pas uniquement par amitié, mais aussi par égoïsme. Opposant politique et trafiquant de morphine-base, c'était un double, triple ou quadruple risque : on ne multipliait pas seulement les périls, on flirtait carrément avec. Alors, Antoine préférait que son commis joue profil bas.

Mais il n'insisterait pas pour le moment. Il était corse ; il connaissait la priorité accordée à la famille. Si Alphonse devait rentrer au pays pour accompagner les derniers jours d'un parent, son devoir était de l'épauler.

Le ciel commençait à rougeoyer sur tribord, signe que le jour allait bientôt poindre.

Quelques heures plus tard, le petit chalutier longeait l'anse du Pharo et dépassait le fort Saint-Jean au ralenti, à l'instar de n'importe quel caboteur revenant au port. Antoine épiait les alentours, en particulier la capitainerie d'où pouvait toujours surgir une barcasse des douanes, même s'il n'y croyait guère. Comme il l'avait calculé, un ferry effectuant la liaison avec Ajaccio était en train de manœuvrer pour prendre le large, et les plaisanciers maladroits du samedi s'efforçaient de tenir leurs bords. Une intervention des autorités aurait perturbé ce délicat ballet maritime. Comme tout le monde le savait, une sardine suffisait à boucher le port de Marseille.

Il se rangea aux côtés d'autres chaluts le long d'un ponton flottant et coupa le moteur. Le déchargement se ferait plus tard, sans doute le lendemain à l'aube, quand les vrais pêcheurs investiraient la criée. Rien de plus discret que d'y mêler quatre ou cinq débardeurs qui transbahuteraient la pâte d'opium vers un laboratoire des faubourgs pour la suite des opérations, qui ne concernaient plus Antoine, et encore moins Alphonse. Ce dernier s'assura de l'amarrage de l'embarcation puis fila directement vers le Panier. Il était attendu en cuisine.

Lucchesi calfeutra ce qui devait l'être et glissa un lourd cadenas dans le verrou de la cale. Il boucla le poste de pilotage et grimpa à son tour dans les ruelles qui s'élevaient au nord des quais. Il pénétra dans un bistrot tenu par un vieux docker au dos cassé qui ne lâchait jamais sa pipe et se dirigea vers le comptoir. Sans une parole, il serra la main du patron qui lui tendit un téléphone en bakélite noire. Antoine composa un numéro, attendit quatre sonneries et prononça deux mots : « C'est bon. »

Il se dévisagea un instant dans le grand miroir, lissa son abondante chevelure charbonneuse et sa fine moustache à la mode Errol Flynn, puis ressortit et se dirigea vers la rue des Pistoles et le caboulot de sa compagne Maria. Il écarta le rideau antimouches, avisa sa douce derrière le bar et lui glissa un baiser rapide dans le cou car elle avait déjà entamé le service. Il entraperçut Alphonse devant les fourneaux en empruntant l'escalier vétuste qui menait aux appartements. Il poussa la porte et déposa son sac de toile dans l'entrée. Le lieu était agréable : des tommettes pourpres au sol, des murs blancs, du vieux mobilier arrangé avec goût.

Il entendait les enfants jouer dans leur chambre : Jean, le fils de Maria, et André, celui d'Alphonse, qui faisait quasiment partie de la famille. Antoine irait les saluer plus tard, tout comme il se débarrasserait du sel et des volutes de gas-oil qui lui collaient à la peau d'ici quelques minutes. Il marcha droit vers la chambre, ouvrit une porte qui dissimulait une niche dans le mur et saisit une des deux valises en carton qui ne leur servaient presque jamais. Il fit jouer le loquet, souleva le couvercle et plongea sa main dans une déchirure du tissu de la doublure. Il en retira un cahier d'écolier et s'assit au bord du lit conjugal afin de consigner les différents détails relatifs à la cargaison qu'il venait d'acheminer à bon port : dates et heures de prise en charge, puis d'arrivée, poids, frais de transport, type d'emballage, incidents de parcours...

Antoine Lucchesi travaillait pour différents commanditaires. Mais il était à son compte et n'était affilié à aucun des quatre réseaux contrôlant le trafic d'héroïne à Marseille. Pendant plusieurs années, il avait convoyé de la poudre brune vers Paris avec un associé. Ils avaient pris soin d'entretenir de bonnes relations avec tous les fournisseurs marseillais et de toujours payer rubis sur l'ongle. L'honnêteté dans la fripouillerie, tel avait été leur code de conduite.

Ainsi, quand Antoine s'était établi dans la cité phocéenne quelques mois auparavant, fin 1961, après plusieurs années dans la capitale, il possédait une réputation de neutralité. Il connaissait tous les acteurs du milieu et, chose rare, n'était en bisbille avec aucun. En retour, il avait leur confiance. Ce qui tombait bien car la collaboration était souvent de mise entre les familles de la pègre locale, la plupart d'origine corse. Les truands s'alliaient fréquemment pour se partager des territoires et des importations en gros, évitant autant que possible de se faire la guerre stupidement. La livraison de ce matin en était l'illustration : elle allait se diviser entre plusieurs filières. Antoine faisait office de juge de paix entre les parties au moment de la répartition, et si jamais un litige devait survenir. D'où l'importance de son livre de comptes.

Il coucha par écrit ce qu'il avait conservé jusqu'ici dans sa tête. Une fois cette tâche achevée, il remisa le cahier au fond de la valise.

Il fut tenté de se glisser tout de suite sous les draps pour dormir, mais préféra aller prendre une douche. Comme ça, quand Maria aurait terminé son service et qu'il aurait fini sa sieste, elle rejoindrait un homme qui sentirait bon le savon, le repos et le désir.

3

Luc Blanchard, Paris, 22 juin 1962

La pluie incessante revêtait un goût de cendres pour Luc, qui demeurait figé tel un corps statufié de Pompéi. Ses fines lunettes étaient constellées de gouttelettes qu'il ne prenait pas la peine d'essuyer. La matinée défilait dans le flou.

Un soir, Margot l'avait averti qu'elle serait admise le lendemain à l'hôpital. Elle allait subir un traitement destiné à réduire la propagation de ses cellules cancéreuses. Il s'était immédiatement proposé de l'accompagner, mais elle avait refusé. « C'est l'affaire de quelques jours, pas la peine de t'alarmer, lui avait-elle dit. Par contre, je veux bien que tu viennes me chercher quand ce sera terminé car les médecins m'ont prévenue que je serais affaiblie. »

Luc avait déplacé quelques rendez-vous sur son agenda et décalé la remise d'un article pour se rendre disponible. Ce coup de fil l'avait réconforté : Margot comptait sur lui. Et c'était bien ainsi. À dire vrai, il avait de moins en moins pensé à elle les dernières semaines, accaparé par les exigences de son travail, les leçons de boxe qu'il suivait avec assiduité, et même un flirt sans lendemain avec une jolie ouvreuse de cinéma qui avait lustré son ego et l'avait distrait. Alors cet appel venait à point pour tisser les fils de l'amitié avec ceux, parfilés, de l'amour.

Malheureusement, le destin s'était montré trop rapide.

Deux jours plus tard, on l'avait appelé pour lui annoncer le décès de Margot Desjoyaux. De toute évidence, il figurait sur la liste de personnes à prévenir. Pris de court, Luc n'avait pas su poser de questions au médecin. L'homme lui avait juste dit qu'ils avaient veillé à ce qu'elle ne souffre pas avant de s'éteindre. Autrement dit, on lui avait donné de la morphine. C'était certainement le genre de mensonges que l'on servait aux proches pour les consoler en leur offrant l'illusion d'une fin paisible.

Lorsqu'il avait recouvré ses esprits et séché ses larmes, il avait tenté de joindre de nouveau le praticien, mais comme il n'avait pas retenu son nom cela s'était avéré impossible. Il avait été baladé de service en service avant que la communication ne soit perdue par une standardiste. Il ne saurait jamais si la mort de Margot avait été soudaine et inattendue ou, au contraire, anticipée, auquel cas son dernier appel dissimulait un message d'adieu circonvenu.

Les funérailles au cimetière de Montmartre en cette matinée pluvieuse avaient été organisées par la mère et la sœur de son ancienne amante, qu'il n'avait croisées qu'une seule fois. Lorsqu'ils habitaient ensemble, Margot et lui menaient une vie d'ermite, faite de lectures et de balades main dans la main. Ils voyaient peu de monde et cela ne leur avait jamais pesé, ils aimaient vivre ainsi, juste l'un avec l'autre, sans interférence.

Par conséquent, il n'y avait qu'une petite dizaine de personnes pour assister à la mise en terre, les trois croque-morts compris. Pas de cérémonie religieuse, pas de couronnes, quelques fleurs. Ça suintait la mélancolie.

Luc s'approcha en dernier du cercueil. Il aurait voulu conférer de la solennité à l'instant mais au fond, il n'incarnait qu'un pantin triste et détrempé, entouré de gens qu'il connaissait à peine, émus mais pressés d'aller s'abriter et de reprendre le cours de leur vie. Il jeta une rose dans la fosse et se recula. Puis, plus par devoir que par émotion, il serra la mère et la sœur dans ses bras.

Margot était morte et il n'aurait pas eu le temps de devenir son ami. Ne lui resterait que le goût aigre de l'échec d'une histoire d'amour.

Blanchard n'attendit pas que les ouvriers se mettent à pelleter la terre. Il se retourna et aperçut une silhouette légèrement en retrait, qu'il n'avait pas remarquée jusqu'ici. Chapeau sur la tête, cigarette au bec, il devina immédiatement de qui il s'agissait. Luc lui avait envoyé un télégramme quelques jours plus tôt pour l'avertir de la mort de Margot.

Antoine Carrega, devenu Antoine Lucchesi par la grâce de nouveaux papiers d'identité qu'il avait contribué à lui fournir, avait assisté de loin à l'inhumation.

Les deux hommes se firent face pendant une dizaine de secondes.

Puis le Corse brisa le silence :

— T'as le temps pour un jus ?

Luc hocha la tête et ils se dirigèrent vers un bistrot au coin du boulevard de Clichy.

Une tapineuse démarrait sa journée. Ils prirent soin de

ne pas regarder dans sa direction. Margot, dont ils avaient été les derniers hommes à partager la vie, avait autrefois fait le trottoir. Ils préféraient oublier.

Ils commandèrent un café serré. Blanchard savait qu'il lui fallait entamer la conversation car Lucchesi était capable de rester muet pendant une heure.

— T'es arrivé quand ?

— Ce matin, par le train de nuit. Merci de m'avoir prévenu.

— Elle est morte d'un cancer du sein. Ça a été fulgurant.

Puis il se crut obligé d'ajouter :

— Nous n'étions plus ensemble depuis trois mois.

Antoine alluma une nouvelle cigarette.

Luc s'excusa pour aller aux toilettes.

Quand il revint à leur table, Antoine avait posé le dernier exemplaire de *France Observateur* à côté des tasses.

— Tu as de saines lectures.

— Ça tue le temps dans le train.

Les deux hommes n'avaient jamais été franchement amis. Uniquement partenaires de circonstance. Ils avaient aimé la même femme, ils avaient travaillé ensemble sur un meurtre sinistre, puis leurs routes s'étaient séparées. Ils s'étaient revus une seule fois en neuf mois, à Marseille, mais ils avaient malgré tout conscience d'être liés par quelque chose qu'aucun des deux n'aurait été capable de définir. Une connivence, une forme de complicité peut-être. Une admiration pour ce qu'ils n'étaient pas. La liberté et l'affranchissement des règles du truand fascinaient l'ancien inspecteur de la Crim. L'intégrité et l'acharnement de Blanchard forçaient le respect de Lucchesi.

— Tu t'en sors bien dans ton nouveau boulot, complimenta Antoine en désignant l'hebdomadaire. Tu aimes ça ?

— C'est mieux que de tabasser des Arabes, et les chefs sont moins corrompus.

— Il y a moins d'argent et de pouvoir à la clef.

Tous les deux sourirent.

— Et toi, toujours bistrotier ?

— Toujours.

— Rangé des affaires ?

— Autant que faire se peut.

Antoine ne souhaitait pas mentir. Il n'allait pas non plus avouer qu'il avait repris ses activités de convoyage clandestin. Afin d'éviter toute nouvelle question, il changea de sujet.

— J'ai lu plusieurs articles de toi ces derniers mois : sur l'Algérie et sur la Guinée.

— Dans notre jargon, on appelle ça « les indépendances » : on m'a demandé de suivre ce qui se passe dans les nouveaux pays.

— Je devrais te présenter Alphonse, mon commis de cuisine. Il est camerounais et très engagé dans la lutte pour la révolution dans son pays.

— Vraiment ?

— On cabote parfois ensemble. Il aime causer, alors j'écoute. Il participe à un réseau d'étudiants en France qui veulent faire bouger les choses chez eux. La politique n'est pas mon truc, tu le sais, mais ce qu'il m'explique est intéressant. C'est la guerre là-bas. Assez moche et tout le monde s'en contrefout.

Luc dévisagea son interlocuteur. Lucchesi ne cessait de

surprendre. Chaque fois qu'il pensait l'avoir cerné, le Corse lui dévoilait une autre facette de sa personnalité.

— La guerre, je ne sais pas. J'ai entendu dire qu'il y avait des échauffourées entre tribus. Mais ça m'intéresserait de rencontrer ton cuistot. Tu crois que c'est possible ?

— Je ne vois pas pourquoi cela ne le serait pas. Mais faudrait que tu descendes à Marseille.

— C'est faisable. Il ne connaissait pas Félix Moumié, ton commis ? C'était le chef d'un parti politique camerounais opposé au pouvoir actuel. Il s'est fait assassiner à Genève il y a deux ans. Une histoire tordue.

— Ça me dit vaguement quelque chose. Il a dû m'en parler.

Antoine savait évidemment de quoi il retournait, mais il était hors de question de griller Alphonse ou d'avancer des billes à sa place. Chacun son créneau. Lucchesi avait joué l'entremetteur en supposant que cela intéresserait son ami de faire la retape pour sa cause, mais il était hors de question de se substituer à lui.

C'était un peu incongru comme conversation post-enterrement, et cela expliquait sans doute, en creux, pourquoi Luc et Margot s'étaient éloignés. Flic ou journaliste, Blanchard frémissait à l'idée d'une bonne info. Il avait entamé ses investigations sur la Main rouge, mais il n'avait guère progressé dans ses recherches. Il soupçonnait que ce groupuscule, une prétendue organisation de militants anti-FLN qui avaient commis des assassinats en Europe, servait de couverture à des activités nébuleuses, mais tout ce qu'il recueillait baignait dans l'imprécision. Au regard de ce contexte, l'histoire de l'assassinat de Moumié à Genève le titillait. La Main rouge n'avait jamais revendiqué quoi que ce soit après ce meurtre, mais le modus operandi et le silence qui avait entouré cette histoire puaient l'entourloupe et rappelaient certains crimes de l'organisation tels qu'ils étaient rapportés dans l'ouvrage que lui avait offert le bouquiniste.

Le nom d'un suspect était sorti dans la presse suisse, William Bechtel, le convive du dirigeant camerounais lors de son dernier repas. Mais impossible d'en apprendre davantage. Bechtel, un Français, s'était évanoui dans la nature. Son seul espoir d'en apprendre plus résidait dans un rendez-vous qu'il avait décroché avec un de ses anciens collègues des renseignements généraux, qui refusait de parler au téléphone. Ce contact pensait que Blanchard émargeait encore à la Crim ; il n'avait pas démenti.

Et voilà que Lucchesi lui laissait entrevoir une nouvelle piste pour son enquête. Il devait bien l'admettre : son nouveau métier de journaliste se rapprochait de son ancien boulot. Les commissions rogatoires en moins, l'indépendance en plus.

Il relança le Corse :

— Quand est-ce que je peux voir ton cuisinier ? Il est disposé à parler ?

— Tu verras avec lui. Appelle-le au restaurant le matin vers 10 heures, lorsqu'il embauche.

Luc maugréa un peu, comme un enfant gâté à qui l'on dit d'attendre pour déballer son sucre d'orge. Pour changer de sujet, il demanda à Antoine :

— Tu avais des nouvelles de Margot ?

— Non. Toi ?

— On était en contact. On s'est séparés sans drame. Mais

je crois qu'elle m'a caché sa maladie. Je ne sais pas si c'était pour m'épargner ou m'éloigner.

— Mmm… sans doute les deux, la connaissant. Bon, faut que j'y aille.

Lucchesi s'était levé et il tendait la main à Blanchard.

— Tu restes longtemps à Paris ? hasarda Luc.

— Non, je redescends à Marseille. En me dépêchant, je dois pouvoir attraper le train de midi. Si tu veux rencontrer mon commis, ne traîne pas trop : il doit bientôt rentrer au pays pour voir un oncle mourant.

Luc réalisa que le Corse avait fait le trajet juste pour une demi-heure d'enterrement, auquel il n'avait assisté que de loin. Margot avait dû beaucoup compter pour lui. Décidément, ce truand était un curieux personnage. Extérieurement sans affect, intérieurement rongé par ses sentiments.

4

Antoine Lucchesi, Marseille, 24 juin 1962

Antoine avait imaginé qu'il s'agirait d'une formalité, mais voilà qu'il était embarqué dans une démonstration du grand jeu de la truanderie marseillaise. Un spectacle conçu pour le jauger. Peut-être aussi pour faire basculer l'électron libre qu'il était vers un camp plutôt qu'un autre.

— Appelle-moi Nick, l'avait incité le chef de la famille Venturi, comme chaque fois qu'ils se croisaient et qu'Antoine lui donnait du Dominique.

Ce dernier avait tenté une fois d'affubler Lucchesi du prénom « Tony » ; Antoine l'avait fixé droit dans les yeux, comme pour évaluer le poids du lest à lui accrocher aux pieds afin de le faire sombrer au large. Il n'avait plus jamais été question de ce surnom.

Lucchesi était venu régler une question d'intendance : faire valider le livre de comptes dont il avait la charge et qui permettait aux quatre grandes familles marseillaises de se situer les unes par rapport aux autres et, ainsi, de graisser les rouages de leur enrichissante coopération. Or, au lieu de boucler la procédure en cinq minutes comme d'accoutumée, Dominique Venturi avait décidé de l'emmener « voir quelqu'un ». Antoine ne pouvait se défiler. Cela ne se faisait pas. Ils remontèrent donc la Canebière, puis les artères du marché de Noailles vers La Plaine.

Lucchesi avait deviné où ils se rendaient. Mais il se tut, ne voulant pas gâcher la pseudo-surprise de « Nick ». Le convoyeur avait peu d'estime pour cet histrion qui jugeait malin d'adopter un blase américain, mais il lui était néanmoins reconnaissant d'avoir facilité son implantation à Marseille, huit mois plus tôt. Après ce qu'il avait connu, bistrotier à mi-temps était un métier reposant, bien que guère rémunérateur. Maria ne se plaignait pas, mais Antoine avait toujours détesté dépendre de créditeurs pour payer un bail ou jongler avec la trésorerie pour régler des fournisseurs. Sans états d'âme, il avait donc repris du service dans le milieu quand l'occasion s'était présentée.

Un beau jour, Monsieur Charles, de la Maison Ricard, était venu déjeuner dans le restaurant de Maria au Panier. Celui-ci, en bon représentant de commerce, l'avait reconnu illico :

— Dites, ce ne serait pas vous qui m'avez convoyé des ustensiles pour le SAC ?

De fait, Antoine avait livré deux ans plus tôt un chargement destiné au Service d'action civique, l'officine de protection et de propagande des gaullistes à l'usine Ricard de Sainte-Marthe. Monsieur Charles avait la mémoire longue des VRP et des politiciens et, au bout de cinq minutes de bavardages, il lui avait suggéré de rencontrer son collègue Jean Venturi, représentant de Ricard au Canada et justement présent en France ces jours-ci. Ce dernier aurait peut-être des « extras » pour lui.

Jean était le frère de Nick, chef d'un des quatre clans se partageant le trafic d'héroïne sur Marseille. Un business qui consistait à réceptionner de la morphine-base venue d'Asie via la Turquie ou le Liban, à la transformer en héroïne dans des laboratoires camouflés dans les faubourgs marseillais ou dans l'arrière-pays du côté d'Aubagne, puis à réexpédier le produit fini vers les États-Unis afin qu'il y soit coupé, puis distribué, dans les cités goulues de came du Nouveau Monde.

Lucchesi s'était laissé glisser vers son inclination naturelle, la plus facile et la plus rapide. Il avait rencontré Jean Venturi, puis Nick, et il s'était inséré dans ce mécano. En tant que passeur. Comme toujours.

Il n'était pas un novice dans ce métier ni dans ce paysage trouble où il n'avait jamais blousé ni balancé personne, et sa réputation valait de l'or. C'est ainsi qu'il avait hérité du livre de comptes. Pas le genre de responsabilité qu'il aurait réclamée spontanément, mais elle lui assurait un supplément de revenu et de respect.

Nick et Antoine grimpèrent jusqu'à la rue Sénac. Devant le numéro 34, Venturi actionna le carillon. Un majordome vint leur ouvrir et les mena dans un salon au premier étage, dévolu aux réceptions ou aux rendez-vous comme le leur. Quelques chaises et tables basses, des tableaux au mur, un cadre assez impersonnel. Lucchesi savait que le reste de l'immeuble de quatre étages hébergeait la famille de Barthélémy Guérini, dit « Mémé », un surnom qui, pour le coup, collait parfaitement au personnage.

Au terme de cinq minutes durant lesquelles nul ne pipa mot, Antoine Guérini, le frère aîné de Mémé, fit son entrée. Cheveux noirs plaqués en arrière, sourcils épais, visage dur. Il donna l'accolade à Venturi puis s'approcha de Lucchesi :

— On se connaît, non?

— On s'est déjà croisés à Paris. Chez François. Avec Marius.

Dans le milieu, pas besoin de noms de famille.

Venturi grimaça. Déçu de son effet et des bénéfices escomptés. Il avait clairement espéré impressionner Lucchesi en l'introduisant auprès du parrain marseillais, l'homme qui contrôlait avec son frère la pègre locale, à la fois juge de paix et commissionnaire des différents clans. C'était râpé.

Guérini se tourna vers Venturi :

— C'est un Corse du Sud, mais je lui pardonne!

Lucchesi avait grandi à Bonifacio. Les Guérini, eux, venaient de Calenzana, dans l'arrière-pays, au-dessus de Calvi.

Nick afficha un sourire de circonstance. On ne contredisait ni ne moquait le grand patron.

— Qu'est-ce qui vous amène? Je ne veux pas manquer de politesse mais j'ai des obligations familiales aujourd'hui.

En d'autres termes, il fallait faire vite.

— Je tenais à vous présenter Antoine Lucchesi. Il achemine une partie de notre marchandise entre la Méditerranée et Marseille, s'empressa de poursuivre Venturi. Il fait un excellent travail.

— Je n'en doute pas.

— C'est également lui qui tient nos comptes. Afin que personne ne soit lésé.

— C’est un bon choix.

Lucchesi avait extrait de sa veste le carnet, prêt à le présenter pour revue. Mais Guérini ne semblait pas enclin à jouer les experts-comptables.

— Je vous fais confiance.

Venturi était déstabilisé. Il avait misé sur une représentation dont il tiendrait la vedette et se retrouvait face à deux indifférents. Guérini avait d’autres chats à fouetter et Lucchesi ne disait rien : il n’avait pas demandé à être présent, n’avait rien à vendre ni à soutirer.

Ils entendirent la sonnette de l’entrée, puis les pas du majordome dans l’escalier.

— Je dois vous quitter, annonça Guérini. Merci pour votre visite. Je constate que notre approvisionnement et nos comptes sont entre de bonnes mains. Continuons ainsi.

Le grand chef leur serra la main et tourna les talons pour rejoindre le palier.

Après un instant d’hésitation, Antoine et Nick lui emboîtèrent le pas.

Il y avait embouteillage dans la cage d’escalier. Les deux partants se serrèrent le long du mur afin de laisser passer un homme qui grimpait les marches d’un pas leste, comme s’il arrivait chez lui. Grand front, yeux vifs, Antoine identifia immédiatement le maire de la ville, Gaston Defferre. Rien d’étonnant. Tous les habitants de la cité phocéenne connaissaient les liens qui unissaient l’édile, également patron de la SFIO locale, aux frères Guérini. Ils s’étaient soi-disant rencontrés dans la Résistance, même si Lucchesi n’avait jamais entendu parler d’Antoine ou de Barthélémy à l’époque de son baroud dans le Maquis provençal. Les frangins avaient ensuite œuvré en faveur du jeune politicien ambitieux, matant les grèves des dockers communistes après la Libération, afin de faciliter la tâche d'une gauche jugée plus respectable – surtout plus malléable. Depuis c'était la cogestion à la mode marseillaise : à Defferre la façade républicaine, aux Guérini les affaires ; au premier les discours, aux seconds les marchés. Les cassages de têtes et la paix sociale étaient inclus dans le même paquet bien ficelé.

L'élu s'arrêta un instant devant eux. Il donna l'accolade à Venturi en lui murmurant quelques mots à l'oreille puis salua brièvement Lucchesi avant de poursuivre son chemin.

Une fois sur le pas de la porte, Antoine prit congé de Nick. Pas question de passer la journée en sa compagnie. Convoyer sa came d'accord, mais s'acoquiner avec cet individu, qui, en dépit de sa relation amicale avec le maire de la cité, donnait également dans la prostitution, le racket, les paris clandestins et la bêtise humaine en général, très peu pour lui. Il n'avait aucune velléité de gravir les échelons du milieu. Il avait déjà connu ce mode de vie et ce style d'amitiés ; cela ne l'intéressait plus.

— Adieu. Préviens-moi pour le prochain chargement.

— Adieu, grommela Venturi, qui n'avait pas apprécié que Lucchesi, qu'il considérait comme un employé, connaisse les frères Guérini.

Antoine était parfaitement instruit de la mécanique implacable de ce mode de pensée. En même temps qu'il s'était acheté une protection auprès des Guérini, il venait d'enregistrer un débit auprès d'un Venturi vexé.

5

Luc Blanchard, Paris, 29 juin 1962

En cette période de Tour de France où Jacques Anquetil se tirait la bourre avec un nouveau venu du nom de Raymond Poulidor, Luc avait, lui, le sentiment de pédaler dans la colle.

Il avait tiré les fils à sa disposition à partir du livre *La Main rouge*, mais cela ne l'avait pas mené bien loin. La maison d'édition était obscure, ses locaux parisiens jamais ouverts les trois fois où il s'y était rendu ; l'auteur, un inconnu dans les mémoires des libraires et des bibliothécaires. En soi c'était déjà une information. Selon le précepte martelé par son ancien comparse de la PJ Amédée Janvier, « l'absence de preuves n'est pas la preuve de l'absence ». Ça le réconfortait, sans l'aider vraiment.

Heureusement, il lui restait un rendez-vous sur lequel il misait beaucoup, peut-être trop se dit-il, en poussant la porte de Lapérouse, trois étoiles au Michelin. L'homme qu'il avait invité – merci les notes de frais – n'était guère bavard, mais il était vaniteux. Blanchard avait déjà joué sur cette corde pour obtenir des tuyaux lorsqu'ils travaillaient tous deux soi-disant pour la sécurité de la nation.

Henri Desbordes pointait aux renseignements généraux, une officine qui gardait jalousement ses petits secrets pour sa propre hiérarchie plutôt que de les partager avec les autres policiers. Toutefois, en usant de flatterie et en promettant des services en échange, Luc était occasionnellement parvenu à soutirer des informations à Desbordes. Cette fois-ci, en tant que journaliste, cela s'annonçait plus compliqué. En le contactant au téléphone, il avait d'abord tu sa nouvelle profession et bénéficié de la confusion lorsqu'il s'était enquis de la Main rouge.

— Qu'est-ce que tu bosses là-dessus ? C'est de l'histoire ancienne et enfouie au fond d'un carton sur lequel il est inscrit : « Pas touche ! »

— Je m'intéresse à ce qui s'est passé à Genève.

— Moumié ? Le Grand Bill ? Mais pourquoi la Crim fourre-t-elle son nez là-dedans ?

— Je ne suis plus au 36. Je suis devenu journaliste à *France Observateur*.

Le silence qui avait suivi aurait pu laisser penser que la ligne avait été coupée. Ce n'était pas le cas, sans doute au grand regret de Desbordes, qui avait trop de bonnes manières pour raccrocher. À partir du moment où le commissaire des RG s'était ainsi avancé, il ne lui était resté que deux façons de conclure : nier en espérant que le reporter le lâcherait ou poursuivre la partie en limitant la casse.

— Qu'est-ce que tu attends de moi ? avait finalement répliqué Henri.

Luc avait alors déployé des trésors de flagornerie à coups

de « il n'y a que toi pour m'aider », une touche de diplomatie sur le mode « je te renverrai l'ascenseur », beaucoup de précautions à la sauce « personne ne saura que tu m'as parlé » et une dose de soudoiement avec une invitation à déjeuner chez Lapérouse, pour finalement décrocher un rendez-vous.

Mais, lorsque Blanchard pénétra dans le restaurant où l'attendait déjà Desbordes, il n'était pas convaincu que son interlocuteur allait se mettre à table autrement qu'en savourant le repas offert.

Il fallut d'ailleurs attendre le fromage, après avoir laissé le commissaire siffler à lui tout seul une bouteille de bordeaux millésimé 1949, pour que Luc puisse aborder le sujet qui l'intéressait sans se montrer trop avide.

Profitant d'une pause dans la conversation, il se lança :

— Le Grand Bill, dont tu m'as parlé au téléphone, c'est William Bechtel ?

Blanchard n'avait pas grand mérite à évoquer le nom d'un suspect qui était sorti dans la presse suisse, le convive de Félix Moumié lors de son dernier repas.

— J'aurais mieux fait de fermer ma gueule, renvoya Desbordes, grincheux.

— Mais tu ne l'as pas fait, l'aiguillonna Luc qui, jouant une partition délicate, commanda une nouvelle bouteille pour son interlocuteur.

— Écoute, ce n'est pas un secret d'État mais je serais toi, je ne l'étalerais pas dans mon canard : Bechtel alias le Grand Bill est un honorable correspondant de nos services. Il n'est pas tout jeune, il ne touche plus de salaire, mais il est fidèle et actionnable. Et il a des amis dans la maison.

— C'est lui qui a empoisonné Félix Moumié ?

— Ça me paraît évident, même si personne ne me l'a confirmé directement. Je l'ai déduit en lisant des notes blanches*. D'après ce que j'ai compris, il a raté son coup : il devait verser une dose de poison qui aurait fait effet vingt-quatre ou quarante-huit heures plus tard, quand le négro serait retourné en Afrique. Mais Bechtel en a versé deux doses et ça a agi presque immédiatement. Il s'est fait choper. Une erreur à la con.

— Pourtant il a été relâché ?

Là encore, Blanchard ne faisait que répéter ce que la presse helvète avait imprimé.

— Les Suisses ne veulent pas d'emmerdes. Ce n'est pas bon pour les affaires.

Desbordes se resservit goulûment d'une tranche de roquefort affiné pendant que le sommelier débouchait la nouvelle bouteille.

Luc attendit qu'Henri eût goûté et approuvé le vin. Puis il réattaqua :

— Tu sais où Bechtel se planque ?

— Il paraît qu'il se la coule douce dans le sud de la France aux frais de la maison.

— Laquelle ? Où ça ?

— Je n'en sais rien. M'en demande pas plus.

Desbordes manifesta son impatience. Il s'était prêté au jeu des confidences durant le fromage, mais il n'avait pas l'intention de s'épancher plus que nécessaire.

* Les notes blanches sont des renseignements communiqués sur une feuille volante par un fonctionnaire des RG à sa hiérarchie sans mention de son nom, de son service ou de son lieu d'opération.

Blanchard leva la main en signe d'apaisement. Il commençait à se sentir épuisé par l'effort conversationnel déployé jusqu'ici pour approcher le fond de l'affaire, s'en éloigner, subir des digressions, avant de pouvoir entrer dans le vif du sujet.

Pendant qu'ils commandaient les desserts, il fit mentalement le point : il avait obtenu des informations, plus qu'il ne l'avait anticipé à dire vrai, mais rien de fracassant non plus. Il entendait déjà le souffle de René Hartmann dans son oreille : « Pas mal fiston, pas mal. Mais ça manque quand même d'assise, ton histoire… »

Merde ! Quand est-ce qu'il serait débarrassé des voix paternelles ?

Le repas s'acheva comme il avait démarré : un bavardage anodin, sans grand intérêt. Par acquit de conscience, Luc retartina une couche de pommade pour louer l'efficacité des RG et pour rassurer Desbordes sur son anonymat qui serait préservé jusqu'au Jugement dernier, et même au-delà.

Grand seigneur, et puisqu'il se ferait de toute manière tirer les oreilles quand René recevrait l'addition, Blanchard commanda deux armagnacs pour prolonger le café. Lorsque les verres de liquide ambré arrivèrent, le journaliste se força à y tremper ses lèvres et, plaisamment surpris, en avala une gorgée. Qui lui donna le courage pour une ultime question. Il n'avait plus rien à perdre désormais.

— Est-ce que la Main rouge est impliquée dans le coup de Genève ?

— Ça se murmure…

Il laissa Desbordes savourer l'eau-de-vie. Et rompre le silence pesant.

— Les mecs de la Main rouge sont protégés. Chaque fois

que nous avons fait remonter des notes sur eux, on nous a fait savoir que nous gaspillions notre encre.

— Qui ça, on ?

— Les hautes sphères.

— Pourquoi ?

— À ton avis ?

— Je suis nul en devinettes.

Blanchard sentit le fil de la conversation se tendre au point de rompre. Il porta le verre à ses lèvres sans boire, comptant sur le mimétisme de son interlocuteur. Cela fonctionna. Henri sécha ce qui restait d'alcool.

— La Main rouge est moins active maintenant que le bordel algérien avec le FLN est réglé. Mais, il y a quelques années, ils étaient foutrement bien organisés. Des repérages soignés, des artificiers qui connaissaient leur boulot. Des professionnels, si tu vois ce que je veux dire…

Luc faillit répondre que non, il ne voyait pas, mais il n'aurait pas été crédible. Son dilemme était qu'il en savait trop pour un ancien inspecteur, et pas assez pour un journaliste…

— L'armagnac ça fait jacter, mais faut savoir s'arrêter, conclut Desbordes en se levant de sa chaise.

Blanchard se précipita vers la caisse et transpira un bon coup en découvrant la facture. Puis il rejoignit Henri qui fumait sur le trottoir. Le commissaire souriait malicieusement. Il avait causé, un peu trop pour lui, pas assez pour Luc, mais ce n'était pas l'alcool qui l'avait rendu loquace, c'était l'ego. Un fonctionnaire humble ne déjeunait jamais dans un trois-étoiles.

De retour au journal, Luc avait rédigé une première mouture de son article avec les informations glanées jusqu'ici.

Comme il s'y attendait, la voix qui lui avait chuchoté dans l'oreille s'exprimait désormais devant lui. René Hartmann avait remisé dans un classeur la note de frais de Lapérouse sans y jeter un œil, puis il avait délivré son verdict après avoir lu le brouillon : « Pas mal, gamin, pas mal… Mais ton papier n'est pas assez solide. Il manque de sources. »

Puis le rédacteur en chef avait ajouté, comme on donnerait des indications routières à quelqu'un perdu en rase campagne :

— Il faut que tu ailles voir Foccart.

Après avoir patienté quelques jours, il faisait désormais antichambre devant la porte du bureau de Jacques Foccart. Fidèle à ses habitudes, Luc était arrivé avec quinze minutes d'avance à l'hôtel de Noirmoutier, rue de Grenelle. La demeure sentait le bois passé à l'encaustique et les vieilles draperies poussiéreuses. Odeur typique des palais de la République.

C'était René qui avait décroché son téléphone et pris rendez-vous pour lui. Blanchard n'avait pas tout enregistré, mais son rédacteur en chef avait déjà croisé Foccart par le passé. Il faisait partie des rares journalistes qui pouvaient obtenir une audience avec le secrétaire général des Affaires africaines et malgaches, un titre fort innocent pour un homme et un poste qui ne l'étaient pas.

— C'est le bras droit du Général, ou plutôt son cerveau droit, lui avait lancé Hartmann. La seule personne qui s'entretient avec de Gaulle tous les jours, qu'il pleuve, qu'il vente ou qu'on lui colle une bombe sous le cul de sa DS !

— Ah bon ? avait bafouillé Blanchard, qui s'était retenu d'ajouter : T'es sûr ?, car il n'avait jamais entendu parler du bonhomme.

Mais René avait ajouté, pour son édification :

— Ça ne figure pas au *Journal officiel*, mais Foccart a aussi une ligne directe avec le SDECE*. Le gars a des cuillers dans tous les plats qui mijotent depuis le retour du Général aux affaires.

Trois minutes après l'heure convenue, un huissier surgi du fond du couloir vint ouvrir la porte d'un vaste bureau dans lequel tombait la douce lumière du jardin.

Un petit homme chauve, joufflu, d'âge indéterminé et au regard inquisiteur, se leva pour accueillir Luc avec un sourire aux lèvres.

— Monsieur Blanchard, soyez le bienvenu !

Jacques Foccart lui serra la main chaleureusement, comme s'il retrouvait une vieille connaissance.

— Comment va notre ami Hartmann ?

— Très bien. Il vous salue.

— J'ai croisé votre père en Mayenne un jour. En 1943.

Luc resta impassible à la mention de son paternel que beaucoup de personnes haut placées semblaient avoir fréquenté durant la guerre, alors que lui n'avait que des bribes de souvenirs. Il savait très bien que les rappels sur son lignage

* Le Service de documentation extérieure et de contre-espionnage est le service de renseignements français qui opère à et contre l'étranger. Créé en 1945, il changera de dénomination en 1982 pour devenir la Direction générale de la sécurité extérieure (DGSE).

servaient autant à établir une connivence («Vous êtes des nôtres») qu'une position d'aînesse et d'autorité («J'ai l'âge de votre père»). C'était toujours assez inconfortable et un poil douloureux car il avait peu connu cet homme que tout le monde louait.

Il n'y avait rien à répondre, et Foccart le savait. Ce dernier lui désigna un fauteuil devant son bureau.

Au moment de s'asseoir, Luc remarqua pour la première fois une troisième personne, qui se tenait appuyée, immobile, contre la vaste bibliothèque, juste à côté d'une porte de service entrebâillée, comme s'il ne faisait que passer. L'homme, la quarantaine, était aussi sec que Foccart était rondelet. Ses cheveux noirs étaient lissés en arrière et un cigarillo, pas encore allumé, pendait au bout de ses lèvres. Derrière ses lunettes browline, il dévisageait le journaliste avec une acuité de chasseur de fauves.

Le secrétaire général des Affaires africaines et malgaches fit mine de découvrir qu'il avait omis de faire les présentations.

— Pardonnez-moi, monsieur Blanchard, j'ai tardé à vous présenter mon conseiller spécial, Jean-Maurice Beauchamp. Il s'occupe de multiples dossiers concernant l'Afrique.

Luc hocha la tête dans sa direction avant de s'asseoir, puisque l'autre ne semblait pas disposer à s'approcher.

— Qu'est-ce qui vous amène?

Luc avait longuement hésité sur sa première question. Il ne savait pas si son interlocuteur allait jouer franc-jeu ou, au contraire, le mener en bateau comme c'était si fréquent dans ce genre de rendez-vous. Il opta finalement pour la simplicité directe.

— J'enquête sur la Main rouge. Qu'est-ce que vous pouvez me dire sur ce groupe ?

— Oh là, mon jeune ami ! Mais je croyais que vous étiez journaliste, pas archéologue ! Cela fait belle lurette que c'est fini, la Main rouge. Ce rassemblement de patriotes, comment dire, un peu illuminés, s'est évanoui dans la nature en même temps que nous avons réglé la situation algérienne. Attention, je ne veux pas dire qu'il s'agissait de fous. Je dis simplement que ces gens avaient sans doute des récriminations justifiées et un désir sincère de protéger la France, mais ils ont suivi une mauvaise pente : celle de la violence aveugle. Aujourd'hui, ils sont certainement rentrés dans le rang, car il n'y a plus de justification à leur colère.

— D'après une de mes sources, la Main rouge servait à dissimuler les agissements d'autres acteurs.

— Quels acteurs ?

Le ton de Foccart était cassant.

— Je me demandais justement…

— Ah non, monsieur Blanchard ! Vous faites fausse route.

Le ton du conseiller du président était redevenu ouaté.

Foccart se tourna vers Beauchamp, qui maintenait sa position de presse-livres contre la bibliothèque.

— Et toi, Jean-Maurice, tu as entendu parler de ça ?

L'observateur, qui n'avait toujours pas allumé son cigarillo, se contenta de secouer la tête négativement.

— Il ne faut pas croire tous les racontars que suscite notre époque délicate, reprit le cerveau droit du Général. Tenez, moi par exemple, je suis l'un des fondateurs du Service d'action civique et Jean-Maurice Beauchamp en est un de ses membres distingués. On répand beaucoup de méchancetés infondées sur ce qui n'est qu'un service d'ordre, comme les syndicats en possèdent. Vous ne croyez tout de même pas que nous, gaullistes, serviteurs de l'État, tolérerions une police parallèle? C'est un fantasme des communistes et de cette gauche qui a fait couler la IVe République!

Si Foccart avait espéré dissiper les doutes de Blanchard en évoquant le SAC, il avait visé en dehors de la cible. Ses dernières années à la PJ lui avaient montré à quoi s'en tenir sur cette milice de bas étage qui recrutait chez les repris de justice et les excités de la matraque. Le secrétaire général des Affaires africaines et malgaches lui mentait.

Il poursuivit néanmoins l'interview en optant pour des questions plus vagues sur l'avancée des indépendances. Non qu'il escomptât des révélations ou un bilan objectif, mais Luc estimait que cela pourrait toujours nourrir ses articles, afin de relater la position gouvernementale. Foccart continua sur le même ton patelin du « Circulez, il n'y a rien à voir! », tout en étalant sa connaissance, bien réelle, du continent africain. Beauchamp, dans son coin, opinait parfois du chef.

Puis, alors qu'approchait la fin du temps imparti pour l'entretien, Foccart questionna le reporter :

— Vous avez déjà voyagé en Afrique, monsieur Blanchard?

— J'ai déjà effectué des reportages au Maghreb.

— C'est bien, mais moi je vous parle de l'Afrique noire! Il faut aller au sud du Sahel pour sentir ce continent, humer ses fragrances, comprendre sa complexité et le rapport qui s'est instauré entre nous et nos anciennes colonies. Il ne faut pas juger de l'extérieur depuis un bureau parisien. Je ne dis pas cela contre vous, mon ami, mais je vous encourage à vous rendre sur place. On n'en revient pas le même ! N'est-ce pas, Jean-Maurice ?

— Tout à fait, Jacques, répondit le conseiller, toujours aussi stoïque. Ça vous transforme son homme.

Cette insistance sur la masculinité tapait sur les nerfs de Luc, qui ne parvenait pas à décoder la pique à son égard du comportement phallocentrique du tandem. Mais comme il n'allait pas se lever pour les planter là – peut-être, un jour, lorsqu'il serait un journaliste redouté il se le permettrait –, il joua les bons élèves :

— Je vous crois, messieurs. Je compte d'ailleurs y aller prochainement.

Blanchard n'avait aucun voyage de prévu, mais tant qu'à entrer dans leur jeu, autant se ménager une ouverture. Il était journaliste depuis peu, mais il avait déjà intégré qu'on ne faisait bien ce métier qu'en allant sur le terrain de ce que l'on décrivait.

Jacques Foccart sourit. La simple évocation de l'Afrique le déridait. Ça et la sensation d'avoir éduqué un néophyte.

— Tenez, mon jeune ami, si vous deviez partir demain en reportage, où iriez-vous ?

L'homme chauve accompagna son interrogation d'un geste en direction d'une carte grand format du continent punaisée sur un mur tapissé.

Blanchard fit mine de réfléchir puis s'engouffra dans la brèche. Il avait anticipé la question :

— Au Cameroun. Il paraît qu'il s'y déroule un vilain conflit dont la presse parle peu.

Foccart toussota en gloussant. L'acteur forçait un peu trop sur le rire artificiel.

Luc jubilait : il avait déstabilisé cet homme qui aimait afficher sa puissance et sa maîtrise de lui.

Étrangement, ce fut Jean-Maurice Beauchamp qui prit la parole, se décollant enfin de la bibliothèque.

— Balivernes ! Il ne s'agit que de tribus qui s'affrontent pour des différends ethniques remontant à la nuit des temps. La France a aidé à y remettre un peu d'ordre jusqu'en 1959 et maintenant elle appuie techniquement le gouvernement du pays pour éteindre les derniers troubles, mais tout cela n'est que très banal sur ce continent.

Le conseiller avait beau s'efforcer d'adopter le même ton détaché que son supérieur, Blanchard sentait bien que le mépris avait remplacé le cigarillo sur ses lèvres.

Jacques Foccart s'en rendit compte aussi et intervint, doctement :

— Vous faites un très bon choix, jeune homme. Le Cameroun est un pays magnifique. On dit fréquemment que c'est l'Afrique en miniature : toutes ses richesses, tous ses problèmes, toute son humanité dans une seule nation ! De surcroît, il est dirigé par un président remarquable, très bon ami de la France.

Tout d'un coup, Foccart s'interrompit et fixa Beauchamp.

— Dis-moi, Jean-Maurice, est-ce que le président Ahidjo ne vient pas nous rendre visite prochainement ?

Beauchamp parut sur ses gardes. Il temporisa puis, d'une voix prudente, répondit :

— Oui, il est possible qu'il vienne à Paris sous quinzaine.

— Parfait ! Monsieur Blanchard, voulez-vous que nous vous organisions une interview avec lui ?

Luc était pris de court, mais la réponse allait de soi.

— J'en serais ravi.

— Tu nous arranges cela, Jean-Maurice ?

La question n'était qu'une formule de politesse. Malgré cela, Foccart crut nécessaire d'ajouter, à l'attention de l'émissaire de *France Observateur* :

— Jean-Maurice est mon conseiller Afrique, mais il est avant tout un spécialiste de cette région du Cameroun, du Gabon et du Congo-Brazzaville, où il passe beaucoup de temps. Si vous avez besoin de renseignements, n'hésitez pas à vous adresser à lui.

Beauchamp, qui avait repris sa position attentiste, parut approuver, mais ne fit pas le moindre geste pour offrir à Luc sa carte de visite.

Foccart consulta ostensiblement sa montre.

— Écoutez, mon ami, je ne veux pas vous chasser mais je dois me rendre à l'Élysée. De toute manière, nous nous reverrons certainement dans quinze jours, en compagnie d'Ahmadou. Le président Ahidjo.

Blanchard se leva et tendit la main pour prendre congé. Foccart la saisit et la garda dans sa poigne :

— Une dernière précision : je ne vous ai rien dit. Nous sommes bien d'accord ? C'était « off-the-record », comme disent nos amis britanniques.

— Cela va de soi.

Blanchard salua Beauchamp du regard et quitta les lieux.

De retour à *France Observateur*, il consulta un atlas et emprunta aux archives le dossier Cameroun. Il entendait se documenter avant d'aller soumettre René à son projet de reportage sur place. Son épiderme frémissait, il ressentait ce que ses collègues lui avaient décrit comme la manifestation physique de la certitude qu'il fallait creuser une affaire, effectuer un voyage, écrire cet article et pas un autre.

Il se remémora la proposition d'Antoine Lucchesi de rencontrer son commis de cuisine camerounais. Il n'avait pas donné suite car cela lui semblait trop flou pour déboucher sur quelque chose de pertinent, sans compter qu'il avait toujours eu quelque chose de plus urgent sur le feu. Mais c'était peut-être le bon moment.

Il ouvrit son carnet d'adresses et composa les numéros. Au bout d'une dizaine de sonneries une voix féminine lui répondit avec l'air à moitié aimable d'une personne que l'on dérange. Il consulta sa montre, qui indiquait l'heure du déjeuner. La compagne de Lucchesi, car cela devait être elle, s'affairait certainement au restaurant. Par respect pour sa tâche, Luc alla droit au but et parla fort pour surmonter les crachotements de la conversation longue distance :

— Bonjour, je suis Luc Blanchard, un ami parisien d'Antoine. Il m'a dit que je pourrais rencontrer son cuisinier camerounais qui a des choses à me raconter.

— Alphonse ?

— Lui-même.

— Vous tombez mal. Il est parti dans son pays avant-hier.

— Mince ! Vous savez quand il revient ?

— Aucune idée. Excusez-moi, monsieur, mais je suis en plein service, il faut que je raccroche.

— D'accord. Je rappellerai. Merci beaucoup.

Il reposa le combiné en grimaçant. Il s'était réveillé trop tard.

6

Antoine Lucchesi, Marseille, 5 juillet 1962

Maintenant qu'Alphonse était retourné au pays, Antoine voguait seul sur son chalutier pour transférer et rapatrier sur le sol français la marchandise. Ce n'était pas que la tâche s'avérait difficile, mais il avait pris l'habitude de caboter à deux, la voix de son commis de cuisine se superposant au ronronnement du diesel pour meubler le silence des nuits méditerranéennes. Il n'avait aucune idée de la date de son retour. Alphonse l'avait juste prévenu que les réunions de famille avant et après la mort d'un aîné tendaient à s'étirer en longueur. Le Corse le soupçonnait également de vouloir faire avancer ses projets politiques pendant son séjour. Mais il ne l'avait pas interrogé. La compartimentation était la règle d'or dans leurs affaires, qu'il s'agisse de trafic de morphine-base ou d'agitation politique clandestine. Si jamais l'un tombait, son partenaire, complice ou ami, pouvait plaider l'ignorance en toute sincérité.

Pendant ce temps-là, Maria et lui gardaient le petit André, ce qui ne changeait guère de l'ordinaire. Une pointe d'inquiétude persistait tout de même dans son esprit depuis que son commis s'était envolé. Lucchesi avait beaucoup bourlingué en Méditerranée, mais l'Afrique représentait pour lui une *terra incognita* qu'il imaginait ressembler aux cartes géographiques illustrées pour minots : constellée d'animaux sauvages, de jungles et de Pygmées cannibales. Si l'on ajoutait à cela les coups d'État, les rivalités tribales et le fait qu'être noir chez soi valait toujours moins qu'être blanc chez autrui, Antoine espérait qu'André ne deviendrait pas orphelin.

Il accosta sur le Vieux-Port sans encombre. Procéda aux manœuvres routinières. Comme d'habitude.

Ayant veillé quarante-huit heures seul à la barre de son rafiot, il se dépêcha de remonter au Panier, glissa un baiser dans le cou de Maria, fila directement vers leur lit et s'affala dessus tout habillé.

Lorsqu'il émergea de son sommeil, le crépuscule pointait son nez.

Il se débarrassa de ses frusques sales, raidies par le sel, et plongea sous la douche. Au bout de cinq minutes sous le jet, il avait évacué crasse et fatigue. Il aurait bien voulu que Maria soit dans les parages : il l'aurait entraînée sous l'eau ou sur les draps avec lui. Mais, à cette heure-là, elle servait l'apéro aux soiffards impénitents qui n'imaginaient pas rentrer chez eux après une journée de travail sans avoir séché trois ou quatre godets. Une fois habillé, Antoine irait l'aider jusqu'à la fermeture, 20 h 30 ou 21 heures selon les soirs, mais jamais plus tard car ils ne servaient pas pour le dîner.

Cette vie n'était pas pour lui déplaire. Mi-bistrotier en

second, mi-convoyeur d'opium, un pied sur un bateau, l'autre dans son foyer, la quiétude d'une vie amoureuse et la liberté des embruns. Pas de soucis financiers. La responsabilité limitée d'enfants qui n'étaient pas les siens.

Propre et rasé, sa moustache bien taillée, ses cheveux peignés en arrière, il était fin prêt pour descendre la volée de marches qui le séparait du bar. Mais auparavant, il devait reporter les détails de la livraison du jour sur le cahier d'opérations selon le principe bien connu des bons comptes qui font les bons amis. Lucchesi détestait les dictons, raccourcis paresseux d'une réalité tortueuse, mais, dans ce cas précis, la maxime parlait vrai. En tout cas, l'inverse s'était fréquemment vérifié dans le milieu : un mécompte attirait les inimitiés plus sûrement qu'un banc de sardines les goélands.

Il ouvrit la porte du placard : il n'y avait plus qu'une seule valise à la place des deux habituellement remisées. Celle qui manquait contenait justement le livre de comptabilité...

Antoine se figea, tout son corps en suspens.

Il balaya du regard les recoins de la niche qui servait à entreposer le bazar du logis. Nulle trace du second bagage. Par sécurité, au cas où sa mémoire lui jouerait des tours, il fouilla la mallette restante. Comme pressenti, ce n'était pas la bonne.

Il se redressa, l'esprit troublé, à la recherche d'une explication, même si elle ne lui venait pas spontanément à l'esprit. Maria avait pu emprunter la valise. Ou alors la prêter aux enfants pour un jeu qui nécessitait de se déguiser en commis voyageur ou en explorateur. Le départ d'Alphonse lui effleura les neurones, mais il l'avait toujours vu muni d'un vieux sac en tissu lors de ses déplacements.

— Pas d'inquiétude, murmura-t-il en descendant l'escalier un peu plus prestement qu'à l'accoutumée.

Quelques figures connues lui rendirent son salut lorsqu'il se plaça derrière le comptoir. Maria discutait avec des clients en terrasse.

Antoine saisit machinalement les verres qui traînaient sur le séchoir pour les essuyer, affectant l'air désintéressé de celui qui se plie à sa routine. Pourtant, la tension nouait son bas-ventre.

Un pilier de bar lui passa une commande qu'il ne capta même pas. Il lui resservit une anisette d'autorité. La conversation de Maria à l'extérieur s'éternisait, mais cela ne se faisait pas de lui ordonner de rentrer.

Au bout d'une dizaine de minutes, elle revint vers le bar, découvrant Lucchesi qui la couvait des yeux. Se méprenant sur son regard, elle lui adressa un sourire enjôleur, mimant des lèvres un baiser. Les deux amoureux auraient pu s'embrasser devant l'assistance, personne n'aurait rien trouvé à y redire et certains auraient même goûté au spectacle, mais un fond de pudeur les retint.

Antoine s'en voulait par avance de sa brusquerie, mais il refusait de gamberger plus longtemps.

— Maria, as-tu utilisé une des deux valises qui sont dans le placard ?

— Oui, je l'ai proposée à Alphonse. Il allait partir avec son vieux sac rapiécé. Ce n'est pas très élégant pour prendre l'avion, en plus cette valise ne nous sert jamais.

Antoine cessa de lustrer son verre, les doigts soudainement raides. Maria se glissa derrière lui sans remarquer sa crispation.

Lucchesi, qui ne perdait presque jamais son calme, fit un effort considérable pour ne pas s'en départir maintenant, devant les clients. Il descendit à la cave quérir une caisse de bières et en profita pour écraser violemment son poing sur un mur de pierre. Ça le soulagea. Il aurait mal plus tard.

Maria n'y était pour rien. Vraiment pour rien. Elle ne se mêlait jamais de ses affaires, ignorant tout de son rôle de comptable officieux des familles de l'héroïne marseillaise. Elle avait cru bien faire. Qui n'aurait pas prêté un bagage inutile rangé au fond d'un placard à un ami camerounais retournant au pays ? Le fautif, c'était lui.

Antoine ne ferma pas l'œil de la nuit. La douleur dans sa main amochée le lançait mais ce n'est pas ça qui le tint éveillé.

Lorsqu'il renonça définitivement au sommeil, l'aube pointait au travers des volets ajourés. Maria dormait encore, ses longs cheveux noirs drapant l'oreiller. Elle ne les avait pas noués pour la nuit comme elle le faisait souvent après qu'ils avaient fait l'amour en se couchant.

Lucchesi enfila ses vêtements et se dirigea vers la cuisine. Posa la cafetière italienne sur le brûleur et alluma une cigarette en attendant la vapeur.

Il était résolu à dire la vérité. Après tout, le livre de comptes s'était envolé. Littéralement. Mais il allait revenir.

Antoine n'avait pas cherché à dissimuler le cahier, ni à le falsifier, encore moins à le revendre. Il n'était pas un escroc. Il allait donc s'expliquer auprès de ses commanditaires et entrer en contact avec Alphonse pour rapatrier le carnet au plus vite. Comment ? Aucune idée pour l'heure. Ce n'est pas comme si son ami avait laissé une adresse où le joindre au Cameroun. Mais il trouverait un moyen.

Dès qu'il serait une heure convenable, c'est-à-dire quand le soleil brillerait au zénith et que les oiseaux de nuit auraient retrouvé digne figure, Lucchesi s'en irait trouver Dominique Venturi pour lui exposer son souci. Ce n'était pas la peine d'attendre que celui-ci, ou un autre représentant des quatre familles, ne demande à voir les comptes, dans deux jours, deux semaines ou deux mois, comme ils le faisaient régulièrement.

À ce moment-là, il serait trop tard.

7

Luc Blanchard, Paris, 9 juillet 1962

En arrivant le lundi matin à *France Observateur*, Luc découvrit une note manuscrite déposée sur sa machine à écrire, de sorte qu'il ne puisse pas la rater. Il reconnut l'écriture appliquée de la secrétaire du service. « Message de M. Jacques Foccart, ce matin à 8 h 15 : Prière de nous rejoindre dans ma maison de Luzarches dimanche après-midi pour l'entretien avec M. Ahidjo. Prenez le train de 14 h 37 à la gare du Nord et descendez au terminus. Un chauffeur vous attendra. Merci de confirmer auprès du secrétariat. »

Luc n'avait certes pas oublié le rendez-vous promis par Foccart pour s'entretenir avec le président camerounais, mais il avait imaginé que l'interview se ferait à l'ambassade ou dans un grand hôtel, voire dans les bureaux du secrétaire général des Affaires africaines et malgaches. Il n'avait pas non plus songé qu'elle se déroulerait un dimanche. Non qu'il rechignât à travailler le week-end, lui qui menait une existence de célibataire plutôt solitaire ; mais ces sommités n'avaient-elles pas d'autres occupations le dimanche après-midi, au lendemain des célébrations de la fête nationale, que de rencontrer un journaliste de son acabit ?

Au moins, ça lui donnerait une excuse pour ne pas déballer les cartons qui traînaient depuis deux mois dans l'appartement qu'il avait investi en haut de la rue des Martyrs. Il avait pris la première location qu'il avait visitée, souhaitant rester dans le quartier où il avait vécu avec Margot ces dernières années et qu'il avait appris à apprécier. Il n'était pas mal tombé. Une chambre et un salon donnant sur une cour arborée, une petite cuisine, de la lumière et, en se penchant par la fenêtre, une vue sur les toits de Paris.

La disparition de Margot avait creusé un vide dans son existence, qu'il apprenait encore à combler. Luc s'acharnait au travail et dans la salle de boxe. Il lisait un peu moins, trouvant plus aisé d'aller au cinéma pour se distraire : le pouvoir de subjugation des images s'avérait supérieur à celui des mots dans ce genre de période. Il avait traîné deux ou trois fois dans des bars de Pigalle, mais ce n'était vraiment pas sa tasse de thé. Il s'était senti sale en rentrant chez lui. Quant aux dancings, le sens du rythme ne figurait pas à son répertoire.

Afin de ne plus penser aux cartons, Blanchard se focalisa sur un détail concret : où se situait Luzarches ? Il se targuait de bien connaître Paris et les communes du département de la Seine, mais il avait souvent des difficultés à situer les villes plus lointaines de Seine-et-Oise. Il s'empara donc d'un plan que les journalistes se partageaient pour localiser le lieu de son rendez-vous. Il le repéra à une quarantaine de kilomètres au nord de la capitale.

À cet instant, René pénétra dans le vaste bureau du service des reporters, de retour de la conférence de direction. Luc était un des rares présents ce matin-là, l'essence d'un service de reporters étant qu'ils soient dehors plutôt que vissés sur leur chaise. Le rédacteur en chef se posta donc devant lui.

— J'ai annoncé ton interview avec le président du Cameroun pour le prochain numéro. Ça tient toujours ?

— Absolument, je viens d'en avoir la confirmation.

— Très bien. Ne te laisse pas embobiner, hein ? Tu poses des questions accrocheuses sur ce qui se passe réellement là-bas ! On ne veut pas d'un truc béni-oui-oui façon *Le Monde*, tout-va-très-bien-Madame-la-Marquise-ne-vous-inquiétez-pas-le-pays-est-entre-de-bonnes-mains !

René avait sa façon bien à lui de parler quand il était chafouin, mélange d'ironie et de colère rentrée contre une pratique du journalisme.

— Ne t'en fais pas. J'ai bien potassé le dossier. C'est cocasse, car Foccart a arrangé l'interview qui va se faire à Luzarches chez lui plutôt qu'au ministère ou à l'ambassade…

— Raison de plus pour te méfier, fiston. Foccart te fait venir sur ses terres. Je n'y suis jamais allé, mais on raconte qu'il s'agit d'une belle villa ayant appartenu à la mère du prince de Monaco.

— Pas mal pour un haut fonctionnaire !

— Détrompe-toi, fiston. Foccart n'est pas fonctionnaire et ne l'a jamais été. Il est chef d'entreprise et fier de l'être. Il a beau travailler pour le président, il n'est pas rémunéré par l'État.

— Ah bon ? De quoi vit-il ?

— Import-export. Il dirige une boîte qui fait dans le commerce de fruits exotiques avec les Antilles. Du moins, c'est sa raison officielle…

— Tu as l'air sceptique.

— J'ai du mal à imaginer Foccart se passionner pour le cours de la banane. Mais tu pourras lui demander comment il a acheté sa villa, puisque tu y vas !

— Bien sûr, ce sera ma première question !

— Très bien, tu apprends vite gamin !

Sur cette boutade, René le délaissa pour discuter avec un autre rédacteur qui venait de surgir. Luc décrocha son combiné et confirma son rendez-vous auprès de la secrétaire de Foccart.

Lorsqu'il avait repris la boxe, Luc s'était enfin résolu à affronter des sparring-partners. Terminé les séances solitaires et les trois paroles échangées avec les autres membres du club.

Ces derniers l'avaient accueilli sans commentaires ni reproches à propos de ses années de silence. Il avait modifié ses habitudes et s'entraînait désormais en fin d'après-midi, lorsqu'il y avait davantage de monde – personne n'aimait commencer sa journée par un coquard ou un nez qui pissait le sang.

Ce soir, ils avaient alterné à quatre sur le ring. Des gars avec qui il avait déjà frotté les gants auparavant : deux frangins gringalets et teigneux, et un immense Ivoirien qui retenait ses coups pour ne pas les assommer. Luc aimait bien ce dernier. Moussa avait connu sa petite heure de gloire en tant que boxeur à Abidjan avant de s'exiler en banlieue parisienne pour gagner sa croûte comme manœuvre dans le bâtiment. Tout le monde le pressait pour qu'il tente sa chance comme professionnel – ce qu'il n'avait pas pu faire dans son propre pays où seuls les parieurs gagnaient de l'argent avec la boxe. Désormais il jurait qu'il n'avait plus l'âge ni la niaque pour une carrière. Il préférait exercer ses muscles et prodiguer ses conseils aux amateurs comme Blanchard.

Luc avait terminé la séance en nage, il lui avait fallu plusieurs minutes pour recouvrer son souffle et un pouls normal, affalé plutôt qu'assis sur les bancs des vestiaires. Il songeait qu'à trente et un ans, il se faisait un peu vieux pour bondir deux heures durant sur un ring. Quand il put enfin supporter la station debout, les trois autres avaient achevé de prendre leur douche.

Un des deux frères s'adressa à lui :

— On doit filer, tu pourras fermer la salle ?

Blanchard hocha la tête. Le club, qui enregistrait plusieurs dizaines de membres, fonctionnait comme une famille. Le gérant n'avait pas envie de se fader l'ouverture à 7 heures et la fermeture à 21 heures, alors il laissait aux plus fidèles, les acharnés, le soin de boucler le gymnase. Il suffisait d'éteindre les lumières, de verrouiller la serrure et de glisser la clef dans la boîte aux lettres.

Luc tapa dans la main de ses partenaires qui s'habillaient et pénétra dans la salle des douches. Le propriétaire avait récemment acquis une chaudière au gaz flambant neuve, qui garantissait une eau bien chaude à n'importe quelle heure. Exactement ce dont il avait besoin pour se délasser les muscles.

Il ouvrit le robinet, le point rouge au maximum, jusqu'à

ce que chaque goutte lui brûle la peau. Il laissa longtemps couler l'eau sur son corps. Enveloppe de chaleur humide. Sensation de cocon. Les yeux fermés, il se vidait la tête. Puis, il diminua la température et se savonna avec application. Quand il coupa le jet, il dut attendre que la brume se dissipe avant d'attraper sa serviette. Il commença par se sécher les cheveux.

Il perçut alors un souffle froid sur sa nuque. La porte des douches venait de s'entrebâiller. Il releva la tête et aperçut deux hommes en costume qu'il n'avait jamais vus auparavant. L'un était râblé et coiffé d'une casquette au motif pied-de-poule. L'autre paraissait sacrément costaud. Il portait un chapeau avec une plume et son cou tirait le tissu de sa chemise.

Pudique, Blanchard hésita à couvrir son sexe avec la serviette avant de pressentir que c'était le moindre de ses problèmes.

Il leur lança néanmoins poliment :

— Excusez-moi, messieurs, mais la salle est fermée. Si c'est pour vous inscrire, il faut revenir demain matin.

Le petit sourit à son acolyte d'un air entendu.

— T'as entendu ? On nous prend pour des boxeurs !

— Ça tombe bien, on vient pour donner une leçon, reprit le baraqué, en ôtant sa veste.

Il voulut l'accrocher sur la patère mais tout était brumeux dans l'étuve humide. Il la tendit donc à son comparse.

— Qu'est-ce que vous me voulez ?

Blanchard avait entendu cette phrase tellement de fois dans sa vie antérieure qu'il se sentit ridicule en la prononçant. La réponse était connue d'avance.

— Tu poses trop de questions !

— C'est pas bon pour la santé, compléta le costaud qui retroussait ses manches.

— Je pense que vous devriez partir, tenta Luc qui scrutait les deux hommes, à la recherche d'une parade.

Ils avaient la quarantaine, leurs frusques étaient ajustées : ce n'étaient pas des petites frappes qu'on emploie pour régler une brouille ou relever les compteurs de dettes impayées. Luc avait renoncé à se servir de sa serviette comme d'un pagne, et il ne lui parut pas pertinent de l'enrouler autour d'un de ses poings. Vu la carrure du malabar qui s'avançait, amortir ses coups ne lui rendrait pas service.

Blanchard attendit donc qu'il s'approche, puis lui projeta le linge humide sur la figure en même temps qu'il lui décrocha un crochet au foie. Il s'apprêtait à enchaîner en visant la tête quand il reçut un coup terrible dans le ventre, puis un autre dans la tempe qui l'envoya valdinguer par terre, à moitié sonné. Son adversaire avait frappé en aveugle mais il ne l'avait pas raté.

— Faut pas énerver mon ami, soupira celui qui semblait être le cerveau du tandem. On est venus t'avertir, mais si tu glisses dans les douches et que tu t'amoches, ça nous est égal.

La brute arracha la serviette de son visage, n'ayant visiblement pas apprécié la manœuvre. Elle avait un visage anguleux, les cheveux blonds taillés en brosse.

OK, se dit Luc, je n'ai qu'à encaisser du mieux possible et ils finiront par vider les lieux.

Mais renoncer n'était pas sa came. Il prit appui sur ses jambes et fonça crâne en avant vers l'estomac du costaud. Qui l'esquiva et lui balança un coup de pied dans les reins.

L'épaule de Luc percuta le carrelage et une douleur cuisante se répandit dans le haut de son corps.

La baraque fit craquer ses jointures et grimaça :

— Tabasser les moricauds, c'est fatigant. Ils ne répliquent pas. Mais toi, je vais me faire un plaisir de te démonter la gueule. Peut-être même que la maison me filera une prime pour le déplacement.

— Y a des moricauds, vaut mieux pas les chercher !

La silhouette de celui qui avait parlé tenait à peine dans l'encadrement de la porte d'entrée : Moussa.

— Qui c'est ce mariole ?

Le petit, qui ne s'était pas battu jusqu'ici, eut à peine le temps de suspendre le point d'interrogation au bout de sa phrase qu'il fut saisi par le colback et projeté contre le mur en faïence qui s'ébrécha sous le choc. L'Ivoirien ne se retourna même pas : il savait que sa cible ne reviendrait pas pour un second round.

Sans un mot, Moussa éleva sa garde devant son visage et s'approcha doucement du grand blond qui se crut obligé de l'imiter.

Luc voulut se relever mais il ne parvenait pas à s'appuyer sur son bras endolori.

De toute manière, Moussa n'avait pas besoin d'aide. Le colosse noir évita sans difficulté les premiers coups dans sa direction, tout en souplesse du torse, puis répliqua comme s'il chassait les mouches. La parade de l'agresseur ne servit à rien. Sa tête voleta à droite, puis à gauche, de nouveau à droite, et alla se fracasser sur un tuyau de douche qui se couda. Du sang lui suintait d'une coupure au front. Blanchard prit toute la mesure de son sparring-partner. Il avait conscience que Moussa retenait ses coups lorsqu'il s'exerçait avec les amateurs du club : il en comprenait désormais la raison. S'il avait lâché ses coups, comme il le faisait présentement, ils auraient tous fini aux urgences de l'Hôtel-Dieu.

Moussa se déplaça de biais, sans perdre de vue son opposant, lui laissant généreusement le temps de se relever et de reprendre ses appuis sur le sol mouillé.

— François, on s'arrache !

Le râblé s'était ressaisi et sprintait vers la sortie. Le blond hésita une demi-seconde puis fila aussi rapidement qu'il en était capable tout en essuyant le sang qui lui gouttait dans les yeux.

Moussa les laissa prendre leurs jambes à leur cou avant de se pencher vers Luc :

— Tu veux que je les rattrape ?

— Pas la peine.

Blanchard ne doutait pas une seconde de la vitesse de sprint de son sauveteur, mais il ne voulait pas créer d'esclandre dans le quartier ni risquer un incident qui causerait davantage de tort à Moussa qu'à lui-même. Vu sa puissance, s'il les coinçait, le colosse était bien capable d'étendre raide les deux fuyards sans même le faire exprès.

Luc se massa l'épaule et la fit pivoter plusieurs fois sur elle-même pour dissiper la contraction. Il ramassa sa serviette pour la nouer sur ses reins – il n'allait pas continuer à se trimballer tout nu. Il manqua d'enserrer Moussa dans ses bras mais se retint au dernier moment et se contenta d'une solide poignée de main.

— Sans toi, je ne sais pas comment je m'en serais sorti.

— Très abîmé, s'esclaffa l'Ivoirien.

Blanchard rit à son tour pour masquer sa préoccupation. Si son partenaire ne lui avait pas sauvé la mise, il se serait pris une vilaine dérouillée. Une question lui vrillait bien évidemment les méninges : qui étaient ces types ?

Son esprit cartésien recensait déjà les indices quand Moussa lui tendit un vêtement. Luc allait le refuser, il se sécherait dans les vestiaires, lorsqu'il comprit qu'il s'agissait de la veste que la brute avait ôtée pour lui ratatiner le profil. Son collègue l'avait laissée choir sur le sol des douches en détalant. Il s'en empara et tâta rapidement les poches : rien. Les mecs étaient soit du genre prudent, soit du genre à mettre leur portefeuille dans leur pantalon. Dans les deux cas, cela ne faisait pas son affaire.

Blanchard se dirigea vers les casiers métalliques où il avait remisé ses affaires et se rhabilla.

Moussa ne s'éloignait pas, comme s'il craignait que les deux affreux ne reviennent terminer leur besogne, éventuellement avec du renfort.

— Ne t'en fais pas, le rassura Luc. Je pense qu'ils ont eu leur compte.

— On ne sait jamais. Ces types ne me plaisent pas.

— À moi non plus. Mais ils ne se montreront plus. En tout cas pas tout de suite.

Depuis que les deux nervis avaient surgi, le reporter cogitait : leur identité importait finalement moins que leurs intentions. Pour quelle raison l'avaient-ils agressé ?

Jusqu'à présent, il n'avait jamais envisagé que d'anciens malfrats ou criminels de sa vie d'avant puissent vouloir se venger, mais c'était une possibilité. L'alternative était qu'un individu ou une « maison » ne goûtait pas à ses activités de reporter. Bien qu'ayant pris un coup sur la carafe à ce moment précis, la locution employée par son assaillant l'avait interloqué. Était-ce un tic de langage désignant son appartenance à un collectif de coupe-jarrets, ou désignait-il une organisation établie ? Et quid de la référence aux passages à tabac des allochtones ? Quel sens avait ce micmac ?

— Celui qui t'a blessé portait une plume de calao à casque jaune sur son couvre-chef, intervint Moussa, qui gambergeait de son côté.

Luc interrompit son boutonnage de chemise. Il ne comprenait pas ce que Moussa lui racontait et, comme c'était souvent le cas, il ne savait pas si c'était à cause de ses références culturelles ou parce que son partenaire parlait un français trop châtié pour lui. Aucun Parisien n'aurait utilisé le mot *couvre-chef* à la place de *chapeau*.

Moussa le toisa, comme s'il était fréquemment confronté à cette incompréhension :

— Quand j'ai quitté la salle tout à l'heure, j'ai aperçu les deux larrons qui fumaient une cigarette sous le porche. Ils m'ont jeté un regard que je n'ai pas aimé. Puis j'ai vu que le grand avait glissé une plume de calao jaune dans son chapeau. C'est un oiseau de mon pays. J'essayais de l'attraper quand j'étais petit. Maintenant, c'est une espèce protégée alors j'ai trouvé cela suspect. Je les ai dépassés et je me suis mis en retrait pour les épier. Je les ai vus pénétrer dans la salle, j'ai attendu un peu et je suis rentré à mon tour.

La différence entre se faire rectifier le portrait et s'en sortir indemne tenait à une plume de piaf inconnu sous nos latitudes.

— Bien joué Moussa ! Je ne sais pas pourquoi ils m'en

voulaient. Je n'ai pas de mauvaises fréquentations, je t'assure, sourit Blanchard.

— Tu as dû mettre ton nez dans le mauvais marigot !

— Marigot ?

— C'est comme ça qu'on appelle les mares en Afrique. Il faut se méfier car il y a parfois des crocodiles dedans.

Luc ne répliqua pas mais son sauveur visait sans doute juste.

Le journaliste récupéra son cartable en cuir et la veste de son agresseur. Il éteignit les lumières en compagnie de Moussa et tous deux quittèrent la salle de boxe. Après avoir glissé la clef dans la boîte aux lettres, ils se retrouvèrent dehors, rue du Temple, au cœur du Marais et de ses vieux immeubles érigés grâce aux premières carrières lutéciennes.

— Il faut que je rentre. J'embauche à 6 heures demain matin, s'excusa Moussa.

— Pas de souci, ça va aller. Je t'en dois une !

— Ce n'est pas tous les jours qu'on sauve un toubabou ! À la prochaine. Sur le ring.

— Sur le ring. Mais avec des protections !

Ce coup-ci, Blanchard se pencha pour enlacer le grand boxeur.

Il temporisa un instant avant de s'orienter vers le métro, puis avisa un petit bistrot tranquille. Il salua deux piliers de comptoir et alla se caler au fond de la salle. Dérogeant à ses habitudes, il commanda un double whisky. Il lui fallait au moins ça pour éclaircir ses neurones.

Luc recensa ce qu'il savait :

1) Un des deux hommes se prénommait François. Le costaud. Celui qui frappait.

2) La référence à la « maison » indiquait qu'ils émargeaient dans une officine quelconque. Ce n'étaient pas des francs-tireurs et, de ce fait, probablement pas des voyous qu'il avait mis en cabane autrefois.

3) La plume de calao et la référence aux « moricauds » dudit François trahissaient-elles un lien avec l'Afrique ? Conjecture, certes, mais vu les dossiers dont il s'occupait en ce moment, pas complètement improbable.

Cela n'augurait rien de bon, mais ça signifiait qu'il avait levé un gibier qui aurait préféré rester planqué, et qui n'hésitait pas à le faire savoir par l'intimidation.

La Main rouge. L'assassinat de Félix Moumié. Le fantôme William Bechtel. Les dénégations forcenées de Foccart et de son acolyte Beauchamp. La guerre au Cameroun que personne n'évoquait. Tout cela était lié. Mais il ne savait toujours pas comment, ni pourquoi, ni qui trempait dans ce marécage. René Hartmann avait raison : il n'avait pas assez travaillé, son article n'était pas encore prêt pour publication.

Blanchard avala une gorgée de whisky. Fit la grimace. C'était fort. C'était bon.

Consciencieux jusqu'au bout, le reporter tritura de nouveau la veste humide du gorille qu'il avait posée sur le dos de sa chaise. Juste une étiquette de tailleur et un paquet vide de Gauloises froissé. Toutefois, à force de palper le vêtement, il décela au bout de ses doigts une déchirure dans la poche de poitrine. Il y plongea la main jusqu'à toucher un élément mou et retira délicatement un bout de papier gorgé d'eau qu'il étala sur la table.

C'était une feuille imprimée au carbone. On distinguait nettement, en haut à gauche, le logo d'Air France. En dessous, des chiffres et un intitulé : « Carte d'embarquement ». Puis écrites à la main et pas encore effacées par l'humidité figuraient les mentions « Vol AF 102. Yaoundé-Paris. 07 / 07 / 62. Siège nº 14 ».

Luc Blanchard n'avait jamais pris l'avion, mais il reconnut ce qu'il avait devant lui : la confirmation de ses soupçons et une piste pour identifier ses agresseurs.

8

Antoine Lucchesi, Marseille, 13 juillet 1962

Au bout du compte, Lucchesi estimait s'en être bien tiré.

Nick Venturi, qu'il avait pris soin de flatter de son prénom yankee fantasmé, avait grogné, tiré la tronche, puis accepté la confession, et arrosé le pardon de rasades d'anisette. Antoine avait un peu arrangé la vérité en prétendant que son commis reviendrait bientôt avec le livre de comptes, l'affaire de deux ou trois semaines, il était bien trop précautionneux pour ne pas rapporter la valise, trop respectueux des affaires d'autrui pour fouiller dans la doublure…

En vrai, il n'en savait rien. Alphonse pouvait très bien perdre le bagage, en faire cadeau à un proche au Cameroun, se le faire bouffer par une hyène, le réduire en bouillie à force de s'asseoir dessus, le voir saisi par un douanier zélé. Dans ce dernier cas, il était mal barré. Même le plus obtus des gabelous capterait le sens des chiffres consignés dans le cahier d'écolier.

Dans l'immédiat, le plus important était que Venturi ait passé l'éponge. Antoine avait gagné du temps. Il en rachèterait le moment venu. Quand le carnet resurgirait. Car il fallait qu'il réapparaisse. Pas le choix.

Antoine avait tenté de reconstituer de mémoire le contenu du livre, les montants qu'il avait lui-même enregistrés, mais il avait dû renoncer au bout de dix minutes infructueuses. Ce qui était couché sur du papier n'était plus gravé dans sa cervelle. Quant à inventer des chiffres approximatifs sur la base de ses souvenirs, mieux valait oublier. Le moindre écart d'une dizaine de grammes aurait déclenché une guerre des familles marseillaises aussi sûrement qu'un parrain lançant un clin d'œil à la maîtresse d'un autre. Et il se retrouverait au milieu.

Il devait s'activer.

Ayant rassemblé tout ce qu'il avait déniché de pièces de cinquante centimes et de un franc dans le tiroir-caisse du bar, Lucchesi se dirigea vers l'Hôtel des Postes de la rue Colbert. De là, il espérait pouvoir remonter la piste d'Alphonse à l'aide des annuaires internationaux en appelant les principaux hôtels de Yaoundé et de Douala. Il ne plaçait pas un espoir insensé dans cette démarche, mais c'était sa seule idée pour l'instant.

Il marchait d'un pas décidé, sous un beau soleil marseillais, traversant le Panier en humant le mélange d'odeurs de poubelles et de linge propre séchant aux fenêtres, écoutant les rumeurs lointaines de conversations des habitants qui s'interpellaient pour un rien.

Deux hommes conversaient au milieu des marches descendant de la rue des Belles-Écuelles. Un recoin lugubre qui puait la pisse : drôle d'endroit pour causer.

Il les frôla en dévalant la pente, puis entendit un froissement de veste. Antoine entreprit de se retourner, mais reçut illico un coup sur la nuque. Il piqua une tête dans l'escalier, tenta de se retenir à la rampe en métal, mais la manqua de quelques centimètres. Il se mit en boule, mais trop tard pour éviter le choc sur le sol en pierre. Il s'évanouit avant d'avoir achevé sa chute au bas des escaliers.

Lorsque Antoine tenta d'ouvrir son œil droit, il n'y parvint pas. Quelque chose l'en empêchait. Il essaya de se frotter la paupière avec la main droite, mais elle était retenue, attachée avec la gauche, dans son dos.

L'autre orbite, elle, avait l'air de fonctionner. Maigre consolation : il faisait sombre.

Il se donna quelques secondes pour ausculter mentalement son corps, assis à même le sol, perclus de douleurs. Il se remémora la dégringolade dans l'escalier. CQFD. Son cerveau vrillait. Migraine carabinée. Grimaçant, il sentit un suc craqueler sur ses joues. Du sang séché, la raison pour laquelle il ne pouvait ouvrir son œil droit.

Prononçant quelques syllabes, il entendit nettement le son de sa voix. Pas de bâillon, pas de fracture de la mâchoire. Le trafiquant tenta d'observer autour de lui malgré l'obscurité. Une pièce nue. Aucune fenêtre. Des chaises entassées dans un coin. Quelques fûts de bières. L'arrière-salle d'un bistrot. Pas besoin de beaucoup s'étirer les méninges pour deviner à qui il appartenait.

Il héla :

— Oh ! Hé oh !

Pas de réponse.

Autant se lâcher franco.

— Nick ! Nick ! Venturi !

Puis le cliquetis de la serrure qui tournait. On fit jouer l'interrupteur. Deux escogriffes, qui lui rappelaient ceux croisés dans l'escalier avant sa chute, avaient pénétré dans le débarras. Antoine cligna de son œil valide. Dominique Venturi entra, son faciès barré de l'air maussade de celui qui va délivrer une mauvaise nouvelle.

— Tu me prends pour un con, Tony ?

Lucchesi aurait bien répondu par l'affirmative, pour la double raison qu'il persistait à lui coller ce patronyme anglo-saxon débile, et que oui, il le jugeait bas de plafond. Et il se refusait à s'abaisser en répondant par la négative. Par conséquent, il se tut.

— Tu croyais vraiment que j'allais gober tes salades de commis de cuisine disparu à Pétaouchnock avec le livre de comptes ? Et que tu allais t'en tirer comme ça ?

Toujours de la rhétorique. Pas la peine de répliquer.

— On t'a fait confiance, Tony. C'est ainsi que tu nous remercies ? Tu essaies de nous blouser ?

Là, il valait mieux se manifester.

— J'ai joué franc-jeu avec toi, Nick. Tu crois sincèrement que j'aurais inventé une histoire aussi branque si elle n'était pas vraie ?

— Je me suis renseigné. Ton cuistot s'est bien fait la malle dans son pays de macaques. Par contre, personne ne sait quand il va rappliquer. C'est Maria qui nous l'a craché.

Maria. Venturi savait où il appuyait en prononçant ce prénom.

— J'ai vu le fils de Maria, aussi. Et le petit noiraud toujours fourré avec lui. Ce sont presque tes mômes, non ? Tu les aimes bien…

— Qu'est-ce que tu veux ? trancha Lucchesi.

— Le livre de comptes, évidemment ! Ne joue pas au cave. Tu vas nous le ramener fissa !

— Tu sais bien que je ne l'ai pas et qu'il se trouve à cinq mille bornes d'ici…

— Je m'en bats les miches. Tu as un mois : qu'il soit à Pékin ou à Tombouctou ! Ton problème, pas le mien.

Lucchesi n'avait jamais travaillé de sa vie dans une administration ni dans une usine mais c'est ainsi qu'il se figurait la vie d'employé. Un chef donne des ordres sans se soucier de savoir s'ils sont réalisables. Aux sous-fifres de se démerder pour parvenir aux objectifs fixés.

— Et pas la peine d'aller te plaindre aux Guérini ! Ils seraient capables de te zigouiller juste pour la forme.

Pour une fois, ce crétin disait juste. Le livre disparu, Antoine avait perdu son patronage. Si le juge de paix trébuche, sa position de médiateur protégé se dissipe et tout le monde se retourne contre lui.

Le captif tentait de réfléchir à toute vitesse à ce qu'il pouvait promettre, vendre, pour s'extraire de la nasse dans laquelle il était coincé, mais il ne trouva rien d'autre qu'annoncer :

— Je vais te ramener ton livre. Dans un mois, tu l'auras.

— T'as intérêt, sinon tu devras te dénicher une autre radasse. Tu sais ce qui arrivera à Maria si tu reviens les mains vides…

— Je te crèverai, ordure, souffla Lucchesi.

— Quoi ? Qu'est-ce que t'as dit, connard !?

— Tu m'as très bien entendu.

— Pourquoi Tony ? Pourquoi ? Je comptais te libérer paisiblement, mais il faut toujours que tu joues les intouchables. On va te fermer le clapet, ça t'apprendra à te croire supérieur aux autres !

Venturi adressa un signe aux deux gorilles qui n'attendaient que cela. Le premier redressa Antoine sur ses jambes, pendant que le second armait son bras. Lucchesi eut à peine le temps de contracter ses abdominaux qu'il reçut un crochet dans l'estomac. Puis un second. Et un troisième. Expirant bruyamment, il se laissa choir. Il avait encaissé les coups sans trop de dommages, mais ce n'était pas la peine de faire le fier.

Antoine décela un échange silencieux entre les deux brutes et leur patron qui recommanda : « Encore. » Il banda ses muscles, mais cette fois-ci il reçut une gifle en travers de la face. Puis une autre, et encore une autre et ainsi de suite, comme si l'échalas attendrissait un poulpe. Les mains attachées, il ne connaissait aucune technique pour encaisser proprement les coups au visage. Heureusement, cela ne dura pas longtemps.

Groggy, Lucchesi sentit qu'on lui coupait ses liens puis qu'on le soulevait par les épaules et le traînait sur une vingtaine de mètres. Une porte s'ouvrit et la lumière le poussa à fermer son œil valide. Le vacarme de la rue envahit ses tympans. Le bref envol de son corps puis le contact brutal du pavé frais sur sa joue signifiaient que le théâtre de l'intimidation était terminé. Il ne manquait que l'ultime sommation. Qui arriva, prévisible, par la voix de Venturi :

— Fini de jouer au plus malin Tony, tu as saisi : le carnet ou la vie de Maria et des deux mioches !

La porte claqua dans son dos.

Antoine patienta une petite minute avant de se redresser. Ses mains n'étaient plus entravées. Il gratta son orbite obstruée, sentit des croûtes s'effriter et put enfin ouvrir les deux yeux. Il gisait dans une ruelle, à l'arrière-cour des rades de nuit du Vieux-Port. À cette heure matinale, il n'y avait personne pour l'observer en train de ramper. Ni pour l'aider non plus.

Il s'aida d'une gouttière pour regagner la station verticale, lissa son pantalon et sa veste déchirée. Puis boitilla sur une centaine de mètres jusqu'à une fontaine publique quai des Belges. Sans miroir, il fit de son mieux pour éliminer les traces de sang sur son visage en évitant de mouiller ses habits. Il souhaitait apparaître présentable pour la prochaine heure.

Une fois ses ablutions terminées, il tâta sa poche portefeuille. Sa liasse de billets était encore là, bien épaisse. Il avait l'habitude de se trimballer avec. Venturi et ses deux sbires n'avaient rien piqué. Ils auraient pu. L'étiquette du milieu n'appréciait guère ce genre de larcin, mais encore fallait-il s'en plaindre et bénéficier d'une oreille bienveillante. Ce n'était plus son cas. Antoine était désormais tricard.

À peu près rafraîchi, et avant que les marques des coups ne colorent son visage en rouge et violet, il se dirigea, résolu, vers la Canebière. Remontant l'artère sur une centaine de mètres, il trouva ce qu'il cherchait. Il avait le choix entre trois agences qui promouvaient sur leurs devantures des voyages pour Bastia, Ajaccio ou Alger. Il pénétra dans celle qui n'accueillait aucun client pour le moment.

Une jeune femme guillerette avec des lunettes pointues le salua d'un grand sourire.

— Que puis-je pour vous, monsieur ?

— Je voudrais acheter un billet d'avion.

— Bien entendu, monsieur. Pour quelle destination ?

— Le Cameroun.

— Très bien. Pour quelle date ?

— Le plus tôt possible.

— Je vois que monsieur est pressé. Un parent malade dans les colonies ?

La mémoire populaire avait la vie dure, mais Lucchesi n'était pas d'humeur à donner un cours de géopolitique.

— Non, c'est pour affaires. Urgentes.

9

Luc Blanchard, Paris, 15 juillet 1962

Blanchard savait d'expérience que personne n'escomptait des journalistes qu'ils soient bien vêtus. Il avait néanmoins fait l'effort de repasser son meilleur costume et de cirer ses chaussures. On n'était pas invité tous les jours par un président africain et un bras droit du Général.

Les stigmates de la correction qu'il avait reçue l'autre soir dans les douches du club de boxe s'étaient estompés, seule son épaule restait endolorie. Il n'avait pas repéré non plus de nouvelle manifestation de ses agresseurs. Soit ceux-ci se tenaient à carreau, soit ils estimaient que leur message était passé. Pourtant, Luc n'avait aucune intention d'abandonner son enquête.

Dans la rame automotrice de banlieue grinçante et brinquebalante, il s'efforçait de relire ses notes sur la crise qui se déroulait au Cameroun, tout en évitant que le gros magnétophone à bande de la taille d'une valise ne soit trop secoué. La documentaliste de *France Observateur* avait peiné à lui constituer un dossier de presse pertinent tellement les informations sur l'ancienne colonie étaient morcelées et parcellaires. Cependant, après plusieurs lectures, il pensait avoir saisi la trame des événements. Pays divisé depuis la Première Guerre mondiale entre les puissances française et britannique, quatre cinquièmes pour les premiers, le reste pour Sa Majesté, il avait été décidé au sortir de la Seconde Guerre que les populations autochtones n'étaient pas mûres pour l'indépendance. Un classique de la période. La piétaille coloniale, Algériens, Marocains, Sénégalais, Malgaches et compagnie… s'était avérée précieuse pour libérer l'Europe du joug nazi, mais elle n'allait tout de même pas diriger ses affaires chez elle ! Et ce en dépit de la Charte des Nations unies de 1945 qui reconnaissait « le droit des peuples à disposer d'eux-mêmes ».

Quelques années plus tôt, ce genre de question politique l'aurait effleuré. Blanchard n'avait reçu aucune éducation dans ce sens, si ce n'est la mémoire de son père résistant. Durant son enfance, sa mère était du genre à accrocher la photographie de son défunt époux dans un cadre au-dessus du lit plutôt que d'évoquer les engagements du disparu. Pourtant, son paternel en avait certainement eu, sinon il n'aurait pas laissé choir sa famille pour s'en aller combattre l'occupant et le régime de Vichy. Luc se demandait parfois s'il n'avait pas hérité de son esprit sans l'avoir vraiment côtoyé. Une forme de transmission ésotérique qui se révélait désormais en lui. Il chassa ses pensées qui le firent brièvement sourire et revint à ses notes.

Au lendemain de la Seconde Guerre mondiale, l'ONU avait donc accordé une « tutelle » à Paris et à Londres pour administrer le Cameroun. En théorie, ses habitants bénéficiaient de tous les droits garantis par la charte des Nations unies. En pratique, rien ne distinguait le pays des autres dépendances tricolores : le colon était roi, l'autochtone son serf. Sauf que, dans les années 1950, une poignée de Camerounais avait pris l'organisation internationale au mot et réclamé son dû : représentation politique, élections, libertés et indépendance. Ce qui était écrit sur le papier, quoi ! Ces agitateurs s'étaient rassemblés sous la bannière de l'Union des populations du Cameroun (UPC), un mouvement devenu populaire dans l'ouest du pays et, par conséquent, la bête noire des administrateurs français. Luc Blanchard possédait en annexe de son dossier deux discours prononcés par l'ancien secrétaire général de l'UPC Ruben Um Nyobè devant l'assemblée des Nations unies. C'étaient de superbes morceaux d'éloquence politique : ciselés, articulés, convaincants. Malheureusement, le bonhomme avait été confronté à l'intransigeance des pouvoirs blancs de ce monde : ses demandes avaient poliment été commentées avant d'être enterrées, et son corps avait fini par rejoindre ces dernières. Il était mort dans la jungle de son pays en 1958. Certains articles parlaient d'une trahison des siens, d'autres évoquaient un assassinat par l'armée française. Luc tendait à croire les seconds car, plus les années passaient, plus les articles de presse évoquaient ouvertement la responsabilité tricolore dans ce trépas. Par ailleurs, le successeur d'Um Nyobè, Félix Moumié, avait connu le même sort, mais dans une autre jungle, celle de Genève. Depuis son entretien avec Henri Desbordes, sa source des RG, Luc savait qu'un agent français, William Bechtel, avait versé le poison fatal au dirigeant de l'UPC. Il fallait encore qu'il se le fasse confirmer par une seconde source – le b.a.-ba du métier – et qu'il explore le lien avec la Main rouge, mais il n'y avait désormais plus guère de doute dans sa tête.

Le train s'arrêta dans une gare de banlieue. Le journaliste leva les yeux et découvrit qu'il ne lui restait plus que deux stations avant sa destination. Il se dépêcha de finir sa lecture.

De 1956 à 1958, l'administrateur français du Cameroun se nommait Pierre Messmer, que Blanchard connaissait surtout comme ministre des Armées. Ce gaulliste de choc avait mis en branle une stratégie de lutte contre l'UPC, déclarée illégale, qui avait fini par porter ses fruits. Avec l'indépendance accordée en 1960, et la réunification des parties francophone et anglophone, l'insurrection de l'UPC n'avait plus lieu d'être et tout semblait être rentré dans l'ordre. Pourtant, en collectant les témoignages et les récits épars provenant du Cameroun au fil des différents articles, Luc retirait la conviction que des combats se poursuivaient dans une région que l'on appelait le pays Bamiléké, au nord de Douala et Yaoundé. C'était flou, il s'agissait souvent de comptes rendus de deuxième ou troisième main, et parfois de propagande invérifiable. Il était compliqué de se faire une idée sur ce qui se tramait réellement sur place. De surcroît, toutes les déclarations officielles, qu'elles proviennent des autorités camerounaises ou de responsables français, évoquaient de « simples échauffourées » ou alors « des différends tribaux » sans conséquence.

En revanche, dans certains tracts et fascicules anonymes que Blanchard avait récoltés dans le Quartier latin, émanant sans doute de militants de l'UPC en exil, il était fait mention de répression sanglante, de villages entiers brûlés et de conseillers militaires français dirigeant des troupes camerounaises.

Lorsqu'il avait essayé de remonter la piste des auteurs de ces feuilles de chou, le reporter s'était perdu dans un dédale d'imprimeurs mal embouchés, d'associations de la jeunesse africaine volatilisées, d'éditeurs n'ayant jamais lu ce qu'ils publiaient et d'étudiants anarchistes fuyant le fouineur autant que les cours magistraux.

Il avait toutefois déniché chez un libraire derrière la Sorbonne un feuillet mal ronéotypé rendant compte d'une conférence qui s'était déroulée quelques mois plus tôt, au cours de laquelle un journaliste du *Monde* avait mentionné le chiffre ahurissant de cent vingt mille morts entre 1959 et 1962 en pays bamiléké. Ce dernier avait ajouté : « Or, cela nous l'ignorâmes à peu près entièrement, même en France, l'ancienne métropole. »

Sans le nom de son collègue, mentionné nulle part dans le document, Luc avait essayé d'en savoir davantage en appelant à plusieurs reprises le quotidien vespéral, mais personne n'avait daigné le renseigner ni l'aider à entrer en relation avec le journaliste dont le bilan, par ailleurs, n'avait jamais été imprimé dans le journal. Un chef de service un peu moins revêche lui avait répondu au téléphone : « Si ce n'est pas paru dans nos colonnes, ce n'est pas du sérieux ! »

Blanchard avait contacté le Quai d'Orsay, mais des diplomates à la politesse ouatée lui avaient consciencieusement claqué toutes les portes au nez. Se reprochant d'être novice dans le métier et de ne pas avoir assez de sources à solliciter, il s'était ouvert de son dilemme à René qui lui avait répondu :

— Tu bosses sur un truc miné, c'est bon signe ! Continue.

Ça ne l'avançait guère.

Un grincement de frein strident signala à Luc qu'il avait atteint sa destination. Luzarches.

Il rassembla prestement ses documents et les fourra dans sa sacoche. Puis, il souleva la lanière en cuir du magnétophone et projeta les douze kilos de l'appareil sur son épaule.

Tous ceux qui descendaient en même temps que lui savaient où ils allaient. Ralentissant le pas, Blanchard avisa un homme coiffé d'une casquette et vêtu d'un costume impeccable qui scrutait la file de passagers. Il se dirigea vers lui. Ce dernier hocha à peine la tête et, sans un mot, lui fit signe de le suivre.

Le factotum l'entraîna jusqu'à une DS noire allongée pour laisser plus de place aux passagers, et lui ouvrit la porte. Luc se sentit un peu ridicule de se faire conduire ainsi, mais le chauffeur ne lui laissa pas le choix. Le trajet fut tellement bref qu'il aurait mis autant de temps à pied.

Le véhicule grimpa une petite rue pavée jusqu'au sommet d'une colline puis pénétra dans une propriété par une belle grille en fer forgé. Dans un crissement de graviers, la voiture s'arrêta devant la villa de Jacques Foccart. Entourée d'arbres, elle dominait les alentours telle une vigie. Luc n'était pas très calé en matière d'architecture, mais le terme qui lui vint en tête était : pavillon de chasse. Le reporter avait à peine entrebâillé sa portière que le chauffeur se précipitait pour le faire descendre et le mener jusqu'au perron.

Les seuls bruits que Blanchard entendit en entrant provenaient de la cuisine.

— M. Foccart vous attend au second, indiqua son guide en lui désignant l'escalier.

Luc gravit les marches en essayant de ne pas faire craquer

les boiseries – un réflexe hérité de son enfance au pensionnat quand tout bruit attirait l'ire des surveillants.

Au deuxième étage, sous les combles, une porte était entrouverte. Il toqua pour la forme, car il avait reconnu Jacques Foccart derrière un bureau garni de papiers et de livres. Le conseiller du président l'accueillit avec un grand sourire et se leva pour lui serrer la main.

— Monsieur Blanchard ! Bienvenue. Avez-vous fait bon voyage ?

— Très bon. J'ai suivi vos instructions.

— Je dois m'excuser de vous avoir imposé ce trajet, mais c'est ici que je passe mes fins de semaine, même si le service de la République ne me laisse guère de répit. Hier, par exemple, j'ai terminé ma journée épuisé par toutes les cérémonies de notre fête nationale. Je ne sais pas comment fait le Général pour tenir… Cet homme possède une santé d'acier ! Heureusement, aujourd'hui je peux profiter du jardin.

— C'est un très bel endroit.

— Merci. J'ai eu le coup de cœur il y a deux ans, et je l'ai acheté.

Luc parcourut la pièce du regard. Il n'y avait nulle trace de celui pour lequel il s'était déplacé, le président du Cameroun. Redoutant d'avoir été mené en bateau, il répliqua avec une pointe de sarcasme.

— C'est vrai, on m'a dit que vous étiez chef d'entreprise et non haut fonctionnaire.

Foccart plissa les lèvres et avança le menton. Cette grimace disparut aussi vite qu'elle était apparue : cet homme n'aimait pas être contrarié mais il restait maître de lui.

— Cela me permet de servir mon pays gracieusement. Vous voulez boire quelque chose ?

— Un café si vous avez.

— Bien entendu. Je vous le fais monter et je m'éclipse pour vous laisser avec le président.

Foccart décrocha un combiné dissimulé derrière une lampe et ordonna :

— Pouvez-vous nous monter un expresso et faire savoir à Ahidjo qu'on l'attend. Demandez-lui également ce qu'il veut boire.

Puis il se retourna vers Luc :

— Vous vous intéressez toujours au Cameroun ?

— Plus que jamais.

— Excellent. Le président Ahidjo est votre homme. Discret mais très compétent. C'est un ami de la France. La preuve, il a tenu à assister aux cérémonies du 14 Juillet hier. On n'aurait pas pu trouver mieux en cette période charnière.

Luc tiqua :

— Pas pu trouver mieux ?

— Comme interlocuteur. À titre personnel, je suis peiné de voir les Africains s'éloigner de nous. Je comprends leur volonté d'indépendance, mais pourquoi ne pas continuer à faire un bout de chemin ensemble ? Dans le respect mutuel et la coopération. Ne me citez pas dans votre article, je vous en prie, mais soit dit entre nous, il est préférable d'accompagner nos amis. C'est comme lorsqu'un enfant apprend à marcher : on lui tient d'abord les mains avant de le lâcher. Le Cameroun est un État fragile, vous le savez bien. Imaginez si les communistes s'en emparaient, comme ils ont tenté de le faire en république du Congo avec ce diable de

Lumumba. Heureusement, les Américains s'en sont occupés !

Blanchard ne savait quoi rétorquer. Ses quelques lumières sur la question étaient récentes. Il se sentait en position d'infériorité face à Foccart, qui maîtrisait le sujet sur le bout des doigts. Pourtant, ce discours le contrariait. Il cherchait une réplique quand, soudain, Foccart fit un geste vers la porte.

— Ahmadou, entre mon ami, entre ! Ton journaliste est arrivé.

Un petit homme en costume-cravate, des lunettes club sur le nez et une fine moustache restait dans l'encoignure, hésitant à avancer.

Le maître des lieux marcha vers lui et le mena devant Luc, qui lui tendit la main en se présentant.

— Monsieur le président, je suis Luc Blanchard, de *France Observateur*. Merci de me recevoir. Euh, pardon… de m'accorder un entretien.

— Enchanté. Tout le plaisir est pour moi.

Foccart les entraîna vers deux fauteuils en cuir disposés autour d'une table basse.

— Asseyez-vous là messieurs, vous y serez plus à l'aise pour discuter. Je vois que M. Blanchard a apporté un enregistreur. C'est du sérieux, donc !

Une femme en livrée se présenta au même moment, avec un plateau sur lequel reposaient une tasse de café, deux verres et une carafe d'eau. Elle disposa le tout sur la table avant de se retirer.

— Vous êtes parés, messieurs ? Maintenant, je vous laisse. Vous pouvez poursuivre sans moi. Une heure, ça vous va ?

— Très bien, bafouilla Luc.

Le président du Cameroun hocha doucement la tête.

— Parfait. Je m'éclipse. Bonne interview.

Alors que Foccart se dirigeait vers la porte, Jean-Maurice Beauchamp fit son apparition. Lui n'avait pas besoin qu'on le prie d'entrer. Toujours aussi sec, il portait sous le bras une série de chemises cartonnées. Il adressa un léger signe à Blanchard puis alla se positionner sur une chaise en retrait du chef d'État camerounais.

Avant de sortir, Foccart s'adressa au reporter :

— Jean-Maurice accompagne le président Ahidjo lors de son séjour en France. Si vous avez besoin de chiffres, il les a dans ses dossiers ! J'espère que cela ne vous dérange pas qu'il assiste à votre entretien ?

Luc fut tenté de répondre que si, cela l'ennuyait sacrément de réaliser son interview avec une gargouille en sentinelle mais, bien entendu, il n'en fit rien. Un jour, il aurait le cran… En attendant, il murmura un assentiment poli.

Le lendemain, quand Luc eut terminé l'écoute de son entretien avec le chef d'État, il eut la confirmation de ce qu'il avait ressenti sur le moment : son interlocuteur n'avait rien dit d'intéressant. Vraiment rien. À tel point qu'au bout d'une demi-heure le journaliste avait pris prétexte d'être à court de bandes magnétiques pour interrompre l'enregistrement. Ahmadou Ahidjo aurait pu raisonnablement s'offusquer de ce manque de professionnalisme. Au contraire, il en avait paru soulagé. Quant à Beauchamp, il n'avait pas cillé. Même lorsque Blanchard avait posé des questions qui concernaient les relations franco-camerounaises, le conseiller français n'avait pas ouvert la bouche. Et Ahidjo ne l'avait jamais sollicité, ni ses fameux dossiers.

Le président du Cameroun n'était pas un imbécile, il avait simplement refusé de se mouiller d'une quelconque façon, et encore moins de fournir des réponses élaborées. Selon lui, tout allait pour le mieux dans le meilleur des mondes dans son pays : l'indépendance s'était merveilleusement passée, l'intégration des provinces anglophones du Nord n'avait posé aucun problème, l'économie était balbutiante mais s'annonçait prospère, les « rebelles communistes » de l'UPC avaient rendu leur dernier souffle, Félix Moumié était mort d'indigestion, l'entente avec l'ancienne métropole était excellente, les troubles dont on parlait parfois n'étaient que des racontars pour masquer les frictions entre populations arriérées de la brousse, il n'y avait plus aucun soldat français sur place sauf quelques formateurs…

Perplexe, Luc s'était posé la question de savoir si Ahidjo répétait un texte appris à l'avance, mais à aucun moment il n'avait décelé un acteur en représentation. Le président parlait posément, naturellement. Il avait l'air convaincu par ce qu'il affirmait. Et Beauchamp avait hoché la tête à plusieurs reprises, approuvant ce qu'il entendait, tel un spectateur captivé. Aux yeux de Luc, c'était un signe, mais que pouvait-il bien en faire ? Il se sentait penaud à la perspective de rendre une telle interview à René Hartmann, estimant avoir pourtant posé les bonnes questions, relancé quand il fallait, présenté des faits étayés, mais c'était comme de se battre avec un bubble-gum. On finissait englué de toute façon.

Heureusement, une fois le magnétophone coupé, il avait obtenu quelque chose : Ahmadou Ahidjo l'avait invité à venir au Cameroun. Il avait réitéré son invitation lorsque Jacques Foccart était venu mettre un terme à leur face-à-face, et ce dernier avait approuvé.

Blanchard espérait que cela ferait passer la pilule auprès de son rédacteur en chef. Un entretien bancal en échange de la perspective d'un reportage inédit.

À ses yeux, cela l'exonérait également de la confrontation qu'il avait fuie. Il n'avait pas osé mettre les pieds dans le plat auprès de Foccart, ni de Beauchamp, en convoquant le souvenir des deux brutes qui avaient tenté de l'intimider. De toute manière, si le conseiller élyséen avait trempé là-dedans, il se serait bien gardé de l'admettre. Et s'il n'y était pour rien, mieux valait éviter de jouer les chatons effarouchés. Foccart était le genre d'adversaire qui ne respectait que la force. Et son petit doigt lui disait que Beauchamp, lui, devait tirer plaisir de ce style de vendetta. D'instinct le conseiller ne lui revenait vraiment pas. À la fin de l'entretien, celui-ci s'était évanoui sans dire un mot. Sans même le saluer. L'impolitesse des puissants.

Sur ces réflexions, Luc rangea l'enregistreur dans un placard du journal. La plupart des rédacteurs participaient à une réunion à laquelle il n'avait pas été convié, il n'y avait donc presque personne dans le service. Il regarda par la fenêtre : le soleil brillait. Ayant travaillé tout le week-end, il décida qu'il méritait bien une pause. Il saisit sa veste, son chapeau, et mit le cap vers la Seine.

Marcel accueillit Blanchard avec sa verve habituelle avant de laisser le jeune homme fureter parmi les livres d'occasion sur les présentoirs. Le bouquiniste avait rentré quelques titres récents dont la lecture titillait Luc, notamment *Petit déjeuner chez Tiffany* d'un auteur américain au patronyme insolite, Truman Capote. Il avait vu le film qui en avait été adapté, mais la traduction française du roman avait mis longtemps à sortir.

Après avoir discuté de tout et de rien avec le vieux bonhomme qui tirait sur sa bouffarde entre deux phrases, Luc ouvrit son porte-monnaie pour le régler quand celui-ci leva l'index :

— Attends un instant, garçon. J'ai un truc qui pourrait t'intéresser.

Il se retourna pour fourrager dans une caisse remplie d'ouvrages qui, pour une raison ou une autre, n'étaient pas exposés à la vente. Un jour, il l'avait vu en extraire un recueil de poèmes sulfureux d'Apollinaire pour un client qui l'avait dissimulé dans sa sacoche au plus vite.

Marcel dénicha ce qu'il cherchait et lui tendit :

— Tiens ! Ça a été interdit l'an passé par ces connards de gaullistes avant même d'être mis en vente ! Heureusement, l'éditeur est un copain et il m'en a filé quelques exemplaires à la sortie de l'imprimerie.

Blanchard regarda la couverture crème avec un rectangle vertical vert d'eau et un lettrage sans majuscule ni ponctuation : « frantz fanon les damnés de la terre préface de jean-paul sartre ».

— C'est autre chose que la soupe qu'on nous sert dans les journaux ! Sauf tes articles bien évidemment, mon ami !

Luc sourit. Il soupçonnait Marcel de préférer lustrer ses chaussures avec *France Observateur* plutôt que de le lire.

Blanchard paya et repartit avec ses achats sous le bras.

Il allait bifurquer sur le pont Notre-Dame quand il avisa une silhouette connue, penchée sur l'étal d'un bouquiniste. Il attendit quelques secondes pour s'assurer qu'il s'agissait bien de François Mitterrand, le sénateur de la Nièvre qu'il avait croisé deux années plus tôt lorsqu'il était encore policier. Même si le caractère ambigu du bonhomme lui déplaisait, il se résolut tout de même à le saluer par politesse. Le politicien releva la tête sans rien acheter et tendit son bras à une jolie femme brune qui l'attendait, et qui n'était pas son épouse.

Le journaliste jugea préférable de baisser son chapeau sur son front et de traverser la rue comme s'il filait à un rendez-vous urgent.

10

Antoine Lucchesi, Marseille, 16 juillet 1962

Lorsque Antoine avait regagné son foyer au Panier, un billet d'avion pour le Cameroun dans la poche, il n'avait pu éviter le regard insistant de Maria sur ses blessures au visage. Il avait filé se débarbouiller, avait jeté ses frusques déchirées à la poubelle et pris son service derrière le bar.

Enfin, en milieu d'après-midi, Lucchesi s'était confié à son amante, tous deux attablés en terrasse pendant qu'une demi-douzaine de minots couraient sur la placette. Il ne lui avait pas tout révélé, bien entendu, en partie pour la protéger, en partie parce qu'il peinait à assumer ses affaires squalides auprès d'elle. Mais il n'avait pas menti non plus. Alphonse était parti au Cameroun avec un objet qui lui avait été confié en main propre et qu'il devait désormais récupérer au plus vite. Voilà la version qu'il avait livrée. Simple. Compréhensible.

Maria en avait vu d'autres, on ne vit pas depuis plus de trois décennies à Marseille en préservant sa virginité criminelle. Elle ne s'était donc pas alarmée outre mesure. Elle avait délicatement fait courir sa main sur la joue du Corse, prenant soin d'effleurer les contusions et les égratignures, et lui avait fait jurer d'être prudent.

Lucchesi avait promis. Sans être entièrement sincère. Il avait néanmoins décidé d'assurer ses arrières, en particulier la sécurité de Maria. Antoine avait tu la menace que Venturi faisait planer sur elle et les enfants, mais il n'entendait pas s'envoler sans garantie. Puisqu'il était hors de question de pleurnicher auprès des Guérini, il devait viser plus haut.

Le jour précédant son voyage, Lucchesi emprunta la 404 coupé toute neuve d'un de ses voisins, patron de plusieurs bateaux de pêche, et prit la direction du massif de l'Étoile, où le nord de la ville se fond dans la garrigue. Antoine n'avait jamais eu le goût du luxe, mais que c'était bon de conduire les cheveux au vent, le soleil et les odeurs envahissant l'habitacle ! Peut-être bien que s'il se tirait de cette mauvaise passe, il se laisserait tenter par l'achat d'une décapotable.

Il parvint assez rapidement à Sainte-Marthe et n'eut aucune difficulté à localiser l'usine Ricard. À l'entrée, il demanda à voir Monsieur Charles et on lui indiqua le parking des cadres où garer sa voiture en attendant qu'on vienne le chercher.

Lucchesi posa ses fesses sur le capot et alluma une cigarette. Il patienta une dizaine de minutes, jusqu'à ce que son interlocuteur sorte en bras de chemise et s'approche de lui. Celui-ci arborait un grand sourire, son air patelin coutumier et un gros cigare à moitié consumé entre le majeur et l'index. Chaque fois qu'ils se croisaient, Antoine ne pouvait s'empêcher de lui trouver une ressemblance avec Fernandel.

Charles n'avait pas vraiment l'air surpris par cette visite, il devait être habitué à traiter ce genre d'affaires, même si, précautionneux, il préférait converser hors des bureaux.

— J'ai un service à vous demander, entama Antoine. C'est un peu délicat.

— Vous m'avez dépanné dans le passé, ne vous tracassez pas. Vous êtes toujours membre du SAC ?

— Bien sûr, mentit Lucchesi, dont la carte de membre était périmée et n'avait jamais servi que de sésame pour se couvrir lorsqu'il convoyait de l'héroïne entre Marseille et Paris.

— Qu'est-ce que je peux pour vous ?

— Je dois m'absenter pendant plusieurs semaines à l'étranger. Une histoire compliquée avec nos amis communs. Je dois réparer un impair.

— Hmmm…

— Je vous garantis que vous ne serez mêlé à rien de compromettant. Je souhaiterais juste que vous gardiez un œil sur ma famille pendant mon absence.

— Ça me paraît faisable. C'est la dame du Panier chez qui j'avais déjeuné lorsque nous nous sommes rencontrés ?

— C'est elle.

— Très bien. Je ferai veiller sur elle. Vous avez ma parole.

— Merci.

Lucchesi reprit une tige et tendit son briquet allumé pour que Charles ravive son cigare. Ils tirèrent tous deux quelques bouffées en silence.

La garantie de l'ordonnateur du SAC valait ce qu'elle valait, c'est-à-dire qu'elle dépendrait des circonstances. S'il ne lui en coûtait pas trop, l'homme de Ricard honorerait sa promesse et préserverait Maria d'éventuelles représailles de Venturi. Par contre, si ses propres intérêts s'inscrivaient en porte à faux, il lâcherait Antoine et les siens sans hésiter. Mais Lucchesi n'aurait pas de meilleure protection. Ses véritables amis marseillais étaient des pêcheurs, des artisans, des malandrins à la petite semaine, bref des besogneux qui rechigneraient à s'immiscer dans une discorde liée aux grands clans marseillais, potentiellement fatale.

Lorsque Antoine se redressa pour partir, convaincu qu'il avait obtenu le maximum, Charles l'arrêta :

— Si ce n'est pas indiscret, vous pouvez me dire où vous partez en voyage ?

— Au Cameroun.

— Ah, le Cameroun ! On m'a dit que c'est un beau pays. Mais j'imagine que vous n'allez pas y faire du tourisme…

— Non.

— Vous tombez bien, néanmoins. Il se trouve qu'un de mes amis y travaille parfois. C'est un compagnon du SAC, vous le connaissez peut-être ?

Lucchesi ne savait pas si la suggestion était piégée ou s'il s'agissait simplement d'établir un faisceau de convergence. Il jugea plus prudent de répondre par une autre question :

— Comment s'appelle-t-il ?

— Beauchamp. On le surnomme parfois Maurin.

— Non, ça ne me dit rien, répliqua Antoine en se grattant le crâne.

— Normal, c'est un Parisien. Il passe beaucoup de temps à Yaoundé désormais. Je n'ai pas bien compris ce qu'il y faisait, des affaires ou de la politique. Mais c'est un homme de confiance, n'hésitez pas à le joindre de ma part. S'il peut vous aider, il le fera. Jean-Maurice Beauchamp, souvenez-vous de son nom et transmettez-lui mes amitiés si vous le rencontrez.

— Je n'y manquerai pas.

— Bon, le négoce d'anisette m'appelle. J'y retourne, conclut Charles en tendant sa poigne à Antoine.

L'homme s'affichait rassurant, pourtant Lucchesi le soupçonnait d'être plus retors qu'il ne le laissait paraître. Le Corse remonta dans sa voiture et mit le cap vers le Vieux-Port, pas franchement convaincu d'avoir entrepris la bonne démarche. Mais, dos au mur, il n'avait plus guère le choix de ses alliés.

11

Luc Blanchard, Paris, 17 juillet 1962

Luc Blanchard n'avait eu qu'à décrocher son téléphone pour être prié de passer. François Mitterrand se souvenait de lui et n'avait fait aucune difficulté pour le recevoir. Cela faisait un peu plus d'un an qu'il n'avait pas mis les pieds dans l'immeuble de la rue Guynemer, depuis l'époque où il avait sollicité les lumières et l'appui du sénateur de la Nièvre dans une affaire policière. La fascination qu'il avait un temps éprouvée pour le politicien avait fait place à l'amertume, et il avait coupé les ponts. Mais l'avoir croisé sur un quai de Seine avait ravivé son intérêt. René, son mentor à *France Observateur* lui répétait assez souvent : « Parle avec tout le monde. Cultive les relations. Même le pire des abrutis peut finir ministre. En politique, c'est même la règle ! »

Tout ministre qu'il avait été, Mitterrand était loin d'être un imbécile, mais il demeurait tricard à la suite du faux attentat de l'Observatoire. L'élu s'échinait donc régulièrement à faire parler de lui, avec plus ou moins de succès, afin de ne pas se dissoudre comme l'écume d'une vague qui se retire.

Quand Luc sonna, le sénateur lui ouvrit immédiatement, un sourire aux lèvres. Pas de trace de Danielle, ni de la jolie brune de l'autre jour.

— Alors, comme ça vous êtes devenu journaliste ! Tss tss… c'est un curieux choix de carrière : vous étiez pourtant destiné à un brillant avenir dans la police.

Blanchard aurait pu lui répondre que s'il avait lui-même fait preuve d'un peu de courage, à l'époque où Luc était venu quérir son appui face au préfet de police Maurice Papon, il arborerait encore fièrement sa carte tricolore. Mais il ne servait à rien d'étaler son ressentiment, alors il se contenta d'un haussement d'épaules.

— Au moins, vous avez choisi une profession littéraire, vous n'êtes pas devenu agent d'assurances ! Vous finirez peut-être par entrer en politique, qui sait ? On y manque cruellement d'anciens policiers qui penchent du côté de la République plutôt que de la réaction.

Le sénateur le conduisit dans la bibliothèque qui avait déjà servi de cadre à leurs conversations.

Voulant faire le malin, Luc plongea la main dans sa sacoche et en sortit le livre de Frantz Fanon que lui avait offert Marcel :

— Je viens de lire ça récemment. Vous connaissez ?

— Bien entendu, mon jeune ami !

Mitterrand lui jeta une œillade condescendante puis se tourna vers les rayonnages et, en moins de dix secondes, dénicha une édition identique à la sienne.

— Heureusement que vous n'êtes plus policier, se moqua-t-il. Vous auriez des ennuis si l'on apprenait que vous êtes en possession d'un livre censuré ! Mais dites-moi plutôt qu'en avez-vous pensé ?

— Beaucoup de bien. Fanon m'a permis de mieux comprendre le point de vue des populations colonisées. J'apprécie également son appel à la solidarité internationale et au dépassement des catégories auxquelles on nous assigne : noirs, blancs…

— C'est parce que vous êtes jeune ! ironisa de nouveau Mitterrand, avant de redevenir sérieux. Mais vous avez raison. Fanon écrit des choses admirables, même si je ne souscris pas toujours à ses solutions politiques. Par contre, cet âne de Jean-Paul Sartre pervertit complètement le sens du livre avec sa préface ! Non seulement il ne s'adresse qu'à un petit cénacle de Blancs, mais il se focalise sur la violence en la justifiant pour briser l'étau colonial, alors que Fanon en faisait une analyse froide et calculatrice.

Le politicien feuilleta rapidement l'opuscule qu'il avait entre les mains pour s'arrêter sur une page qu'il avait cornée.

— Voilà ce qu'écrit Fanon : « Par quelle aberration de l'esprit ces hommes sans technique, affamés et affaiblis, non rompus aux méthodes d'organisation, en arrivent-ils, face à la puissance économique et militaire de l'occupant, à croire que seule la violence pourra les libérer ? Comment peuvent-ils espérer triompher ? »

Mitterrand forçait les intonations comme s'il s'adressait à un cercle d'auditeurs captivés. Face à un auditoire plus étoffé, il aurait certainement poursuivi sa performance, mais pour un simple journaliste, c'était bien suffisant. Il referma le livre et le replaça dans sa bibliothèque.

— Vous voyez, Fanon ne souscrit pas à la violence, il

l'interroge, contrairement à Sartre qui en fait l'alternative légitime et souhaitable. Bon, je gage que vous n'êtes pas venu ici pour me parler de Fanon ou de Jean-Sol Partre, comme disait Vian ?

— Pas loin. Je m'intéresse au Cameroun et à l'un de ses dirigeants indépendantistes qui a été assassiné, Félix Moumié.

— Cela m'évoque vaguement quelque chose.

— Il est mort dans des circonstances mystérieuses à Genève il y a deux ans.

François Mitterrand donna l'impression qu'il se creusait les méninges pour y dénicher un souvenir, ou alors une excuse polie pour ne pas répondre.

— Non, je ne vois pas, finit-il par dire, sans que Luc sache s'il disait la vérité ou pas.

— On évoque l'implication des services secrets français dans cet assassinat. Sinon, que savez-vous du rôle de l'Élysée dans ce qui se trame actuellement au Cameroun ?

— Oh là ! Prenez garde où vous mettez les pieds !

Mitterrand, qui économisait ses gestes en temps ordinaire, venait de lever les deux avant-bras comme pour se protéger d'un mauvais coup.

— Il y a des mares qu'il vaut mieux éviter de troubler. Et des individus qu'il vaut mieux éviter de déranger, poursuivit-il.

— Vous voulez parler de Jacques Foccart ?

Le sénateur grimaça.

Blanchard sentait que son interlocuteur hésitait à s'avancer davantage, tiraillé entre l'envie de planter des banderilles dans le dos de gaullistes qu'il combattait en public et sa propension à se nourrir de secrets pour mieux les exploiter en cas de nécessité.

— Vous en savez déjà beaucoup pour un journaliste novice. Foccart et le Général sont comme le pouce et l'index d'une même main : ils travaillent ensemble mieux qu'avec le reste du corps. Et ils peuvent vous pincer très fort. S'agissant de Foccart et des services secrets, il existe l'épaisseur d'un papier à cigarettes entre eux et lui. Il a fait partie du SDECE, or vous connaissez l'adage : on ne devient jamais un ancien agent secret.

Blanchard hésita à confier sa mésaventure avec les gros bras dans les vestiaires, mais il s'abstint. Il ne voulait pas apparaître en position de faiblesse. Il avait déjà expérimenté cette situation une fois face à Mitterrand et il n'entendait pas recommencer. Même repu, le sénateur avait l'instinct d'un charognard. Il préféra le relancer :

— Vous pourriez m'en dire plus. Notamment sur les liens de Foccart en Afrique ?

— Malheureusement non. Ce n'est pas que je ne souhaite pas vous aider, mon jeune ami, mais je ne suis plus aussi informé que j'ai pu l'être. Un législateur n'a guère de pouvoir dans cette nouvelle République face au rouleau compresseur de l'Élysée. Allez plutôt voir mon collègue Defferre.

— Gaston Defferre ?

— Oui, il a été ministre de la France d'outre-mer sous le gouvernement de Guy Mollet. J'étais à la Justice à l'époque. C'est lui qui a fait voter une loi pour préparer les indépendances africaines. Vous savez qui était son directeur de cabinet ?

— Non.

— Pierre Messmer, notre actuel ministre des Armées. Qui a ensuite été catapulté haut-commissaire de la République au Cameroun. En 1956, si ma mémoire ne me trompe pas. Voyez, Defferre sera plus à même que moi de vous éclairer. Messmer le pourrait aussi, mais je doute qu'il vous reçoive.

Blanchard ne parvenait pas à savoir si Mitterrand essayait de l'aider ou cherchait au contraire à se débarrasser de lui. Quoi qu'il en soit, le Nivernais d'adoption ne lui en dirait pas davantage.

Il prit donc congé poliment et retourna au journal, rue des Pyramides.

Au lendemain du bouclage de l'hebdomadaire, la rédaction tournait au ralenti. Luc se dit qu'il ferait aussi bien d'aller traîner au Sénat pour voir s'il n'avait pas moyen d'attraper Gaston Defferre dans les couloirs. Il se dirigeait vers son bureau pour récupérer les tickets de métro entreposés dans les tiroirs quand il remarqua une petite boîte, emballée dans du papier marron juste devant sa machine à écrire. Le colis avait dû arriver dans la journée et la secrétaire le déposer bien en évidence. *France Observateur* ayant été la cible d'un attentat à la bombe au mois de septembre précédent, œuvre de l'OAS dans sa guerre dépassée, il se figea.

Saisissant un crayon de papier, il piqua légèrement l'objet qui bougea de quelques centimètres. Il n'avait pas l'air bien lourd. Luc se redressa et regarda autour de lui, craignant de passer pour un idiot. Personne ne lui prêtait attention.

Il s'arma d'un coupe-papier et, tout en manipulant le paquet avec précaution, coupa la ficelle et écarta l'emballage. Il s'agissait d'une vulgaire boîte en carton qui avait sans doute contenu des denrées alimentaires car elle dégageait une odeur putride.

Avec la lame, il écarta un des rabats et recula brusquement. Ça puait encore plus et ça avait l'air de remuer.

À la réflexion, non, il ne décelait aucun mouvement dans la boîte. Mais l'effluve méphitique persistait. Il se rapprocha, coupe-papier en avant, et aperçut alors un oiseau noir et blanc. Mort.

Qui lui avait fait cette mauvaise blague ?

Comme il n'y avait pas l'ombre d'un collègue pour surgir et se moquer de lui, l'hypothèse d'un canular semblait peu probable. Il déballa complètement le paquet et décoda le message cinq sur cinq.

Le piaf était une pie.

On lui enjoignait de fermer son bec. Ou plutôt, dans son cas, sa gueule. Sinon on la lui clouerait. Comme le malheureux volatile qui avait le crâne transpercé verticalement par une pointe métallique.

12

Antoine Lucchesi, Yaoundé, 17 juillet 1962

Antoine n'avait pas encore posé le pied sur la passerelle de débarquement qu'il se sentit soufflé par une chaleur et une humidité auxquelles il n'avait jamais été exposé. Elles lui tombaient dessus, l'oppressant comme pour jauger de sa volonté à rester ici plutôt que de faire demi-tour illico.

« Bienvenue au Cameroun », lui lança l'hôtesse de l'air, accorte dans son uniforme Dior, avec un sourire lui enjoignant d'aborder la première marche comme si elle avait affaire à un benêt. Peut-être bien qu'il en était un, à ses yeux en tout cas. C'était la première fois qu'il sortait de France, à l'exception de quelques escapades dans les ports italiens ou sur les côtes sardes. Il se lissa les cheveux pour se donner une contenance et éponger les premières gouttes de sueur sur son front.

Lucchesi détestait se sentir déstabilisé. Là, impossible d'y couper. Il renonça à jeter un regard alentour tant la luminosité l'éblouissait. Des lunettes de soleil allaient s'imposer, même s'il s'y était toujours refusé, ne voulant pas se conformer à l'image d'Épinal du truand marseillais qu'il était pourtant.

Parvenu au pied de la passerelle, il suivit la file de passagers qui se dirigeait vers un bâtiment bas et long surmonté de lettres bien blanches : « Aéroport international de Yaoundé ». Une armée d'hommes, jeunes, en salopette et gilet ouvert sur le poitrail, débarquait les valises de la carlingue du Super Constellation en les jetant de bras en bras, avec une certaine habileté dans le mouvement. Son regard s'attarda plus qu'il ne l'aurait souhaité sur ce manège, non par subjugation, mais parce qu'il n'avait jamais vu autant de peaux noires d'un seul coup.

À l'intérieur du terminal, de grands ventilateurs brassaient l'air moite. Antoine ôta sa veste pour ne pas mouiller davantage sa chemise pendant qu'il faisait la queue au comptoir des passeports. Lorsque son tour arriva, il allongea d'un geste tranquille le faux document acquis huit mois plus tôt en échange de son silence dans une affaire impliquant le préfet de police de Paris. Le douanier manipula longuement le livret, tournant les pages vierges les unes après les autres en les scrutant comme si une encre sympathique allait soudainement révéler des secrets coupables sous son regard aiguisé. Lucchesi avait beau savoir que son passeport était issu du même lot que ceux, authentiques, délivrés aux honnêtes citoyens parisiens, il se demandait pourquoi la procédure traînait autant.

Finalement, le douanier redressa la tête et s'enquit :

— Quel est l'objet de votre séjour au Cameroun ?

— Je viens pour affaires.

— Quels genres d'affaires ?

— De l'import-export. De marchandises.

Antoine ne faisait que répéter ce que lui avait recommandé de dire un cousin qui avait bien bourlingué. Il l'avait affranchi de son voyage, pensant qu'il aurait des conseils à partager. De fait, il en avait eu. Dont celui-ci : « Si on te pose la question de ce que tu fais, réponds que tu bosses dans l'import-export. Personne n'y entrave que dalle, mais ça fait toujours bien. Dans neuf cas sur dix, on ne te cuisinera pas davantage. »

Le fonctionnaire camerounais parut se satisfaire de cette réponse. Il s'empara d'un énorme tampon qu'il fit claquer en assenant un coup sec sur le document. Comme l'encre de son estampille était quasiment sèche, il dut frapper à plusieurs reprises en essayant d'aligner les lettres et les motifs. Le douanier semblait considérer que, sans le sésame proprement apposé, les portes de son pays ne s'ouvriraient pas. Au bout du compte, Antoine se retrouva avec un pâté grossier sur la première page.

Lucchesi se dirigea vers un vaste hall où les hommes en salopette commençaient à aligner les valises comme des dominos. Au bout de quelques minutes, le temps de griller une clope, il reconnut la sienne, fausse jumelle de celle qu'Alphonse avait empruntée. Il montra son reçu d'embarquement à un préposé, refusa trois porteurs et s'orienta vers la sortie.

Une fois sur le seuil de l'aéroport, il s'arrêta pour extraire de sa poche une feuille de papier pliée en quatre comportant les recommandations de son cousin qui, comme tout Corse ayant voyagé en Afrique, connaissait d'autres Corses établis sur place. Le premier sur la liste était propriétaire d'une pension-bar-restaurant-épicerie. Son parent ne pouvait attester de la qualité du logis ou de la restauration, n'y ayant jamais mis les pieds, mais le frère du patron venait du village d'à côté en Balagne. C'était bien suffisant.

Un vieux bonhomme tout fripé, les cheveux gris et le corps dégingandé, s'approcha de lui avec des gestes précautionneux.

— Tu souhaites un taxi, monsieur ?

Antoine sourit au tutoiement, hocha la tête, tendit sa valise et lui emboîta le pas en direction d'une 2 CV couleur acier toute cabossée, mais lustrée de près.

Sans attendre, Lucchesi s'assit à la place du passager. Il avait hâte de démarrer pour qu'un peu d'air lui balaie le visage par la fenêtre papillon grande ouverte. Au lieu de s'installer à son côté, le chauffeur souleva le capot du moteur, s'empara d'une manivelle et se mit à la tourner. Au bout de quelques essais, l'engin crachota avant de s'élancer, faisant vibrer toute la carrosserie.

Le vieil homme s'essuya les mains sur son mouchoir, puis se cala derrière le volant.

— Moi, c'est Célestin. Où puis-je te conduire ?

— Au Relais des Chasses.

— Très bien, monsieur, nous sommes partis.

— Je m'appelle Antoine.

— Très bien, monsieur Antoine. C'est ta première fois en Afrique ?

— Oui.

— Alors sois le bienvenu sur notre continent.

Malgré la fatigue du voyage, sa chemise qui lui collait à la peau et l'angoisse sourde qui jamais ne le lâchait eu égard à la mission qui lui avait été imposée, il se détendit face à l'afflux de sensations nouvelles. La terre ocre vif sur laquelle ils roulaient en évitant les nids-de-poule. Le ciel si bleu qui les dominait. Les murs de végétation qui paraissaient vouloir tout engloutir. Les oiseaux inconnus qui pépiaient. Les odeurs de viande grillée, de poussière, de brûlis et de déjections qui se succédaient et se mêlaient en même temps. Ces silhouettes aux vêtements bariolés qui allaient et venaient le long de la route, apparaissant, disparaissant, accélérant, s'arrêtant, chacune suivant son propre rythme vers des destinations et des tâches connues d'elles seules… Il aurait pu se sentir submergé par tant d'agitation et d'impressions étrangères. Sauf qu'elles l'apaisaient. Au lieu de ressentir du rejet face à tous ces gens qui lui ressemblaient si peu, assailli par ces premières perceptions si singulières, il éprouva au contraire une affinité instinctive pour cette humanité et cette nature déconcertantes.

— Combien de temps vas-tu rester chez nous, monsieur Antoine ?

Célestin conduisait sa 2 CV comme un novice passant son permis, ralentissant au moindre obstacle, toujours en sous-régime, les yeux sautant du rétroviseur au pare-brise. Il fallait bien dire que si le trafic automobile s'avérait réduit, les vélos et à peu près tous les animaux de la basse-cour circulaient sans aucun respect du Code de la route. Heureusement le klaxon catarrheux fonctionnait correctement, faisant tout à la fois office d'avertisseur, de clignotant, de signal de dépassement et d'accélération.

— Je ne sais pas encore. Je suis à la recherche d'un ami qui a disparu.

Antoine, d'ordinaire méfiant, se sentait en confiance. Il ne voyait aucune raison de mentir au vieil homme.

— C'est un Blanc comme toi ?

— Non, un Camerounais.

— Ça va être plus compliqué alors…

L'habitat se densifiait au fur et à mesure qu'ils progressaient, et se rapprochaient de ce qu'Antoine devina être le centre de la capitale. Il en eut confirmation lorsque son taxi contourna, au sommet d'une colline, un grand édifice blanc à deux niveaux au toit rouge. Des soldats armés en gardaient nonchalamment l'accès.

— C'est l'ancienne résidence du gouverneur français, lui glissa Célestin. Maintenant, c'est le palais présidentiel.

Le véhicule bascula dans une descente et de nombreux édifices en dur apparurent, ainsi qu'une masse plus compacte de piétons. La plupart des immeubles faisaient deux ou trois étages, avec des balcons en bois et des tuiles brunes. Peints dans des teintes ocre ou jaunes, ils étaient souvent constellés de taches d'humidité. Devant les bâtiments s'alignait une rangée d'étals de commerçants, marchands de fruits et légumes, de plats à emporter, de vêtements de seconde main, mais aussi cordonniers, rémouleurs, horlogers, écrivains publics, etc., qui occupaient l'espace entre le trottoir et la rue. Tout cela avait un côté suranné, et aurait pu évoquer une illustration sépia découpée dans de vieux journaux d'avant-guerre, s'il n'y avait eu cette animation constante de badauds, d'acheteurs, de débardeurs et de traîne-savates.

Célestin arrêta son véhicule devant une volée de marches débouchant sur une vaste terrasse garnie de tables de bistrot.

Au-dessus de l'entrée, l'enseigne « Relais des chasses » était encadrée de deux drapeaux, le tricolore et la tête de Maure, surmontés du squelette d'une bête à cornes que Lucchesi n'identifia pas.

Le chauffeur saisit la valise d'Antoine avec autorité et ouvrit le chemin vers la réception, qui n'était autre que le bar de l'hôtel-restaurant. Un grand type blanc au crâne rasé avisa les deux arrivants et ses yeux se fixèrent sur Lucchesi pour ne plus le lâcher, ignorant complètement le vieil homme à ses côtés qui continuait de porter le bagage à bout de bras.

— *Bongiornu*, lança Antoine en corse, histoire de poser d'emblée une relation de confiance.

— *Bonnarivu*, répliqua l'autre en hochant la tête. *Duv'è site ?*

— *Bunifaziu. Ma, vivo in Marseglia.*

Lucchesi avait l'habitude de ces approches méfiantes typiquement corses. Comme si ne pas avoir grandi dans le même village dissimulait une intention hostile. Il se demanda comment se passaient les relations avec les Camerounais, mais il commençait à en avoir une vague idée. Plutôt que de faire durer cette parade animale à laquelle il ne goûtait guère, il dévoila sa carte de visite :

— *Vengu da Dominique. Hè u mo cuginu.*

Le sésame avait été prononcé, la bonne personne mentionnée. Le chauve lui tendit alors la main. Il y avait désormais davantage de chaleur dans son regard.

— Je m'appelle Laurent Dominici. Tu es ici chez toi. J'imagine que tu veux une chambre ? Tu vas rester combien de temps ?

— Je ne sais pas encore.

Laurent farfouilla dans un tiroir pour en retirer une grosse clef à laquelle pendait une plaque en bois gravée du numéro 1.

— Tiens. Tu dois avoir besoin de te reposer. C'est au premier étage, la seule chambre avec une douche. L'eau est froide. Si tu veux de l'eau chaude, tu nous le dis, on te monte une bassine.

— Merci, ça ira.

— Parfait. Tu manges ici ce soir. On causera.

Antoine se retourna vers Célestin, qui continuait de faire le pied de grue, droit comme un I, sa valise dans la main. Il fouilla dans sa poche pour le payer.

— Je n'ai que de l'argent français.

— Tu me paieras demain, monsieur Antoine.

— Je ne sais pas si l'on se croisera demain.

— Moi, je serai là. Il n'y a pas de problème.

— Bon, à demain alors.

Lucchesi récupéra sa mallette et présenta sa main à Célestin, qui marqua un instant d'hésitation avant de la saisir. Puis il se dirigea vers l'étage avec une furieuse envie de dormir – il n'avait pas fermé l'œil depuis son départ de Marseille vingt-quatre heures auparavant.

Lorsque Antoine émergea du sommeil quelques heures plus tard, il lui fallut un moment pour se repérer. Il était allongé sur un grand lit surmonté d'une moustiquaire, les bruits qui lui parvenaient de l'extérieur n'avaient rien d'habituel : peu de voitures mais des grincements de bois et de ferraille, des interpellations bienveillantes dans une langue qu'il ne connaissait pas, d'étranges cris d'oiseaux. Il se dirigea vers la salle d'eau. La douche était rudimentaire : un tuyau métallique sur lequel était vissé un pommeau artisanal qui avait dû autrefois coiffer un arrosoir, tandis qu'un orifice dans le carrelage posé de guingois permettait l'écoulement. Après quelques gargouillis de tuyauterie, l'eau jaillit, froide comme on l'avait prévenu, mais puisque la température extérieure frôlait les trente degrés c'était plutôt agréable. Pendant qu'il se frictionnait avec un vieux bout de savon sans odeur, un curieux lézard beige aux yeux globuleux l'observait depuis le trou dans le mur qui faisait office de fenêtre.

Une fois rafraîchi, Lucchesi rejoignit la vaste salle du rez-de-chaussée. Dans un coin se tenait le bar qu'il avait déjà vu. Devant, une demi-douzaine de tables. Un peu plus loin, des étagères garnies de denrées semblant provenir de France – des produits non périssables, essentiellement des boîtes de conserve. Au sol, des sacs de légumes secs et de café à moitié ouverts. Puis, à l'autre bout de la pièce, ce qui ressemblait à une boutique d'objets artisanaux et touristiques : des tissus, des figurines et des masques en bois, des écorces peintes, quelques livres de troisième ou quatrième main sur la faune et la flore, des cartes postales. Enfin, un présentoir avec plusieurs paires de lunettes de soleil. Antoine les essaya sous le regard d'une femme impassible en robe chamarrée, mais, faute de miroir, il pouvait difficilement juger du rendu sur son visage. Il opta pour un modèle aux fines branches qui n'aurait pas dépareillé sur Lionel Adan, un acteur de cinéma de sa connaissance.

Il sortit une petite liasse de billets de cent francs de sa poche et en détacha deux.

— Vous pouvez me faire du change? demanda-t-il à la femme qui s'occupait de la boutique.

— Bien sûr, monsieur.

Elle ouvrit un tiroir et se mit à compter lentement vingt billets de cinq cents francs CFA, ornementés d'un homme portant un régime de bananes sur la tête. Elle en conserva un et lui rendit la monnaie pour son achat.

Antoine sortit sur la terrasse vide. La lumière de fin d'après-midi était douce et enveloppante. Il s'assit dans un fauteuil en osier et alluma une cigarette. Il contempla le va-et-vient sur l'avenue qui charriait son lot de poussière, limitée par le fait que nul ne semblait pressé.

Un serveur en costume blanc défraîchi, qui ressemblait à une caricature de loufiat parisien, le sourire en sus, s'approcha de lui.

— Qu'est-ce que je peux vous servir, monsieur Antoine?

Lucchesi marqua un temps d'arrêt avant de répondre. Qu'est-ce qu'on pouvait bien boire au Cameroun? Puis il se remémora l'arrière du bar qui lui avait paru aussi bien garni que n'importe quel établissement marseillais. La réponse était évidente : on y buvait la même chose qu'en France.

— Une bière, décida-t-il, car il avait soif.

— Française ou camerounaise?

— Il y a une différence?

— La française vient par bateau, la camerounaise est produite ici par des Français. À mon avis, elles ont le même goût.

— Allons-y pour la bière locale.

Les premiers clients du début de soirée commençaient à

s'installer. Tous étaient blancs et lui adressèrent un petit salut de connivence.

Son serveur revint avec sa bouteille en équilibre au milieu du plateau, une Beaufort spéciale qu'il versa avec moult précautions dans un verre. Fraîche, désaltérante, elle avait exactement le même goût que n'importe quelle bière brassée en France. Sitôt la première terminée, Antoine en commanda une seconde. De bonne humeur, il aurait bien voulu se délasser. Sauf qu'il n'y parvenait pas. Il n'était pas en vacances, pas plus en voyages d'affaires. Il avait une mission à accomplir. Plus vite il s'y attellerait, plus vite il désamorcerait la bombe à retardement qui l'avait propulsé jusqu'ici.

Alors qu'il s'interrogeait sur la meilleure manière d'y parvenir, Laurent Dominici vint s'asseoir en face de lui. Il déposa deux verres, une carafe d'eau et une bouteille d'anisette sur la table.

— Alors, qu'est-ce qui t'amène ici ?

Lucchesi tira longuement sur sa cigarette, histoire de se donner le temps de soupeser sa réponse : mensonge ou franchise ?

Il lui fallait de l'aide et Laurent était un de ses deux seuls contacts sur place. Il opta pour la seconde solution.

— Je recherche un Camerounais qui bossait pour moi.

— Ami ou ennemi ?

— Ami. C'est le cuistot du restaurant de ma femme. Il fait presque partie de la famille…

— Mmm…

Laurent fronça les sourcils. Parce que Antoine avait inclus le Camerounais dans le cercle familial ou parce que ces détails s'avéraient insignifiants dans sa quête ?

— Il est venu ici enterrer un parent il y a deux semaines environ. Mais il a fait le voyage avec un truc dont j'ai terriblement besoin.

Lucchesi n'avait pas envie et nulle nécessité d'en dire plus pour le moment. Si Laurent était un type fiable comme il en avait fait le pari, il l'assisterait sans plus d'inquisition.

— Il s'appelle comment ?

— Alphonse Mukenga.

— C'est un nom bantou, ça ne t'avance guère, il y en a dans tout le pays. Il vient d'où ?

Antoine haussa les épaules. Il ne l'avait jamais interrogé à ce sujet. À tort.

Il tapota une cigarette sur la table pour tasser le tabac tout en se creusant les méninges. Le regard de Laurent restait figé sur lui : s'il ne lui fournissait rien de plus, ce dernier allait lui souhaiter bonne chance et à la revoyure !

— J'ai appelé des hôtels à Yaoundé et à Douala au débotté, mais pour des prunes.

— Normal. Les hôtels c'est pour les Blancs. À moins que ton mec soit plein aux as ?

— Pas vraiment. Je sais qu'il a grandi dans l'ouest du pays. Mais pas au bord de la mer.

— Ça fait du territoire…

— Je crois qu'il me parlait de montagnes quand il était gamin. D'une région de plateaux.

— Le pays bamiléké. C'est au nord-ouest d'ici.

— Ça me rappelle vaguement quelque chose.

— Ça défouraille pas mal là-bas en ce moment.

Lucchesi fit semblant d'avoir du mal à allumer sa clope pendant qu'il collectait dans son cerveau les bribes des longues heures de conversations avec Alphonse, essayant de recomposer le tableau du Cameroun que son compagnon lui avait dépeint. Il en avait appris un rayon, mais dans le désordre et sans aucune application pratique jusqu'à aujourd'hui.

Le bistrotier prit son silence pour de l'ignorance et lui offrit une leçon sommaire :

— La région bamiléké est l'une des plus riches du pays. Agriculture, mines, forêts, il y a un peu de tout. Les Bamilékés ont toujours estimé qu'on leur piquait leurs ressources. Avant l'indépendance, ils en voulaient aux Français, maintenant ils en ont après le président, qui est un gugusse du nord du pays. Ce sont un peu des emmerdeurs… sauf respect pour ton ami. Il y a des opérations militaires depuis des années dans cette région. Personne n'en parle trop, mais j'entends parfois les conversations des soldats qui viennent picoler ici en fin de semaine.

Antoine estima plus raisonnable de jouer au naïf, même si les morceaux du puzzle semés par Alphonse s'emboîtaient dans sa caboche. Le combat de son ami contre l'accaparement des ressources par la France ou par une élite sans l'assentiment des populations locales : ces récits avaient accompagné leurs traversées en Méditerranée.

— Ça pourrait correspondre à la région de mon cuisinier, fit mine d'hésiter Lucchesi. Il a déjà évoqué des trucs de cet acabit…

— Bonne chance pour le retrouver !

— Pourquoi ?

— La zone est bouclée par l'armée d'après ce qu'on dit. Il se…

Laurent se tut brusquement. Il en savait visiblement

davantage, mais choisit d'arrêter là sa distribution d'informations. Il resservit deux rasades d'anisette bien tassées qu'il troubla d'un peu d'eau et leva son verre pour trinquer. Puis, il conclut :

— Je connais du monde par ici. On lancera quelques lignes à la mer demain. En attendant, profite de ta première soirée dans ce pays de cocagne !

Un mouvement derrière le comptoir attira l'œil d'Antoine. Une femme, jeune, très jolie, la peau café au lait, comptabilisait les bouteilles en prenant des notes dans un carnet. Son imposante chevelure noire bouclée encadrait son visage comme une auréole.

Laurent remarqua le regard en coin de Lucchesi vers le bar.

— C'est Lucille. La patronne.

— Ah bon ? Je croyais que c'était toi, le taulier.

— Non, je suis juste employé par la demoiselle, paraît-il.

Le ton caustique alerta Antoine : sujet sensible. De toute manière, il n'avait aucune raison de s'y hasarder. Laurent sécha son verre et annonça qu'il devait entamer son service.

La terrasse s'était remplie de consommateurs entre deux âges, tous blancs et bien vêtus. Au pied des marches, dans la rue, et dans l'arrière-salle, tout le monde était noir, des jeunes, des vieux, beaucoup d'enfants.

Aucun Camerounais ne prenait l'apéritif.

13

Luc Blanchard, Paris, 18 juillet 1962

Luc n'en détenait pas la preuve, mais il était convaincu que les types qui lui avaient envoyé la pie étaient les mêmes que ceux qui avaient voulu le tabasser dans les vestiaires du club de boxe. C'était bien le genre de méthodes tordues visant à faire comprendre à quelqu'un, en l'occurrence lui, qu'il ferait mieux de s'en tenir à cultiver ses plates-bandes sans empiéter sur celles des autres. En particulier celles des grosses légumes.

Seul problème, en tant que journaliste, l'essence même de son métier consistait à fouiner dans les affaires d'autrui. Sauf à ne vouloir célébrer que les bonnes nouvelles ne froissant personne – les « trains qui arrivent à l'heure ne nous intéressent pas, lui avait expliqué René dès son premier jour, alors si c'est ce que tu veux raconter, va piger à *La Vie du rail*! ».

La pie ne l'avait pas empêché de dormir, elle l'avait juste frustré dans sa curiosité. N'ayant déniché aucune indication sur le colis permettant d'en retracer l'origine, Blanchard s'était contenté de l'expédier à la poubelle. Il abhorrait de se sentir ainsi surveillé, d'autant qu'il avait l'impression de faire du surplace dans cette enquête. À quoi avait-il touché précisément qui faisait de lui une menace ?

Ce matin, après avoir retourné l'entretien avec Mitterrand dans sa tête, il décida de se rendre au Sénat, profitant de la session extraordinaire qui prolongeait le travail des élus jusqu'à la mi-juillet.

Il patienta deux heures dans la salle des conférences avant que ne surgisse celui qu'il guettait : Gaston Defferre. Après avoir laissé ses collègues rédacteurs parlementaires le questionner sur la législation du jour et ses ambitions pour la présidentielle de 1965, Luc interpella le sénateur des Bouches-du-Rhône au moment où il s'éclipsait.

Contrairement à ce qu'il avait imaginé d'un élu méridional de gauche, l'homme se montra froid, légèrement hautain. Il ne consentit à lui répondre que parce que Luc annonça qu'il écrivait pour *France Observateur*. Les chroniqueurs politiques murmuraient que Defferre voulait jouer la carte d'une gauche moderne et anticommuniste, un opposant sérieux et technocratique au gaullisme triomphant. Par conséquent, il ne pouvait se permettre d'écarter le petit reporter d'un magazine progressiste venant recueillir sa bonne parole. Pourtant, Luc avait bien senti le moment où le Marseillais s'était efforcé de masquer son agacement.

Heureusement, Defferre se détendit lorsqu'il comprit que Blanchard entendait lui poser des questions se rapportant à son action ministérielle passée, et qu'il pouvait au passage donner des coups de canifs au gouvernement. L'entraînant dans le jardin du palais du Luxembourg pour fuir les oreilles indiscrètes malgré les nuages menaçants, il fanfaronna d'emblée.

— Vous savez, je me targue d'avoir saisi avant beaucoup d'autres que la France ne pourrait pas rester indéfiniment maîtresse de ses colonies et qu'il fallait leur accorder une forme d'autonomie pour préparer leur indépendance. C'était le sens de la loi-cadre qui porte mon nom, que j'ai fait voter en tant que ministre de l'Outre-Mer en 1956.

— Mais pourquoi ne pas avoir octroyé les indépendances tout de suite ?

— Mais mon jeune ami, ce n'était pas dans notre intérêt ! Beaucoup de mes collègues racontaient à l'époque et vous le diront encore aujourd'hui qu'il faut éviter la propagation du communisme en Afrique, que les Noirs ne sont pas capables de se gouverner eux-mêmes, qu'il est impératif de songer aux anciens colons français… Tout cela n'est sans doute pas faux, mais la véritable raison est que nous devions faire le tri parmi les élites sur place afin de promouvoir celles qui ne rompraient pas illico avec la France.

— Qu'en pensait votre directeur de cabinet de cette période, Pierre Messmer ?

— Ah, Messmer ! Il a fait du chemin depuis ! Plus que moi en tout cas.

Defferre ricana brièvement. Tous les politiciens que Luc avait côtoyés étaient obsédés par leur propre carrière. En les flattant et en les faisant parler d'eux, ou de leurs rivaux, ce qui revenait au même puisqu'ils participaient tous à la même partie de chaises musicales, ils vous balançaient tous les ragots.

— Avant d'être ministre des Armées, il a été votre collaborateur.

— En effet. En toute franchise, c'est un homme capable, maître de ses dossiers. Il a fait presque toute sa carrière dans l'administration coloniale.

— Il a été en poste au Cameroun aussi, je crois ? interrogea Blanchard qui connaissait la réponse.

— Absolument, c'est même lui qui a maté les rebelles indépendantistes de l'UPC sur place.

— A-t-il joué un rôle dans la mort des deux dirigeants de l'UPC Ruben Um Nyobè et Félix Moumié ?

— Ah, jeune homme, ne me faites pas dire ce que je n'ai pas dit ! Je ne sais rien du décès de ces deux hommes. Ce que je comprends, c'est qu'ils ont pris les armes contre la France et que cela ne pouvait rester sans conséquence. Je vais vous faire une confidence. Lorsque Messmer travaillait pour moi, il ne cessait de seriner une phrase que je connais désormais par cœur : « Il faudra accorder l'indépendance à ceux qui la réclament le moins, mais uniquement après avoir éliminé politiquement et militairement ceux qui la réclament avec le plus d'intransigeance. »

— C'est éloquent, commenta Luc.

— Je ne vous le fais pas dire, peuchère !

Conscient d'avoir donné au reporter un peu de grain à moudre, Defferre mit fin à l'entretien en prétextant une réunion de commission. Blanchard n'était pas dupe. Le Marseillais ne lui avait confié que ce qu'il voulait bien lâcher. Il s'était présenté sous le meilleur jour, avait effectué quelques pirouettes et s'était défaussé sur d'autres, sans pour autant les critiquer. C'était toujours la même chose, se dit Luc :

après les beaux discours devant le populo, après la chute du rideau sur l'estrade, ces messieurs s'arrangeaient en coulisses. Leurs oppositions soi-disant frontales, immémoriales et profondes, s'effaçaient au profit d'une connivence distinguée. Defferre se présentait comme un des adversaires les plus déterminés de De Gaulle, pourtant il avait employé comme directeur de cabinet un des bras droits les plus fidèles du Général.

Blanchard se sentait toujours petit lorsqu'il était confronté à ce monde qui transpirait morgue et certitudes. En même temps, il se trouvait moins sale.

Il était vexé de n'avoir pu poser toutes les questions prévues. Il avait espéré que Defferre serait différent de Mitterrand, mais au fond ils provenaient de la même couvée. Des magouilleurs arrivistes sans principes. Il salua néanmoins poliment le sénateur et se dirigea vers la sortie du palais du Luxembourg.

Il récupéra sa carte de presse à l'accueil et s'engagea droit dans la rue de Tournon, afin de rentrer à pied au journal, pile au moment où les premières gouttes se mirent à tomber. Il n'avait ni parapluie ni imperméable et les nuages noirs ne promettaient aucun répit à court terme. Il réfléchit trois secondes et fit brusquement demi-tour pour courir attraper le bus 81 à l'arrêt Luxembourg.

Il n'avait pas fait deux mètres qu'il aperçut une silhouette pivoter comme lui et traverser la rue, manquant de se faire renverser par une voiture obligée de piler. L'automobiliste klaxonna mais le piéton ne s'excusa pas et se débina. La pluie déposait ses premières gouttelettes sur les lunettes de Luc, qui n'y voyait pas bien, mais il eut la nette sensation que l'imprudent était coiffé d'une casquette au motif pied-de-poule. Plusieurs centaines de crânes devaient en être revêtus dans Paris à cet instant précis, pourtant le journaliste bondit à la poursuite du fuyard.

Il l'aperçut tournant dans la rue de Condé. Il ne s'était pas trompé : c'était bien l'un de ses deux agresseurs, le plus petit. Le dernier doute s'estompa quand l'homme s'arrêta pour regarder derrière lui, découvrit Luc à ses basques, et repartit de plus belle.

Blanchard manqua de se rétamer en évitant une mémère qui s'échinait à enfiler un manteau de pluie à son teckel au milieu du trottoir. Il se rattrapa de justesse à un réverbère, et ralentit pour ôter ses lunettes qui lui embrouillaient la vue. Il ne percevait désormais plus que des taches de couleur et du mouvement, mais il distinguait la silhouette du fugitif détalant vers l'Odéon.

Celui-ci ayant une trentaine de mètres d'avance, Luc osa la plus vieille technique du monde : il hurla « Au voleur ! » de toutes ses forces, misant sur l'altruisme parisien, un pari fort audacieux. Bien que court sur pattes, Casquette pied-de-poule avait de l'énergie, et les passants trempés s'étaient retranchés dans les pas de porte ou les magasins. Rien ne semblait pouvoir arrêter sa course. Si Luc voulait l'agrafer, il devait sprinter et compter sur le trafic du boulevard Saint-Germain pour ralentir leur poursuite.

C'est dans ce genre de moment que Blanchard regrettait de n'avoir toujours pas touché un mot à son ophtalmologue d'une révolution technologique venue des États-Unis dont il avait entendu parler : les lentilles de contact cornéennes. Il paraissait qu'elles permettaient aux myopes d'y voir clair sans lunettes. Ce qui lui aurait été bien utile pour éviter la crotte de chien sur laquelle il dérapa en négociant le léger coude vers le carrefour de l'Odéon. Un coup de tonnerre ponctua la glissade. Ou alors c'était sa tête ? Il s'écrasa de toute sa vitesse sur un véhicule en stationnement, percutant le pare-brise du front et s'enfonçant le rétroviseur dans l'estomac. Le souffle coupé, il ploya en deux mais parvint à ne pas s'effondrer.

Il n'avait désormais d'autre choix que de remettre ses lunettes s'il ne voulait pas risquer sa peau, tant pis pour les gouttes. Mouillé tel un chien dont il maudissait la race, il reprit son trot, clopin-clopant, priant pour n'avoir pas été définitivement semé. Comme il l'avait anticipé, le croisement avec le boulevard Saint-Germain était encombré de passants sous leur parapluie et de voitures roulant au pas. Un autobus à l'arrêt masquait le passage piéton le plus proche, qui traversait le boulevard en direction de la Seine. Si Luc avait été poursuivi, il aurait choisi cette direction. Il suivit donc son instinct, rapidement obligé de jouer des coudes pour se frayer un chemin dans la foule au ralenti. Pestant contre ces badauds et ce bus qui n'avançaient pas, il sauta en l'air pour tenter de discerner son fuyard par-dessus la foule, sans succès.

Blanchard enfonçait son épaule en biais pour écarter un piéton immobile lorsqu'il découvrit un chauffeur de la RATP penché sur un homme gisant au sol, les yeux vides et une rigole de sang dilué par l'eau de pluie s'agrandissant autour de son crâne nu… une casquette pied-de-poule reposant trente centimètres sur la gauche. Luc entendit alors les lamentations autour de lui : « Il a surgi comme s'il avait le diable aux fesses », « Il n'a pas vu que le bus accélérait », « Il regardait derrière lui », « Le feu indiquait pourtant l'interdiction de traverser »…

Le reporter n'avait pas besoin d'un récit circonstancié. Son escogriffe avait foncé droit devant le bus pour franchir le boulevard au plus vite et s'était pris l'engin de plein fouet. Sans être médecin, ce qu'il distinguait du corps allongé présageait un avenir à l'horizontale.

Il parcourut vite fait l'assistance des yeux pour s'assurer que personne ne l'avait vu courser le gisant, mais le seul regard défiant était celui du passant qu'il avait brusqué et qui le toisait comme un resquilleur.

Luc aurait bien fouillé les poches du mort, mais cela ne se faisait vraiment pas. De surcroît, la police n'allait pas tarder à pointer son nez. Il battit en retraite, assumant son rôle de voyeur repu, et, décidé à échapper à la pluie qui persistait, s'engagea dans la station de métro Odéon.

Il fit poinçonner son ticket puis reprit son souffle sur un banc en attendant la rame. Étrangement, il ne se sentait pas le moins du monde coupable du décès qu'il venait de provoquer. Il avait bel et bien reconnu la dépouille d'un de ses deux assaillants de la semaine précédente, et celui-ci ne s'était pas glissé dans son sillage par hasard. L'homme à la casquette le suivait. Sans doute pour vérifier que Blanchard avait bien reçu le message ornithologique. Peut-être même pour l'agresser une nouvelle fois. Ou l'éliminer.

Luc hésita à ressortir sur le boulevard pour assister à l'arrivée des flics et à la fouille du macchabée. Il brûlait de découvrir si celui-ci détenait une arme. Mais à la réflexion, il jugea son retour sur le « lieu du crime » trop dangereux. Il ne voulait pas courir le risque d'être identifié comme le poursuivant qui avait descendu la rue de Condé à toute berzingue et bousculé des Parisiens pour mater sa cible.

Arme ou pas arme, il restait de toute manière un des deux olibrius dans la nature, et c'est de lui que le journaliste devait se préoccuper désormais. Le costaud était un péril autant qu'une piste.

14

Antoine Lucchesi, Yaoundé, 18 juillet 1962

En dépit des circonstances qui l'avaient entraîné de Marseille jusqu'au Cameroun, Antoine Lucchesi avait particulièrement bien dormi pour sa première nuit africaine. Il se leva frais et reposé, et une douche froide acheva de le ragaillardir.

La salle du restaurant était vide lorsqu'il s'y installa. Il commanda un café, du pain, du beurre et de la confiture, comme il l'aurait fait dans n'importe quel établissement français. À peine avait-il entamé son petit déjeuner qu'il vit Célestin et sa 2 CV se garer devant la terrasse. Il lui fit signe de venir à sa table, mais ce dernier lui répondit qu'il préférait rester dehors à surveiller sa voiture – du moins c'est ce que le Corse comprit.

Après avoir éclusé un second café, il rejoignit Célestin et lui tendit la main. Ce dernier hésita un instant puis se résolut à la serrer avec le sourire.

— Qu'est-ce qu'on fait aujourd'hui, monsieur Antoine ?

— Pas la moindre idée.

— Tu veux que je t'aide à retrouver ton ami ?

— Je ne sais même pas par où commencer…

— On a qu'à faire un tour pour demander si quelqu'un le connaît.

— Ça me semble un peu comme chercher une aiguille…

— … dans une botte de foin. Ici on n'a pas de téléphone, pas d'annuaire, et pas de police pour ce genre de choses. On n'a que la palabre et des amis, et souvent ça suffit.

Antoine s'était figuré qu'une fois au Cameroun, la solution jaillirait par miracle. Peut-être bien qu'elle résidait dans Célestin et sa manière de procéder.

— D'accord. Allons-y. Tu prends combien pour la journée dans ton tacot ?

Le prix que Célestin lui proposa était plus que raisonnable. Bien inférieur à celui d'une course en taxi dans Marseille. Le malheureux chauffeur vivait de peu.

Antoine lui tendit l'argent de la course d'hier et de celle d'aujourd'hui, en avance, assorti d'un bon pourboire.

— Merci, monsieur Antoine. C'est très généreux. En route !

Célestin sortit sa manivelle et démarra la 2 CV par quelques vigoureux moulinets.

Yaoundé nichait dans les bosses et les replis de petites collines que l'on gravissait ou contournait selon sa destination en suivant des artères aux ambitions urbanistiques qui paraissaient improvisées.

Le Corse laissa son chauffeur le mener où bon lui semblait. Au bout de quelques rues, ils avaient laissé derrière eux les bâtiments en dur érigés par les colons. Il n'y avait désormais plus que des baraques en bois, des cases en torchis, des toits en palme séchée. Quelques voies carrossables partaient du centre, mais le reste des artères consistait en des sentiers praticables uniquement à pied, irriguant les quartiers comme un réseau sanguin.

Célestin s'arrêtait à intervalle régulier au bord de la route, coupait son moteur et s'enfonçait parmi les habitations à la recherche d'un cousin, d'une connaissance ou d'un client bien informé. La première fois, Antoine était descendu du véhicule pour l'accompagner, mais le chauffeur lui avait conseillé de demeurer dans l'habitacle. Ce n'était en aucun cas une question de sécurité, bien au contraire, les gens étaient accueillants et bienveillants. C'était juste plus pratique pour Célestin de se frayer un chemin sans attirer les regards des adultes et des nuées de gamins qui suivaient comme son ombre le visage pâle.

Réduit à patienter, Lucchesi ouvrait grande la fenêtre papillon de la deuche et saluait les enfants et les curieux que sa présence distrayait. Les plus hardis venaient lui serrer la main, savoir s'il allait bien, s'il n'avait besoin de rien, un verre d'eau, un fruit pour se désaltérer, un renseignement.

Antoine leur répondait aimablement, merci, non tout va bien, pas de soucis, et il souriait. Il n'avait jamais autant souri de sa vie. Sa bouche faisait office de sémaphore, une manière de dire : je ne fais que passer, c'est gentil de m'accueillir chez vous, je ne comprends rien à votre langue et pas grand-chose à votre condition, vous me recevez bien et vous me plaisez, alors je fais ce que je peux pour être agréable. Et ça marchait, les Yaoundéens lui retournaient son affabilité et les minots s'esclaffaient en le montrant du doigt, blaguant sans doute sur son hâle ou sa tenue.

Il aimantait l'attention et, pendant ce temps-là, Célestin causait avec les habitants. De ce qu'il en déduisait, son acolyte s'adressait toujours aux plus âgés en premier. Mais, invariablement, il revenait bredouille. Pas de trace d'Alphonse Mukenga.

Ce manège les occupa jusqu'en début d'après-midi. Célestin ne semblait jamais à court de personnes à interroger ni de lieux où les trouver. Ils durent bien traverser la capitale camerounaise deux ou trois fois avant que le taxi ne suggère d'aller se sustenter. Antoine, qui commençait à avoir le dos rompu par les barres métalliques des sièges et à désespérer de sa quête, accepta bien volontiers.

— On va aller chez un cousin qui tient un chantier. Là aussi on pourra demander après ton ami.

Célestin relança sa voiture dans une côte. Il lui montra au passage l'ambassade de France, juchée au sommet d'une colline et entourée d'un vaste parc, une sorte d'îlot surplombant la ville.

Ils se garèrent face à ce qui ressemblait plus à trois planches de récupération clouées entre elles qu'à un restaurant. Mais des braises réchauffant une grille sur laquelle cuisaient des brochettes et des sièges en bois les invitaient à s'installer. Célestin salua quelques personnes et passa commande à la cuisinière qui œuvrait accroupie devant ses légumes et diverses calebasses. Il rapporta d'autorité à Antoine une bière en bouteille.

— Tu vas être malade si tu bois de l'eau. Tu n'as pas notre estomac !

En même temps que les plats, plusieurs hommes d'âge indéterminé firent irruption, qui paraissaient tous connaître le chauffeur. Lucchesi était incapable de jauger s'ils répondaient à une convocation invisible ou bien si, passant là par hasard, ils les rejoignaient. Ils le saluaient tous fort poliment puis prenaient part à la conversation dans une langue locale dont il ne décodait aucun mot à l'exception de quelques expressions françaises intercalées de-ci de-là.

Alors qu'Antoine avait achevé ses brochettes de poulet accompagnées d'un plat de légumes qui ressemblaient à des épinards, Célestin et la demi-douzaine d'hommes présents se tournèrent vers lui d'un seul mouvement. Le chauffeur se fit leur porte-parole :

— Nous avons réfléchi et nous pensons que ton ami vient du pays bamiléké, dans la région de Bafoussam.

— Bafoussam ?

— C'est une ville au nord d'ici. Il y a beaucoup de Mukenga là-bas. L'un d'entre eux (il désignait sans plus de précision les personnes autour de lui) a entendu parler d'un vieux chef de village qui a de la famille en France et qui est très malade.

Antoine parcourut l'assemblée du regard. Il ne savait quoi faire de cette information. C'était vague, à l'évidence du ouï-dire de deuxième ou troisième oreille, mais il s'agissait de sa seule piste.

— Qu'est-ce que tu en penses, Célestin ? Ça te paraît sérieux ?

Le chauffeur répondit sans hésiter :

— Oui, monsieur Antoine. Tu dois aller à Bafoussam.

Lucchesi avait coutume d'agir à l'instinct. Ça ne l'avait pas toujours bien servi, il avait commis son lot de bévues et avait même atterri une fois en prison, mais il était encore en vie, alors que dans sa branche professionnelle, on ne jouissait pas à coup sûr de sa retraite.

— Très bien. Tu peux m'y emmener ?

— Je suis désolé, monsieur Antoine, mais ce n'est pas possible. Bafoussam est à trois cents kilomètres et ma voiture ne tiendra pas. Il y a trop d'ornières et de fossés sur cette route. Mais on va s'arranger. Je m'en occupe.

Le groupe hochait la tête en cadence, approuvant chacune des paroles de Célestin. Lucchesi ne savait s'il devait s'en amuser ou s'en inquiéter. Il n'aimait pas laisser à autrui le soin de décider de son sort.

Sentant sa méfiance, un grand Camerounais longiligne se redressa et s'adressa à Antoine dans un français parfait :

— Si ton ami compte pour toi, tu dois emprunter tous les chemins pour le retrouver. Il n'y a pas de fausses pistes, il n'y a que des mauvais chasseurs.

Puis il se rassit.

Tiens, se dit Antoine, les vieux Camerounais parlent comme les vieux Corses : à coups de maximes. Il se garda cependant de donner son avis sur ce genre de philosophie.

Célestin donna le signal du départ. Antoine fit le tour de l'assemblée pour serrer la main de chacun avec des remerciements pour leur aide.

Le taxi le ramena au Relais des Chasses et lui promit de passer le lendemain avec un moyen de se rendre à Bafoussam. Monsieur Antoine n'avait pas à s'inquiéter, lui assura Célestin, « en Afrique on trouve toujours des solutions ».

— Mmmm, grommela Antoine, un tantinet sceptique.

Il était encore trop tôt pour l'heure de l'apéritif et la terrasse presque vide. Lucchesi s'attabla néanmoins, commanda une bière et sortit un paquet de cigarettes. Il lui restait environ trois semaines pour mettre la main sur le carnet. C'était encore suffisant s'il ne s'égarait pas en route. Aller en pays bamiléké et revenir lui prendrait plusieurs jours d'après Célestin. S'il n'y dénichait pas Alphonse, son temps serait ensuite compté.

Antoine frissonna en songeant à Maria. Au Panier, dans son restaurant, elle ne savait rien de ce qui se tramait. Elle s'accommodait de la part d'ombre de son amant et il la chérissait pour cela. Mais, en cet instant précis, il aurait voulu pouvoir se confier à elle. L'avertir. La protection offerte par Monsieur Charles lui paraissait dérisoire face à la méchanceté et la bêtise de Nick Venturi.

Le truand se dit qu'il avait filé trop vite, stupidement convaincu qu'il dénicherait Alphonse facilement. Il aurait dû retarder son voyage de quelques jours afin d'assurer une vraie sécurité à Maria et aux enfants. Il aurait pu les emmener au vert, à Aix-en-Provence ou plus loin encore, il conservait tout de même deux ou trois connaissances fiables dans le milieu, prêtes à se mouiller pour lui.

Maintenant il était trop tard. Lucchesi n'avait plus le choix. Il avait lancé ses dés avec trop de précipitation et il devait s'arranger pour ne pas perdre toute sa mise.

Il ralluma une clope, noyé dans ses pensées lorsque Laurent s'assit face à lui.

— Tu as fait bonne pêche aujourd'hui ?

— Couci-couça.

Il ne tenait pas à développer. Bien que recommandé par son cousin, ce qui, entre Corses, valait toutes les introductions, le bistrotier dégageait quelque chose de déplaisant.

Mais Antoine n'arrivait pas à mettre le doigt dessus, et c'était bien le problème. Le chauve reprit :

— Je te l'avais dit : pas simple de trouver le bon nègre dans ce pays !

Lucchesi était habitué aux invectives raciales. Il ne les appréciait pas pour autant. Bien qu'il en ressentît l'envie, il ne pouvait pas envoyer Laurent valdinguer. Il avait besoin de lui. Autant lui demander un service :

— Tu ne saurais pas comment je peux me rendre à Bafoussam ?

— Tu tombes bien. Je connais un mec qui doit y aller après-demain. Il est arrivé de métropole il n'y a pas longtemps mais il est *di u paese*. La Balagne. Commerçant, je crois. En tout cas, il a une Land Rover presque neuve. Si tu paies ta part de carburant, je pense qu'il acceptera de te prendre.

— Excellente nouvelle. Je te remercie.

— Faut bien s'entraider.

— Je t'offre un verre ?

— Une prochaine fois. J'ai rendez-vous à l'ambassade.

Laurent coiffa un chapeau en paille et partit en direction de la mission française. Lucchesi se demanda ce qu'il pouvait bien combiner à cette heure-là, quand les fonctionnaires bouclaient leur journée.

Après s'être décrassé de la poussière de Yaoundé, Antoine redescendit dans la salle du restaurant et s'installa au bar. Que la jolie Lucille y officie représentait une excellente raison de grimper sur le tabouret.

Un type court sur pattes et assez musclé était déjà accoudé

au comptoir, accaparant l'attention de la métisse. Il portait un treillis, une veste en cuir et un foulard autour du cou. L'uniforme du parfait baroudeur. D'après ce qu'Antoine saisissait de la conversation, il lui faisait du gringue et elle répondait de manière nonchalante, guère intéressée.

Quand Lucille retourna à ses occupations de maîtresse d'hôtel, ou ce qui en tenait lieu dans ce bouge colonial, le bonhomme s'approcha de Lucchesi.

— Max Fichet, enchanté.

— Antoine Lucchesi. De même.

— Je suis pilote d'hélicoptère.

— Et moi, capitaine de barque.

L'autre s'esclaffa.

— Y a pas beaucoup de mer dans les parages.

— Un étang suffit à mes talents.

— Alors, à ta santé !

Antoine leva son verre et accepta une tournée du pilote qui se montra d'agréable compagnie, même s'il jacassait en permanence. Cela convenait au marin, ça lui évitait de s'étendre sur sa propre situation.

Il apprit que Fichet était capitaine dans l'armée de l'air française, accompagnant le corps expéditionnaire tricolore chargé de former la nouvelle armée camerounaise. Lui ne s'occupait pas des recrues, juste des transports d'un coin à l'autre du pays et parfois « de quelques missions de pacification ». D'après Max, le pays était un vaste boxon, et cela découlait de trois problèmes auxquels il revenait sans cesse – le bonhomme avait de la suite dans les idées, même si elles planaient moins haut que son hélico : « les nègres ne comprennent rien à la discipline » ; « il faut être derrière eux sinon tout va partir à vau-l'eau » ; « ils n'ont pas réglé leurs querelles ethniques, du coup il y a plein de guérillas qui foutent le bordel dans le pays ! ».

Max avait servi en Indochine puis en Algérie et il était désormais affecté au Cameroun, tel un syndic de faillite qui intervient lorsqu'il n'y a plus rien à espérer.

Antoine se lassa vite de la conversation. La guerre n'était pas son truc. Il n'aimait ni les armes ni la gloriole qu'elles procurent à ceux qui se vantent d'en posséder. Une anomalie dans sa profession.

Heureusement, comme la soirée avançait, des militaires s'attablèrent et se rassemblèrent dans un coin de la salle. Max alla les rejoindre. Ils étaient bruyants et partis pour finir la nuit en vomissant dans le caniveau.

— Ne vous inquiétez pas : ce sont des braillards, mais ils cessent avant que ça tourne mal. Chez moi en tout cas.

Lucille avait posé son coude sur le bar, à dix centimètres de celui de Lucchesi. Elle était vêtue d'une chemise d'homme et d'un pantalon en toile, une tenue qui la distinguait de toutes les femmes qu'Antoine avait croisées jusqu'ici au Cameroun. Elle le relança avant qu'il n'ait eu le temps de trouver une repartie spirituelle pour lui expliquer qu'il ne les craignait nullement : il éprouvait juste du dédain à leur égard.

— Ça va faire deux jours que vous êtes ici. C'est quoi votre histoire ?

Elle était directe.

Partant du principe qu'il avait en partie dévoilé son récit arrangé à Laurent et à Célestin, et qu'elle les avait peut-être déjà interrogés, il lui proposa une version identique.

Elle hochait la tête en l'écoutant, sans l'indifférence polie dont elle avait fait preuve vis-à-vis du pilote d'hélicoptère, mais sa gestuelle semblait dire : « Mon pauvre, tu ne sais pas dans quoi tu t'es embarqué... » Lucchesi en était conscient, alors plutôt que de susciter l'apitoiement, il sollicita son avis :

— Que feriez-vous à ma place ?

— J'ai la chance de ne pas être dans vos bottes. Je préfère éviter les conseils qui coûtent peu mais ne valent rien non plus.

Le Corse sourit. Il avait l'impression de parler à son double féminin. Amusé, et peut-être un peu séduit aussi, il lui retourna la question :

— Et vous, c'est quoi votre histoire ?

— Si je vous disais que ce ne sont pas vos oignons, vous le prendriez mal ?

— Assurément pas, c'est ce que je ferais à votre place.

Ce fut au tour de Lucille de plisser la bouche dans une moue délicieuse.

Elle s'empara de deux verres à whisky, les disposa devant eux et versa de larges rasades. Elle trempa ses lèvres dans le breuvage foncé puis, surprenant Antoine, elle lui répondit :

— Papa français, enfin corse, comme vous. Monte un commerce en Guadeloupe. Épouse une belle autochtone. Ils ont une enfant. Maman meurt dans un accident de la route. Papa est triste, il a une opportunité au Cameroun. Déménage ici avec moi. Fait prospérer son affaire. Meurt il y a trois mois du palu. Fifille se retrouve orpheline à vingt-six ans et propriétaire d'un café-restaurant-hôtel-épicerie au fin fond de l'Afrique équatoriale.

Il n'y avait rien à répliquer à une telle tirade. C'était une trajectoire à la fois insolite et banale. Riche et triste comme la plupart des vies.

Antoine lui tendit une cigarette, qu'elle refusa poliment.

Elle n'avait sans doute pas beaucoup l'occasion de s'épancher car elle poursuivit :

— Je devrais me sentir chez moi ici : ça fait plus de quinze ans que j'y vis. Mais rien à faire. C'était le choix de mon père, pas le mien.

— Les Corses et la bougeotte, je connais ça.

— La malédiction des insulaires… J'ai reçu une double dose en héritage : Méditerranée et Antilles.

— Ça fait de belles racines.

— Plus facile à dire quand on a la couleur d'un cachet d'aspirine !

— Je plaide coupable.

Lucille parlait d'un ton détaché, pourtant Antoine se doutait qu'elle charriait un lourd fardeau.

— Ni blanche ni noire. Si peu française et à peine camerounaise. Dur de trouver sa place.

— Vous avez le Relais des Chasses, l'encouragea Lucchesi en désignant l'établissement dont elle était propriétaire.

Elle le fixa par en dessous, désabusée.

— Je n'ai jamais tué un animal de ma vie…

— Moi non plus.

— Restauratrice et hôtelière, l'existence de mes rêves… Et vous ? Que faites-vous à part galoper après vos amis à l'autre bout du monde ?

— Bistrotier.

— Malédiction ! À la nôtre alors !

Elle leva son verre pour trinquer avec lui, puis siffla d'une gorgée le whisky restant.

— Je dois me remettre au boulot. Il y a du monde ce soir.

— Laurent n'est pas là pour vous aider ?

— Laurent ? Il fait comme ça lui chante. C'était un ami de mon père. Il se serait bien vu diriger le Relais après sa mort.

Lucille lui tourna le dos pour revenir aux commandes qui affluaient.

Après avoir jeté un coup d'œil à la table des militaires toujours aussi animée, Lucchesi regagna sa chambre. La journée avait été longue, mais il n'était pas certain d'avoir avancé.

15

Luc Blanchard, Paris, 18 juillet 1962 (suite)

Blanchard n'avait que trop retardé ce moment.

Après quelques instants de réflexion en attendant la rame de métro en direction de la porte de Clignancourt, il se décida. Les événements avaient pris une telle tournure dix minutes plus tôt, lorsque son fuyard avait fini la tête éclatée sur le pavé du boulevard Saint-Germain, qu'il était opportun de rendre visite à Amédée Janvier. Son ancien collègue du 36, quai des Orfèvres s'était montré meilleur pilier de bar que mentor, mais Luc avait toujours éprouvé de la tendresse pour lui.

Blanchard ne l'avait pas revu depuis que ce dernier avait été expédié en « cure de repos » forcée. Il avait néanmoins appris par la bande, quelques mois après sa démission, que son ex-équipier avait réintégré le service actif, désormais affecté à un poste de bureau à la direction de l'ordre public et de la circulation. Une voie de garage en attendant la retraite.

Encore tout trempé par sa course-poursuite sous la pluie,

il descendit de la ligne 4 après deux arrêts, à la station Cité, et se posta devant l'entrée réservée au personnel de la préfecture de police. L'orage ayant heureusement cessé, Blanchard tenta de se rendre présentable en plaquant ses cheveux sur son crâne. Il vérifia sa montre-bracelet pour la troisième fois. Il était 17 heures tapantes et les premiers fonctionnaires débauchaient.

Il n'eut pas longtemps à poireauter, même s'il faillit manquer celui qui était autrefois surnommé avec affection le Gros. D'embonpoint il n'avait plus. Son sourire pétillant, celui qu'il portait constamment sur son visage, en particulier à la perspective de lever le coude, s'était évanoui. Janvier avait maigri, il s'était voûté et il ne paraissait plus que l'ombre du bon vivant qu'il avait été.

Blanchard dut lui couper la route pour que son ex-partenaire ôte les yeux de ses godillots. Amédée le reconnut pourtant immédiatement et, surprenant Luc, lui tomba dans les bras en le serrant fort. Lorsqu'il relâcha son étreinte, le policier avait une larme sur la joue. Il ne chercha nullement à la dissimuler.

— Ah, gamin ! Qu'est-ce que je suis content de te voir ! Tu n'as pas changé…

Blanchard était embarrassé. Il avait le sentiment d'avoir affaire à une vieille tante. Dans ces circonstances, un compliment s'imposait :

— Tu as l'air d'aller bien. Ça fait un bail.

— Tu as vu ? répliqua Janvier en se dressant comme un piquet. J'ai perdu vingt kilos. Ça fait dix-huit mois que je n'ai pas avalé une goutte d'alcool !

— Bravo, c'est bath ! Ça te fait du bien, mentit Luc. Et le boulot ?

— Bof. C'est pas le panard. Plus qu'un an avant la quille !

C'était peut-être cette affectation qui donnait à Janvier un air maussade. Lorsqu'on avait connu la Crim en tant qu'inspecteur dévoué – ce qui avait été le cas de son complice avant qu'il ne se noie dans trop de bouteilles de blanc – se voir relégué aux excès de vitesse et à la protection des édifices publics devait inciter à la déprime.

— Allez, viens, on va arroser nos retrouvailles, annonça Amédée en l'entraînant par le coude.

Ils pénétrèrent dans un bistrot juste à côté et le flic commanda sagement une eau gazeuse, au grand soulagement de Luc.

Après un échange de banalités sur la santé des collègues et leurs devenirs respectifs, le reporter sortit de sa poche la copie carbone du vol aérien Yaoundé-Paris que le malfrat encore en vie avait laissée dans sa veste.

— J'ai besoin d'un coup de main, Amédée.

Il craignait un peu la réaction de son aîné, qui réalisait forcément qu'il s'agissait de la vraie raison de leur rencontre. Mais Janvier ne s'en offusqua pas le moins du monde. Au contraire, Blanchard décela la lueur qu'il avait autrefois connue dans les pupilles de son compagnon. Le vieil inspecteur ne s'enquit même pas de la raison pour laquelle le journaliste souhaitait remonter cette piste. Ils se faisaient confiance, comme du temps où ils étaient partenaires.

— Viens gamin ! On va passer un coup de bigo !

Amédée fila vers les cabines téléphoniques au sous-sol du café et s'inséra dans la dernière. Il insista pour que Luc se glisse à ses côtés et ferma la porte en verre derrière eux. Ils étaient serrés comme dans un cercueil. Au prix de quelques contorsions, le policier parvint à extraire son carnet d'adresses de sa poche intérieure, usé par des années de manipulations, et à trouver ce qu'il cherchait.

Luc introduisit une pièce de vingt centimes dans la fente pendant que Janvier tournait le cadran et l'avertissait de ses intentions :

— J'appelle un collègue à Orly.

Dès qu'on décrocha à l'autre bout, Luc nota le changement dans la voix d'Amédée : elle était devenue froide et sérieuse, contrastant avec sa tonalité rigolarde habituelle.

— Bonjour. Inspecteur Janvier de la Préfecture. On est sur un gars pas net. On nous a informés qu'il a débarqué dans le pays par avion il y a peu. Vous pourriez me renseigner ?

— …

— Il s'agit du vol Air France n° 102 arrivé le 7 juillet de Yaoundé, au Cameroun. Notre client occupait le siège 14.

— …

— D'accord. Je ne suis pas à mon bureau, alors rappelez-moi à (Janvier décrypta l'étiquette manuscrite collée sur le combiné) Central 2415. Merci.

Amédée raccrocha tout sourire, ravi d'avoir embobiné son collègue d'Orly.

— Maintenant, on attend, mon garçon ! Mon correspondant a accès à tous les registres des compagnies aériennes et des douanes, mais ça va lui prendre un peu de temps de fouiller dans la paperasse…

Les deux hommes se désincarcérèrent de la cabine pour

patienter. En silence. Ils s'étaient déjà tout dit au cours des instants précédents. Maintenant que Janvier ne buvait plus, Blanchard se révélait incapable d'alimenter la conversation. Le journaliste aurait pu se confier sur son nouveau métier, l'enquête sur laquelle il travaillait et les types louches qu'il avait croisés, tant dans les palais de la République que dans leurs arrière-cours, mais il subodorait que son vieux compagnon s'en moquait. L'action était le ciment de leur relation, pas les confidences.

Au bout d'une vingtaine de minutes, la sonnerie stridente du téléphone les fit sursauter. Amédée s'empara du combiné :

— Inspecteur Janvier à l'écoute !

— …

— Très bien, je vous remercie. Nous allons faire des investigations de notre côté.

— …

— Allez-y, je vous attends. Ça peut nous intéresser.

— …

— C'est bien noté. Tous mes remerciements.

Janvier claqua le récepteur sur son support. Il n'avait rien écrit, contrairement à ce qu'il avait répondu, mais Blanchard savait que la caboche de son partenaire contenait plus de neurones qu'on ne lui en prêtait.

— Le gus que tu recherches s'appelle François Grenier. C'est lui qui occupait le fauteuil sur le vol que tu m'as donné. Par contre, tiens-toi bien, notre collègue d'Orly a pris l'initiative de fouiller dans les vols retour vers le Cameroun ce mois-ci : le même patronyme figure sur un avion qui décolle demain pour Yaoundé !

Blanchard n'avait pas imaginé obtenir autant d'information en venant solliciter Janvier. Il possédait désormais le nom du pseudo-boxeur et un coup d'avance pour le retrouver.

Ils remontèrent tous deux à l'étage.

Luc ne savait pas s'il devait pousser sa chance auprès de Janvier en lui demandant une recherche sur François Grenier et sur le macchabée du carrefour de l'Odéon. Si ces deux cocos appartenaient effectivement à une officine étatique, comme il en était de plus en plus convaincu, il risquait de mettre son binôme dans de sales draps. Ce genre de dossier était rarement accessible au premier flic venu et, si c'était le cas, des alarmes se déclenchaient généralement vite fait en haut lieu : on apprenait qui avait consulté ces documents et le fouineur recevait une convocation de son supérieur dans la journée. S'il n'avait pas de justification valable à fournir, il se retrouvait sanglé dans un fauteuil éjectable.

Il subsistait la possibilité que Grenier et son compagnon en partance pour le cimetière ne soient que deux crapules ordinaires, des gros bras en soldes. Mais, pour le découvrir, il fallait fourrer son nez dans les fichiers de la PJ et exposer Amédée. À un an de sa retraite, c'était trop dangereux pour lui. Luc ne pouvait pas lui imposer ça.

Le reporter resta donc silencieux. Trente secondes plus tard, le policier annonça qu'il prenait congé pour rentrer chez lui.

Cette demi-minute représentait-elle un sursis offert par Janvier afin que Blanchard soit sûr qu'il n'avait pas d'autre service à demander ? Son ex-partenaire était-il disposé à se mettre en quatre pour son ancien pupille ? Quels que soient les risques ?

Luc ne le saurait jamais : il ne revint pas sur sa décision et, ce coup-ci, ce fut lui qui étreignit Amédée.

— La prochaine fois, n'attends pas aussi longtemps pour te manifester, gamin ! L'eau gazeuse, c'est pas si mauvais tant qu'on la partage avec des potes !

Le flic fatigué se dirigea vers l'entrée du métro Cité. En l'observant s'éloigner, Luc eut la triste sensation de le voir rapetisser, retournant à la contemplation de ses souliers. La flamme un moment éveillée s'était rendormie.

16

Antoine Lucchesi, Yaoundé, 19 juillet 1962

La Land Rover l'attendait pile à l'heure prévue devant le Relais des Chasses.

Laurent avait tenu parole : il avait mis Antoine en cheville avec Roland Santucci, propriétaire du véhicule britannique qui avait la réputation de passer partout. Ce dernier avait accepté de l'emmener jusqu'à Bafoussam en échange du paiement de la moitié du carburant. Antoine avait également invité Célestin à l'accompagner. Pour qu'il l'aide, pour qu'il traduise, pour la compagnie. Le chauffeur de taxi ne s'était pas fait prier – il y gagnait plusieurs journées de travail sans avoir à utiliser sa 2 CV. Il patientait devant l'hôtel depuis une demi-heure, prêt à partir.

Petit, brun et sec, Roland ne perdit pas de temps en politesses. Il ne présenta même pas son mécanicien, un Camerounais grassouillet et placide qui essuyait la poussière rouge qui s'accumulait inéluctablement sur le pare-brise à l'aide d'un chiffon sale. Afin de ne pas contrarier cette manœuvre, Antoine s'était assis à l'arrière, à la diagonale de Roland pour pouvoir converser avec lui. Les deux Noirs n'avaient apparemment pas le droit à la parole sauf lorsqu'on s'adressait à eux. Il semblait que cela soit une règle non écrite, intériorisée par les Camerounais, mais que Lucchesi découvrait.

Roland prévint que la route serait fatigante, sans doute sept ou huit heures s'ils ne cassaient rien, ce qui s'avérait hautement improbable. Il demanda d'emblée à Antoine d'avancer cinq mille francs CFA, et ils s'arrêtèrent dans un garage pour vérifier la pression des pneus, y compris ceux de secours, remplir le réservoir ainsi que deux jerrycans de vingt-cinq litres de gas-oil, et acheter des bidons d'huile. Le mécano se chargea de tout avec l'aide de Célestin qui considérait comme son devoir de l'assister.

Une fois ces préparatifs effectués, le quatuor s'élança sur la route du nord qui se transforma vite en piste. Roland conduisait bien plus vite qu'un chauffeur de taxi et utilisait sans cesse son avertisseur pour éloigner les piétons et les bêtes qui encombraient la voie. Célestin avait expliqué à Lucchesi qu'il fallait se montrer très prudent sur les routes, car les Camerounais n'avaient pas l'habitude du trafic automobile. Éviter les animaux était impératif, leur mort incombant au conducteur qui devait dédommager le propriétaire en cas de collision, quelles qu'en soient les circonstances. Roland n'avait pas l'air de s'en soucier : son comportement témoignait que, pour lui, la priorité appartenait au plus gros et au plus solide.

Yaoundé laissa bientôt place à ses faubourgs, des habitats épars qui s'évanouirent progressivement cédant à leur tour la place à la brousse. Ce n'était pas la jungle telle qu'Antoine se l'était imaginée à la lecture des illustrés de *Tarzan*, mais plutôt des paysages vallonnés, alternance de forêts et de plaines. Ils croisaient bien moins de bestioles que Lucchesi ne l'avait espéré, et, un tantinet désabusé, le Corse en reconnaissait la plupart même sous leur déclinaison africaine : des vaches, des poules, des cochons, des oiseaux. Au temps pour ses rêves d'éléphants, de lions et de gorilles…

Trois couleurs dominaient : bleu, vert et rouge brique. Le ciel, la végétation, la terre. Ça lui convenait très bien. C'était simple. C'était reposant. Beau.

Lucchesi n'aimait pas tenir le crachoir, mais comme les deux Camerounais étaient réduits au silence et que Roland ne desserrait pas les dents, il prit sur lui de poser des questions. Cela parut détendre le chauffeur. Ou alors puisqu'ils ne rencontraient désormais presque plus personne sur la piste cahoteuse, il pouvait se concentrer sur le contournement des ornières, dont certaines auraient pu avaler un buffle, cornes comprises.

Roland était un de ces Corses ayant fui les sols pauvres de Balagne pour tenter l'aventure et gagner sa vie au loin, d'abord dans la marine marchande, puis dans un des ports où il avait débarqué, enfin en montant une affaire. Il n'avait pas spécialement la bosse du commerce, mais dans un pays comme le Cameroun, il démarrait avec quelques brassées d'avance sur les locaux. Une question de pigmentation. L'entraide entre colons et entre Corses, comme celle dont bénéficiait Antoine, avait été favorable à Roland.

Il travaillait dans le bois de coupe. Les grumes, pour employer le terme technique. Il ne possédait aucun terrain, il achetait les arbres, les abattait, les transportait à Douala et les chargeait sur des bateaux à destination de l'Europe.

Aujourd'hui, il se rendait à Bafoussam où il avait entendu parler d'un intermédiaire capable de lui obtenir des parcelles à éclaircir à un bon prix. C'était la beauté du système, selon Roland : la propriété des terres était tellement enchevêtrée au Cameroun, et en Afrique en général, qu'on trouvait forcément quelqu'un avec qui s'entendre, moyennant quelques billets, pour autoriser les coupes : chef de village, fonctionnaire municipal, cousin du propriétaire parti à la ville, garde forestier…

— Avant l'indépendance, c'était plus compliqué : il fallait discuter avec l'administration coloniale, c'était bureaucratique, ça m'emmerdait. Maintenant tout se négocie. On palabre pas mal, mais on s'arrange toujours au bout du compte.

— En payant ?

— Bien sûr ! Je dois graisser quelques pattes de temps à autre, mais c'est un pays de crève-la-faim donc, si tu as un peu d'argent, ce n'est pas trop sorcier. Dans les cas où j'ai affaire à des récalcitrants, je peux compter sur des Français bien placés qui savent où appuyer. Ton pote Laurent est bien utile de ce point de vue : il connaît du beau monde à l'ambassade.

Lucchesi avait rencontré Laurent Dominici depuis deux jours, un peu tôt pour le considérer comme un ami. Mais il s'abstint de corriger.

— Tout l'enjeu de ce négoce, c'est de débourser le moins possible au départ, et donc de trouver le bon pigeon. On peut se faire pas mal de blé : le bois exotique se vend cher en Europe. Les Camerounais ne réalisent même pas qu'ils sont assis sur un tas d'or ! Juste en coupant du bois, ha, ha !

Il observa Célestin et le mécanicien pour voir leur réaction, mais tous deux semblaient figés dans la contemplation de la route, en demi-sommeil, les yeux dans le vague.

Lucchesi était mal placé pour cracher sur les affaires de Roland puisqu'il avait toujours fait son beurre dans le trafic de denrées illégales. Pourtant, le type avait un côté maquignon qui le chiffonnait. Son commerce s'effectuait dans une zone grise de truandage à ciel ouvert, quasi officiellement.

Il préféra changer de sujet de conversation.

— Tu as une famille ?

— Ici ? Ah non ! Vivre entouré de moricauds, faut avoir envie. Je ne souhaite pas ça à ma femme ou à mes enfants. Pour l'instant, je reste célibataire. J'aviserai quand je rentrerai au pays. En attendant, les négresses ne sont pas farouches, si tu vois ce que je veux dire !

Décidément, Roland avait tout pour plaire. Le voyage s'annonçait fort long.

Lucchesi ferma les yeux pour mettre un terme à la discussion et finit par s'endormir malgré le brimbalement perpétuel.

Antoine se réveilla lorsque la Land Rover fit une embardée plus violente que les autres. Roland coupa le moteur.

— Putain de caillasse ! On a heurté une pierre et éclaté le pneu, hurla le chauffeur de mauvais poil. Allez, magne-toi fainéant, on va pas y passer la journée !

Le mécano s'empressa de sauter du véhicule et de récupérer ses outils pour changer la roue.

Antoine en profita pour se dégourdir les jambes.

— Ne t'éloigne pas trop. On ne sait jamais ce qui traîne dans la brousse…

Lucchesi scruta les hautes herbes et les arbres d'un air méfiant. D'ordinaire, il n'était pas d'un naturel craintif, mais il préféra rester au milieu de la piste, ne sachant quel péril il courait.

Célestin aida le mécanicien à lever la jeep sur le cric, pas une mince affaire vu le poids de l'engin. Antoine s'approcha pour leur prêter main-forte, mais Santucci l'interpella :

— Laisse ces guignols se débrouiller. Inutile de te salir les mains.

Lucchesi lui tourna le dos, ignorant la recommandation. Il retroussa ses manches et s'agenouilla avec les deux Camerounais pour caler le véhicule avec des pierres.

Le silence le plus total régnait désormais dans l'habitacle.

Lorsque Roland fit halte pour déjeuner dans un village, il mangea dans son coin. Antoine acheta des fruits et du poisson fumé qu'il partagea avec Célestin et le mécano. Tous deux devisaient en bassa, un dialecte bantou. Il leur proposa une cigarette pour terminer le repas avant que le chauffeur n'aboie l'ordre de départ.

Alors que l'après-midi était bien entamé et que, selon les estimations de Lucchesi, ils approchaient de Bafoussam, la pluie se mit à tomber dru. La conduite de la Land Rover devint plus ardue, mais Roland maîtrisait son engin, anticipant les dérapages et contournant les fondrières.

Les choses se compliquèrent lors du franchissement d'un gué. La traversée de la rivière ne posa guère de problème, mais la terre humide qui s'était transformée en boue mettait en échec les quatre roues motrices pour l'ascension du talus sur la rive opposée. Roland s'y reprit à plusieurs fois avant de décider de consolider le passage avec des pierres et des branchages pour plus d'accroche. Les trois passagers sortirent sous la pluie battante et les cris d'impatience du conducteur.

Avec ses deux compagnons, Antoine s'escrimait à étayer les sillons creusés par les pneus pendant que Roland persistait à gravir le remblai, projetant des monceaux de boue sur eux. Cela finit par taper sur les nerfs de Lucchesi : il passa le bras par la vitre, empoigna le chauffeur par le col et lui intima d'arrêter ses manœuvres en attendant qu'ils comblent les ravines.

Pour toute réponse, Santucci enclencha la première et fit mugir son moteur. Ce coup-ci les roues agrippèrent les branchages et la caillasse. La machine progressa de quelques mètres. Les trois autres poussèrent aussi fort qu'ils pouvaient sous les insultes de Roland qui braquait et contre-braquait sans cesse pour trouver de la préhension.

Ça fonctionnait. Tant bien que mal.

Mètre après mètre, dans le tournis des roues qui patinaient, l'engin s'extrayait du bourbier. Il avait presque atteint le replat de la berge lorsqu'il partit en dérapage latéral. Le mécanicien, qui poussait sur le côté, eut à peine le temps de s'écarter de la trajectoire de glissade pour éviter l'écrasement.

Par chance, la Land Rover percuta une souche d'arbre, emboutissant la carrosserie mais l'empêchant de dévaler la pente. La situation n'était pas si mauvaise. Désormais dans les herbes et les branches mortes, les pneus trouvèrent davantage d'adhérence. Roland ne cala même pas et, en quelques brusques accélérations, l'automobile parvint au sommet du talus.

Les trois hommes trempés et rouges de latérite trottaient vers la Land Rover en applaudissant quand Santucci sortit comme une furie pour examiner la tôle enfoncée. Puis il s'empara d'un bâton qui traînait et tabassa son mécano qui s'accroupit, se protégeant la tête de la rouste qui s'abattait sur ses flancs.

— Putain de bamboula ! Espèce de singe descendu de son arbre ! Tu ne pouvais pas faire attention ! Tu sais combien elle m'a coûté, cette bagnole ?

Ce fut la proverbiale goutte de trop pour Lucchesi qui accumulait écœurement et colère depuis le matin. Il fonça vers le margoulin et lui décocha un crochet au menton. Avant qu'il ne ploie, Antoine l'attrapa par les pans de la chemise et, d'un coup de boule, l'envoya dévaler la pente qu'ils avaient eu tant de peine à gravir. Roland roula jusqu'à la rivière. Sonné, il s'effondrait chaque fois qu'il tentait de se relever.

Irrité, sans plus se soucier des conséquences, Lucchesi se dirigea vers le 4 × 4, s'installa derrière le volant et mit le contact. Il fit signe à Célestin de grimper à bord, qui s'empressa de le suivre avec un sourire malicieux. Tous deux dévisagèrent le mécanicien figé au bord du remblai, l'air interdit. Après quelques secondes de flottement, ce dernier bondit à son tour dans le véhicule pendant que Lucchesi accélérait sans jeter le moindre coup d'œil dans le rétroviseur.

Redoutant de se faire remarquer à Bafoussam avec la Land Rover qui ne leur appartenait pas, les trois hommes prirent la direction d'un village à une dizaine de kilomètres de la ville, suivant les conseils du mécanicien qui y possédait de la famille. Ce dernier s'appelait Parfait et, affranchi de son patron, s'avéra fort volubile. Travaillant avec Roland depuis quelques semaines, il n'éprouvait aucun remords. Les deux Camerounais passèrent le reste du trajet à raconter, et surtout à enjoliver, l'enlisement et sa conclusion à coups de poing. À les entendre, Antoine figurait dorénavant dans leur panthéon personnel des héros nationaux. Ses démentis acharnés ne les firent pas taire pour autant.

Parvenus au village, les trois hommes furent reçus par un cousin de Parfait, qui les introduisit auprès du chef et des anciens. L'accueil était à la fois chaleureux et réservé.

On leur aménagea une case destinée aux voyageurs de passage et on leur amena des bassines d'eau pour qu'ils se lavent de la crasse du parcours. Des femmes vinrent récupérer leurs vêtements maculés de terre pour les nettoyer. Lucchesi avait rarement reçu autant d'attentions de la part d'inconnus, en revanche Célestin et Parfait semblaient trouver cela tout à fait normal.

Le cousin vint ensuite les chercher pour les installer sur des bancs en bois dans la grande cour de la concession du chef, et des jeunes apportèrent un breuvage artisanal dans de larges calebasses. Célestin le lui présenta comme de la bière de millet et guetta sa réaction quand il lui dit que les femmes faisaient macérer le liquide dans leur bouche avant de le recracher. Antoine eut un rictus amusé, il en avait vu d'autres. Il prit le récipient qui tournait de bras en bras, en but deux gorgées et le transmit à son voisin. Le goût n'était pas désagréable. Ça valait bien certaines bières industrielles coupées à l'eau servies dans les rades marseillais peu scrupuleux.

Ils furent rejoints par la quasi-totalité des hommes du village qui avaient pris place sur des bancs ou à même le sol de terre battue, tout le monde discutait gaiement dans un mélange de dialecte et de français. Les enfants se tenaient en retrait : les grands riaient de la moindre mimique, du moindre geste d'Antoine, en particulier quand il se passait la main dans les cheveux, et les plus jeunes le dévisageaient de leurs yeux ronds et craintifs. Célestin lui révéla que certains bambins n'avaient jamais vu d'homme blanc. Pour eux, il était aussi incongru qu'un éléphant dans une rue de Paris.

Après plusieurs tournées de calebasse, le chef du village se racla la gorge et prit la parole dans un français châtié. Il salua les invités, les remercia d'avoir fait halte dans son village, garantit que c'était un honneur pour lui et qu'il ferait tout ce qui était en son pouvoir pour leur assurer un bon séjour. Puis il se rassit. Célestin se pencha vers Lucchesi :

— C'est à votre tour, monsieur Antoine.

— À mon tour de quoi ?

— Il faut vous présenter.

Lucchesi détestait s'exprimer en public. Mais ces gens l'accueillaient, le logeaient, le nourrissaient et le blanchissaient sans lui poser de questions : il pouvait bien leur dire qui il était et d'où il venait.

Il se dressa, les mains dans le dos pour masquer un léger tremblement, complimenta ses hôtes et partagea brièvement le trajet qui l'avait conduit jusqu'ici. Tout le monde se tenait coi sauf une ou deux personnes qui traduisaient pour ceux ne comprenant pas le français. Antoine allait se rasseoir lorsqu'il estima pouvoir confier la raison de sa venue :

— J'ai fait ce long voyage depuis chez moi pour retrouver un ami avec qui je travaille en France. Il s'appelle Alphonse Mukenga. Il est venu rendre visite à son oncle malade, mais je ne sais pas où au Cameroun. Il faut que je lui remette quelque chose au plus vite.

Les villageois ne réclamèrent pas de détails. Ils le regardèrent se rasseoir en silence. Puis ce fut au tour de Célestin de se lever. Il prononça un plaidoyer en faveur d'Antoine d'où il ressortait qu'il était un homme bon, courageux et sincèrement désireux de retrouver son compagnon. Il fallait l'aider dans la mesure du possible. Le taxi acheva son discours bamiléké, apportant des éléments qui permettaient d'identifier Alphonse. Dès qu'il eut cessé de parler, l'assemblée se mit à converser à voix basse par petits groupes, puis tout le monde en même temps. Lucchesi ne comprenait rien mais, à l'évidence, l'intelligence collective s'était mise en branle afin de contribuer à sa quête.

Le Corse était tiraillé entre une forme d'estime pour ces inconnus qui lui accordaient leur confiance et se montraient si prévenants à son égard, disposés à lui rendre service après une arrivée impromptue et quelques gorgées de bière, et la circonspection atavique, européenne peut-être, de celui qui a affronté tant de tromperies qu'il adopte instinctivement une position de repli.

À l'issue de longues palabres, le chef annonça le bilan des apartés : quelqu'un avait entendu parler d'un Mukenga âgé et souffrant. Il semblait qu'un homme « faisant la France » soit venu le visiter récemment. Cette information provenait d'un village à une vingtaine de kilomètres à vol d'oiseau, c'est-à-dire une demi-journée de marche, donc les nouvelles étaient forcément imprécises. Mais un habitant les y emmènerait le lendemain. Comme ils disposaient d'une automobile, cela prendrait moins de temps.

Une fois ce souci réglé, l'assemblée se relâcha. Une tâche surgie de nulle part avait été accomplie, on pouvait retourner au cours ordinaire des choses. De la nourriture et de la boisson furent servies, et Antoine fut happé par une multitude de conversations au cours desquelles ses hôtes plaidèrent pour qu'il raconte une demi-douzaine de fois son « exploit » face au propriétaire haïssable de la Land Rover – pour les villageois, le vol du véhicule paraissait importer bien moins que la défense d'un des leurs injustement maltraité.

Lorsque Lucchesi rallia sa case pour s'y allonger, la nuit était d'un noir impénétrable, les étoiles disparaissant derrière les nuages et les feuillages. La piste qu'il avait levée grâce à Célestin se confirmait. Elle semblait solide. Avec un peu de chance, il pourrait bientôt organiser son retour. Maria lui manquait.

17

Luc Blanchard, Paris, 20 juillet 1962

Lorsque François Grenier pénétra dans la salle d'embarquement, Luc Blanchard pivota vers la vitre qui offrait une vue imprenable sur la piste de décollage des avions. Le journaliste s'était affublé d'une casquette blanche, d'un blazer et de lunettes de soleil, lui donnant l'apparence d'un riche Américain en goguette.

Il avait hésité à prendre ce risque, mais il s'avérait payant. Les informations dégottées par Amédée Janvier étaient exactes. Le type qui avait tenté de lui rectifier le portrait était bien celui qui retournait à Yaoundé par le vol en partance d'Orly d'ici une heure. Quant à son collègue, il devait présentement faire un très long sommeil dans un casier à la morgue. Luc avait lu un entrefilet dans *Le Parisien Libéré* mentionnant un passant tué accidentellement sur le boulevard Saint-Germain, mais sans plus de détails.

Blanchard n'avait eu aucun mal à convaincre *France Observateur* de lui payer le billet pour le Cameroun, il évoquait depuis suffisamment longtemps ce reportage. René avait bien levé le sourcil face à la précipitation de son poulain, mais lui aussi avait été un jeune reporter : il savait que quand ça démange, il faut foncer. Luc avait promis une histoire alléchante : les témoignages reliant l'assassinat de Moumié aux services secrets français et un état des lieux d'une guerre secrète menée par la France dans son ancienne colonie. Son rédacteur en chef avait souri, soupiré puis répondu : « Vas-y ! File ! » Il était passé à la caisse du journal, avait récupéré quelques milliers de francs et avait déboulé dans l'agence de voyages la plus proche. Par chance, il restait des places sur le vol du lendemain, celui de Grenier.

En attendant l'embarquement, Blanchard observait le barbouze du coin de l'œil. Ce dernier était vautré sur un des fauteuils du hall, feuilletant *L'Équipe*, l'air parfaitement détendu. Savait-il que son complice avalait les pissenlits par la racine ? S'en moquait-il ?

De son côté, Luc n'en menait pas large : il allait prendre l'avion pour la première fois de sa vie. Cette perspective ne l'enchantait guère, sachant qu'il manquait toujours de vomir au sommet de la grande roue…

Mais ce n'était pas seulement l'appréhension de l'avion qui le déstabilisait. C'était l'inquiétude face à la découverte d'un nouveau continent, le continent noir, avec tout ce que cette expression comportait de menaces obscures. Par ailleurs, en décidant de s'envoler en quatrième vitesse, il n'avait pas prévenu Foccart ni les autorités camerounaises de son voyage. En dépit des assurances reçues pour faciliter son reportage, il estimait que c'était mieux ainsi. Pas la peine de sonner le tocsin pour avertir de son arrivée.

Une hôtesse à la voix éthérée annonça l'embarquement

immédiat sur le vol pour Yaoundé. Luc serra inconsciemment son petit sac en cuir sur ses genoux. Il attendit avant de gagner la file des passagers, surveillant les déplacements de Grenier afin d'éviter de se retrouver dans son champ de vision. Mais le mastar se désintéressait de ce qui se déroulait autour de lui. Il prenait l'avion comme d'autres le métropolitain.

Blanchard suivit le mouvement, grimpa sur la passerelle du Super Constellation et chercha son siège. Par chance, il était quasiment au dernier rang ; Grenier s'assit une dizaine de rangées devant lui.

Luc boucla sa ceinture avant que l'hôtesse ne l'en prie, respira un grand coup et tâcha de faire le vide dans sa tête. Il sortit de son sac de voyage un roman que Marcel lui avait recommandé avant son départ, *Catch 22*, d'un certain Joseph Heller. Luc était toujours hésitant lorsqu'il s'agissait d'auteurs étrangers dont il n'avait jamais entendu parler, mais le bouquiniste lui prodiguait généralement des conseils pertinents.

« Ce fut le coup de foudre. »

Il releva la tête après la première phrase.

Les quatre moteurs à hélices commençaient à vrombir et à faire trembler la carlingue.

Pourvu que je survive, pria Luc.

18

Antoine Lucchesi, région de Bafoussam, 20 juillet 1962

Il restait encore assez d'essence dans les jerrycans pour rallier le village sans transiter par Bafoussam. Antoine arriva donc au lieu-dit à 10 heures du matin, en compagnie de Célestin, de Parfait et d'un troisième larron, celui qui avait entendu parler de la famille Mukenga.

C'était un agrégat de cases un peu plus dense que le soir précédent, probablement une centaine d'habitants dans un périmètre beaucoup plus restreint. À l'entrée du village, deux soldats camerounais avachis sur trois bouts de bois en forme de chaise les laissèrent passer une fois constaté – sans se lever – que le conducteur était blanc. Antoine ne savait pourquoi, mais il jugea l'atmosphère plus pesante que celle qu'il avait ressentie jusqu'ici dans le pays.

Il interrogea Célestin :

— Tout va bien ?

— Oui, monsieur Antoine, ça va. C'est juste un village contrôlé par l'armée. Il doit y avoir des maquisards dans les environs. C'est pour ça qu'il y a des militaires et que les habitants ont été rassemblés.

— Rassemblés ?

— Ils sont obligés de dormir dans l'enceinte le soir. Il y a un couvre-feu et ils ont interdiction d'aller dans leurs champs en dehors des heures autorisées ou de loger dans leurs maisons si elles sont dans la forêt.

— Ils sont dangereux, ces rebelles ?

— Pour nous, je ne pense pas. Mais pour le gouvernement, oui. C'est la guerre.

Célestin n'en dit pas plus. Le sujet était délicat. On n'en discutait pas ouvertement dans une voiture volée, dans un village inconnu, avec deux autres passagers aux allégeances incertaines.

Le Corse s'avança dans le centre du bourg et gara la Land Rover face à un bâtiment en dur – l'école ou la mairie ou les deux – barré d'un graffiti : « En forêt se cachent la bête féroce et l'homme criminel. »

Un attroupement se forma rapidement autour d'eux et, après quelques explications, on les emmena tous les quatre chez le chef du village, un vieil homme aveugle et affaibli. Ses yeux étaient d'un blanc laiteux et sa voix douce mais rauque.

Antoine s'accroupit et lui serra délicatement la main en le remerciant pour son accueil – il commençait à intégrer les codes de la politesse africaine. Puis il exposa les raisons de leur présence ici. L'ancien hocha la tête à plusieurs reprises et finit par annoncer :

— Albert Mukenga est mon frère cadet. Et Alphonse est

notre neveu. Il est venu spécialement de France pour prendre soin d'Albert qui a contracté la maladie.

Antoine étouffa un soupir de soulagement. Enfin!

Le vieillard tendit la main dans le vide, à la recherche de celle de son hôte. Lucchesi mit quelques secondes à comprendre puis glissa sa paume dans celle, calleuse et osseuse, du chef.

— Tu dois être un homme brave pour avoir fait tout ce chemin afin de retrouver Alphonse. Il n'y a pas beaucoup de Blancs comme toi qui se soucient de leurs frères africains. Mon neveu nous a parlé de toi. Tu es l'ami marin de la ville au bord de la mer.

Antoine éprouva un brusque malaise. Sa quête égoïste paraissait bien minable face à ces gens démunis de tout ou presque, mais qui le recevaient comme un parent lointain.

Il respira un bon coup pour ramasser son courage et demander :

— Où puis-je trouver Alphonse?

— Il est parti avec mon frère pour le soigner dans un hôpital de Blancs.

— À Yaoundé?

— Non, à Douala.

C'était la grande cité portuaire du sud du Cameroun qui s'ouvrait sur le golfe de Guinée. Elle se situait à équidistance de la capitale depuis Bafoussam, mais c'était un choix curieux.

L'ancien développa :

— Alphonse n'était pas en sécurité au village et il ne l'aurait pas été à Yaoundé. C'est un militant de l'UPC.

— Je sais.

— Je sais que tu sais.

— Les soldats à l'entrée du village, c'était pour lui ?

— Non. Ils sont présents tout le temps. Quand Alphonse était là, on les a payés. Mais les hommes corruptibles ne le sont pas éternellement. Ils auraient fini par le dénoncer à leurs chefs pour se faire bien voir. Mon frère Albert n'est pas upéciste, mais c'est un sympathisant des rebelles. Les militaires le laissaient tranquille parce qu'il est malade. Mais ils ne souhaitent pas qu'il guérisse. Pour eux, ce serait mieux qu'il meure.

— Antoine est donc parti avec Albert à Douala, où ils risquent moins d'attirer l'attention. C'est ça ?

— C'est cela. Ils se sont enfuis il y a trois nuits et ces imbéciles de soldats sont persuadés qu'Albert est toujours souffrant dans sa case. Ils ne sont pas venus vérifier...

Le vieillard sourit à travers sa cataracte, ravi du tour joué aux autorités.

Cela ne faisait pas les affaires de Lucchesi. Tout ce chemin pour sonner à la porte d'une maison vide. Il éprouvait néanmoins une fierté subversive à l'égard de son marmiton. Lui-même n'avait jamais rencontré un flic ou un troupier qu'il n'ait eu envie de flouer. Juste pour le plaisir.

— Est-ce qu'Alphonse est en danger ?

— Assurément. Il a eu des ennuis dès son arrivée à l'aéroport de Yaoundé. Il détenait le passeport d'un ami, mais les douaniers se sont montrés suspicieux. Ses faits et gestes sont surveillés.

— Par les Camerounais ou par les Français ?

— Le gouvernement camerounais est un masque de ndjoka pour le gouvernement français.

Le Corse soupira. Son ami avait plongé la tête la première dans un nid de vipères, et lui l'avait suivi. Sans réfléchir. Ou sans avoir le choix. Peu importe.

Antoine sortit son paquet de cigarettes, en alluma deux et en tendit une au chef. Ils tirèrent tous deux dessus, recrachant des volutes de fumée qui s'élevèrent lentement dans l'air lourd.

Le vieil homme irradiait le calme.

Ça réconfortait Lucchesi, qui en avait besoin. Il allait devoir continuer à se frayer un chemin parmi les serpents.

— Vous pensez qu'Alphonse a des chances d'atteindre Douala avec son oncle ?

— Il est entre des mains sûres pour le voyage. Par contre, une fois arrivé, ce sera plus compliqué. C'est une grande ville. Il y a beaucoup de mouchards.

— Vous savez où ils vont à Douala ?

— Au grand hôpital. Il n'y en a qu'un seul.

Antoine se tourna vers Célestin, qui comprit sa demande muette et se prononça immédiatement.

— Nous ne pouvons pas rallier Douala directement. Il y a le problème de la voiture, et puis la route traverse la région anglophone. Elle est davantage surveillée par l'armée. Ils ne laisseront pas passer un Blanc. Il vaut mieux rentrer d'abord à Yaoundé.

Lucchesi n'avait qu'une vague notion de la géographie du pays, et une notion encore plus trouble des conflits en cours, mais il faisait confiance au taxi.

Les deux fumeurs achevèrent tranquillement leur clope, puis Antoine plaça de nouveau sa main dans celle du chef et resta ainsi quelques minutes. Il voulut rassurer l'ancien :

— Je vais retrouver Alphonse et on ramènera votre frère en bonne santé.

— Faites ce que vous devez faire, mais je sais que l'existence de mon frère touche à sa fin. Même avec la médecine des Blancs, il n'en a plus pour longtemps. Il a eu une belle vie.

Le Corse se releva. Ce n'était pas son rôle de détourner le vieux de son fatalisme. Étant lui-même de nature pessimiste, il en aurait été bien incapable.

Lucchesi signala à ses compagnons de voyage que le moment était venu de retourner à Yaoundé. Ils saluèrent les personnes assemblées autour d'eux et, alors qu'ils allaient démarrer, un villageois toqua à la fenêtre de la Land Rover pour offrir à Antoine un poulet vivant. Célestin lui expliqua qu'il devait l'accepter : comme il ne pouvait pas rester plus longtemps pour bénéficier de l'hospitalité des habitants, ils lui faisaient un cadeau. C'était la coutume.

Avec le volatile qui se débattait dans l'habitacle, ils prirent la route de Bafoussam. Lucchesi redoutait cette étape, car le propriétaire du véhicule subtilisé avait dû s'extraire de sa rivière et rallier la ville. Et, sans aucun doute, donner l'alerte auprès de la gendarmerie.

En arrivant dans les faubourgs de Bafoussam, Antoine coupa le moteur et affranchit ses trois passagers.

— À partir de maintenant, on risque de se faire arrêter pour le vol de la voiture. Je peux avoir des ennuis pour ça, mais certainement moins que vous. À votre place, je prendrais la tangente. Vous m'avez suffisamment aidé, je vais me débrouiller seul…

Parfait et leur guide opinèrent et optèrent pour rentrer

chez eux à pied. En dépit de leurs objections, Lucchesi leur remit le poulet, leur assurant qu'il n'avait jamais su plumer une volaille. Célestin, borné, refusa de l'abandonner.

Toujours irrésolu quant au sort à réserver au véhicule – l'abandonner ou rallier la capitale avec – Antoine mit le contact. Quelques minutes plus tard, il longeait une vaste esplanade herbeuse. Une piste d'atterrissage, avec quelques bâtisses en bois ainsi qu'un édifice s'élevant tel un mirador, qui faisait office de tour de contrôle. Scrutant les environs, il remarqua deux rotors d'hélicoptère.

Avec un peu de chance…

Sans prévenir, Lucchesi braqua le volant pour se diriger vers les casemates. Célestin, alarmé, gémit :

— Monsieur Antoine, il ne faut pas rouler par là, c'est une zone militaire !

— Ne t'en fais pas. Ils ne vont pas tirer sur une belle voiture comme celle-ci !

Ils atteignirent rapidement un barrage composé de quatre soldats camerounais, l'air plus éveillé que ceux du village. Lucchesi ralentit prudemment. Et décida d'y aller au flanc, comptant sur ce qu'il avait saisi de la hiérarchie non écrite des couleurs de peau dans ce pays.

Il s'accouda, désinvolte, sur le rebord de la portière et, d'un ton enjoué, annonça :

— Salut les gars ! Je suis Roland Santucci. Je viens récupérer un colis de Yaoundé arrivé par hélico.

Les soldats se dévisagèrent, incertains sur la conduite à tenir. Ils avaient face à eux un grand brun français et assuré, une jeep quatre roues motrices, un mécanicien noir plutôt inoffensif… Se montrer consciencieux, comme on leur avait appris, risquait de leur attirer des ennuis.

L'un des bidasses osa tout de même :

— On peut voir vos papiers ?

Antoine se pencha vers la boîte à gants et en sortit à la fois les papiers du véhicule et un bordereau d'exportation de grumes. S'il voulait que ça passe, autant aller à fond dans le simulacre.

Le militaire saisit avec précaution la paperasse, l'examina avant de la transmettre à un de ses collègues, qui l'étudia pendant dix secondes avant de la rendre au chauffeur.

— C'est bon. Vous pouvez y aller.

Les soldats écartèrent la barrière de fortune et laissèrent avancer le 4 × 4.

Lucchesi lança un clin d'œil à Célestin qui expira un grand coup. Le Corse roula vers la zone où stationnaient les hélicoptères et rangea son véhicule devant le baraquement attenant, qui ressemblait à un entrepôt doublé d'un atelier mécanique. Quelques recrues camerounaises les observaient de loin sans ciller.

Antoine avisa un type en train de fourrager dans un moteur et lui demanda s'il connaissait Max Fichet. Le graisseux, sans s'arrêter de bricoler, tendit le doigt vers le fond du hangar, où un coin était aménagé avec deux lits superposés, des chaises et une table. Le pilote que Lucchesi avait croisé au Relais des Chasses était affalé sur la couchette du haut, moitié assoupi, moitié sirotant une bière au goulot.

Antoine s'approcha et l'interpella :

— Où est-ce que je trouve sa petite sœur ?

Fichet se redressa sur son coude, l'air pas spécialement étonné, et désigna une vieille glacière.

— Qu'est-ce que tu fous dans ce patelin ? T'en avais déjà marre de la civilisation ?

— Je suis ici pour affaires.

— Tu ne me fais pas l'effet d'un commerçant.

— Détrompe-toi. Je suis venu repérer un coin de forêt à exploiter.

— T'as trouvé ce que tu cherchais ?

Antoine hocha la tête affirmativement, et fit tinter la bouteille décapsulée avec celle du capitaine. Puis il adopta un ton embarrassé pas complètement feint :

— J'ai un souci. Je dois rentrer au plus vite à Yaoundé pour faire enregistrer mon bout de jungle au cadastre. Et ma chignole donne des signes de faiblesses. Tu crois que tu pourrais me prendre dans ta machine ?

Max, qui s'était redressé sur son coude, le jaugea un instant avant de hausser les épaules :

— Je ne vois pas pourquoi ça ne serait pas possible. Je rentre à vide dans deux heures de toute manière. Y a quoi pour moi ?

— Je te rince à l'œil toute la soirée chez Lucille. Ça te convient ?

— Tope là !

Le bonhomme possédait une bonne descente. Antoine allait raquer.

— Est-ce qu'on peut embarquer mon mécano Célestin avec nous ? J'ajoute le repas à ta boisson…

— Pas de lézard.

— Merci. Je vais déposer ma bagnole chez un garagiste en ville et je reviens.

Lucchesi rejoignit Célestin pour lui expliquer ce qu'il venait de négocier. Le Camerounais grimaça.

— On va monter là-dedans ? demanda-t-il en désignant l'hélicoptère.

— Ne t'en fais pas. C'est une première pour moi aussi.

Le chauffeur de taxi plissa le front puis se résigna à son sort.

Antoine s'installa derrière le volant et les deux compères ressortirent de l'aérodrome en direction du centre de Bafoussam. Le Corse s'orienta vers l'église, toute de bois et de torchis ocre. Il rangea le véhicule à l'arrière, se disant que le lieu était à la fois suffisamment central et pas trop fréquenté. L'engin finirait par susciter des interrogations, mais au bout de quelques jours seulement. Roland pourrait récupérer son bien, ce qui le rendrait d'humeur magnanime. Ou pas.

Évitant de traîner en ville, les deux hommes repartirent au plus vite vers l'aéroport à bord d'un taxi. Ils pénétrèrent sur le terrain militaire sans encombre, reconnus par les soldats, et arrivèrent juste à temps pour observer Max Fichet achever les préparatifs du départ, c'est-à-dire s'assurer qu'il y avait assez de carburant et de bières pour le vol.

Lors du décollage, Antoine et Célestin agrippèrent leurs sièges à s'en blanchir les phalanges, car toute la carlingue vibrait au point de craindre que les rivets ne lâchent. De la sueur coula sur les tempes. Puis une fois l'hélicoptère dans les airs, constatant que le pilote conduisait paisiblement sa machine de la main droite, utilisant la gauche pour alternativement tirer sur sa clope, avaler une gorgée d'alcool et se gratter le ventre, ils se détendirent un peu.

Max leur raconta qu'il connaissait suffisamment bien la topographie du pays pour naviguer à vue, sauf lorsqu'on l'envoyait dans des coins reculés, auquel cas il avait impérativement besoin de cartes, car le paysage depuis le ciel avait tendance à se ressembler : trop peu de villes, de routes ou autres marqueurs pour le guider. Il pestait également contre les averses brusques et intenses de la saison des pluies qui l'avaient contraint plus d'une fois à se poser en urgence.

— Ça correspond à quoi, atterrir en urgence ? cria Lucchesi pour surmonter le bruit du rotor.

— On cherche un bout de terrain dégagé et on essaie d'atterrir sans emmêler les pales dans les branches ni trop rebondir ! Généralement ça le fait, sauf la fois où je me suis posé dans un marécage. J'ai coulé illico ! Ha, ha !

Antoine retint la leçon : en vol, mieux vaut garder certaines questions pour soi.

Le ciel se révélant parfaitement dégagé, le trajet vers Yaoundé se déroula sans encombre. Lucchesi tenta de s'orienter d'après les quelques points de repère qu'il avait enregistrés dans la capitale, mais la géographie changeait depuis les airs. Il eut néanmoins l'impression qu'ils allaient toucher le sol non loin de l'ambassade de France et du palais présidentiel, au cœur d'une imposante base militaire.

À l'écart du terrain d'atterrissage, il nota plusieurs dizaines de baraquements et de nombreux groupes d'hommes en treillis ou torse nu qui s'entraînaient. La plupart des soldats étaient noirs, leurs instructeurs blancs.

— C'est notre QG, expliqua Max, sans avoir été sollicité.

C'est à partir d'ici qu'on opère, et que nous formons les troufions camerounais.

« Nous » représentait à l'évidence l'armée française.

Une fois posé, le pilote annonça à Antoine et à Célestin qu'il allait les accompagner vers la sortie du camp, sinon on risquait de leur chercher des noises – la base était plus surveillée qu'à Bafoussam. Il les mena vers une jeep Hotchkiss qui paraissait les attendre au bord de la piste. Fichet s'installa au volant avec la même assurance tranquille que derrière son manche à balai, et démarra.

Lucchesi contempla les entraînements : des recrues ahanant ou se faisant hurler dessus, des types qui rampaient et d'autres qui apprenaient à défiler au pas, des classes en plein air où une dizaine de paires d'yeux suivaient les gestes d'instructeurs en train de démonter une mitrailleuse lourde ou de pointer à l'aide d'une baguette des mouvements d'infanterie sur un tableau noir.

Lucchesi n'avait jamais reçu la moindre formation militaire. Il avait rejoint le maquis avec cousins et amis et, un beau jour, leur chef de réseau leur avait tendu un fusil escamoté aux Allemands en leur annonçant : « Demain on attaque un convoi. » Il avait tout appris sur le tas. Alors ça l'amusait de voir tous ces bonshommes trimer sous le cagnard. Au fond de lui, il les plaignait.

S'il existait une limitation de vitesse dans l'enceinte du camp, Max ne la respectait certainement pas. Par conséquent, le temps qu'Antoine réalise que la silhouette massive d'un instructeur qu'il venait d'apercevoir lui évoquait quelqu'un, elle avait déjà disparu derrière un bâtiment.

Fichet, qui avait remarqué le mouvement de tête fébrile de son passager, l'interrogea :

— Alors, vieux, qu'est-ce qui t'arrive ? T'as vu un fantôme ?

Un fantôme… il ne croyait pas si bien dire.

Si c'en était pas un, il avait du souci à se faire.

19

Luc Blanchard, Yaoundé, 20 juillet 1962 (suite)

Blanchard franchit le poste de douane sans pépin. Mais le temps qu'il récupère sa valise à l'aéroport de Yaoundé, François Grenier l'avait semé. Le costaud voyageait sans bagage. En habitué.

Quand Luc parvint dans le hall des arrivées, il eut toutes les peines du monde à traverser la foule bigarrée qui attendait : familles, amis, porteurs, chauffeurs, changeurs d'argent… Une fois dehors, il aperçut une jeep militaire démarrer avec Grenier à son bord. Ça confirmait ses soupçons. En quête d'une éventuelle queue de taxis, il s'imagina répéter la manœuvre classique de tout bon film policier : sauter dans le premier véhicule en ordonnant « Suivez cette voiture ! ». Le problème, c'est qu'il n'y avait pas de file, que les conducteurs semblaient somnoler sur leurs capots et que l'état des bagnoles présageait d'une poursuite perdue d'avance.

Résigné, Blanchard posa sa valise à terre. Et réalisa soudainement où il avait mis les pieds. Au Cameroun.

Dans l'avion, il était tellement angoissé qu'il avait commandé un double whisky à l'hôtesse de l'air. Lui qui ne buvait presque jamais d'alcool en avait été assommé instantanément. Il ne s'était réveillé qu'une demi-heure avant l'atterrissage. Ensuite, le journaliste avait été accaparé par la filature de Grenier et les différentes formalités du débarquement. Il n'avait donc pas eu le temps de réfléchir à sa situation ni à ce qu'il allait faire.

Premier impératif : dégotter un endroit où dormir. Il avait une quinzaine de jours devant lui pour démêler la pelote de l'assassinat de Moumié et enquêter sur la guerre souterraine dans le pays.

Le voyant indécis sur le parvis de la porte des arrivées, un jeune homme s'approcha pour lui demander s'il avait besoin d'une voiture. Luc répondit par l'affirmative.

— Ça ne vous dérange pas de monter devant ? l'interrogea le chauffeur en pointant du doigt une antique Peugeot 203 bâchée dans laquelle une dizaine de personnes, toutes noires, avaient pris place avec une flopée de baluchons.

Ce n'étaient pas des voyageurs, plutôt des employés de l'aérodrome.

Blanchard hésita un instant avant de se résigner : il n'osa pas refuser la course au prétexte de préférer un taxi individuel. On le fit tout de même grimper à l'avant, la place de choix…

L'engin démarra au bout de plusieurs essais et sa vitesse plafonnait à vingt-cinq kilomètres à l'heure, mais Luc se sentait étonnamment serein. Il avait fait le plus difficile. Prendre l'avion et traquer Grenier jusqu'ici.

— Tu vas où, monsieur ? questionna son conducteur.

— Je ne sais pas. Je cherche un hôtel. Tu en as un à me conseiller ?

Le jeune homme se creusa les méninges. Luc devina son dilemme : il devait recommander un hôtel pour un Blanc qui voyageait en avion mais qui acceptait de monter dans un taxi collectif. Pas facile.

Le journaliste interrompit sa réflexion.

— J'ai un ami corse qui a dû arriver ici il y a quelques jours. Tu n'aurais pas idée d'où il loge ?

Quelques heures avant de s'envoler, Blanchard avait appelé Lucchesi à Marseille pour savoir s'il ne pourrait pas rencontrer son cuisinier au Cameroun puisqu'il l'avait raté en France. À sa grande surprise, Maria lui avait annoncé qu'Antoine était parti lui aussi sur les traces d'Alphonse. Luc avait essayé d'en apprendre davantage, mais elle n'était pas bavarde avec les inconnus qui appelaient pour obtenir des informations.

Il précisa sa description au chauffeur :

— Un grand brun, avec une petite moustache… Il s'appelle Antoine et ne cause pas tellement. Par contre, il fume beaucoup.

— Ah oui ! C'est mon ami Célestin qui s'est occupé de lui. Il est taxi et il le trimballe partout. C'est un client qui donne de bons pourboires.

— Il est à l'hôtel à Yaoundé ?

— Oui, au Relais des Chasses. Ça serait très bien pour toi aussi.

Soulagé, le conducteur de la 203 bâchée se mit à chantonner. Luc se cala dans son siège et profita de l'instant : les premières minutes de l'appréhension d'un nouveau pays, ces minutes durant lesquelles les odeurs, les bruits et les couleurs auxquels on n'est pas habitué viennent s'insinuer dans nos corps pour s'y ancrer toute la vie.

Son chauffeur s'arrêtait régulièrement pour permettre la descente de ceux tassés à l'arrière et l'embarquement de nouveaux clients et, au bout d'une petite heure, ce fut à son tour d'être déposé devant le Relais des Chasses.

Il pénétra dans l'établissement et se dirigea vers le comptoir du bar derrière lequel officiait une jolie femme à la peau caramel. Il attendit qu'elle termine de ranger des bouteilles dans un réfrigérateur qui ressemblait à une armoire artisanale suintante. Lorsqu'elle se tourna vers lui, elle le dévisagea, le visage fermé, avant de s'approcher. Il avait dû réussir une sorte de test silencieux, car ses traits s'illuminèrent alors d'un grand sourire.

— Bienvenue au Cameroun. Que puis-je pour vous ?

— Bonjour. Ça se voit tant que ça que je viens d'arriver ? répliqua Luc d'un air faussement blessé.

Droit comme un piquet dans son blazer, avec ses souliers cirés, quoique désormais poussiéreux, ses lunettes cerclées de métal, sa chemise humide de transpiration et sa valise en carton à la main, il avait parfaitement conscience de jurer dans le paysage ambiant.

— À peine, rétorqua la jeune femme. Mais je suis sûre que vous ferez très vite partie du décor !

Elle souriait toujours. Luc reconnut le regard que beaucoup de femmes posaient sur lui la première fois qu'elles le voyaient : mi-amusé, mi-protecteur, mi-enjôleur. Et tant pis si cela faisait trois moitiés.

— En attendant ce grand moment, auriez-vous une chambre pour moi ?

— Si les douches froides et les toilettes sur le palier ne vous incommodent pas, j'ai ce qu'il vous faut.

— Ça me conviendra très bien.

— Alors voici votre clef. Laissez-moi votre passeport s'il vous plaît afin que je puisse vous enregistrer.

Luc tendit le document et, avant qu'elle l'ouvre, se présenta. C'était plus poli ainsi.

— Je suis Luc Blanchard, journaliste. Je travaille à *France Observateur*.

Il avait parlé précipitamment, comme si débiter sa fonction lui conférait un statut exceptionnel. Cela ne parut pas impressionner la métisse, qui remplissait son registre en même temps qu'elle conversait.

— Je suis Lucille, la propriétaire du Relais des Chasses. Sachez que les fouineurs ne sont pas bien accueillis partout au Cameroun.

— Je ne suis pas un fouineur ! Je viens juste pour…

— Je vous taquine, coupa-t-elle, comme si elle refusait d'entendre la raison de sa présence. Faites juste attention à qui vous causez.

— Je m'en souviendrai. Est-ce que je peux tout de même vous poser une question ? On m'a dit qu'un ami logeait ici. Un grand brun du nom de Lucchesi.

— En effet, il a loué une chambre. Il est absent pour le moment, parti en brousse, mais il devrait revenir prochainement.

Lucille acheva de rédiger son bordereau et lui rendit son

passeport. Mais, contrairement au début de leur conversation, son sourire s'était dissipé.

— J'espère que vous et votre copain n'êtes pas venus causer le bazar. On n'en a pas besoin en ce moment, la situation dans le pays est assez compliquée comme cela.

— Ah non, non, non ! Rassurez-vous. Je suis juste journaliste et mon ami est complètement inoffensif.

Inoffensif, le Corse ? Le terme était mal choisi s'agissant du zèbre en question, mais Luc souhaitait apaiser son interlocutrice. Il ne voulait pas commencer son reportage d'un mauvais pied avec elle, ni avec les Camerounais en général. Mais surtout avec elle.

Le regard de Lucille cessa de le fouiller et ses yeux redevinrent aimables.

— Je vous fais confiance, Tintin. Mais vous n'êtes pas au Congo, ici !

Amusé par la référence, Blanchard tira sa révérence et gagna sa chambre.

Après s'être rafraîchi, Luc consigna ses premières impressions dans son carnet de notes, puis descendit au restaurant. La nuit commençait à tomber et quelques clients étaient déjà rassemblés dans la salle et sur la terrasse.

Lucille paraissait fort occupée au service, mais Luc choisit néanmoins de s'installer au comptoir. Il désirait la contempler sans être lui-même l'objet de son attention.

Il commanda un jus de mangue fraîche qu'il sirota en feuilletant un *Paris Match* vieux de plusieurs mois. Le poids des mots n'ayant que peu d'effet, il s'interrogeait : par où devait-il entamer son enquête ? Retrouver Grenier au plus vite ? Ou, au contraire, faire comme s'il n'existait pas et attendre qu'il se manifeste une fois le cocotier secoué ?

Il en était là de ses réflexions lorsqu'il reconnut Antoine Lucchesi devant le Relais. Il n'était pas surpris puisqu'il s'attendait à le croiser, mais sans doute pas aussi tôt. Le Corse remercia un vieux Noir qu'il semblait connaître et pénétra dans la salle. Il avait les traits tirés, comme s'il revenait d'un périple harassant.

Il manqua de lui passer devant sans le remarquer mais, alors qu'il saluait Lucille, il découvrit Blanchard et parut déstabilisé. Cela ne dura qu'une poignée de secondes, mais il accusa le coup : Lucchesi n'était pas homme à afficher ses émotions. Il tendit juste la main.

— Je ne te demande pas ce que tu fais ici, je suis sûr que tu vas me raconter puisque tu as l'air de m'attendre.

Luc rigola, comme s'il venait de lui jouer un bon tour. Le truand, lui, resta flegmatique et promit, avant de gravir l'escalier :

— Je te rejoins, dès que je me suis débarrassé de toute la poussière que j'ai avalée.

Une demi-heure plus tard, Lucchesi était de retour, chemise propre et cheveux humides. Il paraissait à la fois heureux et nerveux, comme un boxeur encore debout à la fin du match, estimant avoir gagné aux points, mais guettant le verdict des juges.

Il s'assit sur le tabouret à côté de Luc et commanda une Beaufort. Un homme que Blanchard n'avait pas encore vu apporta la bouteille. Antoine semblait le connaître.

— Ça s'est passé comme tu voulais à Bafoussam ?

— Oui, très bien. Merci Laurent.

Le serveur attendait visiblement de Lucchesi une réponse plus explicite, mais elle ne vint pas.

— Tu n'es pas rentré avec Roland ?

— Non, il avait encore des affaires à régler là-bas.

Laurent en fut réduit à hocher la tête et retourna à ses occupations derrière le bar.

Antoine sortit une cigarette et froissa le paquet vide.

— Qu'est-ce qui t'amène ici ?

— J'ai poursuivi l'enquête sur le Cameroun que j'avais démarrée quand nous nous sommes vus à Paris... le jour de l'enterrement de Margot.

Le Corse tira sur sa clope, le journaliste avala une gorgée de jus de mangue. En silence.

Puis Luc se fendit d'une explication :

— Je savais que je te trouverais à Yaoundé. J'ai passé un coup de fil chez toi à Marseille.

— Maria va bien ?

Blanchard était surpris de la question.

— Euh, oui, autant que je puisse en juger.

— Elle t'a dit pourquoi j'étais là ?

— Pas dans le détail. Je sais que tu recherches le cuisinier que tu m'avais proposé de rencontrer.

— Exact. Il est parti par erreur avec un truc qui m'appartient. Quelque chose que je dois à tout prix rapporter à Marseille.

Blanchard se contenta de cet éclaircissement, devinant d'expérience qu'il n'en apprendrait pas plus.

La salle du restaurant se remplissait de convives. C'était

le coup de feu, Lucille et Laurent s'activaient pour prendre les commandes.

Antoine était toujours silencieux, alors Luc se lança dans le récit de ses investigations journalistiques, partant de l'assassinat de Félix Moumié en passant par le tuyau sur la Main rouge et les menaces qu'il avait reçues, puis le mystérieux nervi qui s'en retournait au Cameroun, les intuitions de son rédacteur en chef et ses rencontres avec Foccart, Beauchamp, Ahidjo et Defferre. Contrairement au Corse, il n'omit presque aucun détail. Antoine tiqua sur la mention du député-maire provençal :

— Defferre ? Je l'ai déjà croisé à Marseille : il traficote une drôle de bouillabaisse… Tiens à ce propos, je crois que j'ai reconnu quelqu'un tantôt…

Blanchard l'interrompit. Il connaissait la réputation de Defferre et n'apprenait rien. Par contre, il désirait l'affranchir sur François Grenier, qu'il avait suivi jusqu'ici et qui lui avait filé sous le nez en compagnie de soldats français.

Antoine revint à la charge :

— Justement. C'est sur le terrain militaire français que j'ai…

Mais Luc ne le laissa pas poursuivre. Ce qu'il expliquait était déjà passablement alambiqué, il voulait parvenir sans interruption au bout de son récit. Il se réjouit de voir Lucchesi ouvrir grandes les mirettes. Le truand semblait captivé. Pourtant lorsqu'il se laissa couler précipitamment de son tabouret pour arrimer ses pieds au sol, Blanchard se demanda quelle mouche tropicale l'avait piqué. Il entendit alors l'avertissement :

— Attention, Luc !

Blanchard pivota, mais trop tard, et se prit un coup massif sur le coin de la mâchoire.

Déséquilibré sur son tabouret il bascula. Mais le contact avec le plancher ne fut rien à côté de ce qui s'ensuivit : la sensation de réceptionner un rhinocéros sur les épaules ! Son assaillant venait de lui tomber dessus de tout son poids, lui coupant le souffle.

— Sale petite enflure binoclarde ! Je vais te faire la peau ! hurlait son agresseur.

— Mais arrête putain ! Calme-toi ! criait le Corse, à destination de l'animal sur le dos du reporter.

— Ça ne va pas ?! C'est quoi ce bastringue dans mon bar ? gronda une voix féminine.

Les clients poussaient qui des « Oh ! » de surprise, qui des « Vas-y ! » d'encouragement.

Blanchard tenta de se défaire de la masse de muscles qui l'écrasait, mais il ne réussit qu'à se prendre une baffe sur le coin de la figure qui fit valdinguer ses lunettes. En fâcheuse posture, il ne voyait plus grand-chose. Il se tortilla pour s'extraire de la prise de catch qui le maintenait ventre au sol. Sans succès. Luc parvint à avaler une goulée d'oxygène en profitant du répit offert par un plaidoyer de Lucchesi qui tirait sur la carcasse qui l'étouffait. Puis ce fut la voix, claire et déterminée, de Lucille :

— Maintenant, ça suffit les conneries !

Et le son d'un chien de fusil que l'on arme.

Blanchard plissa les paupières, convaincu que ça l'aiderait à mieux voir. Et, de fait, en pivotant la tête, il discerna Lucille qui braquait un fusil de chasse à canon scié sur la nuque de son agresseur. Il pria pour qu'elle ne tire pas, car vu le rayon de dispersion de l'engin, il finirait plombé.

Son persécuteur parvint à la même conclusion, car il reprit appui avec ses genoux sur le sol du restaurant plutôt que sur la cage thoracique de Luc. Le rhinocéros grommela « Ça va, ça va, la p'tite dame… » tout en levant les mains en l'air.

Rectification : une main en l'air.

— Merde, c'est pas vrai !

Blanchard eut l'impression de recevoir un second animal sauvage sur le paletot quand bien même la pression sur son dos s'amenuisait.

Sirius Volkstrom.

Revenu d'entre les morts.

Luc tâtonna en quête de ses lunettes, mit les doigts dessus et les chaussa.

Lucille se tenait debout sur le bar, dominant les trois pugilistes, furibarde et brandissant un fusil taillé pour la chasse aux fauves, déterminée à en faire usage si on ne lui obéissait pas presto.

Lucchesi se recula en rangeant les mains dans ses poches.

Volkstrom, car c'était bien lui, toujours manchot et la trogne perpétuellement froissée, se releva en plaidant :

— Tout doux ma belle !

— Je ne suis pas ta belle ! Ferme-la et écarte-toi !

Blanchard se redressa en se tâtant les côtes, persuadé d'en avoir une ou deux de fêlées, sans quitter des yeux le canon braqué sur eux. Prenant garde de ne pas faire de mouvement équivoque, il ne put s'empêcher de gémir :

— Je n'y suis pour rien !

— Je m'en moque. Allez vous castagner ailleurs !

La moitié de l'assistance avait repris ses conversations, l'autre moitié continuait de lorgner le spectacle, curieuse de savoir s'il allait se poursuivre ou non.

Lucchesi intervint auprès de Lucille :

— Ces deux-là se connaissent. Il y a un peu de rancune entre eux…

— Tiens, mon poteau corse ! Comme on se retrouve tous les trois ! s'exclama Sirius avec un rictus carnassier. Ça me fait plaisir de vous voir. On a des comptes à régler…

20

Antoine Lucchesi, Yaoundé, 20 juillet 1962 (suite)

Lucille dévisageait les trois lascars avec autant de perplexité que d'écœurement devant leur pantalonnade de mâles montrant les crocs.

— Ils vont se tenir à carreau, promit Antoine à la patronne du relais en désignant Blanchard et Volkstrom. Je m'en porte garant.

— Y a intérêt. Le prochain qui se prend pour Sonny Liston, je l'allume. Et je ne suis pas chargée au gros sel !

Lucille abaissa son arme pendant que les clients du restaurant regagnaient leurs tables, se résignant à la fin de l'altercation.

Luc continuait de se palper le flanc. Il estimait n'avoir rien de cassé, mais il garderait des ecchymoses pendant quelques jours. Laurent, le barman, lui tendit un torchon pour qu'il tamponne sa lèvre qui saignait. Les circonstances n'étaient pas propices à l'introspection, mais le cerveau de Blanchard tournait à plein régime : la dernière fois qu'il avait croisé Sirius Volkstrom, c'était sur un quai de Seine parisien à Saint-Michel, le 17 octobre 1961. Il lui avait logé une balle dans la poitrine qui avait fait basculer le manchot dans les flots. Pour lui, c'était une affaire réglée : le mercenaire avait fini troué et noyé.

Et pourtant, il était là. Face à lui. En pleine santé et fumasse.

Prêt à rallumer la baston.

Luc reconnaissait sa bavure. Lors de cette funeste nuit d'automne, il avait entraperçu Sirius penché sur le corps d'un Algérien menotté et, assumant le pire de sa part, lui avait tiré dessus. Il n'avait pas imaginé que, dans l'enfer sanglant parisien, Volkstrom tentait d'affranchir un captif des forces de police criminelles de Maurice Papon auxquelles lui, Blanchard, appartenait à l'époque.

Lucchesi, debout entre les deux antagonistes, prévenait tout nouvel assaut. Cependant, afin d'éviter que ce duel d'ego ne s'éternise ou ne dégénère à nouveau, le Corse suggéra :

— Écoutez, j'ai l'impression que vous avez des trucs à vous raconter. Alors, vous pouvez recommencer à vous démonter la tronche, mais vous allez dehors et si possible loin du bistrot. Sinon, à titre personnel, je préférerais qu'on s'assoie tous les trois autour d'une bouteille pour causer.

Blanchard hocha la tête, soulagé par la proposition. Avec plusieurs années de boxe derrière lui, il pourrait certainement tenir quelques rounds face à la furie de Volkstrom, mais il ne souhaitait pas tenter le diable.

Sirius, lui, tergiversait. Il ressemblait à un taureau crachant de l'air par les naseaux. Il s'écoula quelques secondes avant que sa colère ne se dissipe. Puis il haussa les épaules et marcha pesamment vers une table vide dans un coin de la salle en marmonnant :

— Blanchard, c'est toi qui régales. Et je te préviens : tu vas casquer !

Lucille les regarda prendre place, pas encore convaincue du cessez-le-feu. Antoine commanda une bouteille de vieux rhum, se figurant qu'il fallait au moins ça pour apaiser les tensions.

Luc et Sirius s'assirent instinctivement à l'opposé l'un de l'autre, pendant que le Corse, arbitre malgré lui, s'installait au milieu.

On leur apporta la bouteille, ainsi que le jus de mangue pas terminé. Sans les consulter, Lucchesi remplit allègrement les trois verres.

Ils sentaient tous qu'ils devaient se parler, mais aucun ne savait par où démarrer. Le reporter détaillait sa boisson et le tueur roulait avec attention une cigarette de sa main valide.

En sa qualité de médiateur, le Corse se résigna à se jeter à l'eau.

— Personnellement, je croyais que tu avais disparu dans la nature depuis l'automne dernier, mais j'ai comme le sentiment que c'est plus compliqué, si j'en juge par vos démêlés, débuta-t-il en s'adressant à Sirius. Tu nous racontes ?

— J'ai pas envie…

— Je ne peux pas te forcer, mais à ce compte-là, on a plus vite fait de se dire adieu et d'aller se pieuter…

Volkstrom réfléchit en grattant une allumette sur la table.

— D'accord. Mais je ne suis pas le seul à jacter. Vous me dites vous aussi ce que vous bricolez dans ce bled ?

Tous les deux hochèrent la tête. Plutôt surpris que le manchot se montre conciliant.

— Eh bien, notre camarade policier m'a pris pour cible sur un quai de Seine il y a quelques mois, commença-t-il. Heureusement, il se trouve que j'avais cousu dans ma veste un tas de biftons, la caisse noire des FPA* que j'avais braquée. Suffisante pour intercepter un petit calibre. J'avais l'intention de calter en Italie le soir même. Autant dire que mes plans se sont retrouvés compromis…

Blanchard baissa la tête vers ses chaussures.

— J'étais dans les vapes, poursuivit Sirius, j'ai bu la tasse, et je peux témoigner que la Seine, ça schlingue vraiment. J'ai émergé en aval et bien content d'être vivant parce que je peux vous dire que je n'étais pas le seul corps dans la flotte ce soir-là. L'œuvre de tes anciens copains, n'est-ce pas, Blanchard ? Elle est belle, la police de la République !

Luc se tassa sur sa chaise.

Antoine opinait.

— J'ai nagé tant bien que mal jusqu'à une péniche amarrée vers le pont Alexandre-III. Puis je me suis hissé sur la berge. J'ai cru que j'allais attraper la mort tellement je caillais. Heureusement, un clodo m'a offert une couverture pour la nuit. Presque tout mon flouze était bousillé… Le peu qu'il me restait, je l'ai filé à un batelier qui m'a emmené au Havre.

* Forces de police auxiliaires. Ce sont des unités supplétives principalement composées de harkis, créées par la préfecture de police en 1958 et dissoutes en 1962.

Puis je me suis acheté un passage sur un cargo jusqu'à Dakar. Et me voici ! Pas eu d'autres choix que de me planquer en Afrique. Je suis grillé en métropole…

La colère de Volkstrom se dissipait au fur et à mesure qu'il narrait son périple.

Lucille continuait de les observer depuis son comptoir. Maintenant que la tension était retombée, ils avaient l'air de trois comploteurs, ce qui n'était guère plus rassurant de son point de vue.

Sirius se tourna vers Blanchard :

— J'avais prévu de me barrer en Italie, mais c'était un projet foireux. Les bribes d'une vieille idée ruinée par tes amis de la Préfecture. En définitive, l'Afrique c'est pas mal. Davantage dans mes cordes. Je n'irai pas jusqu'à te remercier, mais je ne t'en veux pas plus que ça, même si ça m'aurait fait plaisir de t'arranger le portrait !

Luc, contrit, plissa les lèvres. Au moins n'aurait-il pas à surveiller ses arrières pendant le restant de son séjour.

— Je ne suis plus policier…, avança-t-il comme s'il faisait acte de repentance.

— Tant mieux pour toi.

— Je suis journaliste.

— Ce n'est pas mieux…

— On se calme ! intervint Antoine, qui sentait l'atmosphère s'échauffer de nouveau.

— Comme ça, vous êtes devenus inséparables tous les deux ? ironisa Volkstrom. Le truand qui s'est fait la belle de la Santé et le flic défroqué, vous faites un sacré tandem !

— Nous avons des intérêts communs, répliqua Lucchesi, vexé.

— Vous êtes associés ? Encore mieux ! J'aime ça ! Les affaires ne manquent pas dans le coin. Pas la peine de se tirer la bourre. Autant être copains.

Les deux autres secouèrent la tête. Décidément, ce type était irrécupérable. Capable de passer de la colère la plus noire à un enthousiasme enfantin en quelques minutes.

Sirius se moquait bien de ce qu'on pensait de lui. Il embraya :

— Puisque notre jeune intrépide est ici pour informer la populace, qu'est-ce que tu fous, le Corse ? Du tourisme ? D'abord, t'as le droit de quitter le territoire ?

Lucchesi aurait bien voulu ne pas répondre. Mais c'est lui qui avait proposé de jouer cartes sur table. Et Volkstrom s'était montré honnête.

— Blanchard m'a obtenu de nouveaux fafiots.

— Bravo, gamin ! se réjouit Sirius. Comme quoi il a bon fond : il sait parfois rendre service et pas uniquement plomber les gens qui l'appuient…

— N'en rajoute pas, Volkstrom !

— Moi aussi j'ai un blase de rechange : Pierre Lherbier. Alors évitez de brailler mon ancienne identité sur les toits, si ça ne vous défrise pas trop.

— Avant de quitter le Quai des Orfèvres, j'ai voulu détruire ton dossier, mais il avait disparu, interjeta Luc, qui persistait à plaider sa cause.

— Vous êtes trop bon, monseigneur ! Cette ordure de Deogratias a dû l'embarquer… Mais revenons à nos moutons : comment t'es arrivé ici, le marin ?

Antoine résuma son histoire, tout en sachant que Sirius était suffisamment astucieux pour subodorer qu'il cachait quelque chose de plus consistant que la traque d'un cuisinier.

Tous trois demeuraient sur leurs gardes. Ils n'allaient tout de même pas se tomber dans les bras et s'épancher comme de vieilles grues ayant migré ensemble.

Cette fois, c'est Volkstrom qui s'empara de la bouteille et versa à ras bord :

— Bon, maintenant qu'on s'est tout dit entre anciens combattants, trinquons !

Ils levèrent leurs verres en essayant de ne pas renverser de liquide. Au moment de porter le sien à ses lèvres, Blanchard osa interpeller Sirius :

— Tu ne nous as pas raconté ce que tu faisais à Yaoundé ?

— On boit d'abord, je cause ensuite.

Luc considérait son breuvage avec anxiété, mais le manchot attendait avec un amusement patent qu'il en avale une gorgée. Le cadet de la bande se força. Ça lui brûla les entrailles. Les larmes lui montèrent aux yeux. Mais plutôt que de poser son verre, il persista jusqu'à la dernière goutte.

— Bravo, gamin, t'es un homme maintenant ! gloussa Volkstrom. Alors voilà : je suis dans l'armée. Sergent de réserve Pierre Lherbier à vot' service ! Et j'ai même pas usurpé mon grade. J'ai de vieux restes, et comme je connais des officiers qui m'aiment bien, qui eux-mêmes connaissent des gradés pas très consciencieux au niveau paperasse, on m'a recruté pour entraîner les soldats de ce beau pays.

Antoine ne s'était donc pas trompé : c'était bien la grande carcasse du manchot qu'il avait aperçue sur la base militaire un peu plus tôt.

— T'as une spécialité ? s'enquit Lucchesi pour faire la

conversation en attendant que Luc se remette du rhum qu'il venait d'engloutir, ou ne s'effondre à terre.

— Armes et explosifs, comme d'habitude. Mais je fais un peu de tout, ils ne sont pas très exigeants par ici. Je file de temps en temps un coup de main sur le terrain, ça bouge encore pas mal en brousse.

Lucchesi ne dit rien. Volkstrom ne lui avait jamais fait l'effet d'un patriote ni d'un sous-officier capable de rester longtemps le petit doigt sur la couture du pantalon. S'il remplissait une fonction militaire, outre la planque que cela lui fournissait, il devait y trouver son compte. Il avait évoqué des « affaires ».

Luc, de son côté, s'accrochait à la table comme le capitaine du *Titanic* à son gouvernail. Désireux de participer à la conversation, il articula avec difficulté :

— Tu… tu connais les officiers français sur la ba-base militaire de Yaoundé ?

— La plupart, ouais.

— F-f-f-François Grenier, ça te d-d-d-dit quelque chose ?

— Je veux, mon colon ! Un gars en marge, proche des chefs, un peu rude, et secret, si tu vois ce que je veux dire… Je le croise parfois.

Blanchard se leva péniblement de sa chaise. Tituba un peu. Sirius le regardait avec amusement. Antoine, avec appréhension.

Le journaliste pivota sur lui-même puis, avec l'air de celui qui tient à conserver sa dignité en toutes circonstances, se dirigea vers l'escalier qui menait aux chambres de l'hôtel. Il parcourut le chemin lentement, mais sans choir, et grimpa marche après marche. Un exploit en soi.

Lucchesi et Volkstrom se toisèrent.

Il restait une bouteille de rhum à moitié entamée à achever.

Et Antoine avait à son tour une question sur le bout de la langue :

— Tu as entendu parler d'un certain Jean-Maurice Beauchamp ?

— Dis, je ne suis pas une agence de renseignements, mon gars !

21

Sirius Volkstrom, Yaoundé, 21 juillet 1962

Volkstrom avait appris l'anglais sur le tas en fréquentant les pilotes d'Air America en Indochine avant la débâcle tricolore. Et une expression plusieurs fois entendue s'appliquait à sa situation présente : *the hair of the dog that bit you*, « le poil du chien qui vous a mordu », ou comment remédier à une vilaine cuite en avalant un verre d'alcool au réveil. C'était une méthode qui en valait d'autres.

Il chercha à tâtons une bouteille en restant allongé. N'en trouva pas. Il connaissait mal les lieux. Il les avait entrevus vingt secondes avant de s'écrouler dans un canapé défraîchi. La mémoire lui revint : il gisait dans la piaule de Lucchesi, au-dessus du restaurant. Ils avaient fini la bouteille de rhum, en avaient commandé une seconde. Puis le Corse l'avait à moitié porté jusqu'à sa chambre. Ce matin, il avait disparu.

Sirius se souvint : Antoine devait récupérer un truc à Douala. Ça expliquait son absence. Sinon il l'aurait sûrement déjà réveillé pour le foutre dehors.

Le manchot bascula son corps massif sur ses pieds puis

se traîna sous la douche. Froide, ça éliminait les toiles d'araignées.

Il hésita à avaler un petit déjeuner au Relais des Chasses, mais il ne pouvait rien ingurgiter de solide. Mieux valait qu'il regagne ses pénates au camp militaire, où le café était aussi abondant que corsé grâce à un Italien engagé dans la Légion et affecté à la cafetière. Une fois sur place, il se rua dans le bâtiment des sous-officiers et, sans adresser la parole à personne, s'en versa un grand bol.

Volkstrom avait toujours du mal à réaliser : Lucchesi et Blanchard traînaient à Yaoundé. Malgré sa paranoïa, il était convaincu qu'ils n'étaient pas là pour lui. C'était juste une sacrée putain de coïncidence. Par contre, il devait décider de ce qu'il ferait de l'information que lui avait livrée le reporter : il s'intéressait à François Grenier. Et, connaissant le pedigree de ce dernier, ce n'était pas pour prendre le thé en sa compagnie. Il avait raconté à Luc qu'il bossait avec le bonhomme, mais il lui avait caché qu'il s'en méfiait. C'était un agent du SDECE, un émissaire de Paris, qui ne disait jamais rien de manière franche. Dans le monde de Sirius, une information, ça se monnayait. Que pouvait-il retirer de ce lien Blanchard-Grenier ?

Après avoir éclusé un deuxième café, Volkstrom consulta le tableau de service des affectations du jour. Maniement des explosifs. 9 heures. Il avait dix minutes de retard, mais ça ferait du bien à la piétaille de poireauter encore un peu au garde-à-vous sous le soleil déjà chaud. C'était sa philosophie : « Si tu t'engages dans l'armée c'est pour en chier ! » Alors autant leur en donner pour leur prime. Sinon, les recrues pouvaient aussi bien intégrer les rangs de l'autre armée, la plus importante du pays, celle des va-nu-pieds camerounais. C'est ce qu'il leur répétait constamment. Comme la vieille carne de sergent qu'il était.

Il revêtit son uniforme, qu'il portait de manière volontairement débraillée pour marquer sa différence avec les militaires de carrière.

Il s'apprêtait à rejoindre le terrain de manœuvres quand une figure malingre mais déterminée s'encadra dans la porte. Au bruit que faisaient les autres sous-offs en claquant leurs godillots pour le saluer, il comprit instantanément qu'il s'agissait du colonel Clair, le grand manitou du contingent français, et l'homme qui avait validé la venue de Sirius. Leur rencontre remontait loin. Ils s'étaient croisés en Indochine, puis avaient fait le coup de feu ensemble dans la casbah d'Alger. Clair n'était pas un simple officier supérieur. Il était une courroie de transmission. Son allégeance allait aux forces obscures qui habitent les coulisses gouvernementales plutôt qu'aux généraux hiérarchiquement au-dessus de lui. Volkstrom n'était jamais parvenu à situer avec netteté à qui il rendait compte : en Asie du Sud-Est, il avait participé au trafic d'opium pour financer les opérations spéciales de l'armée ; en Algérie, il avait défendu jusqu'au bout le maintien du département dans le giron français en mettant les mains dans le cambouis, c'est-à-dire les explosifs et les cosses de batterie. Dans les deux cas, il s'en était sorti sans érafler ses galons, et s'avérait encore capable de tirer des ficelles pour offrir une couverture à un type comme Sirius.

Volkstrom adopta un garde-à-vous grossier. Il pouvait se le permettre – il était un pistonné aux compétences spécifiques qui n'avait aucune ambition de faire carrière sous les drapeaux.

— Lherbier, j'ai une mission pour vous.

— À vos ordres, chef !

— Demain, vous prendrez deux hélicos avec la troisième section pour aller débroussailler en pays bamiléké. Il y aura deux civils avec vous. Vous serez chargé de leur bonne santé.

— Bien, chef. C'est tout ?

— Oui. Vous passerez me voir ce soir pour récupérer l'ordre de mission.

Clair fit demi-tour et repartit comme il était venu.

Sirius déchiffrait le sous-texte de l'opération : il allait falloir vider un village de ses habitants, soit parce qu'il abritait des rebelles ou les aidait, soit parce qu'il se trouvait dans un endroit susceptible de servir d'autres intérêts. La présence de deux pieds plats suggérait plutôt la seconde hypothèse.

Il regarda sa montre. Il avait désormais trente minutes de retard.

La troupe devait être à point.

À l'heure du souper, il se rendit au mess, qui jouissait d'une agréable terrasse ombragée par des treilles de plantes grimpantes.

Volkstrom résidait sur la base depuis quelques mois déjà, mais il n'avait aucun ami. Juste des collègues, et encore. Il y avait trois semaines, il avait bien commencé à sympathiser avec un jeune lieutenant qui ne semblait pas insensible à l'affection masculine, mais quand il avait proposé d'aller plus loin qu'un babillage de bon aloi, l'autre s'était replié dans sa coquille et, dans la foulée, s'était porté volontaire pour trois mois de patrouille dans un poste avancé en brousse… Avouer qu'un homme pouvait en aimer un autre passait infiniment plus mal à l'armée que dans le reste de la société, qui n'était déjà pas bien tolérante. Depuis, Sirius devait donc faire ceinture.

Il avisa François Grenier, qui buvait seul à une table. Après avoir commandé deux bières, il s'assit devant lui et posa les bocks. Sans attendre sa réaction, il embraya immédiatement :

— Alors, c'était bien Paname ?

— Comment t'es au courant ?

— J'avais réquisitionné une jeep supplémentaire pour un entraînement hier et on m'a dit qu'elle était partie à l'aéroport te chercher.

— La grande muette est une pipelette...

— Tu m'en diras tant ! T'as été tirer ta crampe à Pigalle pour te changer des négresses ?

— Même pas eu le temps. C'était un voyage à la con.

Il désigna son arcade sourcilière où un bourrelet de chair rosé cicatrisait.

— J'aimerais pas voir ton sparring-partner !

— Ha, ha ! Tu m'étonnes, je l'ai rétamé.

Grenier était un costaud, avec la réputation de ne pas retenir ses coups quand il s'échauffait. Mais son ricanement sonnait faux.

— Ça ne pouvait pas être un si mauvais séjour alors !

— L'avenir le dira. Je devais éponger les éclaboussures d'une vieille affaire liée à l'UPC. Je ne sais pas si j'ai réussi à nettoyer les traces correctement.

— Parce qu'il y a des Français qui s'intéressent à ces broussards affamés ?

— Un plumitif qui fourre son nez où il ne devrait pas.

Tiens, tiens, nous y voilà, songea Volkstrom. Le lien Grenier-Blanchard. En se montrant malin, il avait peut-être moyen de faire grimper la valeur de son tuyau…

— Tous des enflures, ces types-là !

— Celui-là, c'est un coriace. Il s'accroche. Et s'il tire trop sur la ficelle, il risque de tomber sur un pote à moi et de mettre le service dans la merde.

Sirius ne relança pas. La dissimulation était de rigueur. Il devait s'y plier s'il entendait survivre dans ce cloaque. Lui-même en bénéficiait : beaucoup de monde savait qu'il n'avait pas gravi les échelons, sans savoir précisément d'où il provenait. Il était arrivé ici parce qu'il était dans les petits papiers de Clair. Raison pour laquelle Grenier s'ouvrait à lui aussi facilement.

Poussant la comédie de la connivence, le manchot commanda une autre tournée au barman camerounais en livrée immaculée et poursuivit comme s'il se préoccupait vraiment de la situation :

— Ton copain risque gros ?

— Il est à la retraite, mais il risque de servir de fusible. Ça m'ennuierait pour lui. On a fait des trucs ensemble pour le service à l'époque où on voulait niquer les indépendantistes, alors je n'aimerais pas qu'il termine en bidoche pour les vautours.

— Je te comprends.

Volkstrom allait en rajouter dans l'empathie lorsqu'un grand personnage sec à lunettes browline se posta devant leur table, silencieux. Sirius s'apprêtait à l'éconduire, mais Grenier se leva pour l'accueillir chaleureusement.

— Je finissais juste de discuter avec le sergent, s'excusa l'agent, de manière obséquieuse.

Le nouvel arrivant s'empara d'une chaise et s'assit sans rien dire à leur table.

Volkstrom se sentit comme un intrus, ce qui représentait certainement le but de la manœuvre. Mais il n'aimait rien moins que se faire forcer la main. Alors il tendit la sienne au malotru :

— Sergent Lherbier. À qui ai-je l'honneur ?

— Beauchamp, répondit l'autre, contraint.

Merde ! C'était pas possible ! On n'était pas à une réunion du Rotary Club, quand même ! se dit Sirius. Deux vieilles connaissances débarquaient comme des fleurs à Yaoundé, toutes les deux le questionnaient sur des résidents français, et voici que ces derniers prenaient l'apéro ensemble.

Volkstrom n'avait jamais entendu parler de Beauchamp auparavant – c'est ce qu'il avait rapporté au Corse la veille –, mais s'il figurait à la fois sur le carnet de bal de Lucchesi et de Grenier, c'est qu'il méritait attention. Malheureusement, ce dernier était aimable comme une porte de prison et ne paraissait pas disposé à apprécier la présence du sergent Lherbier à sa juste valeur.

Sirius n'était pas du genre à battre en retraite socialement, mais il voyait bien qu'il était de trop. S'il restait, les deux autres s'en iraient et il n'aurait rien gagné. Alors autant tirer sa révérence avec classe, même s'il restait à court d'informations. Et surtout, sans avoir décidé s'il balançait Blanchard ou pas.

22

Luc Blanchard, Yaoundé, 21 juillet 1962

Luc avait eu l'agréable surprise de trouver un chauffeur qui l'attendait devant le Relais des Chasses avec sa 2 CV, prêt à le véhiculer où il le désirait moyennant une somme dérisoire. Il s'agissait de Célestin, qui patientait depuis 6 heures du matin : Lucchesi, parti à Douala, l'avait prévenu qu'il pourrait sans doute rendre service au journaliste.

En grimpant à bord de la guimbarde, il se dit qu'il lui fallait choisir où aller. Étant donné la tournure de la soirée passée, il n'avait pas eu le temps d'y réfléchir. Une chose était claire : il n'allait pas démarrer par l'ambassade de France ni les autorités camerounaises. Les circonstances de son voyage jusqu'à Yaoundé plaidaient pour la méfiance, même si Foccart et Ahidjo lui avaient promis leur appui.

Heureusement, alors qu'il goûtait un petit déjeuner qui n'avait rien d'exotique, Lucille était venue s'asseoir à sa table. Elle avait pris des nouvelles de sa santé après les excès de la nuit précédente. Touché par cette sollicitude, il s'était excusé et l'avait rassurée : sa tête restait accrochée sur ses épaules, à peine engourdie. Ce qui s'était passé hier soir était de l'histoire ancienne, désormais évacuée, espérait-il.

— Vous êtes quel genre de journaliste, monsieur Blanchard ? l'avait-elle entrepris, de but en blanc.

— Je ne comprends pas.

— Qu'est-ce que vous écrivez ? Ce que vous constatez ou ce qui fait plaisir au maximum de gens ?

Luc avait été tenté de prendre la mouche, mais la bouderie n'était pas son style.

— Mademoiselle, j'ai changé de travail récemment pour ne plus avoir à choisir entre la vérité ou son reflet déformé.

La jeune femme avait continué à le dévisager. Elle était habituée à voir défiler des bras cassés échoués sous les tropiques pour toutes les mauvaises raisons du monde. Appartenait-il à cette engeance ?

— Mon métier n'est pas de faire plaisir, non plus de faire du tort. Il est de porter la plume dans la plaie, avait déclaré Blanchard, sentencieux, avant d'ajouter en souriant : Ce n'est pas de moi, c'est d'Albert Londres, le saint patron des reporters, mais j'y crois !

Lucille, amusée, avait tendu la main jusqu'à sa tasse de café, et glissé sous le récipient une petite feuille pliée en quatre.

— Si vous souhaitez raconter ce qui se passe vraiment dans ce pays, allez voir cette personne. Dites-lui que vous venez de ma part.

— Qu'est-ce que…

— Non, pas de question. Décidez par vous-même et ne mettez personne en danger.

Elle s'était alors levée pour reprendre son service, laissant flotter dans son sillage une brise de mystère.

Assis à la droite de Célestin dans la 2 CV, Luc déplia le carré de papier. « Anicet, derrière la briqueterie, PK5 ». Pour lui, ça ne voulait rien dire. Il le tendit au chauffeur, qui fronça les sourcils. Il regarda le document quelques secondes puis annonça :

— Il n'y avait pas d'instituteur dans mon village, monsieur Luc. Je ne sais pas lire.

— Je suis désolé, s'excusa Luc, confus d'avoir embarrassé le vieil homme. Puis, curieux, le questionna : Comment cela se fait-il que tu n'aies pas été à l'école ?

— Les Blancs ne voulaient pas venir jusque chez nous. Notre village était très reculé, loin dans la forêt : même les pères n'ont jamais envoyé quiconque. Mes parents n'avaient pas l'argent pour me permettre d'apprendre à la ville.

— Il n'est jamais trop tard, tu sais ?

Célestin haussa les épaules puis demanda au journaliste :

— Tu parles combien de langues ?

— Euh, une. Le français. J'ai étudié l'anglais à l'école, mais je ne suis pas très doué.

— Eh bien moi j'en parle six ! En plus du français et de l'allemand, que j'ai appris quand j'étais petit mais que je ne pratique plus tellement.

— D'accord, concéda Luc. Je lis et tu causes !

Le journaliste rapporta à voix haute les indications sur le papier. Célestin ne connaissait pas d'Anicet, mais il savait où se situait le point kilométrique 5, derrière l'usine de fabrication de briques. Ils se mirent en route.

Il ne fallut pas longtemps à Célestin pour trouver la personne recommandée par Lucille. Quelques questions aux vendeurs de rue autour de la briqueterie les amenèrent à une concession en mauvais état. Les murs de boue séchée se craquelaient ; les branchages qui couvraient les toits auraient mérité d'être renouvelés. Deux enfants jouaient tout nus dans la poussière avec un morceau de bois qui, Luc le comprit, figurait une automobile.

Célestin s'avança dans l'enceinte et avisa une femme entre deux âges qui balayait le sol, cassée en deux. Il annonça qu'il cherchait Anicet ; elle lui désigna un homme assis sur une souche en train d'égrener des branches de millet.

Luc pénétra dans la concession sous les regards curieux du reste de la famille qui dévisageait les deux inconnus qui s'étaient invités.

Anicet ne les avait pas entendus arriver. Lorsqu'ils s'approchèrent, il se redressa péniblement pour les saluer. Il n'avait pas l'air âgé, la quarantaine, estimait Blanchard, mais il se mouvait comme un vieillard. Anicet portait un pantalon de flanelle et une chemise bleu pâle qui avaient dû autrefois être propres et élégants. Alors qu'il tendait une poigne molle, l'inquiétude se lisait dans ses yeux. Il leur fit signe de s'asseoir sur deux billots qui traînaient.

Poliment, Luc expliqua qui il était, sa volonté de rapporter ce qui se passait dans le Cameroun nouvellement indépendant et le fait qu'il était recommandé par Lucille. À cette annonce, Anicet approuva de la tête, puis se leva avec difficulté.

— Suivez-moi, leur suggéra-t-il en saisissant la souche qui lui servait de siège et en pénétrant dans sa case.

Les deux hôtes firent de même et tous trois se retrouvèrent dans une pièce sombre de cinq mètres carrés. À côté d'une paillasse gisaient un peu de vaisselle, une chandelle à demi consumée et, plus incongru dans ce pauvre décor, plusieurs piles de livres dont l'état des couvertures témoignait de la multiplicité des propriétaires.

— Nous serons plus tranquilles pour discuter, justifia Anicet, pendant que les yeux de Luc s'accoutumaient à la pénombre. Ma sœur n'aime pas quand je reçois des visiteurs. Elle a peur. Comme c'est elle qui m'héberge, je dois me conformer à sa volonté.

La voix d'Anicet était douce et lente et, comme la plupart des Camerounais que Luc avait rencontrés jusqu'ici, il s'exprimait avec un vocabulaire bien plus châtié que n'importe quel Parisien.

L'homme se tourna vers Célestin et entama une discussion en dialecte bantou. Ils échangèrent de manière hachée, se répondant l'un l'autre pendant cinq minutes sans se soucier de l'étranger qui ne comprenait rien, avant qu'Anicet ne lui résume leur tête-à-tête :

— Je m'assurais auprès de Célestin que tu étais bien celui que tu prétends, et qu'il était un homme fiable. Maintenant, je suis satisfait et nous pouvons converser comme de vieilles connaissances.

— Anicet et moi avons un ami commun, attesta le chauffeur comme s'il lui révélait la solution des mots croisés du journal. C'est un commerçant bassa qui vient de ma région qui lui a déjà rendu des services quand il était dans le besoin.

Blanchard supputa qu'il s'agissait d'un préalable à toute discussion : établir la provenance et les motivations de son interlocuteur. Maintenant que c'était réglé, Anicet paraissait confiant. Il n'attendit même pas que Luc lui pose une question et démarra tout de suite :

— Si Mlle Lucille vous a envoyé vers moi, c'est pour que je vous raconte mon histoire, je pense. Elle et son père m'ont aidé quand je suis sorti de prison.

Blanchard leva un sourcil. Instinct d'ex-policier.

— Juste après la guerre, j'ai fait l'École nationale de la France d'outre-mer. On l'appelait la Colo, rue de l'Observatoire, à Paris. Pour apprendre le métier d'administrateur dans les colonies. Puis je suis rentré au pays et je suis devenu fonctionnaire. J'étais spécialisé dans les questions agricoles, le développement des sols, le remembrement et toutes ces questions pour lesquelles j'ai contracté une vraie passion. Je voyageais partout, essayant de remédier à la misère. Je me suis toujours tenu à l'écart de la politique, mais ce que je voyais durant mes déplacements m'a fait prendre conscience d'une injustice fondamentale : le Cameroun est un pays riche, mais ses habitants demeurent pauvres. Comment est-ce possible ?

Anicet laissa la question en suspens. Elle n'appelait de toute façon pas de réponse. En tout cas pas une que Luc aurait été capable de lui fournir.

— Je me suis mis à lire tout ce que je trouvais sur les projets d'indépendance qui émergeaient en Afrique : les textes de nos frères sud-africains de l'ANC, ceux de Kwame Nkrumah, de Frantz Fanon, d'Aimé Césaire, de Patrice Lumumba et bien entendu de Ruben Um Nyobè. Ce n'était pas facile de mettre la main dessus, mais j'y arrivais. Un jour, un administrateur français a vu sur mon bureau un ouvrage que je m'étais fait expédier depuis Paris et il s'est moqué : « Il faut arrêter de lire ces bêtises. » Je n'ai rien répondu, mais le lendemain on avait fouillé mon bureau et la chambre où je logeais. Tous mes livres avaient disparu. C'est pour cela que je n'ai jamais rejoint l'UPC : j'aimais mon travail et je voulais le conserver. Et puis je me méfiais de la politique – à la Colo on nous recommandait de nous en tenir à l'écart, et j'avais sans doute trop bien appris ma leçon.

Anicet gloussa. Puis il demanda à Luc une cigarette, qu'il n'avait pas. Célestin sortit alors une blonde un peu tordue de sa poche de poitrine et la lui tendit. Passé la première bouffée, il reprit le cours de son histoire.

— Quand les révoltes ont commencé à éclater en 1955 à Yaoundé, à Douala et dans les campagnes en Sanaga Maritime à l'appel de l'UPC, je n'y ai pas participé. Mais comme je continuais de voyager en brousse pour mon métier, je voyais bien que les choses allaient de plus en plus mal dans les villages. Les gens avaient interdiction de se déplacer, ils ne pouvaient presque plus cultiver leurs champs. Ils étaient réquisitionnés pour du labeur forcé : remblaiements de routes, défrichage, constructions de bâtiments publics... Plus ça allait et moins je pouvais faire mon travail. Les paysans me parlaient de moins en moins, ils devenaient méfiants. Parfois, j'avais l'impression qu'ils voulaient me confier leurs ennuis, mais qu'ils n'osaient pas. J'étais rarement seul : il y avait souvent des soldats ou des fonctionnaires blancs avec moi. C'est là que ma vie a basculé.

Luc et Célestin le regardaient comme des spectateurs de cinéma en attente de la réplique du héros.

— Vous avez envie d'entendre une histoire d'amour ? leur proposa Anicet.

— Euh oui, pourquoi pas ? répondit poliment le journaliste qui prenait des notes en se demandant où tout cela menait.

— Eh bien, c'est à ce moment-là que je suis tombé amoureux. Cela faisait plusieurs fois que je me rendais à Soguembé, entre Yaoundé et Douala, pour un projet d'irrigation, et j'avais repéré une très jolie jeune femme, la troisième fille du chef du village. Je ne sais pas si vous êtes au courant monsieur Luc, mais, dans notre culture, on ne flirte pas, comme vous dites à Paris. J'ai dû préparer mon affaire. J'ai fait établir par un notaire à Yaoundé ma filiation, l'inventaire de mes biens et la retranscription de mes diplômes. Et lors de mon voyage suivant, je me suis fait accompagner par mon oncle aîné, j'ai offert des cadeaux, et j'ai demandé sa main.

Célestin était littéralement bouche bée. Il buvait les paroles d'Anicet.

— Peu de temps après, nous nous sommes mariés. Eugénie – c'était le nom de ma femme – m'a rejoint à Yaoundé. Nous étions heureux et, malgré les difficultés dans le pays, nous envisagions l'avenir avec espoir. Mais en 1957, c'est devenu encore plus vilain. Le haut-commissaire français Pierre Messmer a amené des soldats de l'Indochine et aussi d'Algérie pour mettre en place un plan militaire qu'ils appelaient « zone de pacification ». À partir de là, je ne pouvais plus me déplacer – on disait que c'était trop dangereux. J'étais cantonné à un travail de bureau, alors je passais beaucoup de temps à Yaoundé dans les bâtiments administratifs et je voyais bien ce qui se déroulait. Les Français avaient compris que l'indépendance arriverait un jour, mais ils ne voulaient pas s'y résoudre.

— Qu'est-ce que vous entendez par là ? l'interrompit Blanchard.

Anicet le regarda comme un ancien combattant observe une recrue qui n'a jamais connu la mort, la souffrance ou l'adversité, bref quelqu'un qui a étudié la théorie, mais n'a pas éprouvé la réalité. De fait, Luc, tout informé qu'il était, peinait à imaginer un état de sujétion quasi esclavagiste, où même la perspective de la fin inéluctable du régime colonial ne suffisait pas à attendrir la puissance dominante. Bien au contraire.

— Ce que j'affirme, reprit doctement Anicet, c'est que la France a commencé par vouloir conserver le Cameroun dans son giron à tout prix et par tous les moyens. Et lorsque le gouvernement à Paris a entériné que cela ne serait pas possible, il n'a pas fait en sorte de nous rendre notre pays dans les meilleures conditions, ni même de nous le rendre complètement.

Luc baissait la tête, à la fois pour prendre ses notes mais aussi pour masquer la honte confuse qu'il éprouvait.

Anicet ne disait plus rien et le journaliste se creusait les méninges pour relancer la conversation, quand le Camerounais repartit de lui-même :

— Les Français nous racontaient à l'époque : « On a perdu l'Indochine, on ne va pas en plus abandonner le Cameroun ! » Il existait un courant de pensée parmi les administrateurs français qui envisageait le remplacement des richesses françaises de l'Asie du Sud-Est par celles du golfe de Guinée : un port stratégique sur l'Atlantique, un sol où presque tout peut pousser, des ressources minières en quantité, et même du pétrole ! Je crois que quand ils ont compris qu'ils ne pourraient pas garder le Cameroun – oubliant toujours que le statut de notre pays n'était pas celui d'une colonie mais d'une tutelle des Nations unies octroyée à la France –, quand ils ont réalisé cela, les Français ont été encore plus en colère. C'est comme cela que j'explique la violence qui nous a terrassés. C'était une vengeance ! Lorsque Ruben Um Nyobè a été assassiné par les militaires français, il a été abattu dans des conditions sauvages. Son cadavre a été traîné à terre et souillé. Ceux qui ont vu le corps disent qu'on ne le reconnaissait pas. Ensuite, il a été jeté dans une tombe et recouvert de ciment. Les Français ne voulaient pas juste se débarrasser du chef de l'insurrection, d'une figure connue jusqu'aux États-Unis d'Amérique, ils désiraient éliminer ses idées et son souvenir ! Moins de seize mois après ce crime, le Cameroun devenait indépendant : n'aurions-nous pas bénéficié d'un dirigeant de l'envergure d'Um Nyobè pour guider le pays, sinon pour le servir ?

Toujours mal à l'aise mais fasciné par ce qu'il entendait, Luc décida de relancer son interlocuteur sur un plan plus personnel :

— Qu'est-ce que vous avez ressenti à la mort d'Um Nyobè ?

— Rien. Je n'ai rien ressenti parce que je l'ai appris longtemps après. À l'époque de son assassinat, le 13 septembre 1958 si j'ai bonne mémoire, j'étais dans un camp de prisonniers et je dois dire que mon état ne me permettait pas de beaucoup réfléchir. Voyez-vous, j'étais torturé…

— Torturé ? ne put s'empêcher de répéter Luc.

— Oui, torturé, répondit Anicet en montrant ses poignets lacérés de chairs boursouflées, stigmates de méchantes blessures mal cicatrisées.

Il souleva aussi son pantalon, où les mêmes scarifications ceignaient ses chevilles.

— Celles-là, c'était quand on me suspendait par les pieds…

Il découvrit également ses gencives, pour l'essentiel vides de dents. Puis reprit le cours de son récit :

— Eugénie était préoccupée pour sa famille. Depuis Yaoundé, il nous était difficile d'obtenir des nouvelles de son village. Le téléphone n'existe pas en brousse. Et les informations qui nous parvenaient depuis la Sanaga Maritime étaient inquiétantes : on parlait de bourgades détruites, d'opérations militaires avec des obus tombant du ciel, d'habitants déplacés… Elle savait que son père avait toujours été ombrageux : il n'aimait pas qu'on lui dise quoi faire. Si l'UPC lui demandait de l'aide sans y mettre les formes, il était capable de la refuser ; et si les Français lui donnaient un ordre, sa première réaction était bien souvent de le rejeter. Eugénie craignait pour lui. Alors je me suis rendu à Soguembé. En tant que fonctionnaire et natif d'une autre région, il était plus facile pour moi de circuler. Je pensais que mon statut me protégeait. J'avais tort. Lorsque je suis arrivé, tout avait l'air de bien aller. Pourtant, les soldats avaient déjà commencé à fixer les habitants en leur interdisant de se déplacer au-delà d'un petit périmètre autour du village. Ils avaient entrepris d'éloigner les hommes en les rassemblant dans des camps sous surveillance armée le long de la route Yaoundé-Douala. Bien évidemment, le papa d'Eugénie s'était élevé contre ces mesures et les militaires l'avaient remplacé sur-le-champ par un individu plus conciliant. Celui-ci était même tellement accommodant qu'il me dénonça aux soldats français au bout de deux jours. C'est ainsi que je me suis retrouvé dans un camp de concentration avec des dizaines d'autres villageois.

— Pas un camp de concentration, opposa Luc, pour qui ce vocable se référait aux exactions nazies.

— Appelez cela comme vous voulez, monsieur, se rebiffa Anicet qui, pour la première fois depuis le début de leur entretien, s'irrita. J'ai fait mes études à Paris et j'ai appris que ce n'est pas en travestissant les mots qu'on écrit la véritable histoire. Si l'on ne nomme pas les choses correctement, on rédige des fables. Les camps de concentration ne sont pas une invention allemande, contrairement à ce qu'on raconte aujourd'hui. Ils ont émergé lors de la guerre que les Britanniques ont faite aux populations boers au tout début de notre siècle, dans le sud de l'Afrique. Ensuite plusieurs belligérants de la Première Guerre mondiale en ont fait usage dont la France. Il me chagrine de vous apprendre que les Français ont aussi construit de tels endroits en dehors de toute période de conflit, lorsqu'ils ont décidé d'y regrouper les réfugiés républicains espagnols qui fuyaient la guerre civile dans leur pays en 1938. À l'époque, le terme était employé couramment dans les documents administratifs rédigés par les fonctionnaires français. J'en ai tenu entre mes mains durant mes études !

Blanchard, penaud, subissait la leçon d'histoire. Anicet avait raison. Pas la peine d'insister.

— Bien entendu, les nazis ont fait bien pire dans les

camps qu'ils ont bâtis, sans même parler de ceux d'extermination, mais il faut appeler un chat un chat : j'ai été enfermé dans un camp de concentration. Je n'avais pas le droit d'en sortir, j'étais sous la surveillance constante de soldats, je mangeais mal et on nous forçait à travailler. Sans salaire évidemment. Je pensais que j'allais être libéré rapidement quand les responsables réaliseraient qui j'étais. Mais pour mon malheur, mon nom était associé à une fiche des renseignements établie après la saisie de mes livres qui avaient été jugés « révolutionnaires et séparatistes ». On m'a pris pour un agent de l'UPC et les tortures ont démarré. Elles ont duré des années. Pas tous les jours bien sûr. Des fois, il s'écoulait des semaines avant que l'on ne me traîne de nouveau dans le bâtiment des interrogatoires. Je vivais dans l'angoisse permanente que cela recommence. Car, bien entendu, je n'avais rien à dire. Je n'ai jamais fréquenté l'UPC de toute ma vie.

Des larmes ruisselaient sur les joues ridées d'Anicet. Il ne faisait rien pour les dissimuler ni les essuyer. Il paraissait même soulagé que sa douleur s'exprime ainsi et, tel un abcès, s'écoule de ses souvenirs pour les apaiser.

Ému, Blanchard se tourna vers son chauffeur mais, depuis plusieurs minutes, le taxi écoutait le récit, comme pétrifié. Avait-il déjà entendu de telles confessions ? Luc était convaincu que c'était une première pour Célestin : son immobilisme trahissait la stupéfaction plutôt que le détachement.

Peu désireux de plonger dans les détails des mauvais traitements subis ou de la vie au sein du camp, le journaliste bondit tout de suite vers la fin.

— J'imagine que vous avez été libéré en 1960 à l'indépendance.

Les larmes qui continuaient de couler obscurcissaient le regard d'Anicet, mais celui-ci n'était guère amène.

— Non, monsieur, détrompez-vous. Je n'ai été libéré que cette année, il y a seulement six mois.

— Mais comment se fait-il que…

— … que les Camerounais soient aussi cruels et obtus que les Français ? Ils ont été à bonne école !

— Mais une fois l'indépendance acquise, Um Nyobè puis Félix Moumié éliminés, l'UPC ne présentait plus de danger ?

— Bien sûr que si, car l'UPC persiste à mener le combat. Aujourd'hui encore, ses militants vivent dans le maquis et s'opposent au gouvernement. Surtout, et cela je l'ai appris durant mes années d'emprisonnement, l'UPC possède quelque chose de plus puissant et de plus létal que ses opérations de guérilla, qui en fait un ennemi pour le nouveau pouvoir camerounais comme il l'était pour l'ancien pouvoir colonial : ses idées.

Célestin regarda autour de lui, comme pour s'assurer que personne n'épiait leur conversation. Il y avait peu de risques : ils étaient tous trois serrés dans la case sombre et Anicet parlait d'une voix assourdie. Au-dehors, le reste de la famille poursuivait ses tâches domestiques. Il n'empêche, le chauffeur, après avoir écouté avec la plus grande attention, semblait désormais désireux de s'en aller, comme si on lui avait confié un secret trop lourd à porter.

Luc, de son côté, était habité d'un sentiment singulier : à la fois ébranlé par ce qu'il retranscrivait dans son carnet, mais aussi étrangement satisfait de recueillir un tel témoignage qui, c'est sûr, figurerait en bonne position dans ses futurs articles. Il se sentit presque honteux de raisonner ainsi. Il relança néanmoins Anicet :

— Comment avez-vous été libéré finalement ?

L'ancien détenu haussa les épaules.

— Par lassitude de la part de mes geôliers, peut-être… Je ne suis pas à leur place et on ne m'a fourni aucune explication. Un jour on m'a informé que ma peine était terminée et l'on m'a mis sur le trottoir…

— Avez-vous retrouvé Eugénie ?

Anicet releva sa tête au milieu de laquelle brillaient ses yeux rougis et humides.

— Elle n'est plus. Après ma disparition soudaine, des voisins m'ont dit qu'elle était retournée dans le village de son père. Un peu plus tard, une opération militaire y a eu lieu et presque tous les habitants ont été tués. Les Français ont affirmé que des rebelles de l'UPC y étaient réfugiés. Je ne sais pas si c'est vrai… Ma sœur m'a généreusement accueilli, mais j'ai bien conscience d'être un poids pour elle. Les familles des gens qui ont fait de la prison ne sont pas très bien considérées.

Comme si elle avait entendu que l'on parlait d'elle, ladite parente cria le nom de son frère depuis l'extérieur :

— Anicet ! Il faut que tu répares la barrière !

L'injonction ressemblait plus à un rappel à l'ordre qui sous-entendait : « Cesse de bavasser avec le Blanc, tu as du travail ! »

Célestin bondit sur ses pieds, pressé de partir. Luc se leva à son tour et tendit la main à Anicet.

— Merci pour votre témoignage, monsieur. Ce que vous m'avez raconté est très important pour moi.

Blanchard n'avait rien trouvé de mieux à dire. Des mots sans relief. Mais aucune parole ne pouvait apaiser ce qu'il venait d'entendre.

Lorsqu'ils sortirent de la case, la sœur d'Anicet les toisait d'un air mauvais.

Ils regagnèrent la vieille 2 CV, décontenancés. Luc s'affaissa sur le siège pendant que Célestin actionnait la manivelle.

— Où est-ce qu'on va maintenant, monsieur Luc ?

Le reporter se sentait vidé. Il aurait voulu s'allonger à l'ombre d'un arbre et ne plus rien faire de la journée. Mais ce n'était pas une option. Alors il suggéra ce qui lui passait par la tête :

— Emmène-moi à l'ambassade de France s'il te plaît.

Le chauffeur embraya poussivement et prit la direction de la colline qui surplombait le centre-ville.

Le bâtiment de la mission diplomatique tricolore ressemblait à ce qu'il était : une sentinelle qui surveillait Yaoundé depuis les hauteurs. Célestin déposa Luc devant la guérite et alla se garer à l'ombre d'un immense manguier.

Le gendarme de faction ne fit aucune difficulté pour laisser le reporter pénétrer dans l'enceinte, mais la secrétaire de l'accueil se montra revêche. Blanchard avait naïvement demandé à rencontrer l'ambassadeur.

— Mais, monsieur, vous n'imaginez pas qu'il va vous recevoir ainsi sans rendez-vous ! Son Excellence est fort occupée.

Elle n'a pas le temps de discuter avec tous les visiteurs qui viennent ici, fussent-ils journalistes !

Blanchard battit en retraite. Il s'était montré présomptueux. Cependant, devant sa mine déconfite de gentil garçon, le cerbère fit volte-face :

— Si vous voulez, puisque vous êtes ici, je peux vérifier si l'un des conseillers est disponible pour vous recevoir.

Luc saisit l'opportunité et se laissa diriger vers une grande véranda qui donnait sur le parc verdoyant méticuleusement taillé de l'ambassade. Ici non plus, il n'était pas question que la culture française du jardin ordonné capitule face à l'anarchie horticole britannique.

Au bout d'une longue quinzaine de minutes, un homme en cravate et chemisette déboula devant lui, irrité. Il tendit une main moite, se présentant comme premier conseiller de l'ambassade, et démarra aussitôt sur un reproche :

— Pourquoi n'avez-vous pas averti de votre arrivée ? On ne débarque pas ainsi au Cameroun !

Luc s'attendait à cette question, il avait prévu la parade :

— MM. Foccart, Ahidjo et Beauchamp, que j'ai tous trois rencontrés à Paris, m'ont encouragé à venir sur place et comme mon emploi du temps s'est soudainement libéré, j'ai organisé mon reportage au Cameroun dans la précipitation.

— Nous avions été prévenus de votre séjour probable par le secrétariat de M. Foccart, mais la moindre des choses aurait été de nous informer que vous aviez avancé votre séjour.

Blanchard hésita un instant : devait-il jouer l'offusqué en brandissant l'étendard de la liberté de la presse à disposer de son agenda comme elle l'entendait, ou alors s'excuser platement afin de rassurer la fonction publique tricolore de sa toute-puissance à dicter ses conditions ? La première option avait plus de panache, mais il subodorait qu'elle serait contre-productive. Il opta donc pour le mensonge obséquieux.

— Veuillez me pardonner. J'étais tellement enthousiasmé par la perspective de ce reportage, et happé par sa préparation, que j'ai omis de vous avertir. Je suis confus.

Le premier conseiller se radoucit.

— Puisque vous êtes désormais ici, je vais tenter de convaincre M. l'ambassadeur de vous accorder une entrevue au plus vite – dès demain ou après-demain – et nous allons vous arranger des rendez-vous avec les ministres camerounais influents. Désirez-vous revoir le président Ahidjo ?

— Non, cela ne me paraît pas nécessaire, répondit Luc sans hésiter, encore dépité par l'interview creuse que lui avait accordée le chef de l'État.

— Très bien, cela sera plus facile alors. Je vous tiens au courant. Sans révéler de secret, nous allons recevoir une petite délégation de personnalités françaises la semaine prochaine : si vous êtes toujours présent ici, vous pourriez les rencontrer.

— Ah oui ? Qui ça ?

Le fonctionnaire prit un air conspirateur :

— Je ne peux pas encore vous confirmer les noms, mais il s'agit d'élus français curieux des questions africaines et de patrons d'entreprises disposés à aider le Cameroun à développer son économie.

— Très intéressant, fit Blanchard, surjouant l'enthousiasme.

Le premier conseiller consulta sa montre. Il était temps de mettre fin à la conversation. Luc saisit le message.

— Je suis descendu au Relais des Chasses. J'attends que vous me fassiez signe.

— Absolument monsieur, je n'y manquerai pas. J'appelle demain pour vous informer du rendez-vous avec l'ambassadeur. Dans l'intervalle, reposez-vous bien. L'Afrique est dure pour les organismes.

Se reposer ? Guetter la becquée officielle ?

Comme si Luc allait prendre racine au bar de l'hôtel à attendre la propagande tricolore…

Il salua poliment et se retira, jetant un coup d'œil aux paons en liberté qui picoraient dans le parc.

23

Antoine Lucchesi, Douala, 21 juillet 1962

Lucchesi avait mis pas loin de dix heures pour rallier Douala en train. Trois cents kilomètres à travers la forêt, bercé par les paysages sauvages, les conversations incessantes et quelques chants dans le wagon, les harangues des vendeurs à chaque arrêt du convoi dans ce qui s'apparentait plus à des escales de brousse qu'à de véritables gares.

Parvenu à Douala juste avant la tombée du soleil, il avait à peine eu le temps d'apercevoir le port, poumon de la cité que tout le monde qualifiait de capitale économique du Cameroun. La vue de la mer et des cargos-bananiers avait hérissé les poils des avant-bras d'Antoine. La preuve, s'il en était besoin, qu'il restait marin avant tout.

Il avait déniché un hôtel bon marché boulevard de la Liberté, où il avait retrouvé le même style de bâtiments qu'à Yaoundé, des maisons et des immeubles de deux ou trois étages avec balcons en bois, toits avancés en tôle et moucharabieh en ciment. Deux indices d'un climat chaud et pluvieux.

Il était tard et il n'avait aucune chance de mettre le grappin sur Alphonse ce soir. Le Corse déposa son baluchon dans sa chambre, spartiate mais propre, et descendit se sustenter au restaurant de l'hôtel. Il s'installa dans un coin, peu désireux de nouer la conversation. La plupart des autres clients étaient des commerçants, français ou libanais, qui traitaient leurs affaires en mangeant. Face à des acheteurs blancs qui avaient le droit de partager le repas et la boisson, ou alors face à des fournisseurs noirs qui se contentaient de s'asseoir sans être invités à toucher à la nourriture. Des liasses de billets s'échangeaient après moult argumentations à voix basse, parfois une feuille de papier était signée, mais, le plus souvent, le manège se concluait par une poignée de main.

Les affaires. Pas son monde.

Une fois son assiette saucée, Lucchesi regagna son lit et s'allongea, les yeux fixés sur les taches d'humidité du plafond, réfléchissant à la meilleure manière de retrouver son cuisinier. Il s'endormit ainsi, hypnotisé par les pales du ventilateur et les bruits d'insectes nocturnes inconnus.

La matinée s'annonçait ensoleillée et, à 7 heures, Douala débordait d'activité.

Faute de connaître quelqu'un sur place pour le renseigner, Antoine opta pour la stratégie la plus évidente. Il se rendit devant l'hôpital central et aborda un marchand ambulant qui avait parqué sa carriole au plus près de l'entrée. Il vendait des fruits, des boissons chaudes et froides, et des beignets qu'il faisait frire dans une marmite d'huile posée sur un petit barbecue, avant de les envelopper dans du papier journal qui devenait rapidement translucide.

— Est-ce que ça vous dérange si je m'assois à côté de vous ? J'attends un ami qui doit venir à l'hôpital, mais je ne sais pas quand il va arriver.

— Pas de problème, monsieur. Tu es le bienvenu.

Antoine avait craint que la présence d'un Blanc ne gêne le commerçant, mais il n'en était rien. Au contraire, il semblait ravi. L'Européen rehaussait le prestige de son étal et tous les acheteurs – pour la plupart des familles qui visitaient un parent – le saluaient au passage. Le Corse enchaîna les Nescafé que sa nouvelle relation lui servait dans un verre opaque à force d'avoir été utilisé.

Depuis ce poste d'observation, il scrutait les allées et venues ; s'il ne s'assoupissait pas, il ne manquerait pas Alphonse et son oncle.

La journée s'écoula lentement, scandée par le ballet incessant des malades, des estropiés et des blessés en tout genre. Les premiers étonnements d'Antoine face à cette humanité éclopée cédèrent progressivement la place à l'ennui. Il n'avait jamais vu tant de souffrances d'un seul coup : des amputés qui se déplaçaient par leurs propres moyens, chariots ou béquilles artisanales, des personnes de tous âges atteints d'afflictions éradiquées d'Europe depuis des décennies, des victimes d'accidents qui arrivaient sanguinolentes et couvertes de bandages improvisés, des vieillards et des plus jeunes qui n'avaient plus toute leur tête et qui erraient avant de trouver l'entrée ou de repartir comme ils avaient surgi, dans le brouillard d'une conscience morcelée… Et pourtant, au bout de plusieurs heures Lucchesi s'était accoutumé à ce défilé d'infortune. Preuve de la résilience de l'esprit humain. Ou alors de son indifférence.

La journée du lendemain se déroula à l'identique. Plusieurs fois, il crut voir le cuisinier apparaître, mais chaque fois, il se fourvoyait. Le commerçant ne se plaignait toujours pas de la présence du Corse et respectait son silence, continuant de l'abreuver en café soluble et en beignets roboratifs.

Néanmoins, à l'heure de la fermeture des visites publiques de l'hôpital, Antoine, las, se demanda s'il avait choisi la bonne tactique. Peut-être qu'Alphonse avait déjà consulté. Peut-être que son oncle était mort en route. Peut-être qu'ils avaient été arrêtés durant le voyage. Peut-être, peut-être… Ces interrogations tourbillonnaient dans sa caboche pendant qu'il regagnait son hôtel. Il ne savait pas comment contacter le village d'Albert Mukenga et il n'avait aucune autre idée pour débusquer le duo dans cette métropole, à supposer qu'ils y soient parvenus.

Faute d'alternative, il reprit le lendemain matin sa vigie à l'entrée de l'hôpital. Sa présence était désormais connue des habitués – les commerçants, les patients qui venaient quotidiennement pour leurs soins, et quelques membres du corps médical qui lui adressaient un signe de tête. C'était aimable, mais il détestait attirer l'attention sur lui de cette manière.

Heureusement, sur le coup de 10 heures, alors qu'il se dégourdissait les jambes en allant s'acheter un paquet de Bastos, le second de la journée, il aperçut la silhouette de colosse qu'il attendait tant. Alphonse courbait son mètre quatre-vingt-dix pour soutenir un vieil homme qui marchait péniblement, comme s'il comptait ses pas. C'était bien son ami qui s'avançait, dans les mêmes vêtements usés qu'il enfilait lors de leurs missions en mer Méditerranée.

La première impulsion d'Antoine fut de se précipiter vers eux, mais l'oncle paraissait bien frêle, et une scène d'effusions en public aurait braqué tous les regards sur eux. Lucchesi se rappela que son ami était recherché pour son militantisme à l'UPC, et on lui avait signalé que Douala grouillait de mouchards à la solde du gouvernement. Mieux valait attendre leur sortie de l'hôpital. Il était possible que le vieillard reste sur place, mais pas Alphonse, qui semblait en pleine forme.

Les deux soirs précédents, le Corse avait assisté au reflux des visiteurs et accompagnants qui quittaient le centre de soins. Il laissa donc les deux Mukenga vaquer à leurs nécessités médicales. Il reprit sa faction, la nervosité ayant supplanté l'impatience.

Au bout de deux heures interminables, le tandem réapparut dans l'encadrement de la grille d'entrée. Ils ressortaient comme ils étaient arrivés : le jeune attentionné et le vieux fatigué.

Lucchesi les laissa passer devant lui puis, avec l'air de celui qui est éreinté de faire la queue, leur emboîta le pas, non sans avoir au préalable offert un généreux pourboire à son hôte. Il suivit le duo jusqu'à l'arrêt des taxis collectifs qui faisaient office de transports en commun, et se décida enfin à les aborder.

Il tapota doucement l'épaule d'Alphonse qui se retourna brusquement, signe qu'il était sur ses gardes, avant d'écarquiller les yeux. Son ami bafouilla des paroles incohérentes jusqu'à ce qu'Antoine le prenne dans ses bras pour lui donner l'accolade – à la marseillaise. Le Camerounais se dégagea assez vite car il craignait que son oncle ne tienne pas debout sans appui. Puis, afin d'accélérer ces retrouvailles impromptues, le Corse salua Albert Mukenga par son nom pour montrer qu'il le connaissait, et héla un taxi particulier.

— Je vais tout te raconter, Alphonse. Tu loges où ?

— Chez un cousin, dans un quartier périphérique.

— Ton oncle doit-il retourner à l'hôpital ? interrogea Lucchesi.

— Cet après-midi, pour le résultat des analyses.

— Allons à mon hôtel en attendant. Il n'est pas loin.

Le taxi s'était positionné à côté d'eux et tous trois embarquèrent pour une course rapide durant laquelle aucun n'échangea la moindre parole.

Une fois arrivé, Antoine offrit son lit au vieil homme pour qu'il se repose, puis redescendit en compagnie d'Alphonse et tous deux prirent place à une table en retrait du boulevard.

— Tu as quitté Marseille avec quelque chose qui m'appartient, entama Lucchesi.

De nouveau, le cuisinier ouvrit grands les yeux, cette fois-ci mal à l'aise. Il allait se défendre quand son ami le devança :

— Tu n'y es pour rien. C'est un objet dissimulé dans la doublure de la valise que Maria t'a donnée.

Alphonse respira mieux. Pas Antoine, qui posa la question décisive :

— Tu as toujours cette valise ?

— Bien entendu. Elle est chez mon cousin.

— Celui de Douala ?

— Oui, celui chez qui je loge présentement.

Lucchesi crut qu'il s'était perforé un poumon tellement

il expira d'air. Soufflant comme un marathonien après la ligne d'arrivée. En s'emparant de son paquet de cigarettes, il ne put camoufler le tremblement de ses doigts. Après des semaines à masquer sa fébrilité, elle rejaillissait.

Alphonse, pour qui son patron était un modèle d'impavidité, s'inquiéta :

— Tu vas bien ? Qu'est-ce qui t'arrive ?

Le Corse se ressaisit et sourit comme rarement.

— L'objet dans la doublure de la valise appartient aux personnes pour qui nous effectuons les convoyages en Méditerranée. Ils me l'ont confié, et ils se font du mauvais sang depuis sa disparition…

— Je suis vraiment désolé.

— L'important c'est que je l'aie retrouvé, le réconforta Lucchesi.

— Tu as fait tout ce trajet pour ça ?

— Fallait bien.

Antoine passa sous silence les menaces contre Maria et les deux enfants. Il n'y avait désormais plus aucune raison de l'alarmer. Il enverrait un télégramme à Dominique Venturi, prendrait un billet d'avion et tout rentrerait dans l'ordre.

— Ne t'en fais pas, le rassura-t-il. Tout est réglé puisque tu as la valise. On va aller récupérer l'objet, et on n'en parlera plus.

— Peut-on attendre la consultation de mon oncle cet après-midi ? C'est dans une heure.

Antoine regarda sa montre et acquiesça. Puis, confus de ne pas l'avoir fait plus tôt, demanda des nouvelles d'Albert Mukenga.

— Comment va-t-il ?

— Pas bien.

Alphonse lui raconta leur séjour à l'hôpital. Le vieil homme n'avait pu effectuer qu'une visite sommaire ce matin : il devait revenir cet après-midi pour davantage d'examens, mais les médecins ne s'étaient pas montrés encourageants. Un interne camerounais l'avait pris à part pour lui confier, en substance, que son oncle était « épuisé par la vie » et qu'il fallait désormais lui éviter de trop souffrir.

La tristesse se lisait sur les traits tirés d'Alphonse, mais il paraissait soulagé de pouvoir s'épancher auprès de son ami. Il ne s'étendit pas sur son arrivée au Cameroun, ni sur son périple jusqu'à Douala, sinon pour dire qu'il devait rester méfiant car les autorités rôdaient autour de lui. Antoine ne le questionna pas davantage, ça confirmait ce que lui avaient dit les habitants du village.

Une demi-heure plus tard, les trois hommes se retrouvèrent devant les portes du centre hospitalier. La présence d'un Français blanc au côté des deux Camerounais accéléra le rythme des consultations : Albert fut pris en charge rapidement et libéré tout aussi vite. S'ensuivit une longue discussion entre le médecin chef, le vieil homme et son neveu, à laquelle Antoine s'abstint de participer. Il s'était posté à une fenêtre du bâtiment pour observer les mouvements de la ville depuis un point de vue en hauteur, fumant ses dernières cigarettes.

Lorsqu'ils furent prêts à partir, Alphonse arborait la mine sombre de celui qui digère une triste nouvelle. Tous trois se dirigèrent vers la pharmacie pour récupérer les médicaments prescrits. Pendant qu'Alphonse patientait au guichet, Albert posa délicatement son bras sur celui du Corse.

— C'est bien ce que vous faites pour mon neveu, vous êtes un homme bon.

C'était la seconde fois en une semaine qu'on lui disait cela. Lucchesi ne s'était jamais considéré ainsi, et sa vie en général ne plaidait pas pour un tel compliment. Il fallait que les Camerounais soient sacrément ignorés, maltraités ou méprisés par les Français pour que lui, qui agissait de manière sinon égoïste en tout cas utilitariste, soit ainsi honoré.

— Je n'en ai plus pour longtemps, mais j'ai eu une bonne vie. Alphonse doit l'accepter…

Alphonse revint avec un carton rempli d'ampoules pour seringues hypodermiques. De la morphine. Autrement dit, de quoi le soulager, mais pas le guérir. L'accompagnement des derniers instants.

Ils sortirent de l'hôpital et attrapèrent le premier taxi qui se présenta, lui donnant la direction du logement où les deux Camerounais avaient résidé jusqu'ici. Il leur fallut près de trois quarts d'heure pour rallier un quartier périphérique qui ne méritait nul autre qualificatif que celui de bidonville. Pas d'eau courante, pas d'électricité, pas de béton, pas d'égouts, pas de goudron. Des animaux en liberté et des enfants qui gambadaient dans tous les sens Alphonse guida minutieusement la 203, car il n'y avait aucun nom de rues, les ornières dégorgeaient d'eau de pluie et on ne savait jamais si elles faisaient cinq ou cinquante centimètres de profondeur.

Quand ils stoppèrent finalement devant une case de terre séchée recouverte de branches de palmiers, le cœur de Lucchesi se mit à battre plus fort.

Il n'avait pourtant plus aucune raison de s'inquiéter.

Après avoir procédé aux salutations d'usage avec la famille qui accueillait Albert et Alphonse, ce dernier lui tendit la valise qui traînait autrefois dans son placard marseillais. Comme il aurait dû s'y attendre, son ami en avait pris grand soin. Après avoir délicatement ôté les vêtements qui la remplissaient, Antoine glissa ses doigts dans le trou de la doublure et posa tout de suite l'index sur le cahier. Il l'extirpa et l'ouvrit. C'était bien ça. Dix litres de sueur en moins, quantité d'ongles rongés, et quatre mille trois cents kilomètres plus loin, il remettait la main sur le livre de comptes !

Lucchesi sourit et s'éclipsa. Il se dirigea vers le taxi qui attendait sa course retour, pendant que ses deux compagnons réglaient les détails de leur départ pour aller loger à l'hôtel avec lui. Il y avait des adieux à faire, des messages à transmettre à la famille, et sans doute un peu d'argent à échanger.

Antoine avait soif. Il repéra un petit kiosque qui vendait des fruits et des cigarettes à l'unité à une centaine de mètres. Pendant qu'un jeune garçon lui préparait un jus d'ananas avec une centrifugeuse bricolée et qu'il cherchait de la monnaie au fond de sa poche, il entendit le grondement de véhicules lourds approchant à grande vitesse, faisant fi des nids-de-poule et des piétons. Deux jeeps kaki surgirent au croisement, tournèrent, et s'immobilisèrent en travers de la chaussée au niveau du taxi. Une demi-douzaine d'hommes en armes et uniforme militaire bondirent hors des véhicules en braillant.

Toute la population du quartier se figea. Même les volailles cessèrent de picorer. Puis les animaux s'affolèrent, les mères interpellèrent nerveusement leur marmaille et les hommes se jetèrent au sol, le vendeur de jus de fruits en premier qui hurla à Lucchesi :

— Couche-toi monsieur ! Couche-toi ! Ils vont tirer !

Antoine était partagé entre l'envie de respecter le conseil qu'on lui prodiguait, sans doute en connaissance de cause, et celle de se précipiter vers la case de son ami, car c'était bien son logis qui était visé.

Les militaires prirent position autour de la concession, certains posant le genou à terre en braquant leur fusil vers l'habitation, d'autres avançant vers le portail en planches de récupération qu'ils fracassèrent d'un coup de godillot.

Lucchesi sentit qu'on tirait le bas de son pantalon. Le jeune vendeur tenait absolument à le faire s'allonger par terre, terrorisé à l'idée qu'on les repère. Face à son insistance, le Corse s'exécuta, tâchant de ne pas perdre le fil de ce qui se déroulait. De toute manière, même s'il avait eu une arme en sa possession, il n'était pas assez cinglé pour affronter un groupe de militaires en action.

Les premiers coups de feu claquèrent. La perspective d'Antoine était partiellement masquée par les véhicules kaki, mais il entrevoyait les balles s'écraser sur la case de la famille d'Alphonse en de petits éclats de poussière. Puis il aperçut un corps s'effondrer et entendit des hurlements. Les soldats n'étaient pas venus faire de la figuration.

Les détonations cessèrent aussi brusquement qu'elles avaient démarré. Lucchesi perçut quelques plaintes et des supplications, puis les militaires baissèrent leurs armes et s'approchèrent de l'habitation, disparaissant de son champ de vision. Il réalisa alors que le jeune garçon s'accrochait toujours à sa jambe de pantalon comme un naufragé à un radeau. Le Corse rampa à reculons pour s'aligner le long du gamin qui tremblait de tout son corps. Il lui passa le bras sur les épaules pour le réconforter, et calmer les soubresauts susceptibles d'attirer l'attention sur eux.

Au bout d'une minute, les soldats en treillis réapparurent pour grimper dans leurs jeeps. Deux d'entre eux encadraient un troisième homme, en chemise fleurie, les mains pliées dans le dos, menottées. Alphonse.

Sans ménagement, ils projetèrent leur prisonnier dans la benne arrière du tout-terrain, démarrèrent leurs véhicules et repartirent avec la même précipitation que celle qui les avait menés jusqu'ici. Par réflexe, Antoine s'aplatit au sol, mais le convoi prit la direction opposée.

Il ne savait s'il devait être soulagé que son commis soit encore en vie ou s'alarmer de sa capture. Les deux sans doute.

Comme un seul homme, tous les riverains émergèrent de leurs abris pour converger vers le lieu de la fusillade. Lucchesi les accompagna.

La première femme qui arriva en vue de la concession poussa un cri pendant que les autres voisins, consternés, mesuraient le désastre. Deux corps gisaient par terre, leur sang s'amalgamant avec la latérite. Albert Mukenga et l'un de ses parents. Le vieil homme n'aurait plus besoin de médicaments.

La foule commençait à se faire compacte. Des proches étreignaient les survivants et se consolaient entre eux pendant qu'un ancien recouvrait les deux cadavres d'un drap, pour préserver l'intimité des morts.

La tonalité des conversations était plus résignée que colérique. Lucchesi aurait bien voulu en apprendre davantage, mais les discussions étaient inintelligibles pour lui. Embarrassé et inquiet de faire tache au milieu de l'attroupement, il s'éclipsa avant de susciter la curiosité. Il se sentait coupable.

Ce sentiment enfla lorsqu'il se retourna pour regagner le taxi qui n'était plus là. Quand était-il parti ? Pendant la bordée ? Juste après ? Il n'avait pas fait attention. Cette fuite précipitée puait la délation. Le raid sur la concession et la capture d'Alphonse suggéraient que son militantisme l'avait rattrapé. Mais deux questions taraudaient Antoine : « Suis-je à l'origine de son arrestation ? Suis-je responsable de la mort de son oncle ? »

Tout en se blâmant intérieurement, il s'éloigna à marche rapide, sans courir. Qui n'aurait pas remarqué un Blanc faisant le pied de grue trois jours durant devant l'hôpital de Douala ? Qui n'aurait pas noté son compagnonnage avec deux Camerounais ? Il s'en voulait de ne pas avoir été plus prudent, plus discret. À quoi lui avait servi une décennie de cache-cache avec la police de son pays ? À quoi bon aller voir des films d'espionnage le samedi soir au cinéma avec Maria ? Les guerres n'étaient pas que froides ou mondiales.

Le Corse avait été tellement obsédé par son carnet – désormais coincé à l'intérieur de sa chemise – et convaincu de son impunité dans ce pays qu'il n'avait pas envisagé une seconde être un aimant à tracas pour les locaux, quelqu'un quelque part pouvant avoir un intérêt quelconque à le dénoncer aux autorités. Surtout lorsqu'il existait des services secrets, des polices, et un État aux abois, tous disposés à rémunérer des informateurs pour renforcer leur contrôle.

Antoine mit un peu de distance entre lui et le lieu du crime et rejoignit une voie plus passante lorsqu'il aperçut un homme élégant en train de regonfler le pneu arrière d'une Motobécane AV3. Il l'aborda et n'eut aucun mal à le persuader de le charger sur son porte-bagages pour l'emmener au centre-ville : le motard allait de toute manière dans cette direction et ne cracha pas sur quelques dizaines de francs CFA lui assurant deux pleins d'essence.

Une heure plus tard, Antoine soldait sa note d'hôtel et décampait. En se rapprochant de la zone moins fréquentée du port commercial, il dénicha une petite pension pour marins, coincée dans une allée malodorante et y posa son sac pour la nuit. Le temps de savoir quoi faire. Il était le seul Français parmi de nombreux Africains, Belges, Italiens, Grecs.

Alphonse n'était pas tombé par hasard. L'opération militaire était une descente ciblée, dans les règles, pas une partie de pêche à la dynamite où l'on bombarde à l'aveugle pour attraper un maximum de poissons. Son cuisinier avait été appréhendé en raison de son appartenance à l'UPC, par conséquent Lucchesi était coupable par association aux yeux du gouvernement.

Sans oublier qu'il était peut-être déjà enregistré comme voleur de voiture au Cameroun, et qu'il aurait du mal à faire passer son livre de comptes pour une liste de courses si on le fouillait. Il n'était pas en sécurité. Il pouvait à tout moment être arrêté, questionné et expédié derrière les barreaux.

Le mieux était donc d'acheter un billet d'avion au plus vite afin de s'envoler illico presto pour Paname. Avec un peu de chance, les flics, s'ils le repéraient, seraient trop contents de le voir rentrer chez lui pour l'arraisonner. C'était la solution la plus simple et la moins dangereuse.

Mais c'était aussi la plus lâche.

Antoine l'avait réalisé depuis qu'il s'était extrait de la foule qui pleurait la mort d'Albert et de son parent. Fuir réglerait ses soucis. Mais pas ceux d'Alphonse. Il ne savait pas précisément ce qui était reproché à son ami, mais ce qui attendait le militant UPC devait se calculer en années de prison, voire se solder par une exécution plus ou moins sommaire. Vu ce qui était advenu à son oncle, malade et affaibli, mais abattu sans sommation, il n'y avait aucune raison d'imaginer que le sort d'Alphonse Mukenga serait autre chose qu'un sinistre calvaire.

Toute son existence, Antoine Lucchesi avait eu recours aux solutions les plus évidentes. Qui n'étaient pas nécessairement les plus aisées, ni même les plus respectables. Mais celles qui évitaient de couper les cheveux en quatre et, surtout, d'avoir des remords après coup. Ça ne lui avait pas toujours facilité la vie, mais il pouvait ainsi continuer à se regarder dans le miroir.

Il ne s'envolerait pas dans le premier avion.

Il ne se faisait guère d'illusion sur ses capacités à sortir Alphonse des griffes dans lesquelles il était tombé, mais il se devait d'essayer.

Antoine songea à appeler Maria mais y renonça. Il avait résolu un problème – le carnet – pour le remplacer par un autre – Alphonse. Ne souhaitant pas mentir à son amoureuse, il se persuada qu'il valait mieux qu'elle s'inquiète d'une absence que de tribulations hasardeuses.

Il se calfeutra dans la chambre de sa pension en attendant de reprendre le chemin de Yaoundé au petit matin. Là-bas, au moins, il connaissait quelques personnes. Pas des amis, mais des alliés. Des bras susceptibles de l'épauler.

24

Sirius Volkstrom, Yaoundé, 22 juillet 1962

Volkstrom jouait la nounou et ce n'était pas son rôle préféré. Passe encore d'encadrer une section de bidasses camerounais, c'était son boulot, mais devoir en plus biberonner un trio de civils qui le prenaient pour leur valet de chambre l'énervait souverainement. Dès le départ, il les avait abordés sur un mode égalitaire, ce qui ne leur avait pas plu. L'un, Philippe Servant, était un géologue envoyé par le bureau des mines de Paris, le deuxième, George Delcourt, le gérant d'une entreprise française au nom passe-partout, la Safrex. Ils tendaient à considérer l'armée française, et la camerounaise au passage, comme un paillasson doublé d'un marchepied.

Le troisième larron, quant à lui, n'était autre que Jean-Maurice Beauchamp, que Sirius avait croisé le jour précédent au mess en compagnie de François Grenier. Il n'était pas plus aimable que les deux autres.

Tout ce beau monde avait embarqué dans deux hélicoptères pilotés par des officiers français, avec plusieurs cartons de documents. Une fois arrivé dans un village de brousse au pied du mont Cameroun, à l'ouest de Douala, le trio avait passé une journée entière le nez plongé dans ses paperasses. Pendant ce temps, Volkstrom et les soldats camerounais avaient érigé un camp sommaire avec des tentes, des souches de bois comme sièges et des jerrycans pour l'eau. Ils s'étaient installés en marge du village, sans même prendre la peine d'aller saluer les habitants. Quand des gamins s'étaient pointés pour voir de quoi leur expédition retournait, les militaires les avaient vertement éconduits.

Les troufions camerounais étaient particulièrement nerveux : tous francophones, ils se trouvaient là dans la partie anglophone du pays, la plus remuante et qui servait de base de repli à de nombreux maquisards de l'UPC. La situation rappelait à Sirius celle qu'il avait connue en Algérie et en Indochine, lorsque les unités tricolores étaient accueillies par les populations locales comme la rougeole sur un nouveau-né : un danger mortel dont il importait de se prémunir. La seule différence était qu'il s'agissait ici de soldats camerounais, qui représentaient l'armée nationale. Celle qui aurait dû protéger les citoyens. En théorie.

Au soir du premier jour, ces MM. Philippe, George et Jean-Maurice s'étaient un peu détendus autour d'une bouteille de whisky que Volkstrom avait embarquée. En compagnie des deux pilotes, dont Max Fichet, ils avaient finalement détaillé le but de leur mission. Ils venaient vérifier la potentialité de forages pétroliers et la valeur éventuelle de concessions dans cette zone. D'après eux, le gouvernement français avait mené une cartographie extensive des ressources géologiques et agricoles du pays à la fin des années

1950, lorsqu'il en avait encore la tutelle. La région côtière regorgeait de pétrole. Il importait maintenant de découvrir s'il était exploitable, et surtout à quel coût.

Tout cela intéressait Sirius. En dépit de son apparente balourdise, il possédait un esprit vif. Surtout si les connaissances qu'il emmagasinait lui permettaient de garnir son portefeuille à moindre effort. Or, depuis que la ruée vers le métal jaune était remisée aux livres d'histoire, rien ne rimait mieux avec dollars qu'or noir. Mais Volkstrom, pas né de la dernière pluie, s'était déjà engagé, par le passé, dans des entreprises hasardeuses et coûteuses. Il s'employa donc à pousser les prospecteurs dans leurs retranchements pour savoir s'ils étaient sérieux :

— Le pétrole ! Le pétrole ! J'ai entendu ce discours en Indo et en Algérie et, au bout du compte, soit on n'a rien trouvé, soit on nous a foutus dehors avec perte et fracas !

Servant n'avait rien de guilleret avec son costume d'explorateur à l'ancienne acheté dans le VIIe arrondissement et sa raie sur le côté : il n'allait pas laisser filer l'opportunité d'exhiber son expertise et de défendre le drapeau.

— Figurez-vous que si notre gouvernement a recensé les ressources camerounaises, c'est justement parce qu'il anticipait la difficulté qu'il y aurait à exploiter celles dans les pays que vous mentionnez.

— Difficulté ? Vous voulez parler du fait que ces ressources, comme vous dites, n'étaient pas au rendez-vous, ou alors qu'on ne s'en est pas emparés à temps avant de se les faire barboter ?

Servant se gratta la gorge. Il était plus accoutumé aux

discussions avec des polytechniciens ou des énarques qu'avec des zigotos de la trempe de Sirius en pleine forêt tropicale.

— Disons que la France n'a pas toujours eu le temps nécessaire pour faire fructifier ces ressources avant de rendre ces pays à leurs habitants historiques. Le mouvement de décolonisation nous a causé beaucoup de tort économiquement.

— Ouais, je vois…, fit Volkstrom, qui n'aimait rien tant que jouer les lourdauds. Et ici, pourquoi ça serait différent ?

— Parce que le gouvernement français a été prévoyant. Nous avons procédé à des relevés extensifs de la flore et des sous-sols camerounais. Nous connaissons parfaitement la situation et je peux vous assurer que le Cameroun est un pays très riche pour peu que l'on sache où creuser.

Servant accompagna sa tirade d'un geste en direction des cartons de documents. Sans être devin, Sirius avait saisi qu'ils contenaient des relevés topographiques et des données techniques susceptibles de guider leur mission.

— J'veux bien vous entendre, mais au cas où vous n'auriez pas remarqué, nous sommes venus jusqu'ici en hélico : ce n'est pas comme si le Cameroun regorgeait de routes, de ports ou même d'ouvriers qui savent souder une valve sur une canalisation !

— C'est une difficulté, je vous l'accorde, sergent. Mais, justement, avec les investissements nécessaires, rien de cela n'est insurmontable.

Les deux autres civils approuvaient, même s'ils laissaient le géologue ferrailler seul. Ils observaient avec un amusement retenu cette discussion entre l'ingénieur et le sous-officier bas de plafond.

Volkstrom opinait du chef, comme s'il comprenait pour peu qu'on lui explique lentement. En fait, il savait déjà tout cela, ou alors il en connaissait le mécanisme général. Il assemblait simplement les éléments pertinents pour lui.

Delcourt, qui n'avait pas moufté jusqu'ici, jugea qu'il était temps d'apporter sa pierre à la conversation. Moins guindé que son collègue, on sentait qu'il avait un peu bourlingué et surtout qu'il était avant tout un commercial. Pour lui les choses avaient un coût et c'est tout ce qui importait. Il les achetait ou les vendait en fonction de leur montant, et du pourcentage qu'il glissait dans sa poche. Le reste ne l'intéressait guère.

— C'est précisément pour cela que nous sommes ici, sergent. Est-ce que le pétrole qu'il y a dans ce sol pourra se vendre plus cher que son coût d'extraction ? C'est la seule équation qui vaille.

— Là, ça me parle ! rétorqua Sirius. Mais ce n'est quand même pas une partie de campagne que de construire des derricks et des pipelines dans ce coin paumé.

— C'est une question de moyens. Et de volonté. Voyez ce qu'ont fait les Américains sur leur continent. Ou le canal de Panama.

— Justement. Qui va payer ?

— L'État camerounais, bien entendu. Il en va de son développement. Il a tout le potentiel pour devenir un géant du continent africain !

Max Fichet, qui s'était contenté jusqu'ici d'observer le match de ping-pong, intervint :

— Mais il n'a pas une thune ! Il n'y a qu'à regarder son

armée. Si nous n'étions pas là pour les équiper et les entraîner, ces zoulous iraient pieds nus avec des lances !

— Vous exagérez ! répliqua Jean-Maurice Beauchamp, avec l'air de celui qui défend son bifteck. Nous sommes justement là pour aider les Camerounais. En matière militaire comme pour le développement économique. C'est la grandeur de la France que d'accompagner ses anciennes colonies et de bâtir un partenariat pour l'avenir.

Le pilote d'hélicoptère replongea illico le nez dans son whisky, battant en retraite sans combattre. Volkstrom se demanda qui était cet escogriffe tirant sur son cigarillo, auquel les autres Français déféraient. Le manchot, lui, n'avait pas ce genre de manières. Il voyait par ailleurs très bien où cette conversation allait. Froidement réaliste et sans empathie pour un camp quelconque, il ne pouvait s'empêcher de contrarier ce discours patriotique bien huilé. À dire vrai, ça l'amusait.

— Donc, si je comprends bien, le Cameroun va construire des routes et des ports pour extraire ce foutu pétrole du sol, et vous, vous allez le vendre et empocher les bénéfices.

Servant avait l'air sincèrement offusqué. Delcourt plissa des yeux. Les deux pilotes regardaient ailleurs. Jean-Maurice Beauchamp le toisait, tout en réalisant que ce sergent était plus malin qu'il n'en donnait l'impression.

— Vos documents dans les cartons, les Camerounais les ont aussi ? poursuivit Sirius.

— Ah non, c'est la propriété du gouvernement français qui a effectué les relevés ! s'insurgea le géologue.

— Et vous, George, votre société est-elle camerounaise ou française ?

— Vous connaissez la réponse, sergent.

— Un peu, mon neveu. Donc si vous estimez qu'il y a suffisamment de pétrole sous nos pieds, vous allez nous creuser des puits, planter des derricks, exporter ce mazout et toucher le jackpot pendant qu'Ahidjo vous construira des kilomètres de routes et de tubulaires…

— Arrêtez de parler de ce que vous ne comprenez pas ! le coupa Beauchamp, suintant la morgue. Je suis moi-même un conseiller du président camerounais et je peux vous dire qu'il ne s'agit pas d'un imbécile, comme vous le supposez. Ce partenariat préserve les intérêts de la France et assiste le Cameroun. Rien de plus, rien de moins !

Sirius était conscient qu'il avait poussé le bouchon un peu loin. Cependant, il était désormais fixé sur la raison sociale du fumeur de cigarillos : il faisait partie de ces Français qui hantaient les ministères camerounais depuis 1960 et qui détenaient souvent bien plus de pouvoir que leur patron en titre. Et, comme il avait évoqué la présidence, il s'agissait d'un gros crocodile. Alors que foutait-il dans leur petite expédition géologique ?

Soucieux d'apaisement, Volkstrom haussa son bras en l'air. Il capitulait. Ils avaient encore quelques jours de cohabitation dans la brousse, mieux valait ne pas se braquer. D'autant que Sirius n'avait lancé cette conversation que pour briser la glace entre les Parisiens et lui. Delcourt accepta sa contrition. Mais d'une voix suave, il tint à se justifier :

— Sergent, nous ne sommes pas des pillards. Si nous décidons de nous lancer dans l'exploitation pétrolière, nous achèterons la concession à son juste prix à l'État camerounais, dans le respect de la légalité. Il sera par conséquent informé de la valeur potentielle de ce gisement, et il aura toute latitude de vendre ou pas, de même que de monter ses propres opérations alentour. Quant aux infrastructures, les routes, les ports, les commerces, elles bénéficieront aux Camerounais. Leur financement sera sans doute appuyé par des banques françaises. C'est la beauté de l'économie moderne.

Servant boudait, mais il avait hoché la tête lors de la tirade de son compagnon d'expédition. Beauchamp avait repris un masque d'ennui mondain.

Volkstrom en avait entendu de toutes les couleurs dans sa drôle de vie, et il aurait fallu des arguments autrement plus subtils pour qu'il avale ce discours sans s'étouffer. Le raisonnement était constellé de trous, et ces mecs le savaient. Ils en vivaient. Sauf le géologue, peut-être, qui croyait aussi en même temps au Bon Dieu et à la Vierge Marie. Cependant, résolu à ne pas envenimer les choses, le manchot se tut et sonna l'heure du dîner. Il aboya quelques ordres aux soldats préposés à la popote et offrit sa tournée en remplissant les verres de whisky.

Durant la journée du lendemain, Delcourt et Servant gravitèrent autour du village, effectuant des relevés topographiques et prenant quelques clichés avec un nouvel appareil photographique reflex. Beauchamp, lui, était reparti à Yaoundé.

Sirius avait adjoint aux Français deux soldats pour les accompagner au cas, hautement improbable, où un animal ou un maquisard viendrait fureter de trop près. N'ayant rien de mieux à faire de son côté, il se rendit au village. Il n'était pas à cheval sur l'étiquette, mais cela faisait tout de même deux jours qu'ils avaient établi leur camp sans prendre langue avec personne. En Afrique, c'était un summum de goujaterie.

Le sergent marcha tranquillement vers le centre des habitations en distribuant quelques chewing-gums aux enfants qui le poursuivaient en s'amusant de son bras en moins. Les adultes l'observaient sans rien dire. Volkstrom avait espéré trouver un commerce ou une buvette pour nouer le contact, mais il n'y avait rien. C'était un hameau de paysans pauvres qui cultivaient ou élevaient ce qu'ils mangeaient, sans doute pas quotidiennement à leur faim. Il s'adressa finalement à un vieux assis sur une souche, appuyé sur son bâton de marche.

— Salut, tu parles français ?

— Un petit peu, oui, lui répondit l'homme avec un fort accent.

— *I not speak good english*, se justifia Sirius. Et je cause pas pidgin non plus.

Cette forme de créole basé sur l'anglais permettait à tous les habitants des régions anglophones de converser sans passer par l'anglais ni le français. Un sacré avantage dans un pays aux ethnies et langues aussi disparates.

— J'ai fait un peu de temps à Douala alors je comprends le français, le rassura le vieux.

Volkstrom se doutait que, malgré la curiosité qui animait les gens du village sur ce campement de soldats installé à leur périphérie, aucun ne poserait de question en premier. Affaire de courtoisie. L'étranger devait se manifester et exposer ses intentions d'abord.

— Nous sommes venus explorer les environs, lança Sirius.

— Mmm…

— Des ingénieurs français disent qu'il y a des choses de valeur dans le sol.

— Mmmmm…

— Ils parlent de pétrole. Tu sais ce que c'est ?

— Mmmm, oui je sais. D'autres Blancs sont déjà venus.

— Ah bon ? Pour le pétrole, tu es sûr ?

— Oui. C'était il y a quelques mois.

Le vieux réfléchit un instant, comptant intérieurement.

— Il y a huit mois, je crois. Ils n'avaient pas de soldats avec eux.

Volkstrom ne savait pas trop quoi faire de cette information. Était-ce déjà des émissaires de la Safrex, ou bien une société tierce ?

— Ils vous ont parlé ?

— Non. Ils sont restés dans le silence.

L'homme était trop aimable pour ajouter « comme vous », mais c'était bien ce qu'il sous-entendait.

Leur discussion avait attiré les curieux. Une petite dizaine de personnes suivaient leur échange et murmuraient en même temps, probablement pour traduire à ceux qui ne parlaient pas français. L'un d'eux hasarda une question :

— Si vous revenez, ça veut dire que vous avez trouvé quelque chose la première fois ?

— J'en sais que dalle, mon gars. Je ne suis qu'un soldat. J'accompagne ces messieurs mais ils ne me disent pas grand-chose.

— Et s'il y a du pétrole sous notre terre, on va gagner de l'argent ?

— Ce n'est pas moi qui décide de ces choses-là. Faudra voir avec votre gouvernement.

Volkstrom n'était pas étonné par la question, il s'y était attendu en lançant cette conversation. Ces villageois n'étaient pas mus par l'appât du gain, mais par la survie. N'importe quel élément qui leur permettrait de s'extraire de l'incertitude du lendemain. Le sol, la terre étaient toute leur vie. Alors si des Blancs ou des Noirs venaient creuser chez eux, il leur paraissait normal d'y être associés d'une manière ou d'une autre.

Ce n'était pas le rôle, et encore moins la volonté de Sirius, de leur dire la vérité. Si on exploitait le pétrole présent sous leurs pieds, ces pauvres bougres pouvaient faire leur baluchon. Ils seraient bien chanceux si on leur versait une indemnité ou si on les relogeait ailleurs. Plus probablement, ils seraient chassés par des mitraillettes et des bulldozers, avec un doigt d'honneur en guise d'adieu, et quelques heures pour paqueter leur vie entière.

Sirius mit fin à la causerie.

Comme on le lui avait balancé à la figure le soir précédent, c'était la beauté de l'économie moderne. Sauf qu'il ne voyait pas en quoi elle différait de l'ancienne. Et, contrairement à ce qui avait été suggéré, il en comprenait parfaitement bien son fonctionnement : ceux qui tenaient le manche finissaient toujours plus riches que ceux qui se prenaient la cognée sur le coin de la gueule.

Il salua à peine les villageois et repartit vers le camp, laissant les habitants débattre entre eux.

Il était tout juste revenu que Delcourt lui tomba dessus. Avec le géologue, ils voulaient se rendre à cinq kilomètres de là pour examiner un pli du relief que les cartes signalaient comme potentiellement intéressant. Mais puisque l'autre pilote était à Yaoundé, Max refusait de les y emmener, arguant que les règles militaires de ce type de mission imposaient de conserver un engin disponible au camp – pour une évacuation, une riposte aérienne ou toute tuile du genre.

— Qu'à cela ne tienne, proposa Sirius. Allons-y à pinces. Ça nous dégourdira les pattes !

Il n'avait de toute manière aucune autorité sur Fichet – il était moins gradé que lui – et il préférait se concilier ses bonnes grâces, ça pouvait toujours servir.

Les deux Français bougonnèrent, mais ils n'avaient guère le choix. Si Beauchamp avait été présent, il aurait sûrement pu contraindre le pilote à obéir. Volkstrom réquisitionna cinq soldats et s'assura que tout le monde avait assez d'eau et de munitions pour une balade de plusieurs heures.

Sirius était heureux de cette distraction. Il prit la tête du détachement, machette en main, pour ouvrir la trace quand la végétation bloquait leur progression. Il avait l'impression de revivre : libre, maître de sa situation, personne pour le contredire. L'ingénieur, lui, semblait assez mécontent de crapahuter dans la nature, mais le gestionnaire se détendit assez vite. La marche n'était pas difficile et, si des animaux traînaient dans cette forêt, ils prendraient la tangente devant eux.

Comme l'avait promis le manchot, ce fut une agréable promenade de santé. Une fois arrivé au lieu indiqué sur la carte, Philippe Servant déploya ses équipements de carottage et de relevés topographiques, pendant que les militaires montaient une garde relâchée.

Sirius s'approcha de George, qui observait le paysage depuis un ressaut, et lui tendit un cigare.

— Je me suis rendu au village ce matin. Les habitants m'ont dit qu'une boîte était venue prospecter il y a quelques mois.

— Tiens donc !

— Vous n'avez pas l'air plus surpris que ça ?

— Je me doute qu'il y a du monde qui tourne autour de ces gisements. Servant est avec moi aujourd'hui, mais demain il peut aussi bien faire la même chose pour un autre.

— Je croyais que vous bossiez ensemble.

— À notre manière. Servant fait partie d'une institution publique française. Moi, je représente la Safrex. Son intérêt est que ce soit une société tricolore qui récupère la concession. Mon intérêt à moi est que ce soit la Safrex. Je suppose que les documents en possession du bureau des Mines ont été consultés par plusieurs exploitants potentiels. Peut-être même des étrangers.

— Des étrangers ?

— C'est un monde où les secrets ne le restent pas longtemps. Les Britanniques ont mené des études similaires au Nigéria qui n'est qu'à quelques dizaines de kilomètres d'ici. Géologiquement, c'est kif-kif. Le pétrole se contrefout des frontières.

— Ça veut dire que vous risquez d'avoir des concurrents dans les pattes ?

— Possible…

Sachant qu'il n'allait pas se réinventer producteur de pétrole du jour au lendemain – il connaissait quand même ses limites –, Volkstrom cherchait un angle d'attaque pour monétiser ce qu'il avait appris depuis deux jours. Il venait de le trouver.

— À dire vrai, l'uniforme n'est pas trop mon truc. Je suis formateur ici, mais c'est temporaire. Je ne vais pas moisir là. Par contre, mon vrai boulot, c'est de régler les problèmes. Alors, comme je vois les choses, vous pourriez bien avoir un souci avec votre projet de concession…

— Je vous écoute, répondit George, attentif.

— Si vous voulez, je peux sécuriser la zone. Avec quelques bonshommes, cela ne devrait pas être trop compliqué. Si besoin est, il suffit qu'on raconte que le village abrite des upécistes, et l'armée débarquera presto pour y mettre de l'ordre. Comme ça, on peut tenir les curieux et les malfaisants éloignés le temps que vos démarches soient bouclées. Ensuite, connaissant un peu de monde à Yaoundé, je peux m'arranger pour repérer les concurrents éventuels et les dissuader, si vous voyez ce que je veux dire…

— Parfaitement.

— Alors, vous en dites quoi ? Pas de pression, hein, vous pouvez prendre le temps qu'il faut pour réfléchir.

— J'avoue que votre proposition est tentante, sergent. Mais vous omettez deux détails.

— Ah bon ? Lesquels ?

— Savez-vous qui est le fondateur de la Safrex ?

— Comment je saurais ?

— C'est Jacques Foccart.

— Et alors ? Je devrais connaître ? répliqua Sirius, irrité par le ton condescendant de son interlocuteur.

Il avait pourtant déjà entendu ce nom-là, il n'arrivait juste pas à le remettre. Il avait fait une offre de bonne foi, bénéfique aux deux parties, et voilà que Delcourt le prenait de haut !

— Foccart est un spécialiste de l'import-export. Il est par ailleurs le bras droit du général de Gaulle, chargé des affaires africaines. Il tutoie le président Ahidjo et la plupart des chefs d'État du continent, alors je peux vous garantir que la Safrex n'a pas grand-chose à craindre de concurrents éventuels !

C'était la douche froide. Sirius passait pour un grossier abruti. Un mariole qui aurait tenté de vendre trois tonnes de sable aux habitants de Tamanrasset. Il avait foncé sur la première idée qui lui avait traversé le crâne, sans se renseigner suffisamment en amont.

— Mais votre offre était intéressante. Vous faites preuve d'esprit d'entreprise pour un sous-officier, rajouta George. C'est ce qu'il faut en Afrique !

Le bonhomme voulait-il remonter le moral de Volkstrom ou au contraire l'humilier un peu plus ? Le manchot n'aurait su dire. De la même manière qu'il ne savait pas s'il devait rigoler de lui-même afin de s'en sortir par l'autodérision, ou lui coller son poing dans la figure. Comme ça, juste pour la forme.

Ravalant du mieux qu'il pouvait sa colère, il se força à sourire.

— Et le deuxième détail que j'ai oublié, c'est quoi ?

— Ah ! Notre ami Jean-Maurice, qui était avec nous jusqu'à ce matin, n'est pas qu'un simple conseiller du président Ahidjo, il travaille aussi pour Jacques Foccart et la Safrex. Il prétend même – là je pense qu'il exagère ! – être un neveu du Général. Donc, comme vous le constatez, nous sommes plutôt bien couverts pour les questions de sécurité.

Sirius mourait d'envie de récupérer le cigare qu'il avait offert. Gâché.

Delcourt se retourna alors brusquement : Servant l'appelait pour partager avec lui ses observations géologiques. Le chef d'entreprise adressa au sergent un regard qui disait « sans rancune » et s'éloigna.

Sirius cracha par terre et se dirigea vers les sacs à dos rassemblés en tas. Il farfouilla dans la poche extérieure du sien et en sortit une flasque. Il avala une gorgée, puis deux, d'un mauvais cognac, et s'accroupit.

Trois soldats accompagnaient les prospecteurs à cinquante mètres de là, les deux autres étaient allongés, leur casque sur la tête, probablement en train de pioncer. Volkstrom n'attendit pas longtemps : il ouvrit le sac du géologue, n'y trouva que des papiers sans intérêt et une boussole. Il passa à celui de Delcourt. Bingo, il y avait son portefeuille. Il récupéra une liasse de cartes de visite professionnelles et quelques billets de cent francs, puis remit l'objet à sa place et s'appuya sur un arbre pour faire la sieste. Il venait de se venger, petitement, et se sentait, d'un seul coup, mieux dans sa peau.

25

Luc Blanchard, Yaoundé, 22 juillet 1962

Lorsque Luc acheva son petit déjeuner et rejoignit Célestin qui l'attendait devant le Relais des Chasses en époussetant son véhicule, la première chose qu'il remarqua était la 403 gris sombre parquée cent mètres plus loin, la calandre tournée vers l'hôtel. Cinq années à la PJ lui avaient au moins appris à repérer des flics en planque, fussent-ils camerounais. Leur voiture était bien trop propre et trop neuve comparée aux autres en circulation, et les passants la contournaient comme un animal pestiféré. Blanchard distinguait mal les individus tapis derrière les reflets du pare-brise, mais il lui semblait bien qu'ils étaient deux, coiffés de chapeaux. Définitivement la signature de policiers sûrs d'eux…

Ces olibrius le ciblaient-ils ? Comme un dicton le rappelait : ce n'est pas parce que vous êtes paranoïaque que personne ne vous en veut !

Le journaliste n'avait pas encore décidé où se rendre aujourd'hui, mais une chose s'avérait évidente : si les types en faction choisissaient de le suivre, il ne les sèmerait pas dans le tacot de Célestin.

Il en était là de ses réflexions lorsqu'il vit arriver un homme, la démarche claudicante. Il lui fallut quelques secondes pour remettre l'interviewé du jour précédent, qui se tenait désormais devant lui.

— Bonjour Anicet, qu'est-ce que vous faites ici ?

— Vous parler m'a libéré d'un poids, monsieur Blanchard. Je n'avais jamais rien dit à personne, pas même à ma famille. Je n'ai pas envie de m'arrêter ainsi. Je veux que vous connaissiez toute mon histoire. Je désire vous emmener à Soguembé.

— Ah bon, merci, bredouilla Luc, qui n'avait pas envisagé ce déplacement. Il pouvait certes refuser, mais cette offre représentait une belle opportunité d'en apprendre davantage. Avec son corps fébrile et ses manières compassées, Anicet l'émouvait. L'ancien prisonnier pouvait devenir le fil conducteur d'un beau reportage. « Laisse-toi porter par les événements », n'avait cessé de lui recommander René Hartmann.

Blanchard se rapprocha de Célestin et de sa 2 CV et interrogea le taxi :

— Tu penses qu'on peut faire le trajet jusqu'à Soguembé dans ta voiture ?

— Bien entendu, monsieur Luc, il n'y a pas de problème.

Si Luc avait été un peu plus familier de l'Afrique, il aurait su que la réponse « Il n'y a pas de problème » était celle que l'on donnait en toutes circonstances, même les plus risquées.

— Bon, d'accord. Quand peut-on partir ?

— Tout de suite si vous êtes prêt.

Le reporter dévisagea Célestin, vêtu de son pantalon de flanelle, de sa chemise en coton et de ses sandales en cuir. OK, se dit Blanchard, ce ne doit pas être une grosse expédition.

— J'ai juste un pépin à régler, et on peut tailler la route.

Luc suggéra à Anicet de grimper dans la 2 CV et demanda à Célestin de lancer le moteur. Puis il ordonna au chauffeur :

— On va se rendre au marché central, je veux vérifier un truc.

Célestin obtempéra sans poser de question, même si le marché n'était qu'à cinq minutes à pied.

Blanchard se retourna sur son siège, fixant la 403 gris foncé. Comme il le craignait, elle démarra à leur suite. Premier stop, premier tournant, second tournant, arrêt devant l'entrée du marché couvert, plus de doute possible, la filature était bien pour lui. Ou alors pour Célestin, mais il n'y croyait pas. Vu les mœurs policières du pays, ils auraient coffré le chauffeur plutôt que de le pister.

Luc conseilla à ses deux compagnons de l'attendre, sortit et s'approcha du premier étal de fruits. Il acheta un régime entier de bananes, trois ananas, et remonta dans la voiture les bras chargés. Quand Célestin embraya, la 403 fit de même.

Luc informa ses acolytes de ce qui se tramait. Selon lui, il s'agissait probablement d'une surveillance téléguidée par l'ambassade de France pour contrôler ses allées et venues depuis qu'il avait pointé son museau. Contrairement à ce qu'il redoutait, les deux Camerounais ne s'alarmèrent pas le moins du monde. Ce genre de pratique leur apparaissait ordinaire.

Le journaliste ne se faisait pas trop de mauvais sang, mais il ne désirait pas traîner deux flics à ses basques, d'autant qu'il ne connaissait pas leurs ordres. Si ça se trouvait, en plus de rapporter ses mouvements, ils pourraient aussi bien être chargés de les limiter. Or une balade à Soguembé ne faisait certainement pas partie des activités touristiques approuvées.

Revenu devant le Relais des Chasses, Blanchard pria Célestin et Anicet de repartir et d'aller l'attendre face à la poste centrale, à quelques minutes de là. Puis il rentra dans le restaurant, heureux de trouver Lucille qui venait d'arriver.

— Est-ce que je peux vous demander une faveur ? s'enquit Luc, affichant un sourire d'ange.

— Non ! lui répondit-elle du tac au tac, avant de s'amuser de sa mine déconfite et d'ajouter : Allez-y toujours, on verra bien…

Déstabilisé, Luc ne chercha pas à lui dissimuler la vérité.

— Il y a des policiers qui me suivent. Rien de grave, je vous rassure. Mais je n'ai pas tellement envie qu'ils consignent où je vais ni qui j'interviewe.

— Est-ce pour m'impressionner après ce que je vous ai dit hier ?

Elle le fixait de ses yeux noirs derrière ses grands cils, et Luc eut le sentiment qu'il allait se liquéfier sur place. Pourquoi fallait-il qu'elle décide de le taquiner dans un moment pareil ?

— Euh, écoutez, j'essaie de faire mon boulot… du mieux que je peux… S'il vous plaît, j'aurais besoin de savoir s'il y a une autre issue afin que, euh… je puisse m'éclipser discrètement… si vous voyez ce que je veux dire.

— Je crois que je vois bien, oui. Vous savez grimper ?

— Comment ? Quoi ?

— Vous grimpiez aux arbres quand vous étiez gamin ?

— Euh oui… mais ce n'est pas le propos…

— Justement, si. Vous pouvez passer par la porte arrière, traverser le jardin, mais ensuite vous devez escalader le mur en vous aidant du tronc qui jouxte l'enceinte.

— D'accord, merci ! fit Luc, soulagé.

Le reporter prit le temps de la réflexion. Il était en pantalon et chemise, son carnet de notes dans une poche, son portefeuille dans l'autre. Avait-il besoin de passer par sa chambre s'équiper pour partir à Soguembé ? Visiblement, Célestin et Anicet n'avaient rien de plus. Il ferait donc comme eux.

— Merci Lucille. Vraiment, merci !

— De rien Tintin !

Il eut peine à s'arracher à son sourire enjôleur, se demandant s'il n'avait pas le temps de prendre un café, mais il préféra ne pas traîner. Même si les policiers l'imaginaient en train de discuter dans l'hôtel ou de vider le bar comme tout bon journaliste en dépit de l'heure matinale, il valait mieux filer.

Luc lança un clin d'œil à la propriétaire, puis traversa la remise et la cour intérieure, remplie de draps, de nappes et de torchons qui séchaient. Lucille s'était gentiment moquée de lui. Le mur d'enceinte faisait à peine trois mètres de haut. Il se hissa dessus et bascula dans une courette qui communiquait directement avec une ruelle. Trente secondes plus tard, il émergeait dans une rue parallèle qui l'amena droit sur le rond-point devant la poste centrale.

Blanchard scruta les alentours. Pas de traces de la 403

grise. Juste le trafic ordinaire. Il franchit rapidement le carrefour, et ses deux compagnons l'accueillirent comme si de rien n'était. Le taxi poussa le levier de vitesse et s'engagea sur la route de l'ouest.

Luc resta quelques minutes le dos tourné vers l'arrière du véhicule, mais personne ne les suivait. Sa ruse de débutant avait fonctionné.

Blanchard découvrit les petits bonheurs de voyager en Afrique.

N'ayant que peu bourlingué en France – sa mère n'avait pas les moyens de leur offrir des vacances –, les rares fois où il s'était rendu en Normandie pour des bains de mer ou à Marseille pour embarquer vers l'Algérie, il avait trouvé le trajet longuet, que cela soit en voiture ou en train. Mais ce n'était rien à côté de celui qu'ils effectuèrent pour rallier Soguembé. La piste était à peine carrossable. Ils durent pousser la 2 CV à une dizaine de reprises, rechaper et regonfler les pneus, remettre de l'huile, redresser le garde-boue, surveiller que le radiateur ne chauffe pas trop, décrasser les bougies… Heureusement, Célestin était aussi bon mécano que conducteur. C'était la condition sine qua non des voyages dans le pays. Leur excursion s'agrémenta évidemment de contrôles policiers et militaires qu'ils franchirent sans encombre, Blanchard n'ayant qu'à saluer les fonctionnaires d'un : « Je travaille pour l'ambassade », sans spécifier laquelle.

Toutefois, alors que Luc avait envisagé d'effectuer l'aller et retour dans la journée, ils n'arrivèrent que vers 16 heures à Soguembé. Enfin, ce qu'il en restait…

Si Anicet ne leur avait garanti avec aplomb qu'ils étaient parvenus à l'emplacement exact du village de feu son épouse, ils auraient imaginé s'être fourvoyés.

La vaste clairière paraissait avoir été dévastée par un puissant incendie de forêt. La terre formait une boue noirâtre, les souches de bois ressemblaient à des stalagmites de charbon. Quelques herbes hautes tentaient de se réapproprier l'espace cendré, mais elles peinaient à s'élever. Au milieu du sinistre brûlis, Anicet repéra les fondations d'anciens bâtiments. En se rapprochant, les trois hommes distinguèrent les reliefs de ce qui avait composé autrefois un regroupement de cases, les rebords du puits collectif, et même le squelette d'un gros arbre à palabres qui avait dû s'élever au cœur du village. Anicet n'avait pas mis les pieds à Soguembé en quatre ans. Cela aurait pu en faire cent. Plus rien de ce qu'il avait connu n'existait. Accablé, il caressait la végétation chétive qui tentait de reconquérir les lieux, en quête d'un réconfort impossible.

Blanchard, qui avait visité des villages ravagés par des opérations militaires en 1944, puis en Algérie après le départ des Français, peinait à deviner comment une destruction aussi radicale avait pu se produire.

Tous trois contemplaient silencieusement le néant quand un garçon longiligne fit irruption dans la clairière au pas de course, une sagaie à la main. Lorsqu'il les aperçut, il réagit comme un lapin apeuré et rebroussa chemin.

Anicet poussa un grand cri, suivi de quelques interjections que Luc ne comprit pas, mais elles suffirent à briser l'élan de l'adolescent qui s'arrêta net et se tourna vers eux. Anicet s'approcha de lui sans hâte et engagea la discussion, avant de faire signe aux deux autres de le rejoindre.

L'ex-prisonnier leur présenta le jeune homme, qui ne parlait pas français : il s'agissait d'un des enfants de Soguembé qu'Anicet avait connus lors de ses séjours avant d'être marié. Il chassait quand il les avait entrevus. Il habitait désormais dans la forêt avec d'autres survivants, deux ou trois douzaines, réfugiés à deux kilomètres d'ici dans les bois, depuis plusieurs années. La vie y était bien plus ardue que dans la clairière, mais l'armée camerounaise les empêchait de rebâtir leur village. Deux villageois avaient même été liquidés sur place alors qu'ils contestaient cette interdiction. Les autorités les accusaient de soutenir l'UPC.

Après ce résumé de la situation, Anicet demanda à Luc s'il voulait interroger le garçon appuyé sur sa sagaie, le visage impassible.

— Qu'est-ce qu'il s'est passé ici ? entama le journaliste en désignant la clairière.

Anicet traduisit la question, puis la réponse.

— Il y a trois ou quatre ans, il ne sait plus très bien, le chef et des hommes du hameau ont été arrêtés. C'était sans doute en même temps que moi, comme je vous l'ai raconté hier. Le chef fut remplacé mais le nouveau ne faisait rien pour les villageois, qui ne pouvaient presque plus se déplacer ni cultiver. Les maquisards eux continuaient leurs actions dans la région. Du coup, l'armée – les Français à l'époque – est venue plusieurs fois et a exécuté des hommes désignés comme complices de l'UPC.

— Et ils l'étaient ?

— Il ne sait pas, il était enfant à cette période. Il croit

qu'au début il n'y avait pas d'upécistes parmi eux, mais qu'au fur et à mesure de la répression, certains ont pris contact avec l'UPC et leur ont demandé de l'aide ou alors ont rallié les maquisards. Au bout de quelques semaines, il ne restait presque plus d'hommes au village : ils étaient soit détenus, soit partis dans la forêt pour se battre. Et, un matin, ils ont vu les bombes tomber.

— Des bombes ? Comment ça ?

— Des avions sont passés dans le ciel, puis les habitants ont entendu des chocs au sol et tout s'est embrasé. Il dit qu'il n'avait jamais vu un feu pareil. Cela ne ressemblait pas du tout aux brûlis pour dégager les arbres ou préparer les cultures.

Le jeune homme décrivait l'incendie en même temps qu'Anicet traduisait ses paroles. Le chasseur n'arborait plus le masque de cire qu'il avait affiché jusqu'ici : il gesticulait, grimaçait, revivait ce qu'il avait subi des années auparavant, et qui demeurait gravé dans les replis de sa mémoire.

— Les flammes brûlaient sans discontinuer. Même quand les villageois jetaient de l'eau dessus, elles ne diminuaient pas. Les gens criaient, essayaient d'éloigner les enfants des cases en bois, mais toute la végétation se consumait. Il y a eu beaucoup de brûlés, car il n'y avait pas d'autre choix que de courir dans le feu pour échapper au brasier. Certains sont morts de leurs blessures le soir même, d'autres plusieurs jours après.

Le chasseur montra l'arrière de ses jambes : deux grosses cicatrices subsistaient là où la peau de ses mollets avait grillé.

— Selon lui, la moitié du village a été décimée ce matin-là.

Des femmes, des enfants et des vieillards. Ils n'ont pas vu un seul soldat alentour. Le feu est juste tombé du ciel.

— Mais qu'est-ce que c'était pour brûler ainsi ? Des bombes incendiaires ? La végétation finit par repousser au bout de quelques mois…

C'était plus une question pour lui-même. Blanchard n'attendait pas du garçon une réponse détaillant le matériel militaire utilisé.

Pourtant celui-ci répliqua en prononçant un mot qui ne paraissait pas issu de l'idiome local qu'il employait :

— Il parle de napalm.

— Napalm ? interrogea Luc. Je ne connais pas.

— C'est ce que des habitants d'autres villages leur ont dit quand ils ont raconté ce qui leur était arrivé, suggéra Anicet, avant d'ajouter : J'ai déjà entendu ce mot dans la bouche de gens qui avaient été bombardés. Je ne sais pas ce que c'est mais ils évoquent toujours une énorme boule de feu et de flammes qui collent à la peau…

Blanchard griffonna furieusement sur son carnet tout ce que ce témoin leur avait rapporté. Il regrettait de ne pas avoir emporté d'appareil photo. Même s'il n'était pas photographe, on faisait désormais des petits boîtiers qui, paraît-il, étaient faciles d'emploi pour un novice comme lui. Il aurait ainsi pu fixer sur la pellicule le paysage mort et noirci. Il n'était guère meilleur en dessin, mais il esquissa un rapide croquis afin de lui servir d'aide-mémoire quand arriverait l'heure de rédiger son article.

Pendant ce temps, Anicet avait continué à deviser avec le jeune homme. Il résuma ce qu'ils s'étaient dit.

— Après l'incendie, ils ont récupéré ce qui n'avait pas

brûlé dans le village, les objets en métal ou en pierre, et ils sont partis s'installer dans la forêt. Ils avaient peur que cela ne recommence, ou que les militaires ne viennent achever la besogne. Depuis, chaque fois qu'ils ont essayé de reconstruire, notamment quand les prisonniers ont été relâchés et sont rentrés, l'armée le leur a interdit.

Célestin se manifesta enfin. Il les avait suivis et écoutés sans rien dire depuis le début. Ce qu'il avait à partager était de nature plus prosaïque :

— Il est trop tard pour retourner à Yaoundé. Il nous faut passer la nuit ici.

Anicet hocha la tête, considérant la situation comme normale. Mais Luc, lui, n'avait pas du tout envisagé de dormir à la belle étoile dans la brousse. Il regarda sa montre, puis autour de lui, de toute évidence inquiet.

— Il ne faut pas vous en faire, monsieur Luc, le rassura le chauffeur. Je dispose d'une bâche et d'une lampe torche dans ma voiture, on fera du feu, et les bêtes ne nous importuneront pas.

La simple évocation d'animaux qui pourraient venir lui renifler les doigts de pied durant son sommeil ne contribua pas à apaiser le journaliste. Il se maudit de ne pas avoir anticipé les événements : il était parti comme ses deux compagnons, les mains dans les poches. Il faisait un piètre aventurier. Il ne possédait même pas de canif…

Anicet échangea un instant avec le chasseur, puis déclara :

— Il va passer la nuit avec nous. Comme c'est trop compliqué de nous héberger dans son village en forêt, nous serons ses hôtes ici. Il va nous conduire à un endroit où nous serons bien.

Les quatre hommes se tassèrent dans la 2 CV qui parcourut trois centaines de mètres pour s'éloigner de la zone dévastée et se poser en lisière de forêt, à proximité d'un marigot.

Les deux Camerounais installèrent un campement sommaire, soucieux du bien-être de leur compagnon français pour qui ce bivouac serait une première, pendant que, d'après ce que comprit Luc, le garçon allait quérir leur dîner.

La nuit tombée, Blanchard ne se sentit pas aussi déboussolé qu'il ne l'avait appréhendé. Un petit feu brûlait dans un foyer improvisé et la conversation en bassa le berçait agréablement. Le chasseur avait ramené un gros oiseau, dont il n'avait pas retenu le nom, qu'ils avaient fait rôtir. Luc, qui s'était attendu à le voir revenir avec un serpent ou une espèce de ragondin, avait soupiré de contentement et la bestiole s'était avérée relativement comestible. Ils avaient complété leur repas grâce aux fruits achetés le matin au marché. Par contre, il avait à peine mâché la noix de kola qu'on lui avait présentée. L'amertume prononcée lui avait déplu, et quand il comprit que le fruit possédait des propriétés euphorisantes, il l'avait recraché. Ça avait fait rire ses compagnons, mais il avait l'habitude…

Il sentit ses intestins se contorsionner. Il ne savait si c'était l'eau du marigot qu'il avait bue sans la faire bouillir, ou le cours normal de sa digestion, mais il avait impérativement besoin de se soulager. Il emprunta la lampe torche de Célestin et s'éloigna pour trouver un endroit suffisamment tranquille.

Il parcourut une soixantaine de mètres, les sens à l'affût, et dénicha un espace dépouillé, proche de la forêt. Il venait de dégrafer son pantalon et de s'accroupir lorsqu'il entendit les vociférations des Camerounais qui s'agitaient autour des flammes. Pris de panique, il remonta vite fait son froc et galopa dans leur direction. Lorsqu'il les rejoignit après le sprint le plus rapide de son existence, il fut surpris de ne découvrir sur leurs visages ni les signes de la frayeur ni ceux de l'hilarité consécutive à une bonne blague, mais ceux de l'inquiétude.

Anicet traduisit les paroles du jeune chasseur :

— Il dit qu'il ne faut pas que tu fasses tes besoins là-bas. Les esprits des ancêtres y rôdent.

Luc manqua de s'esclaffer mais se retint.

— D'accord, je veux bien aller ailleurs, mais comment puis-je savoir où pour éviter les esprits ?

— Partout où tu veux, mais pas où tu étais. C'est un cimetière.

— Ah bon ? Mais il n'y avait aucune indication, pas de stèle ni de croix.

Le ventre de Luc gargouillait. Il souhaitait désespérément vider ses boyaux. Mais les Camerounais prenaient l'affaire au sérieux et n'en finissaient pas de débattre.

— Beaucoup de gens ont été enterrés là-bas, mais pas par les villageois. Par l'armée française, traduisit Célestin pendant que les deux autres poursuivaient leur discussion.

— Comment ça ?

— Ils ont été abattus par les soldats. Les habitants ont ensuite été obligés de creuser un grand trou et d'y jeter les corps sans sépulture. C'était avant le napalm, lorsque les militaires étaient venus les accuser d'aider l'UPC.

— Non, ce n'est pas possible, se rebiffa Luc, qui oublia

un instant ses crampes d'estomac. L'armée française n'utilise pas des fosses communes, même pour ses ennemis.

— Le garçon assure que si, il les a vus faire.

— Si je vais vérifier, est-ce que cela va contrarier les esprits ? interrogea Blanchard, qui entendait bien vérifier l'information pour son reportage, tout en se sentant contraint de défendre une forme d'honneur du drapeau français. Il voulait bien admettre beaucoup de choses mais là, le bouchon lui paraissait poussé trop loin.

Les Camerounais discutèrent entre eux un moment, puis Célestin, le plus âgé, lui transmit la réponse sur laquelle ils s'étaient mis d'accord :

— Tu es un étranger qui vient de la même nation que ceux qui ont donné la mort et puisque tu sembles animé de bonnes intentions, nous pensons que tu peux fouiller un peu. Mais si tu trouves des corps, alors il faudra les réenterrer proprement ailleurs.

Luc n'avait aucune idée de la manière dont ils étaient parvenus à cette conclusion, mais il se sentait stupide. Et dégoûté à l'idée d'aller gratter la terre à la recherche de restes humains. Mais il n'avait guère le choix : Célestin lui tendait la petite pelle militaire dont ils s'étaient servis dans la journée pour extirper la 2 CV de la boue. Blanchard repartit dans la direction qu'il avait empruntée plus tôt avec l'outil dans une main et la lampe dans l'autre. Les trois Camerounais le suivaient à distance respectable – sans doute celle recommandée pour ne pas fâcher les ectoplasmes.

Il n'avait en revanche plus du tout envie de se soulager. C'était passé d'un seul coup. Il entreprit de bêcher avec sa pelle pendant que les autres l'observaient dix mètres en retrait. Il ne mettait guère de cœur à l'ouvrage, se contentant de racler la latérite, plus meuble qu'il ne l'avait estimé. Conscient d'être scruté comme un manœuvre qui doit faire ses preuves, et quand même désireux de rembarrer les Camerounais, il redoubla d'efforts. Il dégagea un trou de cinquante centimètres de profondeur et retourna la terre environnante. Au bout d'un quart d'heure de labeur, il s'apprêtait à cesser sa besogne, plutôt satisfait qu'elle se révèle infructueuse, quand sa bêche heurta un caillou. Il entreprit de le déterrer, ce qui fut d'autant plus facile qu'il était friable. C'était un os.

Il l'examina à la lumière. Pas de doute : il s'agissait bel et bien d'une clavicule. Sans rien dire, il se remit à fouiller. D'autres os qu'il n'identifiait pas faute de connaissances médicales affleuraient. Jusqu'à ce que sa pelle bute de nouveau contre un gros morceau qu'il déblaya précautionneusement : un crâne humain.

Ce n'était pas son premier cadavre, ni même son premier squelette. Ses années à la préfecture de police de Paris avaient pourvu à son éducation médico-légale. Mais il n'était pas immunisé pour autant.

Il sursauta.

L'épaule d'Anicet l'avait frôlé. En dépit de leur peur des esprits – ou de leur respect, il ne savait pas au juste –, les trois Camerounais s'étaient rapprochés pour observer ce qu'il avait exhumé. Ils demeuraient silencieux, eux qui avaient jaboté toute la soirée.

Avec toute la délicatesse permise par son instrument grossier, Luc dégagea le crâne de sa gangue et, s'aidant d'un bâton qu'il ficha dans l'orifice oculaire, le souleva en le balayant de sa lanterne. Ce qu'il cherchait inconsciemment depuis le début apparut immédiatement. Plus la peine de poursuivre les fouilles pour confirmer ou infirmer le récit du garçon : un trou se découpait nettement, parfaitement rond, au milieu du crâne qu'il brandissait à la lumière. Même un étudiant en première année de médecine légale aurait su identifier cette marque létale : une balle.

Il aurait pu vider la boîte crânienne de la poussière qui l'emplissait pour tenter d'en extraire le projectile, mais il jugea qu'il avait suffisamment profané les esprits.

Il admit sa défaite :

— Vous aviez raison. Cette personne a été abattue par une arme à feu.

Ils ne répondirent rien. Ils savaient déjà. C'est lui qui avait douté.

Luc rassembla les os et les remit au chasseur, qui s'en empara en douceur pour les glisser dans la musette en peau qu'il trimballait. Le garçon, visiblement ému, murmura quelques mots qu'Anicet traduisit :

— Ils seront inhumés proprement.

Blanchard ne se sentait même pas penaud d'avoir eu tort. Il se sentait surtout honteux des crimes commis non pas en son nom propre, mais au nom de sa nation. S'excuser auprès de ses compagnons de voyage n'aurait servi à rien. Que pouvait-il exprimer qu'ils n'aient déjà ressenti ? En cet instant, se taire lui sembla la conduite la plus digne. Même si, intérieurement, il bouillonnait.

Il savait désormais quelles questions il allait poser aux autorités françaises.

26

Antoine Lucchesi, Douala, 26 juillet 1962

Afin de passer aussi inaperçu que possible, Lucchesi avait regagné Yaoundé à bord d'un camion de marchandises, coincé dans l'habitacle aux côtés du chauffeur et de son mécano. Tous deux s'étaient montrés d'agréables compagnons de parcours, toujours prêts à le renseigner sur les paysages, les légendes et la faune camerounais en dépit d'un français balbutiant. Ils le déposèrent devant la poste centrale de la capitale et Antoine marcha jusqu'au Relais des Chasses. Il avait hâte de se laver après deux jours et une nuit confiné dans la cabine du poids lourd.

Pas fâché d'être rentré à bon port avec le carnet de comptes glissé sous sa chemise, mais anxieux de ce qui l'attendait. Durant le trajet de retour, il s'était juré de découvrir le lieu de détention d'Alphonse et de l'affranchir. La meilleure solution lui semblait être de payer un bakchich. Il espérait juste posséder assez d'argent. Il lui restait environ mille nouveaux francs, une somme non négligeable, mais il ne savait pas si elle suffirait à acheter la libération de son ami. Il demanderait conseil à son compatriote corse Laurent Dominici et, si besoin était, lui emprunterait le montant complémentaire et, parole d'honneur, le rembourserait.

Laurent était justement sur la terrasse de l'hôtel-restaurant en train de s'en griller une. Lucchesi grimpa les quatre marches pour le rejoindre et, même s'il empestait la crasse, lui tendit la main. Mais au lieu d'une cordiale poignée, il se prit un crochet en pleine tempe. Titubant et sonné, il ne put éviter que le grand Corse ne le projette par terre et ne commence à le rouer de coups de pied. Antoine se mit en boule pour se protéger et, pivotant sur sa hanche, balaya le sol en étirant sa jambe. Il faucha ainsi Laurent qui s'écroula à son tour. Tels deux scarabées furieux, les pugilistes se jetèrent l'un sur l'autre, à moitié allongés sur les lattes de bois de la terrasse, pendant qu'un attroupement se formait autour d'eux.

Les deux Corses roulaient sur le plancher en cherchant à s'immobiliser l'un l'autre, aucun ne parvenant à prendre l'ascendant sur son rival. Cette bagarre entre adversaires également costauds mais dépourvus de technique était partie pour durer, à la satisfaction des spectateurs friands de combats entre Blancs. Sauf qu'ils reçurent d'un seul coup un flot d'eau sale sur la tête qui brisa leur étreinte pendant les quelques secondes nécessaires à identifier la personne qui se tenait à leurs côtés avec un seau vide à la main. Lucille. Rouge de colère sous sa peau cuivrée.

— C'est bientôt fini vos conneries ! hurla-t-elle. Si vous voulez vous foutre sur la gueule, vous allez faire ça ailleurs que chez moi !

Lucchesi en profita pour s'extraire des griffes de son

assaillant et se relever. Il n'avait nulle envie de continuer à se battre, mais il adopta néanmoins une position défensive pendant que Laurent, à son tour, se dressait sur ses jambes.

— Laurent, merde ! Tu connais les règles : pas de baston entre clients, et encore moins avec un employé !

— Je ne suis pas ton grouillot ! se rebiffa le Corse, qui menaçait Lucille de son index tendu en marchant sur elle.

La patronne de l'établissement recula d'un pas.

Laurent s'arrêta, hésitant. Il redirigea son attention vers Antoine, qui se tenait toujours sur ses gardes, et aboya à l'intention de Lucille :

— Cette ordure a dessoudé un copain qui lui rendait service !

— Qu'est-ce que c'est que ces salades ? Je n'ai descendu personne ! s'indigna Lucchesi.

— Tu raconteras ça à la dépouille de Roland Santucci, salopard !

Les événements de ces derniers jours avaient complètement fait oublier à Antoine qu'il avait abandonné le chauffeur de la Land Rover sur la berge d'une rivière entre Yaoundé et Bafoussam, mais il ne l'avait pas tué. Ça, il en était certain. Il avait de la mémoire pour ces choses-là.

— Je n'ai tué personne. Je le jure !

Il s'adressait autant à Laurent qu'à Lucille. Et un peu aussi à l'assemblée de curieux qui ne s'était pas encore dispersée.

— Alors comment tu expliques qu'on a retrouvé Roland crevé dans un fossé, le corps lardé de coups de machette et sans sa caisse qu'on a découverte à Bafoussam ?! Et toi qui m'as dit que tout s'était déroulé sans anicroche !

— Je vais t'expliquer…

Lucille les interrompit brusquement :

— Vous réglerez vos affaires plus tard ! Laurent, je veux que tu dégages les fûts de bière vides comme je te l'ai demandé. Lucchesi, vous débarrassez le plancher. Vous puez ! Allez vous doucher et on discutera après pour savoir si je vous emmène directement chez les flics ! Quant à vous, les traîne-savates, déguerpissez ! Ouste !

Elle s'adressait aux badauds qui obtempérèrent. De toute manière, le spectacle semblait terminé.

Laurent frappa sa jambe, moitié pour s'épousseter, moitié pour évacuer sa rage. Puis il se dirigea vers la pyramide de tonneaux à déplacer.

— Je vous garantis que je n'ai pas tué Roland, plaida Antoine.

Mais Lucille le coupa de nouveau.

— Je n'ai pas l'intention de me répéter. Faites ce que je vous demande.

Lucchesi n'avait d'autre choix que de s'exécuter. Il ne lui restait plus beaucoup d'alliés et, s'il se fâchait avec Lucille, il en perdrait un de plus. Il espérait la convaincre de sa sincérité. Sinon, il risquait de troquer malgré lui sa chambre au Relais pour une cellule à la prison centrale. Il prit la direction de l'étage avec la démarche d'un chien battu. Ce qu'il n'était pas loin d'être.

Une heure plus tard, Lucchesi s'était récuré de la tête aux pieds sous le jet anémique d'eau froide, il avait endossé des vêtements propres et trouvé une planque pour son précieux cahier : la même que la précédente, dans sa valise qu'il achevait de remplir.

Il avait réfléchi sous la douche. Roland avait visiblement fait une rencontre funeste après qu'il l'avait abandonné. Et s'il ne regrettait rien – le type était un négrier sauce moderne –, cela le plongeait dans de sales draps. Il allait avoir du mal à justifier que ce n'était pas lui qui l'avait occis, et qu'il s'était contenté de lui piquer sa machine. D'ailleurs, il était fort possible que laisser en plan un bonhomme en pleine brousse s'apparente à un assassinat. Le danger n'était pas le même que de fausser compagnie à son chauffeur en forêt de Rambouillet. Antoine s'était donc résolu à s'éclipser sans demander son reste ni à Laurent ni à Lucille, avant que tout cela ne tourne au vinaigre.

Il embrassa sa chambre d'un ultime coup d'œil pour s'assurer qu'il n'avait rien oublié lorsque Lucille toqua à sa porte et l'ouvrit sans attendre son autorisation. Elle affichait un visage plus préoccupé que menaçant.

— Que s'est-il passé avec Roland Santucci ?

— Disons que j'ai eu du mal à supporter son attitude à l'égard des Camerounais au fur et à mesure de notre trajet, alors j'ai préféré continuer seul. Quand je l'ai laissé sur le bas-côté, il allait encore bien. Je ne suis pour rien dans sa mort.

— Vous l'avez juste planté en pleine forêt.

— C'est vrai.

Il faillit ajouter « Je suis désolé », mais il ne l'était pas vraiment. À quoi bon mentir ?

— Je conçois votre énervement à son égard. Je l'ai déjà chassé du bar pour la même raison.

Lucille plissa les lèvres. Signe d'un sourire intérieur. Antoine n'avait peut-être pas perdu tous ses soutiens. Il s'apprêtait à demander s'il pouvait rester à l'hôtel lorsqu'elle le devança :

— Je vous crois pour Roland. Mais mes relations avec Laurent sont tendues ces jours-ci. Je n'ai pas essayé de l'en empêcher et de toute manière je n'y serais pas parvenue : il est parti à la police pour vous dénoncer.

— *Figliolu di una caga!* Quand ?

— À l'instant.

— Il faut que je me tire !

Lucchesi empoigna sa valise.

— Attendez une seconde ! J'ai une proposition à vous faire.

Antoine la fixa interloqué. Il ne voulait pas perdre une seconde.

Lucille débita à toute vitesse ce qu'elle avait à lui suggérer :

— Vous ne connaissez personne en ville, vous allez vous faire choper ! Je possède une maison en périphérie. Personne ne sait qu'elle m'appartient. C'est là que je me réfugie quand j'en ai ras-le-bol de ce bazar.

Elle désignait l'ensemble de l'hôtel. De sa vie peut-être.

— Je vous y amène. Vous serez en sécurité.

Lucchesi soupira très fort. Lucille paraissait sincère, et il n'avait guère l'embarras du choix.

— D'accord.

— Suivez-moi.

Elle sortit de la chambre, l'entraîna dans l'escalier puis traversa les cuisines, et ils émergèrent dans une contre-allée.

Elle grimpa dans une vieille Land Rover, bien plus fatiguée que celle de Roland et mit les gaz. Elle conduisait vite dans les rues de Yaoundé, à grands coups de klaxon. Antoine craignait d'attirer l'attention, mais personne ne se retournait sur leur passage. L'avertisseur n'était qu'un accessoire automobile comme un autre et tout le monde l'ignorait.

En moins de vingt minutes, ils parvinrent à bon port, sans avoir échangé un mot. Lucille descendit de voiture pour écarter le portail en tôle ondulée qui masquait une bâtisse à flanc de colline, entourée de murs d'enceinte qui la dissimulaient aux regards. Elle n'était pas jolie, toute de parpaings et de ciment, mais elle était grande et, selon les standards locaux, devait mériter le nom de villa.

La jeune femme déposa Lucchesi devant l'entrée et, sans l'accompagner plus avant, lui fournit les consignes :

— Vous rentrez et choisissez n'importe quelle chambre sauf la mienne. Faites comme chez vous. Évitez de sortir. Il y a un gardien qui fait office de jardinier et de cuisinier. Il s'occupera de vous et restera discret. Dites-lui ce dont vous avez besoin. Je repasse dès que je peux. Pour le moment, je dois amadouer Laurent.

Antoine l'observa partir dans un nuage de latérite.

S'il n'était fidèle et déjà heureux avec Maria, il serait tombé amoureux.

27

Sirius Volkstrom, Yaoundé, 26 juillet 1962

Cela faisait maintenant une heure et demie que Sirius poireautait au ministère des Mines camerounais. Sa patience s'effilochait.

Il avait fait l'effort d'arriver pile à l'ouverture des bureaux, abandonnant son uniforme de sergent pour un costume un peu défraîchi, le seul qu'il possédât. Il s'était dit qu'un civil serait mieux accueilli qu'un sous-officier. Ça ne paraissait pas accélérer le mouvement.

Il se leva pour la troisième fois afin d'aller houspiller le secrétaire qui avait l'air de somnoler derrière son guichet.

— Quand est-ce que je peux voir le directeur du bureau des concessions ? Je commence à en avoir plein le dos de faire antichambre !

— Je ne sais pas, monsieur. Le directeur participe à une réunion importante. Vous serez le premier à le voir quand il aura terminé.

Volkstrom retint ses jurons du bout des lèvres. Il n'était pas le seul à patienter : trois autres personnes attendaient stoïquement sur leur chaise, tous des Camerounais qui semblaient monter pour la première fois à la ville.

Sirius alla se rasseoir en maugréant.

Finalement, un quart d'heure plus tard, le directeur fit son apparition, en provenance de l'extérieur. Il parcourut du regard les solliciteurs du jour avec un air harassé. Volkstrom aurait mis sa main au feu que le fonctionnaire ne sortait pas de réunion, mais de son lit.

Le directeur conféra quelques instants à voix basse avec son secrétaire, puis fit signe à Volkstrom d'approcher.

— Qu'est-ce que je peux faire pour vous, monsieur…

— Delcourt. Je suis un homme d'affaires français et je souhaiterais consulter le registre des concessions minières.

Sirius sortit de sa poche une des cartes de visite dérobées à George Delcourt et un plan d'état-major de la région du Nord-Ouest sur laquelle il avait encerclé la zone où il s'était rendu avec Delcourt, Servant et Beauchamp. Son coup était audacieux, aux limites du suicidaire, mais il n'en était pas à sa première supercherie. Les trois quarts d'une arnaque réussie provenaient du culot. Le dernier quart était une affaire de veine.

Le directeur regarda à peine les documents puis ordonna à Sirius de patienter. Il ajouta, conciliant : « Ce ne sera pas long. »

Le manchot regagna sa chaise. Aucun des trois autres quémandeurs n'avait remué. Ils semblaient résignés aux attentes interminables.

Moins de dix minutes plus tard, un jeune Blanc en costume ajusté pénétra dans le bureau et se dirigea vers Sirius.

— Monsieur Delcourt, veuillez me suivre s'il vous plaît, nous allons traiter votre demande.

— Attendez une seconde. Je viens voir le bureau des mines camerounais.

— Absolument. Je suis le conseiller spécial du ministre des Mines.

Sirius avait compté avoir affaire à des fonctionnaires camerounais. Pas à des Français.

Il songea à déguerpir, il n'était pas trop tard. Glissant son unique main au fond de sa poche, il palpa les cartes de visite, essayant d'évaluer ses chances. Cinquante-cinquante, maximum.

Le blanc-bec avait l'air inoffensif. Il se décida finalement à lui emboîter le pas dans les couloirs du ministère, qui auraient bien eu besoin d'un coup de peinture. Ils marchèrent deux minutes jusqu'à quelques fauteuils disposés dans un coin. Ce n'était clairement pas un bureau.

Le Français s'assit et entama la conversation comme si de rien n'était.

— Alors, monsieur Delcourt, dites-moi tout !

Embarrassé et méfiant, ne sachant si le patron de la Safrex était identifié en ces lieux, Sirius débita le même discours que quinze minutes auparavant.

— Très bien. Vous désirez donc consulter les registres des concessions ?

— En effet.

— Puis-je vous demander pourquoi ?

— J'entends faire des investissements miniers et je souhaiterais examiner les terrains disponibles ainsi que les sociétés qui ont réclamé des permis dans les zones qui m'intéressent.

— Parfait. Qui représentez-vous ?

— Comment ça, qui je représente ?

— Quelle entreprise ?

— La mienne !

— Qui se nomme ?

— La Safrex.

— Ça me dit quelque chose…

L'avantage de monter des embrouilles en pays chaud est que l'on transpire plus ou moins tout le temps. Le fonctionnaire français ne pouvait donc deviner l'origine de l'humidité qui mouillait la chemise de Sirius : touffeur ou trouble.

Volkstrom, incarnant l'homme d'affaires excédé par les ergotages administratifs, planta son regard dans celui de son interlocuteur. Le manchot restait incapable de déterminer si le jeune conseiller était un joueur de poker magistral, ou un néophyte occupant un siège trop large pour lui.

— Nous sommes une société parisienne, relança Sirius d'un ton pincé, doublant sa mise. Jean-Maurice Beauchamp est l'un de nos associés.

— M. Beauchamp ? Je vois très bien, oui. Dans ces conditions, je n'anticipe pas de problème. Je vais vous donner les formulaires à remplir, et il vous faudra patienter un peu.

— Ah bon ? Je croyais qu'on pouvait consulter les registres miniers sur simple demande.

— Mmm, non. C'est un peu plus compliqué. J'en ai pour cinq minutes.

Le jeune fonctionnaire s'excusa pour aller quérir les papiers évoqués.

Volkstrom tapotait nerveusement sur son accoudoir. La

chance sourit aux audacieux, la chance sourit aux audacieux…, se répétait-il tel un mantra pour se gonfler le moral.

Lorsqu'il entendit les pas du Français revenir, il prêta l'oreille, qu'il avait un poil sourde, pour s'assurer qu'il n'y avait bien que deux jambes et pas quatre ou six ou huit venant à sa rencontre.

Le conseiller du ministre réapparut, seul, les mains vides. Il ne s'assit pas et dominait désormais Sirius.

— Je suis étourdi, minauda-t-il. J'aurais dû vous demander avant : possédez-vous la nationalité camerounaise, monsieur Delcourt ?

Sirius manqua de s'esclaffer. C'était bien la meilleure ! Pourquoi ne pas lui demander s'il était pygmée ou s'il avait un lien de parenté avec le pape ?

— Vous trouvez que je ressemble à Cheeta ?

Le fonctionnaire n'était pas là pour rigoler. Plutôt le contraire, même.

— Certains colons ont adopté la nationalité camerounaise à l'indépendance. Par conséquent, je pense que votre requête va être un peu plus, comment dire ?… problématique.

— C'est-à-dire ?

— Voyez-vous, monsieur Delcourt, la consultation des registres miniers est un droit pour tous les Camerounais. Mais pour les étrangers, ce n'est pas si simple. Si vous le souhaitez, je peux tout de même vous communiquer les documents nécessaires afin que vous formuliez votre requête, on ne sait jamais.

Sirius avait reçu le message cinq sur cinq. Il venait de se faire congédier.

La seule incertitude subsistant était de savoir si le bureaucrate avait vu clair dans son jeu depuis le départ, ou si le Français s'était renseigné auprès de Beauchamp durant sa brève absence, ou encore si la barrière qui s'était dressée devant lui était celle d'un pouvoir, blanc, noir ou les deux, qui gardait farouchement ses prébendes, n'autorisant qu'une poignée d'intrigants familiers à croquer le gâteau.

En définitive, la réponse lui importait peu. Il avait joué, il avait perdu. Au moins, il ne se faisait pas arrêter sur-le-champ. Mais avec une telle carambouille, il doutait de pouvoir continuer longtemps à séjourner sous le soleil camerounais.

Il s'extirpa brusquement du fauteuil bas et, sans une parole, fila en écartant le fonctionnaire de son chemin d'un mouvement d'épaule.

Une fois sorti du ministère, Sirius se dirigea sans réfléchir vers le Relais des Chasses. Il avait besoin d'un remontant, du raide : il pourrait y boire de la gnôle importée qui lui épargnerait des trous dans les boyaux.

Il grimpa d'un bond les marches de la terrasse et tomba pile face à une table occupée par Luc Blanchard en train de noircir un carnet. Sans demander son avis au journaliste trop concentré sur sa besogne pour l'avoir remarqué, il s'assit en face de lui.

— Si on m'avait dit qu'un jour on se retrouverait au bistrot ensemble, et qu'en plus je serais content de voir ta tronche d'écolier, je n'y aurais pas cru !

Blanchard releva la tête, grimaçant.

— Ne te bile pas, je ne suis pas là pour te foutre sur la

gueule. J'ai juste besoin d'une rincette, le rassura le manchot. Je t'ai dit qu'on était quittes. La vie est trop courte pour garder des griefs ! À ton égard, en tout cas…

Sirius héla un serveur pour commander du cognac et offrit la même chose à Luc, qui opta pour une eau gazeuse.

— Tu n'as pas l'air dans ton assiette, hasarda Blanchard.

— Tu peux le dire… Je suis en rogne si tu veux savoir !

— J'imagine que tu vas me raconter pourquoi.

— Pfff… trop compliqué à expliquer. Je me suis fait blouser par des enflures plus malignes que moi. C'est pas difficile, tu me diras.

Prudent, Luc resta silencieux.

— Mais j'ai peut-être un truc pour toi du coup. Tu prépares toujours un papier pour ton canard ?

— Oui, répondit l'ancien flic en désignant le carnet de notes qu'il était en train de remplir de son écriture fine et appliquée.

— Tu connais Foccart ? La Safrex ?

— Oui, non.

— Comment ça oui-non. Tu connais ou tu ne connais pas ? Je ne suis pas d'humeur !

— Hé ! On se calme ! Oui, je connais Foccart, le conseiller Afrique du président et non je ne connais pas la Safmachin.

— OK, je t'explique, grommela le manchot. La Safrex est une boîte qui appartient à Foccart. J'ai servi de chaperon à deux de ses huiles, accompagnées d'un gugusse du bureau des mines de Paname. Ils venaient prospecter du pétrole dans l'ouest du pays.

Blanchard s'était redressé sur sa chaise, soudain tout ouïe.

— Tu es sûr de toi ?

— Tu me prends pour un cave ? Je les ai promenés pendant trois jours dans la brousse pour faire des relevés et tout le toutim. Quand j'ai posé des questions sur les autorisations nécessaires pour ce bazar, on m'a fait comprendre d'aller fourrer mon pif ailleurs !

Volkstrom n'allait tout de même pas lui livrer sa tentative de s'insérer dans la manigance, et la porte qu'on lui avait claquée au nez.

— Il y avait des officiels camerounais avec vous, des fonctionnaires ou des ingénieurs, par exemple ?

— Ça dépend de ce que tu entends. Il y avait un certain Beauchamp, qui bosse pour le gouvernement camerounais. Mais c'est un Blanc. Les seuls moricauds étaient mes bidasses pour assurer la sécurité.

— Beauchamp ? Jean-Maurice Beauchamp ?

— Lui-même. Un mec désagréable.

Luc griffonna rapidement quelques mots dans son calepin.

Sirius le dévisageait. Le reporter affichait toujours un air de premier de la classe, mais, là, il semblait sincèrement concentré. Volkstrom se dit qu'il avait levé un lièvre en débinant ces Français qui le contrariaient.

— Qu'est-ce que j'ai dit qui te fait cet effet ?

— Rien…, répondit Luc, la voix traînante, avant de se reprendre. Ou plutôt si. L'ambassade m'a appelé ce matin pour m'inviter à assister à une réunion entre dirigeants camerounais, élus et investisseurs français.

— Et alors ?

— Alors la France est en train d'avancer ses pions pour

récupérer des richesses naturelles. C'était ça, ton expédition pour chercher du pétrole.

— Dis-moi quelque chose que je ne sais pas! se moqua Sirius.

Blanchard secoua la tête de dépit, consterné.

Volkstrom était bien moins bête qu'il n'affectait de le laisser croire, même s'il n'avait aucun désir de s'engager dans une discussion géopolitique. Il était convaincu de pouvoir en remontrer au jeune plumitif : après tout, il n'avait pas traîné ses guêtres dans les dernières guerres coloniales françaises sans avoir retenu deux ou trois choses des motivations sous-jacentes de ceux qui les avaient menées. Mais ce n'était pas le moment. Il était encore irrité par le rendez-vous au ministère, et il commençait à réaliser qu'il allait au-devant d'ennuis si le fonctionnaire jasait sur leur rencontre à l'extérieur. Yaoundé était une petite ville. Si l'on excluait les Camerounais, bien entendu.

Sirius siffla ce qu'il restait de cognac dans son verre et se leva.

— Tu régleras la note. Je t'ai refilé un tuyau, alors c'est toi qui régales! À la revoyure.

Le manchot repartit aussi vite qu'il avait surgi, laissant Blanchard, qui pour une fois aurait bien poursuivi la conversation, suspendu à son stylo.

De retour au camp militaire, Volkstrom troqua son costume minable pour un uniforme froissé. Il terminait de se vêtir quand un soldat fit irruption dans le dortoir et lui signifia qu'il était attendu dans le bureau du colonel Clair.

Ça sentait les emmerdes. Sirius avait un don pour les flairer. Les attirer aussi.

Il se rendit d'un pas nonchalant vers le bureau de son supérieur.

Il avait à peine franchi la porte que celui-ci braillait déjà :

— Lherbier, j'en ai par-dessus la tête de vos conneries ! À quel jeu vous amusez-vous ?

Volkstrom avait bien cinq ou six réponses sous le coude, mais il ne savait pas laquelle apaiserait le gradé, la plupart étant ironiques, alors il se tut.

— Je vous envoie faire la nourrice pour des civils qui m'ont été adressés en haut lieu, et vous les contrariez au point qu'ils se sont plaints de vous. Passe encore, je peux arrondir les angles en mettant cela sur le compte de votre sale caractère. Mais maintenant, j'ai l'ambassade et la présidence camerounaise sur le dos ! On rapporte qu'un manchot a été fouiner au ministère des Mines. Vous connaissez beaucoup de manchots français dans ce patelin, vous ?

Sirius avait tenté un bras de fer avec des gens qui en avaient deux, et plus longs que le sien. Des individus, surtout, qui n'acceptaient pas les tiers non cooptés.

N'ayant rien à répondre aux remontrances de son supérieur, sauf à lui raconter des boniments, et attendant de mesurer jusqu'où il était dans le pétrin, il ferma sa bouche.

Face à son silence, Clair repartit de plus belle.

— J'en ai plein le dos, de votre attitude ! Je vous ai fait une fleur en vous offrant une planque ici, et tout ce que je récolte c'est un ingrat qui sème le bordel tous azimuts !

Il tapa sur le bureau pour appuyer ses paroles. L'officier était vraiment en rogne.

— J'ai bien envie de vous dire que c'est l'ultime avertissement avant la mise à pied ou le placard, mais j'ai l'impression que ça vous glissera sur les plumes ! Revenez me voir demain matin et je vous notifierai de ce que j'ai décidé vous concernant.

Il n'y avait rien à ajouter. Sirius n'était pas d'humeur à plaider sa cause. Il commençait à en avoir ras-le-képi de l'armée et du sentiment de se retrouver piégé par des forces qui le dépassaient, ici comme dans l'Hexagone. Il effectua un demi-tour de parade, une dernière fanfaronnade, et s'éclipsa sans fermer la porte. Comme il l'avait supputé plus tôt dans la journée, son temps au Cameroun semblait désormais compté.

28

Luc Blanchard, Yaoundé, 26 juillet 1962

Blanchard avait déjeuné sur le pouce au Relais des Chasses en compagnie de Célestin qu'il avait invité à se joindre à lui. Quelques employés camerounais avaient affecté un air hautain puis, voyant que leur patronne Lucille, derrière son bar, ne tiquait pas, les avaient servis comme n'importe quels clients.

Le chauffeur de taxi n'était pas très bavard. Luc l'avait questionné sur sa famille, ses enfants et petits-enfants, les différents métiers qu'il avait exercés, mais Célestin ne s'étendait jamais. Pudeur ou embarras, le journaliste ne savait déterminer, alors il n'insista pas. Il subsistait une sorte de fossé entre eux qu'ils ne parvenaient ni l'un ni l'autre à franchir. À la fin du repas, Luc se dit qu'il lui incombait de briser cette glace. La prochaine fois, quitte à brusquer un peu son compagnon afin de lui faire perdre cette déférence dont il ne se départait jamais, il le pousserait à se dévoiler davantage.

Alors qu'il quittait le restaurant, Blanchard vit Lucille marcher vers lui. Elle portait une grande robe fleurie, un chapeau à larges bords et un sac à main élégant. Luc fut un instant déstabilisé, imaginant que la métisse s'était aussi joliment vêtue pour lui, avant de réaliser le narcissisme de sa rêverie. Elle se posta face à lui et le questionna :

— Vous allez à l'ambassade, n'est-ce pas ? Puis-je venir avec vous ?

— Bien sûr. Montez.

Le reporter lui ouvrit la porte du vieux tacot de Célestin avec une galanterie exagérée et s'assit à ses côtés à l'arrière.

La gérante du Relais des Chasses, comme de nombreux chefs d'entreprise français établis au Cameroun, avait été invitée au même raout que Blanchard. Lucille n'en savait guère plus que lui, sinon qu'il s'agissait de parler de développement économique du pays en compagnie d'officiels camerounais, d'une poignée d'élus hexagonaux que ces problématiques intéressaient, et de patrons français déjà installés ou susceptibles de le faire. Tout cela paraissait bien fumeux à Luc, surtout après ce que lui avait raconté Sirius à propos des opérations de prospection, et de ce qu'il avait lui-même constaté à Soguembé. Mais, bon, il n'allait pas cracher sur l'opportunité de rencontrer l'ambassadeur et quelques huiles locales. Lucille ne se faisait guère d'illusions non plus. Elle y allait par obligation.

— Si je ne me présente pas, on le remarquera et on pensera que je snobe les initiatives de l'ambassade et du gouvernement. Ça me ferait du tort.

Elle ne précisa pas qui était « on », mais Luc supposa que la bonne société franco-camerounaise de Yaoundé s'apparentait à celle d'une petite ville française de province, insulaire, jalouse et commère.

Les militaires qui gardaient l'ambassade patrouillaient sur leur trente et un. Ils n'avaient certes pas enfilé leur uniforme d'apparat, mais leurs vestes étaient repassées et ils se tenaient droits comme des piquets. Dès qu'ils pénétrèrent dans l'édifice, Luc et Lucille furent conduits vers une vaste salle coupée en deux, donnant sur les jardins. Des rangées de sièges faisaient face à une estrade sur laquelle se dressait une longue table de conférence, tandis que plusieurs dizaines de personnes, quasiment toutes de sexe masculin, étaient agglutinées par grappes autour d'un buffet où des serveurs prodiguaient alcools et en-cas en tout genre.

Lucille soupira un grand coup avant de s'élancer, comme si elle s'immergeait dans une rivière remplie de piranhas. Sourire de circonstances sur les lèvres, elle salua un groupe d'hommes encravatés, blancs et noirs. Quant à Luc, il avait à peine effectué un pas que le premier conseiller fondit sur lui. Contrairement à leur précédente rencontre quelques jours plus tôt, ce dernier se montra extrêmement affable.

— Monsieur Blanchard! Nous sommes ravis que vous ayez pu vous joindre à nous! Je pense que cela va être très profitable à votre reportage. Venez, je vais vous présenter nos invités.

Le diplomate l'attrapa par le coude, l'entraînant vers le buffet qui servait d'ancrage aux présents.

— C'est une réunion informelle, alors nous ne lui avons pas donné de nom, poursuivit son guide. Mais nous aurions pu l'intituler « Premier sommet franco-camerounais de l'investissement ». Cela aurait été un beau titre, vous ne trouvez pas?

Luc répondit distraitement par l'affirmative, plus préoccupé par l'identité des invités. Si l'on exceptait les serveurs, les trois quarts des participants avaient la peau noire. Deux cercles paraissaient plus importants que les autres. Au centre de l'un d'entre eux, il reconnut Jean-Maurice Beauchamp. Il ajusta ses lunettes, cilla. Oui, c'était bien lui, avec son allure hautaine, ses cheveux plaqués en arrière et un cigarillo à la bouche. L'homme semblait des plus courtisés. Mais ce n'était pas dans cette direction que l'entraînait le diplomate, qui le positionna devant un petit groupe d'Européens en pleine discussion.

— Messieurs, je vous présente Luc Blanchard, un journaliste parisien de passage qui s'intéresse au développement économique du Cameroun.

Le reporter ne prit pas la peine de corriger son hôte et tendit poliment la main. Les trois hommes le jaugèrent, manquant visiblement d'enthousiasme à l'idée d'accueillir parmi eux un représentant du quatrième pouvoir. Le conseiller poursuivit son introduction malgré tout :

—Voici deux éminents chefs d'entreprise désireux de tisser des partenariats dans ce pays : M. André Lévy, qui gère une société de commerce de bois précieux, et M. George Delcourt de la Safrex, spécialisé dans l'import-export, ainsi que Son Excellence Jacques Kosiuscko-Morizet, qui a beaucoup œuvré pour l'indépendance du Cameroun à l'ONU et qui s'apprête à rejoindre le poste d'ambassadeur de France au Congo-Léopoldville.

Luc ne voyait pas ce qu'il allait bien pouvoir leur dire. Il peinait toujours face aux mondanités. Heureusement, un voisin de cocktail se retourna vers lui à ce moment-là et l'accueillit chaleureusement, en lui tendant une flûte de champagne pleine : Gaston Defferre, qu'il avait interviewé dix jours auparavant.

— Alors, monsieur le reporter ? Vous avancez dans votre enquête ?

— Oui, oui, bafouilla l'envoyé spécial de *France Observateur*, qui se souvenait très bien de la conversation improductive qu'il avait eue avec le sénateur des Bouches-du-Rhône. Mais que faites-vous ici ?

Le politicien se pencha dans sa direction pour susurrer tel un comploteur :

— Les gaullistes ne m'aiment pas beaucoup, mais ils n'oublient pas que j'ai été ministre de l'Outre-Mer et qu'en tant que sénateur-maire de Marseille je continue à m'intéresser de près au destin de nos anciennes colonies. Du coup, même si je suis socialiste, ils m'invitent parfois, ça leur permet d'apparaître magnanimes !

Defferre pouffa et, à son tour, décida de présenter Luc à ses interlocuteurs.

— Monsieur Blanchard, voici deux personnes qu'il vous faut rencontrer. Le docteur Louis-Paul Aujoulat, éminent médecin et ancien député, qui a fait du Cameroun ce qu'il est aujourd'hui. Et son protégé, M. Paul Biya, qui vient de rentrer au pays après avoir fait ses études à Paris. On me dit qu'il est promis à un bel avenir.

Luc salua les deux hommes aux visages rondouillards, le Blanc comme le Noir. À l'instar des convives précédents, aucun ne semblait ravi d'avoir affaire à un journaliste. Il avala une gorgée de champagne pour se donner une contenance. Mais le premier conseiller intervint, s'excusant auprès des trois hommes :

— Venez, je vais vous conduire auprès de M. l'ambassadeur avant que la réunion ne démarre. J'ai réussi à vous obtenir un créneau avec lui pour un entretien en fin de journée.

— Merci beaucoup, répondit Blanchard qui se sentait comme une boule de flipper, rebondissant d'un groupe à l'autre.

Se laissant emmener vers le second des grands cercles, il hasarda une question :

— Jacques Foccart est-il là ? Je ne le vois pas.

— Hélas non, le conseiller du président n'a pu faire le déplacement. Il avait un engagement préalable qu'il n'a pu repousser, mais un de ses collaborateurs le remplace.

— M. Beauchamp ?

— Lui-même. Je note que vous connaissez déjà beaucoup de monde, déclara son hôte avec une pointe de surprise dans la voix. Votre reportage n'en sera que meilleur !

Blanchard en doutait sérieusement. Il commençait même à se demander où il avait mis les pieds. Personne ne se précipitait pour lui parler, et il se voyait mal briser la glace avec tous ces notables en les interrogeant, un verre de pétillant à la main, sur Moumié et la guerre qui se déroulait en brousse à coups de napalm, de camps de concentration et de charniers.

L'ambassadeur était en pleine discussion avec deux Camerounais pendant qu'une demi-douzaine de personnes les écoutaient. Le premier conseiller se faufila néanmoins avec Luc à la remorque et ne se gêna pas pour déranger son patron.

— Monsieur l'ambassadeur, pardonnez-moi, je tenais à vous présenter le journaliste dont je vous ai entretenu.

Blanchard se retrouva propulsé au centre des regards et de la conversation. Le représentant du ministère des Affaires étrangères ne goûtait pas cette interruption et il jeta un œil courroucé à son adjoint. Il se défaussa d'emblée :

— On se parlera plus tard. Pour l'instant, je dois lancer la conférence.

L'ambassadeur se racla la gorge en brandissant son verre et en le faisant tinter avec un stylo.

— Messieurs, messieurs ! Nous allons bientôt démarrer notre journée de travail. Je vous prie de prendre un siège de l'autre côté de la salle. Et, rassurez-vous, le buffet sera encore bien garni à la pause !

L'assemblée s'égaya vers les chaises. Enfin seul, Luc en profita pour se débarrasser du champagne et se faire verser un verre d'eau gazeuse, qu'il but d'un trait. Il avisa alors un homme à l'autre bout de la pièce qui le fixait avec intensité. Costaud, sans cravate, il jurait avec le reste des participants. À cette distance, et avec le mouvement de foule, Blanchard peinait à l'identifier. Puis le type cessa de le dévisager et se rapprocha de Beauchamp. Il ne fallut qu'une seconde à Luc pour le remettre : François Grenier. En train d'échanger des messes basses avec le bras droit de Foccart. Il était évident que l'agent du SDECE l'avait repéré.

Grenier était sorti de l'esprit de Blanchard ces derniers jours tellement il avait eu à faire. De plus, il avait omis de relancer Volkstrom qui lui avait dit le connaître, attendant bêtement de prendre contact avec l'ambassade pour se remettre sur sa piste. Mais voilà que l'autre l'avait devancé au jeu du chat et de la souris, menaçant d'inverser les rôles.

Se dirigeant lentement vers la seconde moitié de la salle,

Luc nota que Beauchamp et Grenier s'éclipsaient par une porte latérale. Mais comme aucun des deux n'avait la tête tournée vers lui, il supposa qu'il n'était pas à l'origine de cette sortie.

Le journaliste prit place en bout de travée à l'avant-dernier rang, une position idoine pour un observateur désireux de filer en douce si cela s'avérait trop ennuyeux. L'ambassadeur et trois autres personnes, dont deux Africains, s'installèrent sur l'estrade en dévoilant une banderole : « Le Cameroun, un pays riche en matières premières. Bâtissons l'avenir ensemble ! »

Blanchard eut la surprise de constater que Lucille s'asseyait à ses côtés. D'emblée, elle l'avertit :

— Je ne vais pas faire de vieux os. Je me suis montrée, mais ce genre de kermesse n'est pas pour moi. Je n'ai aucun argent à investir et surtout aucun ami dans cette pièce.

La réunion démarra par une allocution du chef de mission français qui débita des clichés sur les liens unissant la France à l'Afrique et au Cameroun, sur l'affection et le partenariat nécessaire entre les deux nations, le talent des « élites noires », la bienveillance de l'ancienne puissance tutélaire, et ainsi de suite… Le ministre de l'Économie camerounais ne fit pas mieux au niveau de l'originalité du propos, vantant un éden pacifique et méconnu.

Blanchard constata à plusieurs reprises que Lucille couvrait son visage de sa main, désespérée par l'inanité des discours.

Alors que les questions de la salle allaient débuter, un serveur en livrée secoua l'épaule de Luc et lui tendit un petit mot manuscrit : « Merci de me rejoindre dans le hall. »

Perplexe, le reporter s'excusa auprès de sa voisine et se dirigea discrètement vers la porte. Là, le messager lui indiqua un couloir. Il avança et se retrouva dans une antichambre des cuisines où étaient stockées de la vaisselle, des tables et des piles de linges de réception. Face à lui se tenaient Beauchamp, Grenier et le premier conseiller. La colère des deux premiers se lisait sur leurs faciès, le dernier paraissait aussi penaud que mal à l'aise. Blanchard comprit vite pourquoi.

— Blanchard, vous n'êtes pas le bienvenu ici ! attaqua le factotum de Foccart qui, pour une fois, avait remplacé sa morgue par de l'irritation.

L'agent du SDECE, lui, s'était positionné en retrait, les bras croisés sur son torse comme un gorille de bar de nuit.

— Excusez-moi, mais j'ai été invité par monsieur, rétorqua Luc en désignant le diplomate.

Il pressentait pourtant que c'était moins sa présence à l'ambassade qui posait un problème que le fait d'avoir osé mettre les pieds au Cameroun. Il ajouta néanmoins, narquois :

— Je croyais que les représentations françaises accueillaient sans distinction tous les citoyens de notre République.

— N'outrepassez pas vos privilèges, monsieur le reporter. Le premier conseiller a commis une erreur de jugement en vous conviant à une réunion réservée aux chefs d'entreprise et aux élus.

— M. Grenier est-il l'un ou l'autre ? surenchérit Blanchard.

Le costaud frémit à l'évocation de son nom. Luc n'était pas censé le connaître.

— Ne jouez pas au plus malin, grinça Beauchamp, de plus en plus excédé. Je vous prie de partir.

Blanchard hésita à demander s'il se référait au bâtiment ou au pays. Mais l'autre ajouta :

— Il n'y aura pas de deuxième sommation.

Grenier avait positionné ses bras le long du corps, comme s'il se préparait à l'action. Quant au premier conseiller, il n'avait pipé mot, trop occupé par l'examen de ses chaussures.

Luc abandonna la partie. Beauchamp et Grenier avaient beau n'avoir aucune autorité officielle en ces lieux, ils agissaient comme s'ils en étaient les maîtres.

— Vous ne m'en voudrez pas si je ne vous salue pas, conclut le journaliste en tournant les talons.

Il vérifia que personne ne le suivit. Ce n'était pas le cas.

Il dépassa la salle de réception sans même y jeter un œil et franchit l'accueil pour se retrouver dehors. À une dizaine de mètres devant lui, au milieu de la pelouse, Lucille et Laurent étaient en pleine discussion. Ou plutôt en pleine querelle.

Le barman brandissait son index sous le nez de sa patronne, qui essayait de l'en chasser comme une mouche importune, pendant que tous deux s'insultaient copieusement, dans un mélange de jurons multilingues.

— Tu n'as rien à faire ici ! Ce ne sont pas tes affaires ! s'époumonait Lucille, qui résistait à la présence menaçante du Corse.

— J'ai autant de droits sur cet établissement que toi ! Ce n'est pas toi qui as trimé auprès de ton père pendant toutes ces années !

Luc aurait préféré éviter de se mêler de cette altercation

dont il ne connaissait ni les tenants ni les aboutissants, mais Laurent faisait aisément une tête de plus que la métisse et gesticulait beaucoup trop à son goût. Blanchard se dirigea vers eux et, surgissant dans le dos du bistrotier, lui posa la main sur l'épaule. Laurent, à cran, se retourna en balançant violemment son coude pour se dégager. Luc esquiva sans difficulté, saisit l'avant-bras et le fit pivoter, infligeant au Corse une clef de bras qui, s'il forçait, lui déboîterait le membre.

— *Lasciami andà!* Occupe-toi de tes oignons!

— Calme-toi d'abord et je te lâcherai ensuite.

— Connard! Je vais te démonter la tronche!

Blanchard resserra sa prise. Laurent grogna.

Les militaires protégeant l'ambassade observaient les événements avec flegme. Ils assuraient la sécurité contre les perturbations venues de l'extérieur, pas celles de l'intérieur.

Lucille intervint :

— Laisse-le partir.

Le journaliste hésitait. Il n'avait même pas remarqué le passage au tutoiement.

— S'il te plaît, relâche-le.

Lucille avait l'air plus chagrinée que courroucée.

Luc s'exécuta.

Contrairement à ce qu'il redoutait vu le rictus de rage tordant la bouche de Laurent, celui-ci ne revint pas à la charge. Il tira sur sa chemise pour la lisser et marcha en direction du bâtiment, fulminant en corse.

Blanchard s'approcha de Lucille et s'excusa :

— J'espère ne pas avoir causé d'ennuis. Je craignais qu'il ne vous frappe.

— Je suis de taille à me défendre.

— Ah, désolé.

— Pas la peine. Tu n'y es pour rien. Je sentais depuis quelque temps que ça allait péter. Ton copain n'a fait qu'envenimer les choses.

— Mon copain ?

— L'autre Corse. Antoine.

— Qu'est-ce qu'il a fait ?

— C'est à lui de t'en parler, mais ça a fâché Laurent qui a décidé d'impliquer les flics dans l'histoire et ça m'a mise en porte à faux. D'autant que nous avons déjà un contentieux, lui et moi.

— J'ai remarqué. Je vais voir avec Lucchesi s'il peut arranger son affaire.

— Ça m'étonnerait.

— Il est un peu tête de mule, mais il a bon fond. Je vais lui parler.

— Il est au vert désormais. Tu auras du mal à le trouver.

Visiblement, Luc n'avait pas saisi toute la mesure de la discorde dans laquelle il s'était immiscé.

La métisse observa son air d'intellectuel contrarié assez vaillant pour s'en prendre à son barman, puis l'encouragea :

— On peut se tutoyer maintenant qu'on est embarqués dans les désagréments en cascade.

Blanchard réalisa qu'elle lui donnait du « tu » depuis le début de cette conversation incongrue au milieu des jardins de l'ambassade. Ses cheveux fous contenus sous son chapeau laissaient tout l'espace au pétillant de son regard.

Luc dut se ressaisir pour ne pas la complimenter de

manière complètement hors de propos. À la place, il l'incita à regagner le taxi de Célestin.

Une fois à bord de la 2 CV, Blanchard renoua le fil de la discussion.

— Je n'ai pas compris pour Antoine. Il a disparu ?

Le journaliste l'amusait. Les hommes qu'elle connaissait n'avouaient pas facilement leur ignorance.

— Lucchesi risque de gros ennuis. Je l'ai mis à l'abri dans une maison que je possède en périphérie de Yaoundé, mais je crois que Laurent s'en doute. Nous avons un différend à propos de l'héritage de mon père et cela n'a fait qu'envenimer les choses. Ce salaud m'est tombé dessus au milieu de la réunion une fois que tu étais parti.

Blanchard avait toujours eu l'impression qu'elle était un roc, mais, à cet instant, Lucille paraissait fragile et inquiète.

— Est-ce que je peux faire quelque chose pour vous… pardon, pour t'aider ?

— Ne pas m'amener d'ennuis supplémentaires, pour commencer.

Luc fit la moue. Ce qui venait de se dérouler dans l'antichambre des cuisines avec Beauchamp et Grenier entrait dans la catégorie des contingences poisseuses qui éclaboussent les autres au passage.

L'embarras devait se lire sur son visage, car la jeune femme soupira en levant les yeux au ciel. Puis elle lança :

— Sinon, tu peux m'inviter à dîner ce soir. Il existe des restaurants meilleurs que le mien à Yaoundé.

Le soir venu, Luc avait revêtu ce qu'il avait de plus propre – chemise claire, pantalon gris en toile – tout en omettant la cravate. Quand Lucille arriva, dans une longue robe blanche, elle glissa son bras sous le sien et le guida.

Ils remontèrent la rue sur quatre cents mètres en direction d'une belle maison coloniale coincée entre des édifices plus récents et plus laids. De nombreux passants saluaient la patronne du Relais des Chasses sur leur chemin.

— Beaucoup de gens du quartier me connaissent depuis que je suis petite. Ils me voyaient jouer dehors, révéla-t-elle en guise d'explication.

Un restaurant était niché au cœur de la vieille bâtisse, qui servait des plats camerounais « qui sortent de l'ordinaire », commenta Lucille, d'après qui la nourriture locale requérait « un goût qui s'acquiert avec le temps. Un long temps ».

Ils s'accordèrent sur une règle : ne pas parler de leur travail ni de leurs problèmes. Rien sur le reporter, rien sur l'hôtelière. C'était la meilleure façon de faire connaissance en évacuant le stress de leurs tracas respectifs.

À vingt-six ans, Lucille offrait l'impression d'avoir vécu plusieurs vies. En Guadeloupe et au Cameroun, avec ses deux parents puis avec son père puis toute seule, avec des nounous qui défilaient, à l'école et au Relais, dans la capitale et en brousse, quelques étés interminables en Corse dans sa famille éloignée géographiquement et sentimentalement, en fugue pendant six mois dans plusieurs pays du golfe de Guinée. Elle évoquait tout cela avec une voix amusée et désabusée, comme quelqu'un qui n'a jamais trouvé sa place.

En comparaison, l'existence de Luc paraissait bien morne : un géniteur qu'il n'avait pas connu mais dont tout le monde parlait, une mère malade et perdant la tête, des lectures et des promenades dans un Paris bien peu mystérieux pour lui.

Il la divertit néanmoins avec les récits de ses enquêtes criminelles les plus farfelues, laissant de côté la noirceur de la Crim et d'une police parisienne qu'il avait fuie. La soirée passa vite, comme une belle parenthèse. Blanchard l'aurait bien prolongée, mais Lucille devait superviser la fin du service et la fermeture de son restaurant en l'absence de Laurent.

Ils déambulèrent dans les artères désertes et endormies de la capitale camerounaise, leurs mains se frôlant à plusieurs reprises, sans que l'un ou l'autre saisisse l'opportunité d'une étreinte.

De retour au Relais, Lucille se glissa derrière le bar.

Luc lui souhaita bonne nuit et se pencha par-dessus le comptoir pour lui déposer une bise sur la joue. Il en profita pour humer le parfum qui émanait de son cou.

29

Antoine Lucchesi, Yaoundé, 27 juillet 1962

Antoine attendait avec impatience le retour de Célestin. Il lui avait transmis un message depuis plus de deux heures, l'unique solution qu'il avait imaginée pour retrouver son cuisinier, après avoir essayé en vain de joindre la personne que lui avait recommandée Monsieur Charles de chez Ricard. Il avait téléphoné à deux reprises depuis une épicerie de quartier proche de la villa de Lucille et, chaque fois, on lui avait répété que Jean-Maurice Beauchamp participait à une conférence et n'était pas disponible. Lucchesi s'était donc rabattu sur son plan B, puisqu'il refusait d'abandonner Alphonse à son sort.

Il entendit une voiture se garer devant la maison, puis le portail s'ouvrir. Il jeta un œil, sans se dévoiler, redoutant une mauvaise surprise.

Célestin pénétra dans la cour, en compagnie de Volkstrom, en uniforme et charriant un sac militaire sous le bras. Le mot remis par le taxi avait visiblement incité le manchot à faire le déplacement.

— Qu'est-ce qu'il t'arrive encore, vieux forban ? brailla Sirius en guise de salutations.

— Merci d'être venu, répondit le Corse.

Antoine appréciait peu de devoir faire appel aux services du mercenaire, mais il ne voyait pas d'alternative pour le moment. Volkstrom était, dans cette ville quasi inconnue, la personne la plus fiable et la plus susceptible de lui filer un coup de main de ce genre. C'est dire la mouise dans laquelle il s'était fourré…

— Tu m'offres une bibine ?

Heureusement, Lucille possédait un frigo à gaz où une dizaine de bières atteignaient un état de fraîcheur convenable.

Antoine guida son hôte jusqu'à la terrasse, accompagné d'un Célestin silencieux mais nullement hostile. L'endroit, agréable, meublé de tables et chaises en bois artisanales, s'ouvrait sur une pelouse verte bien entretenue où picoraient une demi-douzaine d'oiseaux chamarrés.

Lucchesi décapsula trois mousses avec son briquet. Sirius avala une lampée et entama :

— Alors, qui c'est le gugusse que tu veux loger ?

— L'ami qui m'a entraîné jusqu'ici. Je t'ai déjà raconté l'histoire.

— C'est vraiment un pote, ou juste une connaissance ?

— Ça change quoi ?

— Si ce n'est pas un vrai copain, tu ferais mieux de laisser tomber tout de suite. Le mec est mal barré et t'as des chances de ne pas le retrouver entier. Et moi, je risque gros en te filant un coup de main.

Antoine ne prit pas la peine de réfléchir :

— C'est un ami. Je te dédommagerai. Je peux te payer cinq mille francs. Nouveaux.

— Un demi-bâton ! Je t'aurais peut-être aidé pour rien, mais puisque tu allonges, je serais un malpropre de refuser !

Lucchesi renâclait à discuter d'une telle somme devant Célestin, qui vivait de clopinettes, mais il entendait aller vite.

— Tu auras le fric. Qu'est-ce que tu proposes ?

— Il faut d'abord savoir où moisit ton pote. Pour ça, il n'y a qu'un seul moyen : poser la question à la sécurité intérieure.

— J'imagine qu'on ne se pointe pas à un guichet pour demander ?

Sirius ouvrit le sac kaki qu'il avait trimballé avec lui et en extirpa un uniforme de soldat français.

— Tu t'attifes avec ça et tu m'accompagnes au ministère. On y va au flanc.

— Je n'ai pas une tête de bidasse.

— Désolé, mais je ne vois pas d'autre méthode, mon gars. Les zouaves de la sécurité intérieure m'ont déjà aperçu, ça peut fonctionner.

Lucchesi alla se changer. L'uniforme était à peu près à sa taille, mais il marchait avec la manière empruntée d'un marmot endimanché pour la communion du cousin.

— J'ai quel grade ? interrogea-t-il en époussetant l'écusson sur son bras qu'il ne savait déchiffrer.

— Caporal. T'es trop vieux pour être un simple soldat et je n'allais pas te propulser officier, quand même. Faut pas déconner !

— J'ai pas d'arme ?

— Il y a deux fusils dans ma jeep dehors. J'ai tout prévu, fais-moi confiance.

Antoine n'avait qu'une foi limitée dans le plan élaboré à la va-vite par le manchot. Les rares fois où il l'avait côtoyé en France, Sirius ne lui avait pas laissé l'impression d'un personnage très prudent, ni très équilibré.

Le Corse se sentait anxieux.

— Célestin nous accompagne ?

— Non, pas la peine.

Le chauffeur les regardait se préparer, aussi impassible que d'habitude. Lucchesi se demandait ce qui pourrait vraiment le déstabiliser.

Volkstrom vida sa bouteille et se leva pour partir avant de s'arrêter brusquement.

— Attends, j'ai une idée.

Il replongea la main au fond de son sac et en sortit une paire de menottes. Il s'approcha de Célestin et, avant qu'il ne réagisse, lui enserra les poignets.

— Ne te fais pas de bile, c'est pour la galerie. On va faire comme si tu étais un prisonnier qu'on convoie, ça renforcera notre crédibilité.

Antoine renonça à discuter avec Sirius. Celui-ci n'en ferait qu'à sa tête. Il demanda juste à Célestin s'il acceptait de se prêter à cette mascarade potentiellement risquée. Étonnamment, il consentit tout de suite sans poser de question.

En sortant de l'enceinte de la villa pour grimper dans la jeep, Volkstrom ramassa de la poussière sur le sol et entreprit d'en barbouiller le visage et les vêtements du chauffeur.

— On n'a jamais vu un nègre rester propre entre les mains

de soldats français ! T'as du bol qu'on t'amoche pas la gueule pour parfaire le déguisement !

À bord du véhicule, Sirius remit à Antoine un MAS 49 chargé et donna les dernières consignes :

— Lucchesi, tu me colles au train en guidant notre prisonnier et tu t'écrases. C'est moi qui cause. Je suis ton supérieur, normalement personne ne te demandera que dalle. Toi, Célestin, tu n'ouvres pas le bec. Jamais.

Avec son unique paluche, Volkstrom conduisait comme une furie, poussant son moteur en surrégime et lâchant le volant pour manipuler le levier de vitesses, provoquant de brusques embardées.

Leur irruption dans la cour du Service d'études et de la documentation, le Sedoc, se conclut par un freinage roues bloquées qui attira tous les regards.

Antoine aurait préféré une arrivée plus discrète.

Sirius descendit de la Hotchkiss, tirant sur sa veste militaire et se redressant comme un piquet. Pour la première fois depuis qu'il le fréquentait, Lucchesi distingua le sous-officier et non pas l'histrion machinateur.

Le Corse lui emboîta le pas, fusil dans une main, bras de Célestin dans l'autre.

Volkstrom connaissait les lieux et, malgré la présence de plusieurs plantons censés contrôler les entrées et sorties, personne ne s'interposa. Privilège des soldats blancs dans l'univers colonial. Au bout d'un long couloir, le trio parvint devant une porte entrebâillée. Sans toquer, ils pénétrèrent à l'intérieur. Sirius s'annonça auprès des deux militaires derrière leurs bureaux, qui protégeaient l'accès à plusieurs armoires de métal dégorgeant de paperasse.

— Sergent Lherbier ! J'ai besoin d'une information sur l'un de vos détenus !

Les deux soldats camerounais se dévisagèrent : auquel d'entre eux revenait la corvée de se coltiner ces emmerdeurs de Français ?

Finalement, celui qui comptait une barrette de plus sur son uniforme ouvrit la bouche.

— Quelle est votre requête s'il vous plaît ?

— Je t'ai pas eu en formation, toi ? répliqua Volkstrom avec toute la rudesse dont il était capable. Ta trombine me dit quelque chose. Tu t'appelles comment ?

Alors qu'il était dans son bureau, dans son pays, et plus gradé que son interlocuteur, l'homme répondit d'une voix soumise :

— Lieutenant Désiré Ngoma, chef.

— Ah non, ça ne me dit rien. Vous avez tous la même tête de négro, alors je dois me gourer. Un blase comme le tien, je m'en serais souvenu, Désiré !

Antoine jugea que son acolyte poussait le bouchon un peu loin. Il forçait la grossièreté, attribut indissociable de la domination, mais c'était une tactique qui pouvait vous revenir à la gueule rapidement, comme un élastique trop tendu. Volkstrom persista néanmoins :

— Bon, Désiré, tu vois j'ai un problème : mon colon m'a confié la mission de retrouver un de tes braves concitoyens qui s'est fait coffrer, et je n'ai aucune fichue idée d'où vous l'avez expédié. Alors j'ai besoin que tu plonges ton nez dans vos archives pour me le dénicher !

— Euh, vous avez un ordre écrit ?

— Et puis quoi encore ? Tu ne veux pas une requête en

quatre exemplaires pour t'en fourrer une dans le cul non plus !? Si tu crois que le colonel Clair n'a que ça à foutre, tu vas passer un sale quart d'heure !

Les deux Camerounais se regardèrent de nouveau en silence. Puis, celui qui n'avait pas encore parlé saisit un immense cahier et demanda :

— Comment s'appelle le prisonnier ?

— Mukenga, Alphonse Mukenga, répondit Antoine, en épelant le nom de son cuisinier.

Le militaire ouvrit son registre et son index se mit à descendre le long des pages remplies de noms soigneusement inscrits à l'encre d'une calligraphie appliquée. Soit le soldat prenait son temps, soit il lisait avec peine, toujours est-il que le processus traîna de longues minutes durant lesquelles Volkstrom pianotait du doigt sur le bureau pendant qu'Antoine et Célestin s'échinaient à rester immobiles. Finalement, la phalange du Camerounais se posa sur une ligne, qu'il suivit horizontalement.

Il releva la tête d'un air embêté :

— Son dossier est chez M. le directeur Fochivé.

— Et alors ? Va le chercher ! Plus vite que ça !

Antoine se mit à faire de grands signes avec ses yeux pour signifier qu'ils devaient lever l'ancre. Leur fable devenait de plus en plus périlleuse.

Célestin, qui n'avait pas cillé jusqu'ici, se mit à transpirer et à jeter des œillades vers la sortie. Mais Sirius n'en avait cure. Il était lancé, rien ne pourrait l'arrêter. Ce type était un bulldozer.

Le Camerounais obéit et disparut dans les couloirs.

Les quatre hommes restèrent confits dans le mutisme pendant ce qui leur parut une éternité.

Antoine savait que, s'il fumait une cigarette, ce dont il avait mortellement envie, personne ne lui en tiendrait rigueur. Mais il redoutait de trembler en l'allumant. Il garda donc les mains enfoncées dans ses poches. Il avait cessé d'agripper le chauffeur de taxi par le bras tellement celui-ci était devenu poisseux. Qu'est-ce qu'il lui arrivait ? Depuis qu'il connaissait Célestin, même lorsqu'il s'était agi de larguer un Blanc dans la forêt ou de grimper à bord d'un hélico, il n'avait jamais moufté. Là, il se liquéfiait.

Finalement, le militaire revint, accompagné d'un homme en costume-cravate, doté d'un grand front, tenant une chemise en carton à la main, l'air pas commode. Vraiment pas.

Sirius prit les devants, adoptant cette fois-ci un ton respectueux :

— Monsieur le directeur, je viens de la part du colonel Clair. Lors d'interrogatoires, nous sommes tombés sur un nom qui était fréquemment prononcé : Alphonse Mukenga. Nous le suspectons de visées terroristes contre des soldats français.

— Mmmm, c'est curieux. On ne me l'a jamais signalé, répliqua Fochivé. Pourquoi le colonel ne m'a-t-il pas appelé directement ? C'est ce qu'il fait d'habitude.

— Il est extrêmement occupé aujourd'hui.

— La conférence à l'ambassade ?

— Absolument, monsieur. Il est sur le pont.

Lucchesi ne savait si Sirius s'était préparé ou s'il bluffait, mais il répondait du tac au tac avec un aplomb incroyable.

— Et lui, qu'est-ce qu'il fabrique ici ?

Le directeur du Sedoc désignait le malheureux Célestin qui menaçait de se dissoudre sur place.

— Il fait partie de ceux qui ont dénoncé Mukenga.

— Dis donc toumbou ! Tu te prends pour un méchant maquisard ?! C'est qui ce Mukenga ?

Fochivé s'adressait directement au faux détenu, l'air menaçant.

Antoine observait Célestin du coin de l'œil, redoutant que le chauffeur apeuré ne résiste pas à l'interrogatoire de ce personnage qu'il semblait craindre plus que tout. Alors Lucchesi fit comme Sirius : il se jeta du haut de la falaise sans savoir où il allait atterrir. Il balança une claque appuyée sur la tête du taxi :

— Réponds au directeur, crevure ! Il t'a posé une question.

— Je, je…

Sans laisser à Célestin le temps de chercher ses mots, le caporal de pacotille répliqua à sa place :

— Il nous a dit que Mukenga est un chef upéciste qui vient de France dans le but de mener des opérations de guérilla contre nous. Il a apparemment été capturé à Douala alors qu'il avait reçu de l'argent pour acheter des armes, monsieur le directeur.

Le patron du service d'espionnage camerounais considéra le trio avec une lenteur calculée, plongeant ses yeux noirs dans les leurs. Puis il ouvrit le dossier qu'il avait apporté et le parcourut rapidement.

— Oui, en effet. C'est bien cela.

— Un sale type, monsieur le directeur. Heureusement que vous l'avez arrêté.

Un peu de pommade. Ça ne nuisait jamais.

— Qu'est-ce que vous voulez faire avec Mukenga ?

— Nous souhaitons le questionner. En apprendre davantage sur ses plans, plaida Volkstrom. Ensuite, on vous le laisse. Enfin, ce qu'il en restera !

Sirius ricana bien grassement. Et Fochivé, qui avait conservé un masque de sérieux jusqu'ici, grimaça à son tour.

— Bien, bien. Vous avez ma bénédiction.

Puis il se tourna vers ses deux subalternes et leur intima de rédiger une autorisation de visite et d'interrogatoire du détenu Mukenga Alphonse, emprisonné au camp d'Ebolowa.

— Vous présenterez mes salutations au colonel Clair, ajouta le directeur avant de s'éclipser, en emportant le dossier.

Dès qu'ils furent à bord de la jeep, le Corse s'alluma une clope. Il eut du mal tellement ses doigts tressaillaient. Quant à Célestin, il ne souffla qu'à bonne distance du Sedoc et une fois ses menottes ôtées. Il donnait l'impression d'avoir rencontré la Faucheuse en personne.

— Ce Fochivé, c'est un démon. Nous avons eu de la chance d'en sortir vivants ! Tous ceux qui l'ont croisé ont disparu ou sont morts !

— Allez, mon gars, on s'est débrouillés comme des chefs ! Vous voyez qu'il faut me faire confiance ! pavoisait Sirius.

Antoine préféra ne rien dire. Il était incapable de déterminer s'ils avaient bénéficié d'une fortune invraisemblable ou, contre toute attente, d'un plan magistral. Il penchait toutefois pour la première hypothèse et se maudissait d'avoir suivi le manchot. Cependant, au bout du compte, il avait trouvé ce qu'il cherchait.

Ne restait plus qu'à orchestrer une évasion.

Facile…

30

Sirius Volkstrom, Yaoundé, 28 juillet 1962

Il avait atteint le point de non-retour.

Ce n'était pas encore aussi net dans sa caboche, mais Volkstrom ressentait un picotement dans la nuque. Du type qui signifie : « Barre-toi ! Mets les bouts ! » Coutumier du fait, ça ne le bouleversait pas outre mesure. Il fallait juste qu'il s'organise au plus vite pour sauvegarder ses abattis. Dans un ultime sursaut de provocation, d'obéissance ou de conformisme, il ne savait pas trop, Sirius se rendit néanmoins à la convocation du colonel Clair. Ses multiples incartades avaient fini de taper sur les nerfs de celui qui l'avait protégé jusqu'ici, la dernière en particulier. Il avait irrité de trop gros intérêts, auprès desquels son supérieur répondait.

Il contourna l'aide de camp qui semblait vouloir lui dire quelque chose et pénétra dans le bureau du responsable du contingent français au Cameroun… qui n'était pas là. Il passa la tête par l'encoignure pour s'enquérir sans politesse aucune de l'agenda du grand chef, mais son secrétaire particulier n'en savait rien. Volkstrom déclara qu'il allait l'attendre, malgré les protestations du grouillot.

Sirius ouvrit la boîte à cigares qui reposait bien en évidence et se cala dans le fauteuil du colonel, pieds en l'air, allumant un barreau de chaise. Au bout d'un quart d'heure, il en avait déjà ras la casquette de patienter. Il se leva et se dirigea vers les armoires métalliques qui jalonnaient un pan de mur. Il tira sur un tiroir, histoire de voir. Bouclé. Il attrapa au fond de sa poche un petit trousseau qui ne le quittait jamais, composé de plusieurs passe-partout et de quelques tiges plates, et se mit au travail. Par défi. Pour tuer le temps. Au bout de quarante secondes il avait déverrouillé la colonne. Il se dit alors qu'il avait tout intérêt à profiter de cette effraction. Il parcourut les étiquettes alphabétiques jusqu'à parvenir au casier comportant la lettre L. Il se remit à l'ouvrage et, ce coup-ci, libéra le mécanisme en moins de trente secondes.

Il lui en fallut encore moins pour retirer une chemise cartonnée intitulée « Lherbier, Pierre ». Volkstrom la feuilleta rapidement, pas le moins du monde inquiet d'être surpris en pleine farfouille. Dans le civil, ce genre de pratique était un délit. Dans l'armée, ça pouvait conduire à la cour martiale. Au point où il était rendu, il s'en moquait.

Il n'y avait rien de particulièrement compromettant dans son dossier, qui ne contenait même pas son véritable patronyme, qu'il avait toujours dissimulé à l'armée. Il choisit néanmoins de le subtiliser. Pas de trace, pas de passif. Sirius réfléchit un instant et, parcourant l'alphabet, tira le tiroir G. « Grenier, François ». Le bonhomme possédait bien une chemise, estampillée « Secret-défense » et plus épaisse que la sienne. Il supposa qu'il pourrait la monnayer auprès de Blanchard. Tout collet monté soit-il, le reporter se laisserait probablement tenter par l'achat d'un tel dossier. Volkstrom fourra ses deux larcins sous sa veste kaki.

Il tira une dernière et longue bouffée de son cigare et l'écrasa sous ses godillots, en plein milieu de la peau d'antilope servant de tapis que l'officier supérieur avait dû ramener d'une chasse en brousse. Enfin, il ressortit du bureau comme il y était rentré, sans un mot pour le malheureux aide de camp dépassé par un tel manque de respect hiérarchique. Désormais, Sirius n'avait plus intérêt à traîner.

Il gagna son dortoir et, après avoir enfourné dans un sac en toile les quelques affaires qu'il jugeait utile d'emporter, il se dirigea vers le baraquement des pilotes, qui occupaient le plus clair de leurs journées à taper le carton ou à faire la sieste entre deux missions. Max Fichet roupillait à l'ombre, dans un hamac tendu sous l'auvent de la terrasse. Il était seul et c'était le plus accommodant. Volkstrom lui secoua l'épaule et, sans lui laisser le temps d'émerger de ses rêves, le tira vers lui.

— Magne-toi, vieux! Je viens de passer près de ton engin : il pisse l'huile à gros bouillons!

Le moyen le plus efficace de mettre en branle un pilote était de l'avertir d'une atteinte à sa machine. En deux secondes, Fichet avait chaussé ses rangers et courait vers le terrain d'atterrissage. Sirius lui emboîta le pas sans rien dire.

Arrivé à proximité de l'Alouette, Max ralentit l'allure, scruta le sol, et fit volte-face.

— Qu'est-ce que tu me racontes? Y a pas un pet d'huile par terre!

— T'as raison pépère. Ton zinzin est en parfait état. Vaut mieux d'ailleurs, car on va organiser un petit vol privé tous les deux !

Avant que le pilote ne l'envoie promener, le manchot avait dégainé son pistolet et le braquait sur lui.

— Comme on dit dans les westerns, ceci est un hold-up ! Tu ne discutes pas et tu t'harnaches dans ton bastringue.

— Déconne pas, Lherbier, tu vas t'attirer un tombereau d'emmerdes !

— Te bile pas, j'ai déjà les deux pieds dans la fosse septique. Toi, par contre, si tu files droit, tu t'en sortiras sans accroc. Tu n'auras qu'à raconter que ce cinglé de Lherbier t'a flanqué son pétard sous le nez et que tu n'as pas eu le choix. Mais, attention ! Si tu t'avises de jouer au mariole, je te brûle sans hésiter.

Fichet n'avait jamais été téméraire. Il ne fit pas exception ce coup-ci, grimpa dans l'habitacle et entama les préparatifs de décollage.

Sirius s'assit à ses côtés, pointant toujours son arme sur lui.

— Où est-ce qu'on va ? interrogea le pilote.

— Dans le nord de la ville. Je te guiderai.

— On n'est pas en bagnole là, c'est un peu plus compliqué.

— Y a pas d'embouteillages, alors me casse pas les noix !

Soupirant mais soumis, Fichet mit les gaz, et l'Alouette s'éleva lentement au-dessus du camp militaire, avant de pivoter en direction du nord.

Volkstrom surveilla ce qui se tramait au sol, mais l'envol d'un hélicoptère, même sans mission déclarée, était un événement suffisamment fréquent sur la base pour passer inaperçu.

Sirius possédait une bonne mémoire visuelle et avait assez d'habitude de ce mode de transport pour ne pas être déboussolé en observant Yaoundé à cent mètres d'altitude. Tel un copilote néophyte, il dirigea son partenaire en lui désignant les grands axes de circulation terrestre. Si Fichet s'offusquait de cet amateurisme, il n'en dit rien.

Au bout de deux minutes sans trop de zigzags, Volkstrom exigea une pause stationnaire pour se repérer. Tout en examinant les constructions au sol, il gardait son pistolet sorti, mais sans craindre une tentative de fuite. En vol, c'était suicidaire.

Le manchot finit par dénicher la villa qui l'intéressait.

— Tu te poses là ! ordonna-t-il désignant le jardin attenant à la bâtisse qu'il avait identifiée.

Fichet ne moufta pas et s'exécuta. Il avait atterri dans des endroits bien plus improbables.

— Écoute-moi bien, reprit Sirius durant leur descente. En te défaussant sur moi, tu t'en tireras sans casse pour ton matricule. Mais comme je n'ai pas envie de te braquer en permanence, et que tu me sembles être un gars qui comprend où se situe son intérêt, je suis prêt à passer un marché avec toi : tu continues à faire ce que je te dis et, à la fin de notre périple, je te file deux bâtons en liquide.

Max eut l'air dubitatif pendant un instant. Une fraction de seconde, en vrai. Puis il sourit et allongea sa paume :

— Tope là.

Volkstrom rengaina son pétard et claqua la main tendue.

Ils étaient désormais posés sur l'herbe laborieusement entretenue.

Prudent, Sirius empocha le coupe-circuit de l'Alouette avant de descendre, garantissant ainsi que Max ne lui fausserait pas compagnie.

— Tu m'attends, on repart vite.

— Y a intérêt, on n'est pas franchement discrets.

Sirius courut vers la villa de Lucille.

31

Luc Blanchard, Yaoundé, 28 juillet 1962

Luc se leva à l'aube, après avoir très mal dormi. Il se sentait habité par un sentiment d'inéluctabilité, comme si une gigantesque tenaille se refermait pour l'immobiliser, l'empêcher de poursuivre son enquête. Ce qui s'était passé le jour précédent à l'ambassade l'avait affecté plus qu'il ne l'aurait cru. Des représentants de « son » gouvernement le menaçaient ouvertement s'il persistait à faire son travail, alors que la France donnait des leçons de démocratie et de liberté à la planète entière. Il fut surpris de trouver Lucille, seule, dans la salle du restaurant. Peut-être que, comme la sienne, sa nuit avait été perturbée.

— Laurent n'est plus là, lui dit-elle, en l'apercevant. Il n'est pas revenu à l'hôtel hier.

— C'est grave ? demanda-t-il.

— J'ai peur qu'il me cause des ennuis. Il est cul et chemise avec beaucoup de monde à l'ambassade. Il tire des ficelles pour s'emparer du Relais. Je dois déminer la situation avant qu'elle ne tourne franchement à mon désavantage.

— Est-ce que je peux faire…

— Non, le coupa-t-elle avec un sourire sur les lèvres. Tu ne peux rien. Ce sont mes problèmes, je dois les régler moi-même.

Elle lui offrit le café qu'il n'avait pas encore commandé, puis lui demanda ce qu'il avait prévu pour la journée.

— Je ne sais pas, lui répondit-il.

Ce qui était vrai, ses insomnies ne l'ayant pas aidé à dessiner un plan d'action.

— Je dois faire un tour chez moi, lui confia-t-elle en baissant la voix, même s'ils étaient seuls. Dans la maison où Lucchesi est planqué. Tu peux m'accompagner si tu veux le voir.

— Très bien. Ça me convient.

Cinq minutes plus tard, ils grimpaient à bord de la vieille Land Rover. Quinze minutes après, ils s'arrêtaient devant la villa de Lucille.

Si Antoine fut surpris par leur arrivée conjointe, il n'en dit rien. Le jardinier surgit comme par enchantement dans la cuisine et se mit à préparer le petit déjeuner pour tout le monde. Une fois qu'ils eurent terminé, Lucille leur annonça qu'elle allait se rafraîchir avant de filer à l'ambassade.

Les deux hommes migrèrent vers la terrasse, Lucchesi allumant sa première cigarette de la journée. Blanchard n'avait pas oublié qu'il s'était engagé à parler au Corse pour tenter d'apaiser la situation de Lucille. Il fit état des éléments qu'il avait glanés, lui suggérant d'essayer d'arrondir les angles avec le barman. Antoine réfléchit un moment, apparemment en pleine conversation intérieure. Puis, avec un rictus attristé, il avoua :

— J'ai fait une connerie, et un homme est mort. Le type

avait beau être une ordure, ce n'était pas mon intention. Mais c'est ainsi. Ce mec était un Français que connaissait Laurent, qui m'a dénoncé aux flics. Même si je lui présente toutes mes excuses, je suis cuit. En plus, j'entends toujours sortir mon cuistot de prison. Si je veux y parvenir, j'ai intérêt à jouer profil bas.

Luc n'y croyait pas. Son compagnon s'était fourré dans un bourbier pire encore que le sien. Lucchesi, devinant ses pensées, rigola, puis interrogea l'ancien policier :

— Tu crois qu'on peut faire confiance à un gars du SAC ?

— Ça dépend pour quoi, avança Blanchard qui jugeait la question étrange dans ce contexte.

— Un des chefs du SAC à Marseille m'a recommandé un de ses amis à Yaoundé au cas où j'aurais besoin d'aide. Un certain Beauchamp.

— Jean-Maurice Beauchamp ?

— Tu le connais ?

— C'est un ponte à la fois de l'ambassade et du gouvernement camerounais. C'est aussi le type qui m'a prié de déguerpir parce que je pose trop de questions.

— Aïe ! De toute manière, j'ai fait deux tentatives pour le joindre sans y parvenir.

— Il passe ses journées dans une conférence économique à l'ambassade, dont il m'a expulsé. Il y a du beau linge avec qui conduire des affaires. Tiens j'y ai même croisé ton député-maire.

— Defferre ?

— En personne.

Une idée venait de germer dans la tête d'Antoine.

Depuis l'arrestation d'Alphonse à Douala, durant son

trajet de retour à Yaoundé, et maintenant qu'il se terrait chez Lucille, le livre de comptes marseillais lui brûlait les doigts. Il n'avait pas osé téléphoner à Dominique Venturi, et encore moins aux frères Guérini, ni leur envoyer un télégramme, devinant que les communications internationales attireraient les oreilles indiscrètes, au départ comme à l'arrivée. Il vivait dans l'appréhension d'être arrêté avec : cela signifierait à coup sûr la mort de Maria, des enfants, et sans aucun doute la sienne.

Mais Defferre, derrière sa façade respectable, était un compagnon de route du milieu marseillais. S'il lui confiait le carnet à transmettre aux Guérini, il le ferait sans poser de questions. À charge pour Antoine de lui rendre un service un jour, dans un mois ou dans dix ans. Ça, il pouvait s'en accommoder. Tout à coup, Lucchesi respirait mieux.

— Je dois aller à l'ambassade, annonça-t-il brusquement.

— Je ne pense pas que tu puisses faire confiance à Beauchamp dans ta situation, même en étant recommandé par le SAC.

— Je veux voir Defferre. J'ai quelque chose à lui remettre.

Blanchard fronça ses sourcils. Tout cela puait la combine malsaine.

— Tu trouves que tu n'as pas assez d'emmerdes ?

— Au contraire, si je coince Defferre, je m'ôte une sacrée épine du pied. Crois-moi sur parole. Comment peut-on assister à cette conférence ?

— Ils n'ont pas l'air très rigoureux sur le contrôle d'identité, du moment que tu es blanc et que tu donnes l'impression de savoir où tu vas. Mais fais gaffe, Laurent traînait là-bas hier.

— Si je déniche Defferre tout de suite, ça me prendra cinq minutes, pas plus. Je laisse tomber Beauchamp, je le contacterai plus tard.

Antoine s'éclipsa et revint bien habillé : costume noir, chemise blanche, souliers et serviette en cuir. Il passait aisément pour un entrepreneur français établi au Cameroun.

Au même moment, Lucille les rejoignit, rafraîchie et apparemment décidée à en découdre. Elle ouvrit un meuble et en sortit un épais dossier rempli de papiers. En penchant la tête, Luc lut « Relais des Chasses. Titres de propriété » rédigé à l'encre de Chine sur la couverture.

La métisse s'assit avec les deux hommes pour prendre un café en leur compagnie. Lucchesi annonça son intention de l'accompagner à l'ambassade.

— Ce n'est pas prudent, lui confirma-t-elle.

— Je dois courir le risque.

Lucille haussa les épaules. Après tout, elle avait passé l'âge de faire du baby-sitting.

Confronté à la perspective de rester seul dans la villa, Blanchard décida de se joindre à eux. Tous trois allaient monter dans le 4 × 4, lorsqu'ils aperçurent le crâne de Célestin au-dessus de la grille. Il venait proposer ses services. Le Corse et le reporter, se sentant redevables à son égard, saisirent l'opportunité de lui payer une journée de travail supplémentaire.

Ils grimpèrent dans sa 2 CV et firent le trajet sans décrocher un mot.

Célestin allait s'arrêter pour les déposer devant la mission française quand Lucille lui enjoignit de continuer à rouler. Elle avait aperçu quelque chose. Le chauffeur se rangea à cinquante mètres du portail, entre deux kiosques à boissons. Les trois passagers scrutèrent l'entrée où soldats et civils discutaient. Laurent Dominici était en pleine conversation avec un groupe de Français de Yaoundé : ils ne surveillaient pas les allées et venues, ils taillaient simplement une bavette pile au milieu du chemin des arrivants à la conférence.

— Tu ne peux pas y aller. Tu vas te faire arrêter, conclut Lucille à l'attention d'Antoine.

C'était tellement évident que le Corse ne songea même pas à protester.

— Attendons un peu, proposa-t-il.

Ils restèrent sans bouger pendant dix minutes, prenant leur mal en patience.

Blanchard examina sa montre.

— La conférence va bientôt démarrer. Si tu veux coincer Defferre, c'est maintenant. Après il sera cornaqué toute la journée par les diplomates.

Mais la bande d'expatriés en plein bavardage ne donnait aucun signe de vouloir bouger.

Luc se décida :

— Écoute, je vais y aller à ta place. Laurent ne m'aime pas, mais il n'ameutera pas la troupe pour ma pomme. Si je fais vite, je peux ressortir avant que tous ceux qui me considèrent comme persona non grata ne se réveillent…

Lucchesi détestait déléguer mais il n'avait guère le choix. Tant que le carnet ne serait pas à Marseille, il ne jouait pas seulement sa vie mais celles d'autrui.

— D'accord.

Il retira le cahier de la sacoche en cuir qui ne contenait

que cela et le tendit à Blanchard. Il avait pris soin de le ficeler dans du papier kraft.

— Tu le donnes à Defferre en lui disant de le remettre au plus vite à Mémé Guérini, à l'attention de Nick Venturi, de la part d'un ami de ce dernier. Même si ça vient de toi, il ne devrait pas poser de question. Ces noms fonctionnent comme des sésames. Tu t'en souviendras ?

— Mémé Guérini, Nick Venturi, répéta Luc en soupirant. Franchement, les Corses, vous avez le génie d'exporter vos trafics tordus et vos surnoms foireux à l'autre bout de la planète !

Blanchard et Lucille descendirent de la 2 CV et marchèrent côte à côte vers l'entrée de l'ambassade. Laurent les repéra et les suivit des yeux avec un regard sinistre jusqu'à ce qu'ils pénètrent dans l'enceinte.

Une fois à l'intérieur, Lucille, dossier sous le bras, abandonna son compagnon pour mettre le grappin sur un fonctionnaire qui supervisait les préparatifs du symposium du jour. Luc, lui, prit le temps d'observer la pièce afin de contourner d'éventuelles accointances inopportunes et d'identifier le sénateur des Bouches-du-Rhône. Celui-ci était en pleine péroraison. N'apercevant personne de fâcheux, Blanchard fonça droit sur l'édile et l'écarta d'autorité de ses interlocuteurs. Le Marseillais, irrité par ces mauvaises manières, s'apprêtait à tonner, mais Luc débita à toute vitesse les patronymes des destinataires de sa commission. Immédiatement, Defferre s'apaisa. Pour s'assurer d'avoir été bien compris, le journaliste répéta le message de Lucchesi. Peine inutile, l'élu avait enregistré du premier coup. Il saisit le paquet sans tenter d'évaluer son contenu et ironisa :

— Vous pouvez sortir un Marseillais hors de Marseille, vous ne sortirez jamais Marseille d'un Marseillais ! C'est mon fardeau de maire de cette ville !

Et il retourna à sa conversation comme si de rien n'était. Blanchard consulta sa montre. Le début de la conférence était imminent, mieux valait décamper au plus vite. Il pivota et mit le cap sur la sortie. Il attendrait Lucille dans le taxi. Il salua au passage deux ou trois personnes aperçues le jour précédent, et se retrouva en un rien de temps sur les marches du jardin. Alors qu'il ralentissait le pas juste avant le portail, il sentit qu'on le retenait par le coude. Il fit volte-face, prêt à expliquer calmement qu'il avait oublié quelque chose à son hôtel, lorsqu'il reconnut la face massive de François Grenier, rouge de colère.

— On t'avait bien dit de ne plus foutre les pieds ici, petit con !

Luc appréhenda en un éclair la situation. Une dizaine de conférenciers devisaient en sirotant sur la terrasse, des invités en retard arrivaient, des soldats français montaient la garde avec relâche et des Yaoundéens, surtout des femmes et des enfants, scrutaient par curiosité la réception au travers du grillage. Beaucoup de monde, beaucoup de témoins.

D'un mouvement brusque, Blanchard dégagea son bras et décocha à Grenier un coup de la paume en plein plexus solaire. L'agent fit un saut en arrière, le souffle coupé, plus surpris que meurtri. Comme plusieurs têtes se tournaient vers eux, le reporter bondit pour franchir les quelques mètres le séparant de la rue. Personne n'ayant vu en détail ce qui s'était déroulé, sa gestuelle désarticulée l'apparentait à M. Hulot plutôt qu'à un agresseur en fuite. Les militaires de la guérite de contrôle laissèrent donc sortir cet hurluberlu. L'espion du SDECE, lui, avait hésité un instant de trop. Ceinturer Luc dans l'enceinte de la mission aurait provoqué du remue-ménage, mais le poursuivre et tenter de l'appréhender en pleine avenue, avec des dizaines de Camerounais allant, venant, et tenant les murs, garantirait un joli charivari. Grenier renonça. Blanchard accéléra le pas et s'éloigna, dépassant par précaution le taxi où l'attendaient Antoine et Célestin. Une fois à distance respectable, il fit marche arrière et rallia la 2 CV.

Il s'effondra sur la banquette en soufflant.

— Mission accomplie. De justesse, mais c'est bon. Defferre va jouer au coursier.

— Merci, fit le Corse, dans un summum d'effusion sentimentale, avant d'ajouter : Et Lucille ?

— On l'attend. Elle règle un problème.

Blanchard posa deux doigts sur son poignet et compta une centaine de battements par minute. Son pouls accélérait. Le stress le gagnait. Il ne décelait pourtant aucun mouvement suspect chez les soldats gardant l'ambassade qui l'avaient laissé détaler.

Il s'angoissait pour Lucille. Grenier et ses acolytes avaient-ils décidé de se venger sur la patronne du Relais ? Laurent l'avait-il harcelée une nouvelle fois, ou bien avait-il manigancé pour la faire arrêter ? Il commençait à se ronger les ongles quand Lucille surgit, l'air furieux. Célestin actionna sa manivelle.

La jeune femme explosa :

— Ces salauds ont pris le parti de Laurent ! Il les a baratinés et il s'est fait remettre des documents lui transférant la propriété du Relais !

— Comment a-t-il fait ? s'enquit Blanchard. Tu détiens les titres notariaux, non ?

— C'est l'Afrique ici… Tout s'achète si tu graisses les bonnes pattes. Celles des Camerounais comme celles des Français !

Luc vit une larme couler sur la pommette de Lucille. Colère ou tristesse, il l'ignorait. Il se rapprocha d'elle et passa son bras autour de ses épaules, jugeant qu'aucune parole réconfortante ne sonnerait juste dans ces circonstances. Elle le laissa faire et réprima un sanglot, ne voulant pas pleurer devant ces trois hommes.

Élevant la voix, Célestin se manifesta :

— Monsieur Luc, je crois que nous sommes suivis. Mais ce n'est pas le véhicule de l'autre jour.

Blanchard se retourna pour observer le trafic par la lunette arrière. Il décela une Simca Vedette noire dont il avait vu plusieurs exemplaires sur le parking de l'ambassade, ainsi qu'une 203 bâchée un peu trop neuve pour être celle d'un commerçant camerounais. Avec le soleil qui se reflétait sur les pare-brise, il lui était difficile de le déterminer avec certitude, mais il aurait juré qu'il y avait des Blancs à bord de ces voitures.

— Célestin, tu peux aller plus vite ? suggéra Luc poliment.

— Je vais essayer.

Le chauffeur appuya sur l'accélérateur comme il n'avait jamais dû le faire et enclencha la quatrième, inusitée depuis belle lurette. Il doubla des pousseurs de charrettes à bras, deux ânes et un taxi collectif, et s'engagea à cinquante kilomètres à l'heure sur le rond-point de la poste centrale.

L'habitacle de la Citroën se pencha à trente degrés dans le tournant, menaçant de verser, mais les roues, heureusement, ne décollèrent pas. Antoine s'agrippa au tableau de bord et Luc se crispa sur son siège. Seule Lucille ne réagit pas, toujours à son chagrin.

Derrière eux, les véhicules suiveurs prirent de la vitesse à leur tour. Le bâché les rattrapa et les emboutit par l'arrière alors qu'ils émergeaient du carrefour. Cette fois-ci, c'en était terminé de la poursuite passive. La 2 CV fit une embardée en diagonale. Afin de ne pas perdre le contrôle, Célestin grimpa sur le trottoir en actionnant son klaxon. Les piétons bondirent comme des sauterelles, et un vieux cheval, tractant une carriole de sable utilisé pour remblayer la chaussée, décida que le milieu de la route était plus sûr pour lui. Il percuta deux vélos, qui basculèrent à terre et, ce faisant, bloqua toute la circulation, permettant au taxi de se détacher de ses poursuivants.

Lucille en oublia ses larmes et s'accrocha au siège devant elle en fulminant :

— Qu'est-ce que c'est que ce bordel ?

— Merde ! cria Luc, qui scrutait la scène de chaos qu'ils laissaient dans leur sillage. Ces types sont armés !

Il plaqua la jeune femme sur la banquette sans ménagement, la recouvrant de son propre corps.

— Célestin, fonce ! rugit Antoine qui se plia en deux comme il pouvait.

Le chauffeur obtempéra et la 2 CV, qui avait à nouveau les roues sur l'asphalte, gagna bien cinq kilomètres à l'heure de vitesse.

Trois coups de feu retentirent simultanément et l'une des balles brisa la vitre arrière.

Malgré le poids de Luc qui pesait sur elle, Lucille hurla :

— Chez moi, vite!

Au moins, elle n'était pas blessée. Blanchard non plus apparemment, qui ne ressentait aucune douleur. Le virage pris par Célestin après l'ordre donné démontrait que le chauffeur allait bien, tout comme Lucchesi, qui releva la tête.

Ils eurent le temps d'entendre deux détonations supplémentaires et des vociférations, mais le tournant à la perpendiculaire atténua l'éclat des voix, des armes et des dégâts. Le taxi se faufilait dans les ruelles à toute vitesse, évitant les grands axes et privilégiant les chemins de traverse.

La métisse se dégagea de l'étreinte protectrice du journaliste, et les deux Français et la Franco-Camerounaise s'observèrent : lequel d'entre eux avait attiré une telle foudre sur leur existence?

Luc, prompt à s'excuser, plaida coupable :

— Un nervi des services secrets m'a repéré tout à l'heure. Je pense qu'il s'est mis en tête de me régler mon compte.

— On n'en sait rien! répliqua abruptement Lucille. On s'est tous fait des ennemis qui nous en veulent. Désormais, on doit quitter Yaoundé et se planquer.

Antoine acquiesça.

— Célestin aussi, ajouta-t-il, avec une pointe de regret.

Même s'ils parvenaient à semer leurs poursuivants, ceux-ci n'auraient aucune difficulté à remonter jusqu'à leur chauffeur. Les taxis n'étaient pas si nombreux à Yaoundé.

— Madame Lucille a raison, convint le Camerounais,

fataliste. Je dois fuir avec vous ou alors ils vont me causer des misères.

Le conducteur continuait de rouler dans des ruelles et sur des sentiers de la largeur de son auto, où il devait éviter ravinements, ordures, enfants, poules, étals et compagnie.

— Mais où est-ce qu'on va aller ? s'alarma Luc. Je dois récupérer mes affaires au Relais ! Il y a mes notes, ma valise…

— Quand ils sortent les flingues, c'est terminé. Il faut prendre la tangente ! rétorqua la métisse, dont la détermination supplantait désormais la tristesse.

— Mais c'est impossible ! J'ai tout mon reportage dans mes carnets…

Le journaliste geignait.

Il se ressaisit, honteux. Et fracassa de son poing la malheureuse portière de la 2 CV. Lucille lui posa gentiment la main sur la cuisse. Elle comprenait sa colère.

— Nous sommes presque arrivés, madame Lucille. Qu'est-ce qu'on fait ? demanda le chauffeur.

— Rentrer ta voiture chez moi, on va réfléchir ensemble.

Célestin sortit du dédale entre les habitations et ils retrouvèrent le goudron. Ils scrutèrent l'avant, l'arrière et les côtés. Personne ne les avait suivis. Jusqu'à présent. Célestin freina devant le mur d'enceinte et Lucille jaillit du véhicule pour déverrouiller le vantail en tôle et laisser le taxi pénétrer dans le jardin de sa villa.

Un objet parfaitement incongru dans ce cadre attira immédiatement leur attention. Posé sur l'herbe comme un moustique sur une peau nue : un hélicoptère aux pales immobiles. Le premier réflexe de Luc, sidéré, fut de conclure qu'ils étaient tombés dans un traquenard. L'armée française les avait devancés et s'apprêtait à les cueillir. Puis il vit Sirius Volkstrom au milieu de la pelouse. Le manchot marcha vers eux d'un air résolu et, s'adressant à Lucchesi, lui hurla dessus :

— Où est-ce que tu étais, putain de Dieu ?! Si tu crois que c'est discret de parquer un engin pareil ! Magne-toi, on fonce à Ebolowa libérer ton cuistot !

— C'est tout ce que tu as trouvé ? répondit Antoine, incrédule.

— Si ça ne te plaît pas, enfourche un vélo et démerde-toi tout seul !

— C'est bon, c'est bon… Laisse-moi deux minutes que j'aille chercher mes affaires dans la maison.

Lucille avait refermé le portail et, voyant qu'il ne s'agissait pas de soldats venant les appréhender, accourut vers le groupe.

— Qu'est-ce que cet hélico fout dans mon jardin ?

— Bonjour ma p'tite dame, Pierre Lherbier à votre service pour un transport express de votre copain corse…

— Je pars avec lui tenter de récupérer mon ami en prison. Ce n'est pas ce que j'avais imaginé, mais je dois faire avec, justifia Lucchesi. Je ne pense pas revenir à Yaoundé…

Lucille rebondit instantanément sur sa réponse.

— On peut venir avec vous ?

— Tous les trois ? interrogea Sirius, évaluant mentalement les tracas ou les bénéfices susceptibles d'en découler.

— Tous les quatre, rebondit-elle en désignant Célestin.

— Plus on est de cinglés, plus on s'écrase vite ! Dépêchez-vous : ça fait déjà trente minutes qu'on poireaute, et la cavalerie va débarquer d'un moment à l'autre.

— Laissez-nous trois minutes !

Lucille fila à l'intérieur de sa villa, Antoine sur ses talons. Blanchard, que personne n'avait sollicité et qui n'avait aucun bagage à préparer, annonça :

— Je ne monte pas là-dedans.

Volkstrom, dur d'oreille, ne l'avait pas entendu.

— Alors, prêt pour ton baptême de l'air ?

— Comment t'as déniché un hélicoptère ? osa Luc qui redoutait la réponse.

— Je l'ai emprunté, et le pilote avec. Il n'a pas fait trop de difficulté, fit Volkstrom en tapotant le pistolet dans son holster.

— T'es givré…

— P't-être bien, mais tu m'accompagnes ! Alors lequel de nous deux a une case de vide ?

— Non, non, je ne monte pas là-dedans, répéta le reporter. Hors de question de participer à une évasion. Vous êtes fous !

— À ta guise, mon pote. C'est con, j'avais justement un truc pour toi dans ma besace. Ça concerne Grenier…

— Crache ! C'est quoi ?

— Je suis disposé à te le céder à un bon prix.

Lucille, avec un sac à dos en toile, et Antoine, avec sa valise, sprintaient vers l'Alouette. Avec l'assistance de Sirius, ils grimpèrent à bord et firent monter Célestin.

La métisse se retourna vers Luc, planté dans le gazon. Elle attendait qu'il la rejoigne. Le manchot se marrait.

À contrecœur, se maudissant lui-même, Blanchard se hissa dans l'hélicoptère. Max Fichet, derrière ses lunettes de soleil, examinait leur installation dans son appareil avec la nonchalance de celui qui tient les commandes.

Le rotor grimpa en cadence, le bruit devint vacarme, et l'engin décolla lentement. Au bout de vingt secondes, ils contemplaient le pâté de maisons de Lucille, distinguant les visages interloqués des voisins qui tordaient leur cou vers le ciel.

Leur échappée manquait de discrétion, mais elle était efficace.

Blanchard, pas convaincu d'avoir fait le bon choix, pivota vers ses compagnons : Sirius surveillait le pilote, concentré sur ses manœuvres, Lucchesi regardait dans le vide, Célestin s'amusait en reconnaissant d'en haut des lieux connus. Et Lucille lui souriait.

32

Antoine Lucchesi, Yaoundé-Ebolowa, 28 juillet 1962

L'escamotage d'un hélicoptère de l'armée française n'allait pas rester un secret bien longtemps – la notion d'emprunt risquait d'être compliquée à faire avaler à la hiérarchie militaire. Leur décollage depuis un quartier résidentiel de Yaoundé devait déjà alimenter le moulin à rumeurs de la capitale. Sans compter la fusillade au centre-ville à laquelle ils avaient réchappé. Il ne fallait pas être devin pour relier ces événements entre eux et déclencher la traque.

Leur chance, si on pouvait la définir ainsi, était que personne ne savait où ils allaient. Ebolowa, à une centaine de kilomètres plein sud, était une destination improbable. Il faudrait sûrement quelques heures, au mieux, avant qu'un petit malin ne collationne les différents indices qu'ils avaient semés ces derniers jours.

Le pilote, lui, connaissait leur destination. Quand Volkstrom lui avait annoncé « Ebolowa », il avait incliné son manche à balai sans sourciller. Antoine n'avait aucune idée de ce que Sirius avait pu garantir à Max Fichet, qui l'avait reconnu lorsqu'il avait grimpé à bord, mais ce dernier obéissait à tous les ordres. Il ne paraissait pas non plus désarçonné par les circonstances, quand bien même il trimballait une brochette de fugitifs dans son appareil.

Lucchesi avait tenté d'expliquer à Blanchard et à Lucille la situation de son ami et cuisinier enfermé à Ebolowa, mais le bruit du rotor ne permettait pas une conversation trop détaillée. Au bout d'une demi-heure de vol, Sirius pria le pilote de se poser dans une prairie. Il arracha une nouvelle fois le coupe-circuit, et les cinq fuyards descendirent à terre pour discuter.

— Nous allons libérer Alphonse qui est retenu dans un camp de détenus, résuma Lucchesi.

— Mais vous êtes mabouls, protesta Luc, qui n'en menait pas large. Vous n'allez pas prendre le camp d'assaut tout de même !

— Tu nous prends pour des amateurs ? intervint Volkstrom. On possède une belle autorisation, dûment signée et tamponnée, pour interroger le prisonnier.

— Et vous allez en profiter pour le libérer ? répliqua le journaliste alarmé.

— Exactement !

Antoine aurait bien aimé partager l'assurance du manchot. En réalité, ils n'avaient aucun plan. Cela ne l'empêcha pas de tancer le reporter dont les atermoiements l'excédaient :

— Tu n'es pas obligé de nous accompagner. Tu peux rester ici !

Blanchard semblait regretter de les avoir suivis dans l'Alouette. La libération du cuisinier n'était pas son affaire.

Mais, en regardant l'entrelacs de verdure à perte de vue autour de lui, il réalisa qu'il n'avait plus le choix. Lucille l'observait sans rien dire. Elle pensait la même chose.

Pour une fois, Célestin offrit son avis sans avoir été sollicité :

— Nous n'avons qu'à faire pareil qu'au Sedoc. On se déguise en militaires et on leur explique qu'on va interroger votre ami, puis on exige de le ramener à Yaoundé.

— Excellente idée, rugit Volkstrom. Tu viens avec nous en te faisant passer pour un adjoint du directeur Fochivé et on n'aura aucun blème. Ouste, c'est réglé !

Le manchot partit farfouiller dans son sac à bord de l'hélicoptère. Il en revint avec une veste de costume et une cravate, qu'il tendit à Célestin. Puis, évaluant Blanchard de haut en bas, il lui balança :

— Tu lui files ton falzar et tes pompes, et ça sera parfait.

Luc chercha de l'aide, mais personne ne lui jeta de bouée de sauvetage. Tout le monde semblait approuver l'idée. Même Lucille plissait les yeux, amusée.

Deux minutes plus tard, le journaliste se retrouvait pieds nus, en chemise et caleçon, et Célestin, attifé d'une veste trop grande, d'un pantalon dépareillé et d'une cravate qu'il ne savait comment ficeler. Antoine l'assista avec le nœud.

Sirius rendit son verdict :

— De toute manière, un nègre en costume, c'est comme un éléphant en tutu.

Tous grimacèrent, affligés par sa crudité.

Au final, Célestin n'était pas plus mal vêtu que nombre de fonctionnaires camerounais qui n'avaient d'autre choix qu'acheter des frusques de seconde ou troisième main mises au rebut par les Blancs.

Volkstrom, visiblement traversé d'une pointe de remords, retourna chercher un pantalon de treillis militaire qu'il jeta à Luc.

Lucille choisit ce moment-là pour demander :

— Ensuite, à supposer que votre plan fonctionne, qu'est-ce qu'on fait ?

Silence.

Nul n'avait de réponse.

— Aucun de nous n'a intérêt à traîner dans ce pays pourri. Il faut mettre les bouts ! rétorqua Sirius.

— Certes, mais où ?

Lucille n'était pas du genre à se démonter face aux rodomontades du manchot. En plus, elle était la seule avec lui à posséder une notion précise de la géographie régionale. D'ailleurs, Antoine, Luc et Célestin guettaient sa réaction, comme des cadets attendent de leur officier supérieur qu'il prenne une décision pour laquelle ils ne sont pas qualifiés.

Volkstrom haussa les épaules.

La métisse marcha à son tour vers l'hélicoptère où elle s'empara de son sac à dos. Sachant qu'elle n'avait pas eu le temps de paqueter grand-chose lors du bref passage dans sa maison avant leur décollage, Lucchesi devina qu'elle avait préparé ce bagage depuis belle lurette, en anticipation d'un départ précipité. Elle tira d'une poche latérale une carte du Cameroun au cinq-cent-millième et la déplia sur le sol. Tout le monde s'agenouilla autour d'elle.

— Jusqu'où peut nous emmener le pilote ? questionna-t-elle.

— Jusqu'où je lui dirai ! assena Sirius.

Elle pointa Yaoundé puis Ebolowa sur le plan. Un nouveau silence s'installa.

Blanchard s'enquit :

— Est-ce qu'on peut rallier Douala et ensuite prendre un avion ou un bateau ?

— J'en doute, répondit la jeune femme. À moins de payer un très gros pourboire. Le port et l'aérodrome seront surveillés.

— C'est sûr, confirma Volkstrom. Ils sont branques, mais pas au point de nous laisser quitter le pays si facilement.

— Il nous reste donc le Sud. La frontière…, suggéra Antoine en désignant la partie toute verte sur la carte et la ligne droite marquant la séparation d'avec la Guinée équatoriale, et celle zigzagante délimitant le Cameroun du Gabon.

— La décision est vite prise ! affirma le manchot en se redressant.

Lucchesi, Blanchard et Célestin attendaient l'avis de Lucille. Qu'elle offrit d'une voix posée :

— Oui, je crois qu'on n'a pas le choix.

Ils continuaient de la dévisager comme des cancres.

— La Guinée est sous la mainmise des franquistes. Le pays est assez fermé. À moins que l'un d'entre vous ne parle espagnol comme un Madrilène, on se fera repérer, et on risque d'être balancés. Le Gabon a beau être le paillasson de Paris, on aura moins de mal à se fondre dans le paysage, et on doit pouvoir plus aisément acheter notre passage pour l'Europe.

— Je n'ai rien contre les franquistes, mais je suis d'accord avec la demoiselle, ajouta Sirius, étonnamment conciliant. Par contre, calmez votre joie, parce qu'il va falloir crapahuter : Libreville, c'est pas la porte à côté…

— L'hélicoptère ne peut pas nous y transporter ?

— Ce n'est pas un gros porteur, cet engin, ma petite. On sera déjà bien heureux s'il a du kérosène pour nous trimballer jusqu'à la frontière !

Dans les pupilles des deux novices de l'Afrique, Antoine et Luc, défilaient des images de Tarzan bondissant de liane en liane en pleine jungle parmi les serpents et les crocodiles. Ils n'avaient pas l'air réjouis par ce qu'ils imaginaient.

— Bon, c'est pas tout, les aminches, mais faut s'y remettre ! On a un taulard à affranchir, et Yaoundé ne va pas tarder à nous coller au train.

Sur cette semonce, Volkstrom regagna l'Alouette.

Max Fichet patientait bien sagement sur son siège, prêt à relancer le moteur.

Le soleil de fin d'après-midi entamait sa descente vers l'horizon, et ses rayons se faisaient moins ardents lorsque le pilote les avertit en criant par-dessus le vrombissement :

— On arrive à Ebolowa !

Ils survolèrent une petite ville à mi-chemin entre le village et la bourgade, composée d'un centre organisé autour de quelques bâtiments à l'architecture européenne, et plusieurs centaines de cases en brique ou en torchis. Des bêtes se promenaient en liberté et le faible nombre de voitures ne laissait pas craindre beaucoup d'embouteillages. Des habitants levèrent la tête vers le ciel à leur passage, mais d'autres poursuivirent leur besogne sans préoccupation, signe que le survol d'hélicos de l'armée française ne représentait pas un événement exceptionnel.

D'ailleurs Fichet paraissait familier de l'endroit, car il se repéra du premier coup d'œil. Il fit virer sa machine et se posa sur une esplanade qui servait également de terrain de football, faisant face à trois édifices en dur, une dizaine de baraquements en bois, et surtout une quantité impressionnante de fils barbelés cernant l'ensemble. À défaut de murs, les responsables du camp avaient forcé sur le grillage et les pointes acérées. Une évasion n'était pas inenvisageable, mais elle présageait de sacrées cicatrices.

Sirius subtilisa de nouveau le coupe-circuit à Max, qui le laissa faire, et tendit son pistolet à Blanchard :

— Tu surveilles notre camarade pilote. Normalement il ne causera pas d'ennuis, mais on est plus tranquille avec un calibre dans la main. La demoiselle et toi, vous restez dans la bécane et vous vous faites discrets. Si tout se passe bien, on ne traînera pas longtemps. Si ça foire, c'est chacun pour sa pomme !

Lucchesi jeta un dernier regard préoccupé à ceux qui restaient, avant de s'élancer vers le camp avec un Volkstrom nonchalant et un Célestin tout en raideur malgré son costume aux limites du déguisement. Ils n'avaient rien répété, rien préparé. C'est de la folie, songea Antoine. Il n'avait même pas vérifié si son fusil était chargé.

Comme à son habitude, le manchot exsudait la confiance. Il s'adressa aux soldats camerounais qui gardaient l'entrée en les malmenant, exigeant de parler au responsable du camp. Cela fit son petit effet. L'un des troufions partit dare-dare en direction du plus grand des bâtiments, pendant que les autres les dévisageaient dans un mélange de prudence et de crainte. Le trio ne tarda pas à voir s'approcher un militaire plus âgé, avec plus de bedaine et plus de galons, accompagné de son ordonnance. Sirius l'accueillit de manière réglementaire d'un tonitruant « Mon colonel ! ». Lucchesi esquissa un piètre mime du même salut, et parvint in extremis à retenir le chauffeur de taxi qui s'apprêtait à les imiter, oubliant qu'un civil, en particulier un membre des services de la sécurité politique, n'était pas tenu par la discipline militaire. Heureusement, personne ne nota son geste.

Toutes les mirettes étaient focalisées vers le sergent Lherbier qui dépliait, avec une lenteur calculée, leur lettre de mission pour la tendre à son interlocuteur. L'officier camerounais la parcourut sans moufter puis la remit à son adjoint moins galonné. Celui-ci prit son temps.

Sirius, tout à son théâtre amateur, rompit l'attentisme des deux militaires en exposant ses intentions d'une voix posée :

— Nous venons chercher le détenu Mukenga Alphonse. L'armée française désire l'interroger et nous avons l'approbation du Sedoc pour cela.

Le gradé hésitait. C'était apparemment la première fois qu'il était confronté à une telle situation.

Célestin prit alors la parole en dialecte local, avec un aplomb qu'Antoine ne lui connaissait pas. Il ne comprit rien, mais repéra le mot « Fochivé » qui vint à trois reprises scander la tirade. Le colonel dévisagea son aide de camp puis tourna les talons en leur disant : « Suivez-moi. »

Le trio lui emboîta le pas et pénétra dans l'enceinte barbelée. Volkstrom se porta au niveau du militaire camerounais et l'entreprit à coups de banalités. Lucchesi, lui, en profita pour examiner les lieux. Plusieurs dizaines de soldats traînaient, désœuvrés dans leur faction, et au moins une centaine de détenus vêtus de hardes. Certains accomplissaient des corvées, balayant la latérite, comblant des trous, lissant des murs, charriant des caillasses, pendant que d'autres étaient accroupis ou allongés à même le sol, faméliques et harassés. Son propre séjour de quelques mois dans une prison française lui sembla un parcours de santé à côté de celui qu'affrontaient ces malheureux.

L'officier les conduisit dans un édifice tout en longueur, percé de meurtrières. À l'intérieur, quelques ampoules jaune pisseux éclairaient un couloir, alimentées par un générateur diesel poussif. Des fils électriques partaient des douilles vers quelques-unes de la dizaine de portes closes.

Le colonel leur ouvrit la première cellule à droite de l'entrée.

— C'est la plus luxueuse ! s'amusa-t-il, avant de les prier d'attendre.

Il allait leur amener leur prisonnier.

La pièce faisait une vingtaine de mètres carrés. Quelques tabourets étaient disposés en demi-cercle autour d'un anneau métallique scellé dans le sol humide. Un tuyau d'arrosage sortait d'un bidon placé en hauteur. Dans le coin derrière la porte gisait une grosse batterie de camion connectée au fil électrique provenant du couloir et à deux pinces crocodiles larges comme des poings. Deux gourdins en bois, un mètre de chaîne, un crochet en fer et une lime reposaient à même le sol. C'était une chambre de torture bas de gamme. Quoique aussi efficace que d'autres : le répondant des suppliciés dépendait rarement de la qualité des instruments.

Lucchesi et Volkstrom avaient déjà visité des endroits semblables, et Célestin en avait probablement déjà perçu l'écho. Aucun d'eux ne semblait particulièrement affecté, bien que le chauffeur affichât triste mine. Antoine le savait : c'était le sentiment qu'on éprouvait lorsqu'on découvrait de visu les horreurs commises par ceux, militaires, miliciens, politiciens, qui abusaient de leur pouvoir au prétexte de défendre leurs citoyens.

Sirius s'assura qu'on ne leur refermerait pas la porte du cachot sur le nez pendant qu'ils marinaient à l'intérieur. Antoine, qui avait besoin de s'occuper les mains, entreprit de fouiner dans un tas de documents jetés en vrac dans un coin. Il s'agissait pour l'essentiel de manuels ronéotypés, comptes rendus de conférences ou extraits de livres. Il en saisit un. Leur origine ne faisait aucun doute : le gouvernement français. Leurs auteurs avaient signé leur prose sur la première page. Il parcourut rapidement les liasses avec des titres comme *Guerre révolutionnaire et Arme psychologique*, *La Guerre moderne*, *La Guerre contre-insurrectionnelle, théorie et pratique*, et les noms de ceux qui avaient écrit ces brochures : colonel Charles Lacheroy, capitaine David Galula, général Jacques Hogard, colonel Roger Trinquier, capitaine Paul-Alain Léger… Les patronymes ne lui disaient rien, mais les grades soulignaient que leurs rédacteurs n'étaient pas des marginaux. Lucchesi s'accroupit un instant, fasciné pas ces traités théoriques qui traînaient dans la poussière d'un mitard au cœur de l'Afrique. Deviner s'ils avaient été lus était autre chose, mais leur contenu avait été jugé suffisamment pertinent pour être expédié jusqu'ici, en démonstration du savoir-faire des élites françaises. De l'École de guerre à la gégène…

Des bruits retentirent à l'entrée du bâtiment. Antoine se déporta dans le coin le plus sombre de la pièce de crainte qu'Alphonse ne le reconnaisse et ne cède à une bouffée d'enthousiasme.

Un soldat fit irruption dans le cachot, tirant derrière lui le cuisinier enchaîné aux chevilles et aux poignets. Il le propulsa sur un tabouret qui se renversa. Alphonse resta couché au sol, recroquevillé sur lui-même. Antoine distinguait des cicatrices encore fraîches sur son crâne, un œil fermé par les chocs et une barbe constellée de croûtes séchées. Il cramponna son fusil, à deux doigts de le brandir en direction du chef du camp, lorsque Sirius coupa la trajectoire de ce dernier et agrippa le bidasse par le paletot pour l'éjecter de la geôle.

— Désolé, messieurs, c'est un interrogatoire secret. Ordres absolus du colonel Clair !

Il claqua l'huis sur les deux Camerounais, avant qu'ils n'aient essayé de protester.

Lucchesi bondit vers Alphonse et l'aida à s'asseoir.

— Alphonse, c'est moi Antoine. On est venus te tirer d'ici.

Son ami leva son œil valide vers lui. Reconnaissant ? Soulagé ? Nerveux ? Un peu de tout cela en même temps.

Lucchesi lui donna l'accolade pendant que le cuisinier murmurait : « Merci, merci… »

Volkstrom s'avança à son tour vers le captif :

— Maintenant mon bonhomme, je vais crier très fort, je vais filer des coups sur le sol et dans les murs, et tu vas brailler tout ce que tu peux ! On va faire comme si on te flanquait une bonne rouste et tu vas nous sortir ta meilleure interprétation du comte de Monte-Cristo !

Devant les yeux ébahis de Célestin, le manchot se lança dans une danse diabolique, assenant des coups de gourdin sur les tabourets, la terre battue, un vieux linge qui traînait... tout en hurlant à tue-tête des menaces et des borborygmes. Derrière le mime on sentait derrière l'inquisiteur expérimenté. Face à lui, d'abord immobile, sans doute épuisé par la fatigue et la malnutrition, Alphonse ne disait rien. Puis le Corse l'encouragea et il se mit alors à crier : « Arrêtez ! », « Je n'ai rien fait ! », « Je ne sais pas ! » Probablement les mêmes phrases qu'il devait répéter depuis huit jours à ses bourreaux.

Sirius ménageait de temps à autre des pauses qu'on aurait pu qualifier de dramatiques, mais qui n'étaient qu'opportunisme. Enfin, au bout d'une quinzaine de minutes, il annonça à ses trois comparses :

— Ça devrait faire l'affaire. On leur dit qu'on embarque Alphonse avec nous. Va falloir être convaincant, les gars !

Lucchesi passa sa tête sous l'épaule gauche de son ami afin de l'aider à marcher pendant que Volkstrom ouvrait la porte. Heureusement, personne ne l'avait fermée à clef.

Le quatuor se trouva immédiatement face au colonel camerounais, furax à la perspective d'être dépossédé de son pensionnaire.

— Il n'a pas l'air, mais c'est un costaud, l'asticot ! Il ne crachera rien ici, on l'emmène avec nous à Yaoundé, proclama le sergent Lherbier.

L'officier camerounais grimpa sur ses ergots.

— Hors de question, c'est mon prisonnier !

— Il vous a raconté quelque chose sur ses projets terroristes jusqu'ici ? lui renvoya Sirius d'un ton professoral.

— Pas encore. Mais il va finir par avouer !

— C'est bien mon avis aussi. Mais nous avons une urgence : les maquisards préparent une opération contre les soldats français dans le sud du pays.

— C'est de ma responsabilité de le faire parler !

— Vous voulez avoir des soldats français morts sur la conscience ? Et dans votre dossier militaire ? Nous avons des moyens de persuasion sophistiqués que vous n'avez pas, renchérit Volkstrom, méprisant.

Le colonel baissa insensiblement la tête. L'argument avait porté. Il n'avait toutefois pas dit son dernier mot. Il allait relancer son plaidoyer lorsque Célestin se mit à vociférer en bassa comme un chauffeur de taxi embouti par une mobylette. Ça avait marché un peu plus tôt, il n'y avait aucune raison de ne pas remettre le couvert. Des locutions françaises surnageaient : « upéciste », « traître », « patrie » et puis « Fochivé » éructé à plusieurs reprises tel un point d'exclamation. Visiblement, le nom du patron du Sedoc était brandi à la manière d'un marteau pour enfoncer les clous.

Et cela fonctionna. Le gradé renonça d'un moulinet de bras, maugréant :

— Allez-y, ramassez-le…

Magnanime, Volkstrom lui proposa :

— Si vous voulez, on vous signe une décharge.

Le Camerounais renifla. Il ne devait pas goûter la paperasse. Ou alors il savait qu'elle ne servait à rien, sauf à laisser des traces. Dans sa position, mieux valait en accumuler le moins possible.

Clopin-clopant en raison d'Alphonse qu'il fallait soutenir, les quatre hommes prirent le chemin du retour vers l'hélicoptère, pendant que le colonel regagnait ses quartiers. Ils franchirent le portail sous les regards endormis des soldats et ceux des détenus, difficiles à qualifier : curieux, certainement, envieux, pas vraiment. Ils imaginaient ce qui attendait le sortant entre les mains des Français et du Sedoc. À coup sûr, rien de bon. Quand ils se hissèrent à bord de l'Alouette, nul n'avait bougé. Luc et Lucille paraissaient anxieux, Max stoïque. Sauf lorsqu'il vit le passager supplémentaire :

— Si on continue à jouer les secouristes, on ne va bientôt plus pouvoir décoller. Je ne suis pas chauffeur d'autobus.

— Ta gueule et mets les gaz ! lui jeta Sirius en même temps que le coupe-circuit.

Ils disposèrent Alphonse le plus confortablement possible dans la cabine surchargée avant d'entendre des sommations criées par les troupiers de faction devant le camp. Les pales commençaient à brasser l'air, rendant le message inaudible. Mais il ne résonnait pas comme une sérénade d'adieu. Antoine posa un genou sur le plancher métallique et arma son fusil.

L'engin s'éleva péniblement de quelques mètres, leur permettant de distinguer le colonel en train de donner des ordres. Des troufions s'élancèrent vers eux, mais Fichet inclina brusquement l'hélicoptère et les lames du rotor dans leur direction, leur flanquant une frousse bleue. Les Camerounais s'aplatirent au sol, mains sur la tête. Leurs collègues plus éloignés, par contre, épaulaient leurs armes dans la direction de l'aérodyne.

Il fallut quelques secondes à Lucchesi pour recouvrer ses

appuis après la manœuvre du pilote avant de faire feu. Balle après balle, il vida son chargeur. Ce n'était pas du tir de précision, mais ça avait le mérite de contraindre leurs adversaires à chercher une couverture et à les empêcher d'ajuster.

Max continuait de s'élever en pivotant sur son axe. Il s'efforçait de minimiser la surface offerte aux artilleurs, tout en préservant un angle de tir dégagé pour Antoine et Sirius, qui faisait usage de son pistolet.

L'hélicoptère grimpait. Lentement. Trop lentement pour les passagers qui redoutaient le crash.

Lucchesi réalisa que l'admonestation antérieure de Max n'était pas de pure forme. Ils étaient de plus en plus lourds et, comme un bateau trop lesté, ils peinaient à prendre de la vitesse.

En raison du vacarme, ils ne parvenaient pas à déterminer si on les canardait encore ou pas. Jusqu'à ce qu'une étincelle irradie un arceau de la carlingue. Ce n'était peut-être pas la première balle qui les frappait, mais c'était la première qu'ils voyaient. Ils poussèrent un cri simultané.

La machine souffrait. Ils faisaient du vol stationnaire.

Antoine n'avait pas compté ses munitions, mais il supputait que l'épuisement de son chargeur approchait. Il n'en avait pas d'autres à sa disposition. Résolu à ne tirer qu'utile, il décela un artilleur sortir de la guérite avec un tube sur l'épaule. Il avait déjà entrevu ce genre de matériel chez les GI américains lors de la Seconde Guerre mondiale : un bazooka.

Plutôt que de hurler une mise en garde qui sèmerait la panique à bord, il retint son souffle, comme son chef de maquis dans la Résistance lui avait enseigné. Il bloqua sa respiration, visa, visa, visa, puis appuya sur la détente. Il eut le temps de voir le corps de sa cible se tordre au moment où la roquette fusa dans les airs… à la verticale et loin d'eux.

Fichet remarqua la traînée de feu qui montait dans le ciel et bascula sa machine d'un mouvement brusque pour les éloigner définitivement du camp. Le régime moteur était suffisant pour les propulser hors de portée des armes adverses.

Un soulagement palpable parcourut le groupe.

— Qu'est-ce qui s'est passé ? cria Blanchard aux limites de la panique, poussant sa voix pour dominer le bruit.

— Ces couillons ont dû passer un appel radio pour vérifier qui nous étions. La réponse ne leur a pas plu ! suggéra Volkstrom, qui rechargeait son flingue d'une seule main en le serrant entre les genoux.

— Et tu ne l'avais pas anticipé ?

— Je l'avais envisagé, mais je ne pensais pas que ces zèbres seraient aussi vifs !

Luc leva les yeux au ciel, imité par Antoine.

— Qu'est-ce qu'on fout maintenant ?

C'était Max Fichet, le seul embarqué contre son gré, qui se manifestait.

— Tu mets le cap plein sud. Direction le Gabon, lui ordonna Sirius.

— Mais je n'ai pas assez de carburant !

— T'occupe ! Vole aussi loin que tu peux !

33

Sirius Volkstrom, sud du Cameroun, 28 juillet 1962

Le soleil commençait à s'oranger sur leur droite pendant que l'hélicoptère filait sud-sud-est au ras des frondaisons, suivant une piste tracée au milieu de la jungle. Sirius savait d'expérience que c'était pour le pilote le moyen le plus sûr de s'orienter dans cette forêt équatoriale qui s'étendait à perte de vue. Fichet ne cessait de contrôler sa jauge de carburant dont l'aiguille était descendue en dessous du zéro depuis quelques minutes. Volkstrom l'avait remarqué aussi, mais sans en faire la publicité.

Alphonse, leur évadé, paraissait ragaillardi. Assis à même le plancher, il souriait en s'alimentant d'une barre de chocolat dénichée dans la carlingue.

Sirius considérait qu'ils s'en tiraient plutôt bien. Ils étaient parvenus à fuir les armées française et camerounaise, ainsi qu'un ou deux services secrets et un barman en colère, à subtiliser un hélicoptère, à extraire un détenu de sa prison, à esquiver des salves d'artillerie, et à faire la nique à un volant de diplomates, bureaucrates et politicards. En tant que premier violon de cette folle échappée, il était fier de lui. Ça avait parfois du bon de faire équipe.

Quand il entendit le premier hoquet du carburateur, il sut qu'ils avaient atteint le fond de la cuve. Max décéléra illico pendant que Volkstrom s'égosillait afin d'être compris du premier coup :

— Accrochez-vous ! On descend !

Les toussotements du moteur se multiplièrent. Ils perdaient de l'altitude en tournoyant sur eux-mêmes. La cabine oscillait dangereusement. Fichet s'échinait sur ses commandes, tentant de maîtriser les saccades de son manche à balai, tout en s'efforçant de rejoindre la verticale de la piste pour ne pas chuter dans les arbres.

Étonnamment, aucun des passagers ne cria. Ils empoignèrent chacun un arceau, un siège ou une lanière, et se préparèrent au pire.

Il y eut un ultime râle mécanique, puis la turbine s'arrêta, et les pales ralentirent. Elles fouettaient l'air sans plus parvenir à s'appuyer dessus. Les secousses frénétiques de ces dernières secondes cessèrent et ils churent comme un caillou dans l'eau.

Cela ne dura pas longtemps : la terre se rappela vite à leur bon souvenir. Ils s'écrasèrent comme un crachat sur le trottoir, et le bruit de la ferraille compressée crissa dans leurs oreilles. Max était un excellent pilote de brousse : il avait anticipé le crash et était parvenu à stabiliser et à faire suffisamment descendre sa machine pour qu'elle ne verse pas. Il n'en était pas à son premier atterrissage d'urgence. Une fois que plus rien ne remuait, ils s'extirpèrent tous prudemment de l'hélicoptère, surpris de constater qu'ils étaient indemnes et l'appareil extérieurement quasi intact. Il était posé droit sur ses patins qui, malgré le choc, avaient tenu le coup. Fichet examinait tout de même son instrument de travail d'un air dubitatif. Il était assez téméraire pour voler jusqu'à la panne sèche ; il ne l'était pas pour remonter dans une machine qui avait subi un tel choc. En dépit des apparences, l'Alouette était bonne pour la casse.

— Merde ! On est où ? râla Lucchesi.

— Comment veux-tu que je le sache ? lui répliqua Volkstrom.

— Ce n'est pas le moment de s'écharper, les calma Lucille, plongeant la main dans son sac à la recherche de la carte.

Quand elle l'eut étalée au sol, le pilote d'hélicoptère parcourut du doigt la route entre Ebolowa et la ligne de démarcation avec le Gabon, qui l'avait guidé depuis le ciel, avant de figer son index :

— Je dirais que nous sommes par ici... À environ trente kilomètres de la frontière en longeant la piste.

— Ce n'est pas tout près, pas non plus impossible à faire à pied, les réconforta Lucille. De toute manière, il va bientôt faire nuit.

— Et si on coupait au travers de la forêt, en ligne droite vers la frontière ? proposa Luc en désignant le raccourci qui leur ferait gagner une dizaine de kilomètres en évitant les tours et détours de la piste.

Lucille appuya gentiment sa main sur son bras.

Elle allait lui répondre quand Sirius se moqua :

— Non seulement on mettrait bien plus de temps qu'en suivant la latérite, mais on creuserait notre tombe tout de suite, gamin ! Tu ne sais pas ce que tu racontes !

Célestin expliqua, compatissant :

— On avance très lentement dans la forêt, monsieur Luc. Il faut se frayer un passage à la machette et on risque toujours une mauvaise rencontre : une fondrière, un arbre qui vous tombe dessus, un serpent… Quand on ne connaît pas bien le territoire, c'est compliqué de s'orienter, même avec une boussole.

— D'accord, je n'ai rien dit, conclut Luc. Donc on monte le camp pour la nuit, c'est ça ?

— C'est ça ! annonça Volkstrom avant de s'éloigner.

Lucille se mit à déballer un certain nombre d'ustensiles de son sac à dos, qu'elle paraissait avoir préparé avec soin pour une telle éventualité : une bâche, des allumettes, des conserves. Lucchesi décida de piller l'hélicoptère de ce qui pouvait servir pour le bivouac : une pelle de brousse, une toile de tente et quelques rations militaires à la date de péremption dépassée. Alphonse, qui marchait tout doucement, se joignit à lui et ils disparurent dans la carlingue.

Luc accompagna Célestin ramasser du bois mort pas trop humide pour une flambée.

Sirius s'écarta du groupe pour converser avec Fichet hors de portée de voix. Au bout de quelques minutes, le manchot revint vers les autres, avec la mine de celui qui a quelque chose à se faire pardonner.

— Bon, les gars, j'ai promis à Max de le dédommager s'il pilotait son engin et ne cherchait pas à nous planter. Ça me semblait réglo vis-à-vis de son matricule et, en plus, on n'avait pas à le rudoyer pour qu'il obéisse. Quand on sera loin, il pourra tout me coller sur le dos, je m'en moque !

— Combien ? demanda Lucchesi, familier de ce genre de transaction.

— Deux bâtons.

— C'est correct. Quel est le problème ?

— Et bien, euh, je ne les ai pas… Enfin pas la totalité. Et puis… il serait juste qu'on partage les frais.

Antoine soupira d'un air entendu. Luc leva les yeux au ciel.

— Ou bien on le zigouille et on n'a rien à cracher, offrit Volkstrom.

Les Blancs mirent la main à la poche, comptant leurs billets.

Fichet restait à l'écart. Impassible.

Ils semblaient tous d'accord : tout travail mérite salaire, même le plus sale.

Lorsqu'ils eurent rassemblé la somme, Sirius la transmit au pilote, qui la recompta puis la fourra à l'intérieur de sa veste en cuir et les remercia d'un hochement de tête.

La nuit était désormais tombée et, comme la lune disparaissait derrière les nuages et le couvert forestier, seule la lueur du feu les éclairait. Ceux qui s'étaient déguisés pour l'évasion d'Alphonse reprirent leurs vêtements. Puis ils partagèrent les victuailles, sardines à l'huile, fayots en boîte, et chocolat. Célestin avait déniché un marigot non loin de leur campement de fortune. Il creusa un petit trou à un mètre du lit et y remplit les gourdes, garantissant que l'eau était potable. La soirée se passa dans le plus grand silence, la fatigue liée à la tension de ces dernières vingt-quatre heures les avait rattrapés d'un seul coup.

Quand vint le moment de s'endormir, ils s'allongèrent

sur les bâches et sous la toile de tente arrimée sur les pales de l'hélico. Personne ne songea à décréter des tours de garde tellement il semblait improbable que quiconque circule sur cette piste en pleine nuit. Quant aux animaux sauvages, les deux Camerounais jurèrent qu'ils préféreraient les contourner plutôt que de leur renifler les pieds.

— Ils n'aiment pas l'odeur des Blancs, affirmèrent-ils de concert sans que personne sache s'ils plaisantaient.

Volkstrom s'étendit sur le plancher de l'hélicoptère. Malgré les paroles rassurantes des deux autochtones, il avait toujours entretenu une franche détestation des bestioles rampantes, aux limites de la phobie. Il observa les petits rapprochements imperceptibles : Fichet à l'écart, les deux Camerounais côte à côte, Lucchesi isolé, et Blanchard et Lucille face à face, se touchant les mains. Pour un peu, il aurait trouvé cela attendrissant. « Tu vieillis, Sirius. Tu deviens sensible », songea-t-il avant de sombrer dans le sommeil.

Dès les premières lueurs aurorales, Volkstrom émergea de ses rêves, disposé à attaquer une nouvelle journée, oubliant la douleur de ses muscles perclus de s'être reposés sur du métal.

Max était déjà debout, en train d'examiner à la lumière du matin les dégâts de l'atterrissage sur sa machine. Les autres n'allaient pas tarder à s'éveiller.

Sirius bâilla, s'étira comme un félin et s'apprêtait à descendre de l'hélicoptère quand il aperçut un voyant qui clignotait sur le tableau de bord.

Il ne se remémorait pas l'avoir vu en se couchant hier soir. Dans le noir, il n'aurait pu manquer le scintillement.

Le manchot dégaina le poignard accroché à son mollet et, d'un bond, fondit sur le pilote. Il passa son moignon autour du cou de Max, enfonça son genou dans son dos et plaqua le coutelas sur sa jugulaire. Un filet de sang s'écoula immédiatement.

Paniqué, Fichet hurla comme un goret.

— Arrête ! Arrête ! Au secours !

— Salopard, tu nous as donnés ! beugla Volkstrom, qui appuya le tranchant encore plus fort sur la plaie.

Réveillé en sursaut, Lucchesi s'était levé prestement. Blanchard aussi, après avoir délicatement délogé la métisse qui sommeillait sur son épaule.

— T'es cinglé ? Qu'est-ce que tu fous ? pesta le Corse.

— Cette ordure nous a trahis. Il a activé la balise radio de son hélico.

Les têtes se tournèrent d'un seul mouvement vers la loupiote qui continuait de papilloter, imperturbable. Luc s'en approcha et bascula l'interrupteur situé juste dessous. Le clignotement cessa immédiatement. Volkstrom sentit les muscles du pilote se bander, mais il n'eut pas le réflexe de parer le coup de coude qui l'atteignit à l'estomac. Sous la douleur, il relâcha son étreinte et le traître se défit de son emprise. Fichet se releva et commença à sprinter vers le mur vert de la forêt. Mais Lucille, qui était toujours allongée, étira sa jambe dans un tacle millimétré, et faucha le fuyard qui s'avachit de tout son long dans la terre rouge.

Sirius et Antoine fondirent sur lui. Volkstrom leva le bras pour lui enfoncer sa lame dans le dos, mais Lucchesi lui retint le poignet des deux mains.

— Laisse-moi trouer cette raclure !

— Suffit les conneries ! Ça ne sert à rien.

Malgré la musculature du sergent de réserve, le marin était plus jeune et plus affûté. Il lui tordit l'articulation jusqu'à lui faire lâcher son arme et repoussa le manchot. Blanchard arriva à son tour pour ceinturer le pilote.

Célestin lui tendit une corde pour le ligoter.

Sirius se redressa en renaudant.

— T'aurais dû me laisser faire… Cette charogne a été grassement payée !

— Combien de temps avant que le signal ne soit intercepté et triangulé ? s'enquit Lucchesi.

— J'en sais rien. Quelques heures au maximum.

— Alors, on décampe fissa.

C'était moins un ordre qu'une évidence. Tout le monde rassembla ses affaires et en trois minutes ils étaient parés. Même Alphonse, qui récupérait vite des affres de sa détention.

Par mesure de précaution, Blanchard avait noué les liens de Fichet à un patin de l'Alouette. Ce dernier se résignait à son sort. Ils allaient s'élancer lorsque Volkstrom se rapprocha du pilote et plongea la main dans sa veste. Il en ressortit l'argent qui lui avait été payé le soir précédent.

— On ne va pas laisser notre thune à ce fumier ! En plus, si ses sauveteurs le trouvent, ça sera retenu contre lui. Voyez, je suis un bon samaritain en fin de compte !

Sa saillie ne fit rire personne, mais nul ne s'opposa à son geste. Ils se mirent en route, abandonnant l'aviateur attaché à son hélicoptère comme un chien à un poteau.

34

Luc Blanchard, Antoine Lucchesi, Sirius Volkstrom sud du Cameroun, 29 juillet 1962

Lucille marchait en tenant une boussole et sa carte à la main. Ce qui lui permettait de déterminer assez précisément, en tenant compte des inflexions de la route, leur localisation. Ils avaient déjà avalé la moitié du chemin et n'étaient plus qu'à une quinzaine de kilomètres de la frontière. C'était une bonne nouvelle. En persévérant au même train, ils y parviendraient avant la fin de la journée.

Elle le leur annonça, et ce fut l'occasion d'une pause pour s'abreuver. Ils se réjouissaient de leur sort en se partageant une gourde militaire remplie d'eau.

Célestin, en train de boire, suspendit son geste et pivota vers le nord.

— J'entends quelque chose…

Ils se vrillèrent tous dans cette direction et se figèrent comme des statues curieusement articulées. Ils aperçurent à la même seconde un éclat à l'horizon. Un engin mécanique arrivait droit sur eux, volant en rase-mottes au-dessus de la saignée dans la jungle. Un hélicoptère kaki.

À l'unisson, ils s'égayèrent vers les arbres dans un mouvement qui tenait plus de la panique que de la retraite ordonnée. Les deux Camerounais, en particulier, semblaient terrorisés. Ils avaient déjà dû être confrontés à des attaques aériennes sur des villages, ou alors avoir entendu des récits. Ils se jetèrent au sol, les mains sur la tête, dès qu'ils franchirent le mur de feuillage.

Sirius, le seul possédant une expérience militaire, intima :

— Abritez-vous derrière des troncs !

Lucchesi obéit, s'agenouilla et saisit le fusil dans son dos.

Luc avait conservé le pistolet que lui avait remis Volkstrom, mais il se sentait démuni face à une machine pareille.

Le bruit de l'appareil leur parvenait distinctement et, au bout d'une poignée de secondes, ils le virent passer devant eux, presque au ralenti. On aurait dit un animal traquant sa proie, à vitesse réduite, le nez incliné vers l'avant.

Puis il s'éloigna vers le sud.

Ils respirèrent un grand coup. Sirius s'épongea le front. Puis claironna à l'attention de tous :

— Restez à couvert ! On ne retourne pas sur la piste.

Il était probable qu'à un moment ou à un autre, l'aéronef, bredouille, rebrousserait chemin. Il allait falloir désormais progresser dans la jungle. Il n'avait toutefois pas anticipé un retour aussi rapide.

Les six eurent à peine le temps de percevoir le bruit du rotor s'élever à nouveau que l'hélicoptère surgit à leur niveau, adoptant soudainement un vol stationnaire. Ils ne savaient pas pourquoi, mais ils étaient repérés.

Volkstrom avait beau être sourd d'une oreille, il entendit nettement le cliquetis qui accompagne l'armement d'une mitrailleuse lourde. Ce fut un déluge de fer qui fusa dans leur direction.

— Derrière les troncs ! Derrière les troncs !

Blanchard brailla en direction d'Alphonse et de Célestin qui s'aplatirent de nouveau. Mais la mitraille faisait fi de la hauteur. Les balles atteignaient indifféremment le sol, les buissons, les branches. L'artilleur ne les avait pas localisés avec précision, par conséquent il arrosait gaillardement tout ce qu'il pouvait en comptant sur la chance. Ce n'était pas un pari audacieux : la fortune sourit ordinairement à celui qui possède la plus grosse puissance de feu.

Volkstrom évalua la taille de l'arbre qui le protégeait. Il s'estima satisfait. Lucchesi, lui, s'abritait à l'arrière d'un monticule de terre qui devait faire l'affaire. Quant à Luc et Lucille, qui ne se quittaient plus, ils étaient cinq mètres plus loin, dissimulés derrière une énorme souche. Hormis les deux Camerounais, ils paraissaient en sécurité. Pour le moment.

Au bout d'une trentaine de secondes d'une interminable grêle de plomb, le vacarme cessa. Une poussière de bois et de plantes broyées flottait dans l'air. Un aboiement strident issu d'un mégaphone se fit entendre.

— Je sais que vous êtes là ! Sortez de votre planque immédiatement ou nous reprenons le feu !

Malgré la distorsion de l'amplification, Blanchard et Volkstrom reconnurent sans hésiter la voix de François Grenier.

Sirius hasarda un œil en direction de la piste. Au travers des feuilles, il distinguait l'hélicoptère suspendu à cinq mètres du sol, son flanc leur faisant face. L'hypothèse que Grenier bluffe existait, mais celui-ci possédait une AA-52 avec plusieurs centaines de cartouches pour appuyer son ordre.

Alors que Volkstrom cogitait sur la meilleure attitude à adopter, il remarqua Antoine en train d'épauler son fusil. Le son du petit calibre fut à peine audible, mais ils entendirent tous la balle ricocher sur l'hélico qui fit une légère embardée, suffisante pour que le second coup du Corse manque sa cible.

Le mégaphone rugit :

— Feu à volonté.

Même ceux qui s'estimaient couverts furent à deux doigts de pisser dans leur froc. Les déflagrations à répétition parvenaient à elles seules à flanquer une frousse viscérale. Les éclats d'arbres, les branches qui chutaient et l'odeur de poudre qui se répandait offraient un avant-goût d'apocalypse.

Ils fermaient tous les yeux.

Ils attendaient, ils espéraient plutôt, que ça passe.

Mais c'était illusoire : ils n'avaient pas d'échappatoire.

La reddition ou la mort.

Le boucan s'interrompit pour la seconde fois.

Grenier réactiva son mégaphone :

— Dernière sommation : vous n'avez pas d'issue, alors cessez de jouer aux imbéciles ! Rendez-vous ! Autrement on vous hache menu et vous irez nourrir les rongeurs.

Ceux qui pouvaient se voir se dévisagèrent. Tous ne risquaient pas un sort similaire en capitulant. Alphonse et Célestin étaient condamnés d'avance, ils ne sortiraient peut-être même pas vivants de la forêt. Volkstrom avait violé pléthores de règlements militaires, mais il possédait encore des soutiens. Lucchesi finirait certainement dans un cachot. L'existence de Blanchard dépendait de la mansuétude de Grenier, ça basculerait sur un coup de dé. Seule Lucille pouvait espérer s'en tirer sans trop de casse.

Lequel allait prendre l'initiative d'abandonner ?

Luc aperçut du coin de l'œil Antoine qui appuyait son fusil sur son épaule pour viser, avant de voir Alphonse émerger d'un tas de branchages et lever lentement les mains en l'air.

Grenier réitéra son ultimatum :

— Je vous donne dix secondes pour pointer vos museaux !

Si le Corse tirait, il condamnait son ami. Il baissa son arme et s'avança, lui aussi en douceur, vers l'hélicoptère.

Blanchard et Lucille n'avaient plus le choix. Ils firent de même.

Sirius évalua ses chances de survie s'il détalait dans la jungle. Mais visiblement peu convaincu par la probabilité d'un succès, il quitta la protection de son arbre.

Seul Célestin ne donnait plus signe de vie.

Pendant que tous les cinq s'approchaient, l'aérodyne se posa au milieu de la piste. Le canon de la mitrailleuse lourde restait braqué sur eux. Si l'artilleur avait l'index fébrile, il les pulvériserait sur place.

François Grenier, debout dans l'encadrement de la machine, tenait son mégaphone d'une main, son pistolet de l'autre. Il sauta au sol, décochant un rictus triomphant.

— Vous m'avez fait courir, bande de salopards !

— T'as fait combien de fois le tour du cockpit ? ne put s'empêcher de rétorquer Volkstrom, la défaite amère.

L'agent secret ne répliqua pas. Il venait soudainement de réaliser qu'il manquait une personne parmi les fuyards.

— Où est le second nègre ?

Personne ne l'ouvrit. Si Célestin se dissimulait ou s'enfuyait, il fallait gagner du temps.

— Répondez-moi ou j'abats l'un de vous ! tonna Grenier, esquissant un demi-cercle avec son arme. Max m'a tout raconté, je sais combien vous êtes !

Les trois soldats à bord de l'hélicoptère descendirent à leur tour, fusils automatiques au bras.

— Il s'est jeté à terre pas loin de moi…, lâcha Alphonse, anticipant qu'il serait la première victime si l'officier mettait sa menace à exécution.

— Allez le chercher ! ordonna Grenier à ses subalternes.

Les trois militaires se déployèrent dans le sous-bois, marchant prudemment comme s'ils redoutaient un piège. L'un d'eux fila un coup de pied dans la valise de Lucchesi, qu'il avait stupidement abandonnée en lisière du mur vert lorsqu'ils s'étaient précipités dans les arbres. Ce qui les avait fait repérer.

Au bout de cinq longues minutes, un des troufions héla son chef :

— Il est là ! Complètement refroidi !

— Parfait ! Ça fait un connard de moins ! Maintenant, revenez surveiller nos amis fugitifs.

Les autres virent Antoine serrer les dents de rage. Pendant un court instant, Blanchard crut qu'il allait se jeter sur Grenier. Celui-ci le ressentit, car il recula d'un pas et les tança :

— Pas de gestes brusques ou je vous allume ! Je n'hésiterai pas une seconde. Quand on m'a dit de vous ramener, personne n'a précisé dans quel état de fraîcheur. Asseyez-vous en rangs, les mains sous votre cul !

— Écoute François, nous sommes copains toi et moi. Je suis sûr que le colonel Clair…

Sirius n'eut pas l'opportunité de finir sa phrase, il prit un coup de crosse dans l'estomac et s'effondra.

— Toi, en particulier, tu la boucles ! L'armée française crache sur les traîtres !

Alphonse, Luc, Antoine et Lucille obtempérèrent et rejoignirent Volkstrom dans la poussière, pendant que les soldats les encadraient.

— Maintenant, va falloir être patient, leur balança l'homme du SDECE, avant de se pencher vers la cabine du pilote qui était resté dans son fauteuil et de s'adresser à lui : Tu appelles le QG, tu confirmes qu'on a rattrapé nos oiseaux, et tu commandes un camion pour les rapatrier.

— Est-ce qu'on peut aller enterrer notre ami ? réclama Blanchard.

— Ta gueule, pied plat ! T'es le premier que j'ai envie de me farcir, alors me gonfle pas !

Au bout de deux heures sinistres, François Grenier décida qu'il avait besoin de distraction. Il quitta l'abri ombragé de l'hélicoptère et s'approcha des cinq captifs assis et alignés sur le bord de la piste, les mains toujours coincées sous leur séant.

Se plantant devant la métisse, il souleva son sac, dégrafa les lanières et le vida dans la latérite.

— Mademoiselle voyage léger, c'est rare, ricana-t-il de concert avec ses subordonnés.

L'officier s'empara d'un bâton et étala les vêtements de la jeune femme. Il ficha son bout de bois dans une culotte et la brandit en l'air.

— C'est joli ça. Et si on matait celle que tu portes en ce moment ?

Les soldats s'esclaffèrent. Ils jugeaient cela très drôle.

Luc se releva brusquement, mais il n'eut pas le temps de franchir le mètre cinquante qui le séparait du cerbère. Il reçut une volée de coups de bâton sur le côté du crâne puis un coup de rangers dans les reins, et s'affala. Un des gardiens l'empoigna par le col et le remit dans sa position initiale. Du sang coulait de la tempe du journaliste.

Se réservant le plaisir de poursuivre son jeu sadique plus tard, l'agent abandonna Lucille et se dirigea vers Volkstrom et son baluchon. Il répandit là encore le contenu par terre, mais ce coup-ci, il s'intéressa aux papiers qui en étaient tombés. Il saisit le dossier militaire de Pierre Lherbier et se moqua :

— Ha, ha, t'as fait le ménage avant de partir ! Tu souhaitais te radier toi-même des registres…

Grenier changea d'expression en soulevant la seconde chemise cartonnée, celle à son nom.

— T'es vraiment une charogne ! Tu voulais m'exposer ? Me faire chanter ?

La réponse lui importait assez peu puisqu'il cingla le visage du manchot avec le fer de son pistolet. Une fois, deux fois, trois fois.

Sirius se roula en boule pour échapper à la correction.

Mais le bourreau n'en avait pas terminé. Il venait de découvrir une liasse d'enveloppes manuscrites au papier jauni. Il se pencha dessus et ôta l'élastique qui les retenait. Il ouvrit la première et la lut. Il la retourna puis exulta :

— Attendez les gars, attendez ! C'est la meilleure de l'année ! Le sergent Lherbier se trimballe avec des lettres d'amour !

Volkstrom s'était remis à genou. Il éructa :

— Arrête tout de suite !

— Mais le plus beau c'est qu'elles sont adressées à un mec ! Ha, ha, ha, notre estropié est de la jaquette !

Sans réfléchir aux conséquences, Sirius fonça, la caboche en premier comme un taureau. Grenier, qui avait anticipé la réaction furieuse de son souffre-douleur, bondit en arrière en braquant son flingue vers lui.

Soudain, une salve de coups de feu interrompit les bruits de la forêt et de la querelle en cours. Deux soldats français s'écroulèrent. Le troisième fit un tour sur lui-même, mitraillette à la hanche et panique dans les yeux, en quête d'une cible. Il reçut un pruneau dans l'épaule pendant qu'une grêle de balles percutait la bulle de verre de l'hélicoptère, la brisant en mille morceaux.

Grenier, qui avait effectué un roulé-boulé pour s'abriter sous la machine, retourna le feu en direction des arbres d'où jaillirent une demi-douzaine de Camerounais armés de manière hétéroclite.

Ils ne ralentirent nullement et, en une fraction de seconde, ils atteignirent les prisonniers.

Alphonse leur cria quelque chose en dialecte.

L'un des Noirs sauta dans l'hélicoptère et lacéra la jambe du pilote avec sa machette.

Un autre, voyant Volkstrom en uniforme de sergent français, ajusta sa carabine de chasse. La haine se lisait dans ses yeux au moment de faire parler la poudre et de réparer une ancienne exaction.

Blanchard n'eut que le temps de plonger sur l'assaillant et de le plaquer au sol avant que la cartouche ne s'échappe du canon.

Alphonse continuait d'interpeller les maquisards qui, aussi soudainement qu'ils étaient survenus, cessèrent de défourailler. Celui qui avait conquis l'hélicoptère extirpait Grenier de sa planque en dessous : il lui avait assené un coup de machette dans le bras et ce dernier saignait abondamment.

— Ce sont des amis ! Ce sont des amis ! clamait Alphonse haut et fort, en français, cette fois-ci, pour rassurer ses partenaires.

Sirius, Lucille et Luc demeuraient interloqués. Seul Antoine ne semblait pas trop déstabilisé par la tournure des événements.

Le chef des attaquants, un grand bonhomme longiligne aux cheveux ras, entama une discussion élaborée avec Alphonse, qu'aucun des Français ne comprenait. Pendant cet échange, les six autres Camerounais, aucun n'ayant la moindre égratignure, rassemblaient les soldats tricolores : deux morts et trois blessés. Le pilote, qui avait une profonde entaille sur la cuisse, perdait beaucoup de sang lui aussi. Son artère fémorale était sectionnée : il n'en avait probablement plus pour longtemps.

Les broussards détachèrent la caisse de premiers secours de l'hélico et jetèrent aux pieds de Lucille des bandes gazeuses et un flacon d'alcool à 90°. Ils conservèrent tout le reste.

— Tu soignes, dit l'un d'entre eux à la métisse en désignant l'officier, le bidasse qui se tenait l'omoplate et Sirius, dont le visage avait été salement amoché par l'acier du flingue de Grenier.

Blanchard et Lucchesi ne savaient trop quoi faire ni comment se comporter, depuis que le Corse s'était penché pour ramasser un fusil et qu'on lui avait fait comprendre qu'il n'avait pas intérêt à s'en approcher.

Finalement, au bout de quelques minutes, le cuisinier leur résuma sa conversation :

— Ce sont des camarades de l'UPC qui sont réfugiés au Gabon. Ils ont répondu à mon appel.

— Ton appel !? s'étouffa Volkstrom qui tamponnait ses plaies.

— Hier soir, je les ai appelés avec la radio de l'hélicoptère en leur disant qu'on serait sur la route. Je voulais qu'ils nous aident à franchir la frontière. C'est pour ça que je me suis rendu aux Français tout à l'heure. Je les attendais.

— Tu étais au courant ? demanda Luc à Antoine.

— Oui. Quand Alphonse m'a indiqué qu'il avait des fréquences pour contacter des maquisards, c'est moi qui ai fait fonctionner la radio. On n'était pas sûrs qu'ils viendraient.

— Vous auriez pu nous mettre au jus, reprocha le manchot. J'ai failli me faire dessouder par ces mal blanchis !

— De quoi tu te plains ? Tu es toujours vivant…

— Grâce au gamin surtout !

Sirius se tourna vers le journaliste :

— On est quittes désormais.

— C'est une façon de voir, lui répondit Luc, pas si mécontent d'avoir soldé sa dette.

Lucille avait achevé de panser les deux soldats blessés. Le pilote, lui, était tombé dans les pommes. Un des Camerounais, qui avait l'air de s'y connaître en lésions mortelles, le tira pour l'adosser à un arbre en pronostiquant :

— C'est fini pour lui.

Les maquisards ligotèrent solidement les poignets de leurs deux prises de guerre, puis transbordèrent hors de l'hélicoptère tout ce qui pouvait leur être utile : munitions, radio, mitrailleuse lourde, cartes…

Pendant ce temps-là, Alphonse annonça le programme :

— Dès qu'ils ont terminé, on traverse la forêt jusqu'au Gabon. On bivouaquera en route et on devrait franchir la frontière demain matin. Après, ils nous laissent nous débrouiller.

— Et eux ? interrogea Luc en désignant les deux soldats prisonniers.

— Ils les emmènent. Ils les garderont pour les échanger contre des détenus de l'UPC.

— Et Célestin ? demanda Antoine.

— Allons l'enterrer.

Lucchesi, Blanchard et Alphonse se dirigèrent vers la dépouille du chauffeur de taxi, qui gisait à une dizaine de mètres de l'orée de la jungle. Sa chemise blanche était devenue carmin, de même que les plantes alentour. Son corps était perforé en plusieurs endroits de balles de gros calibre. Ce n'était pas beau à voir. Ils le déplacèrent précautionneusement jusqu'à un arbrisseau qui avait survécu à la mitraille, et se mirent à creuser. Le Corse maniait une pelle pliante et les deux autres grattaient la terre.

Une fois leur compagnon enfoui, Lucille les rejoignit devant la tombe et tous quatre gardèrent le silence. Ils avaient tous conscience qu'il aurait fallu une autre forme de solennité pour honorer la mémoire de leur compagnon, mais les mots et le temps leur faisaient défaut.

Lorsqu'ils revinrent sur la piste, tout le monde était sur le départ. Volkstrom distribuait des clopes aux guérilleros, aussi à l'aise avec eux qu'il l'avait été avec les combattants français de l'autre bord.

Comme prévu, au lieu de prendre la route vers le sud, ils s'enfoncèrent dans la végétation. Ils n'avaient pas fait vingt mètres qu'ils ne distinguaient plus la route, mais ils perçurent une lueur derrière eux, suivie d'une explosion. Pas question de laisser les Français récupérer leur engin de mort.

Il faisait humide et chaud sous la canopée où régnait un silence impressionnant. Blanchard, qui avait naïvement proposé le jour précédent de couper par la jungle, se rendit vite compte des difficultés de progresser dans cet environnement. Il ne cessait de trébucher et de se contorsionner pour éviter la moindre branche – Lucille l'avait mis en garde : « Ne touche à rien, feuille, écorce ou herbe, tu ne sais pas si elles sont empoisonnées, urticantes ou si elles hébergent une colonie de fourmis rouges ! » Surtout, il n'avait aucune idée d'où il allait. Ils auraient pu tourner en rond qu'il ne l'aurait pas remarqué. Et pourtant, il constatait que le Camerounais qui menait leur colonne suivait un layon invisible, connu de lui. Des fois, leur guide ralentissait, observait les alentours, puis repartait sans s'arrêter complètement. Il ne doutait jamais et Luc était convaincu qu'ils empruntaient toujours le sentier le plus praticable en comparaison des obstacles qu'il percevait sur sa droite et sa gauche.

Ils marchèrent plusieurs heures ainsi, jusqu'à ce qu'il fasse trop sombre pour continuer. L'homme de tête les guida vers un emplacement moins arboré : pas tout à fait une clairière, mais un endroit où l'on pouvait se rassembler autour d'un feu.

Les Français et Alphonse, qui accusait tout de même ses jours de torture, se laissèrent immédiatement choir, épuisés. Il leur fallut bien une demi-heure pour se ressourcer et installer leur camp, moins sommaire que celui de leurs accompagnateurs. Ils mirent en commun les victuailles qui leur restaient, les partageant avec les Camerounais qui disposaient de quelques fruits et de poisson séché. Blanchard et Lucille insistèrent pour offrir une maigre pitance aux deux soldats asservis à un arbre tombé. François Grenier, si volubile avec une arme à la ceinture, n'avait pas décoché un mot depuis son arrestation.

Les maquisards palabraient entre eux, Alphonse s'étant joint à leur cercle. Luc avait bien songé à aller échanger avec eux, n'oubliant pas qu'il était reporter, mais il avait remarqué qu'ils ne parlaient qu'un très mauvais français et qu'ils se défiaient des Blancs. Ça présageait beaucoup d'efforts pour un résultat décevant. Fatigué, il préféra rester aux côtés de Lucille, allongé sur une bâche, le regard perdu dans le plafond vert au-dessus d'eux.

Il était sur le point de s'assoupir quand Sirius lui tapota le pied.

— Tiens, c'est pour toi.

Il lui tendait la chemise cartonnée entrevue précédemment : le dossier militaire de l'agent du gouvernement français. Le manchot ne le lâcha pas tout de suite, le retenant quelques secondes pour bien souligner qu'il lui faisait une faveur.

— J'avais prévu de te faire cracher au bassinet, mais puisque tu m'as sauvé la mise tantôt, c'est gratis.

— Je suppose que je dois te remercier…

— Nan, tu me paieras ta tournée quand on trouvera un rade digne de ce nom.

Constatant que sa belle dormait, Blanchard se rapprocha de la flambée pour éclairer les feuillets classés secret-défense. Il y avait beaucoup de paperasse, des bordereaux d'affectations, des avis pour promotion, des ordres de mission. Tout cela confirmait l'appartenance de Grenier aux services secrets français. Au milieu de cela figurait néanmoins une page à en-tête du ministère des Armées, allègrement caviardée, qui attira l'attention du journaliste. Elle recommandait une citation pour une mission en Suisse « malgré les difficultés rencontrées et l'issue pas totalement conforme à nos objectifs de discrétion ». Les dates, lieux et résumés d'opération étaient tous biffés. Mais ça pouvait coller. Moumié ?

Luc alla solliciter le chef des maquisards. Il attendit une pause dans la conversation :

— Puis-je interroger un des prisonniers ?

Le mince Camerounais le fixa droit dans les yeux, sans rien dire. Ça ressemblait à une fin de non-recevoir. Alphonse intervint et parla longuement, moitié en bassa, moitié en français. De ce que comprit Luc, il en ressortait qu'il était un reporter sincère et un type bien. Le leader haussa alors les épaules et accepta la requête d'un seul mot :

— Va.

Blanchard le remercia et se dirigea vers le tronc d'arbre mort, où étaient assujettis les deux militaires. Les mains attachées dans le dos, ils étaient immergés dans leurs pensées.

Luc s'accroupit auprès de Grenier, qui le toisa méchamment.

— J'ai des questions à vous poser.

Aucune réponse.

— Je me doutais que vous étiez un agent du SDECE. Maintenant, j'en ai la confirmation, poursuivit le jeune homme, agitant le dossier qui étayait ses soupçons.

Pas de réaction.

— Quand vous avez voulu m'effrayer au club de boxe, à Paris, c'était parce que j'enquêtais sur l'assassinat de Moumié ?

Reniflement.

— Je ne vous dénoncerai pas aux maquisards si vous me parlez. Je désire juste comprendre…

Sourire narquois. Silence.

— Je vous négocierai un bon traitement aux mains des upécistes et un échange rapide, avança Blanchard, qui s'aventurait sur le terrain de la spéculation.

Soupir moqueur.

Bien que son interviewé ait évolué de l'absence de mouvement au geste de mépris, Luc ne progressait pas. Faute de levier pour le faire parler, il devinait que Grenier ne moufterait pas.

— Si vous le souhaitez, je peux transmettre un message pour vous à Yaoundé, hasarda le reporter, qui avait conscience d'enfreindre le pacte de confiance passé avec leur escorte.

Toujours rien.

Blanchard attendit puis se redressa, abandonnant la partie.

Il sentit une présence derrière lui.

Sirius s'était approché en sourdine.

— Il ne veut pas te causer, cet animal ?

— Laisse tomber.

— Tu ne sais pas t'y prendre !

Avant que Luc ait pu l'en empêcher, Volkstrom avait dégainé son poignard et le collait contre la joue de l'espion.

— Putain ! Cesse tes conneries ! souffla le journaliste à voix basse pour ne pas alerter les maquisards.

— Je connais cette engeance, crois-moi. Que du flan, tu vas voir !

Sirius fit glisser le tranchant sur la pommette du captif, dessinant une estafilade sur laquelle le sang perla.

— Alors, mon Grenier, ça t'excitait de m'humilier tantôt ? Tu as eu tort, parce que je suis un vrai méchant, moi !

Le manchot appuyait maintenant la pointe de son couteau sur la plaie. Il réglait ses comptes.

— Ça ne va pas, non ? On est dans le même camp ! se troubla l'officier, qui prononçait ses premières paroles.

Luc essaya de retenir le bras de Volkstrom, mais il ne déploya pas beaucoup d'énergie.

— Mon camp, c'est moi qui le choisis, tête de nœud ! En ce moment je suis avec les noirauds et mon poteau Blanchard, alors t'as intérêt à te mettre à table ! Tu sais comment finissent les blessures qui s'infectent dans ce pays ?

Sirius pressa sa lame sur le nez de Grenier. Un mince filet de sang coula sur ses lèvres.

— Arrête ! Arrête ! Qu'est-ce que vous voulez ?

— À toi, camarade, fit Volkstrom en laissant sa place au journaliste.

Luc jeta un coup d'œil du côté du feu : les Camerounais avaient suivi distraitement leur manège mais ne paraissaient pas s'en offusquer. Pas tant qu'ils ne les privaient pas définitivement de leur monnaie d'échange. Il s'accroupit de nouveau.

— La Main rouge, c'est quoi ?

— Pffff... C'est de l'histoire ancienne.

— Ça m'intéresse quand même.

— C'était un écran de fumée, notre service l'a montée de toutes pièces pour éliminer des opposants coloniaux, principalement le FLN. On revendiquait nos attentats au nom de la Main rouge pour faire croire qu'il s'agissait d'une organisation de patriotes.

— Et le livre sur la Main rouge ?

— Rédigé par les plumes du SDECE comme un témoignage de militant, et fourgué à des journaleux peu regardants.

— L'assassinat de Moumié à Genève ?

— On ne l'a jamais revendiqué, c'était une foirade.

— Vous y avez pris part ?

Grenier regarda autour de lui, espérant trouver un appui quelconque. Qui n'existait pas.

— Crache, fumier ! menaça Sirius, brandissant son poignard, prêt à en faire encore usage.

— J'étais à Genève en renfort, je n'ai pas rencontré Moumié directement.

— C'est William Bechtel qui s'en est chargé ? suggéra Luc.

— Oui, le Grand Bill. Il a merdé sur la dose de thallium et il s'est fait choper. Je suis parvenu à l'exfiltrer du pays en convainquant les Suisses de regarder ailleurs. Mais tout ça est déjà sorti dans les journaux, c'est du réchauffé…

— Le thallium, c'est le poison utilisé ?

— Oui, il avait été préparé à la Piscine.

— Où est Bechtel aujourd'hui ?

— Dans le sud de la France. On l'a mis à la retraite. Il est muet, on le protège.

— Où ça, exactement ?

— Aucune idée. Je ne suis pas le grand patron du SDECE au cas où vous n'auriez pas remarqué !

— Qui a donné l'ordre d'éliminer Moumié ?

— Vous êtes sourd ? Je ne suis pas le chef. Qu'est-ce que j'en sais ?

Grenier s'énervait. Toute sa carrière, il avait été conditionné pour se taire et compartimenter et, là, il se trouvait forcé de divulguer des secrets sans garantie de toucher une contrepartie. Il préservait sa vie, peut-être, mais avec le manchot cinglé, il n'en était même pas sûr.

— Je vais poser ma question autrement, reprit Blanchard. Vous n'êtes pas un agent lambda, vous menez des missions politiques. Alors, qui a pris la décision ? Le SDECE ? L'Élysée ? Un ministre ?

Le bonhomme soupira bruyamment.

— Si je vous révèle ce que je sais, vous me laissez tranquille ?

— OK, approuva Blanchard.

— Un jour Grossin, notre grand patron, qui revenait de Matignon, nous a dit : « La révolte au Cameroun : il faut faire quelque chose. Ordre du Premier ministre. Avec leur système tribal, on zigouille le chef et c'est fini. Trouvez-moi une solution ! » C'est comme ça qu'on a imaginé le plan de l'empoisonnement. On était au courant que Moumié visitait parfois Genève, où il avait une maîtresse. On a activé le Grand Bill, qui était réserviste chez nous et qui vivait en Suisse. La suite, vous la connaissez.

— Et l'ordre ? C'était Grossin ?

— Une opération homo*, ça se décide au sommet. Au Palais.

— À l'Élysée, donc. Jacques Foccart ?

— Vous en connaissez d'autres des conseillers du président chargé de l'Afrique qui possèdent leur rond de serviette à la cantine du SDECE ?

Grenier en avait fini. Il s'affaissa sur lui-même comme une baudruche se dégonflant. Le sang sur son visage avait coagulé, lui dessinant des coulures cramoisies.

Luc se sentait sale. Il avait obtenu ce qu'il souhaitait. Mais de quelle façon ?

Volkstrom, lui, arborait une mine satisfaite :

— Tu vois, mon gars, fallait juste le motiver un peu pour qu'il jacte.

---

* Dans le langage des services secrets, il s'agit d'assassinats ciblés.

— C'est bon, range ton couteau.

Étonnamment, Sirius obtempéra. Les deux hommes firent demi-tour pour rejoindre les autres. Lucchesi, adossé à un arbre, fumant cigarette sur cigarette, les apostropha :

— Votre tête-à-tête avec Grenier était palpitant ?

Blanchard et Sirius se laissèrent tomber à côté de lui. Le Corse s'affichait narquois, mais Luc le connaissait suffisamment pour deviner qu'il ne les jugeait pas. C'était sa façon de s'intéresser aux gens. Le reporter s'assit en tailleur et raconta ce qu'il venait d'apprendre sur le meurtre de Félix Moumié. Il avait besoin de s'épancher. Par précaution, il ajouta :

— Si tu en parles à Alphonse, attends qu'on soit sortis d'ici. Sinon je crains que nos guides de l'UPC ne se vengent sur Grenier.

— Il le mérite.

— Sans doute, mais nous ne sommes pas des justiciers.

— Grenier est un lâche, intervint Volkstrom. Un véritable professionnel n'aurait pas bavassé ainsi. Même sous la menace.

Antoine réfléchissait à l'histoire qu'il venait d'entendre, qu'il reliait à ce que son cuisinier lui avait confié lors de leurs traversées en Méditerranée. Par certains aspects, ça lui rappelait ce qu'il avait vécu vingt ans plus tôt dans la Résistance : le maquis, les trahisons, les assassinats, la lutte inégale contre un joug dictatorial.

Il avait, lui aussi, quelque chose à confier à Blanchard :

— Quand nous étions dans la chambre de torture à Ebolowa, j'ai parcouru des papiers qui traînaient dans un coin. Des manuels militaires français qui ont été expédiés ici pour servir à combattre les insurgés. Des trucs sur la guerre contre-insurrectionnelle, des techniques psychologiques. Un drôle de salmigondis.

— Qu'est-ce que tu entends par là ? s'enquit Luc, curieux.

— Je n'en sais rien, pour être franc. Mais ça m'a fait un drôle d'effet, comme si tout ce qui se passe dans ce pays depuis des années implique le gouvernement et l'armée française à un point qu'on a du mal à réaliser. C'est aussi ce qu'on a constaté à Yaoundé. Les auteurs des documents que j'ai vus n'étaient pas des francs-tireurs : il y avait des généraux et des colonels, des noms bien français comme Trinquier, Lacheroy, Léger…

— Ah, mais je les connais, Trinquier et Lacheroy ! coupa Sirius. Je les ai croisés en Indochine et en Algérie. Des pontes, pas des drôles, mais vachement respectés. Dans l'armée, on dit que ce sont eux qui ont remporté la bataille d'Alger et, que si les politicards à Paris ne les avaient pas trahis, ils auraient gardé l'Algérie française.

— Pour le bien que ça nous aurait fait…, commenta Blanchard.

— Toi, t'as le cœur trop tendre, se moqua Volkstrom.

— Peut-être bien qu'ils veulent garder le Cameroun en sous-main, suggéra Lucchesi.

— Bienvenue dans le vrai monde, les amis ! conclut le manchot, en se mettant debout. Si ça ne perturbe pas vos bons sentiments, je vais grappiller quelques heures de sommeil.

Les deux autres s'attardèrent un peu, puis Luc se leva et retourna s'allonger auprès de Lucille, qui dormait en chien de fusil. Il se blottit contre elle, et ne tarda pas à sombrer dans les bras de Morphée.

Le jour venait juste de poindre, nimbant la forêt d'un halo grisâtre qui délavait toutes les couleurs, lorsque les Français se réveillèrent. Les Camerounais, eux, avaient déjà ouvert les yeux quelques minutes auparavant. Avec l'épuisement de leurs dernières provisions le soir précédent, et celles-ci n'ayant jamais inclus de café, il n'y aurait pas de petit déjeuner avant de se mettre en route.

D'après Alphonse, il leur restait quelques heures de marche avant de franchir la frontière, marquée par le fleuve Ntem, en pleine jungle et donc a priori sans surveillance.

Ils s'élancèrent en file indienne. Les maquisards guidaient, bouclaient la colonne, et faisaient avancer les deux prisonniers. Comme annoncé, au bout de trois heures, à petite allure, ils débouchèrent d'un seul coup face à une étendue d'eau large d'une cinquantaine de mètres. L'écoulement de la rivière était tellement paisible qu'on l'aurait presque crue statique.

Deux Camerounais s'éloignèrent du groupe pour remonter la rive, pendant que Luc, Antoine et Lucille, à l'initiative de cette dernière qui leur assura qu'ils ne couraient aucun danger, se posèrent sur une grosse branche surplombant le fleuve, trempant leurs pieds dans l'eau. Sirius distribua ses ultimes cigarettes à leurs accompagnateurs et, tout en crachant des ronds de fumée, entreprit le leader longiligne pendant plusieurs minutes.

Une demi-heure plus tard, les deux individus qui s'étaient volatilisés revinrent en pagayant, chacun sur une pirogue, simples troncs de bois évidés et durcis au feu. Tout le monde bondit sur ses jambes, fébrile à l'idée de traverser le fleuve. La satisfaction était manifeste. Pour les Français qui touchaient à la fin de leur périple forestier. Pour les Camerounais qui allaient retrouver leur campement, leurs amis et leurs parents.

Il s'apprêtait à embarquer quand le chef upéciste se planta droit devant Blanchard, qu'il dominait d'une tête, et lui cracha à la figure :

— Tu aurais dû me le dire !

Avant que Luc, déboussolé, n'ait eu le temps de clamer son incompréhension, le partisan empoigna son pistolet et, en trois pas, le colla sur le front de Grenier. Il appuya sur la détente sans que l'agent du SDECE ait pu faire plus qu'écarquiller les yeux.

L'officier s'effondra, le visage figé dans la boue rougissante.

— Pour Moumié ! cria le Camerounais en levant son arme au ciel.

Puis il fixa de nouveau Blanchard, de ses orbites jaunes de colère et de palu. Sans rien ajouter.

Personne n'osait plus bouger. Sauf Volkstrom qui souriait.

Le manchot avait balancé son ancien collègue. Pour réparer ce qu'il considérait comme l'humiliation de son homosexualité révélée ? Pour se venger de ses derniers mois dans ce pays, qui n'avaient pas satisfait ses ambitions ? Ou pour faire payer la société en général, contre laquelle il ne cessait de se battre en même temps qu'il tentait de s'y faire une place ?

Sur un signe de leur chef, les maquisards sautèrent dans les pirogues, prêtant assistance aux Français maladroits.

Blanchard n'eut même pas la tentation de passer ses nerfs sur Volkstrom. Non seulement ça n'aurait servi à rien, mais c'était lui le responsable de cette exécution. Il avait contraint Grenier à parler devant le manchot, puis il s'était soulagé en partageant la confession avec Antoine. Pour garder un secret, il faut commencer par se taire.

35

Luc Blanchard, Libreville, 3 août 1962

Ils étaient rassemblés tous les cinq, assis sur le sable du front de mer de Libreville, mais aucun ne contemplait vraiment les flots, pourtant splendides. La fin de leur parcours, depuis la frontière camerouno-gabonaise jusqu'à la capitale, s'était déroulée sans anicroche, alternance de taxis-brousses et de camions déglingués durant quatre jours. Étonnamment, ils avaient fait bloc et aucune querelle n'avait émaillé leur odyssée vers le sud-ouest. Ils étaient demeurés sur leurs gardes, prudents jusqu'au bout et aujourd'hui encore.

Fuyards et recherchés au Cameroun, ils ne représentaient pour l'heure qu'un groupe singulier au Gabon, trois Blancs, un Noir, une métisse. Ils entendaient que cela reste ainsi. Lucille leur avait rappelé que le président en exercice, Léon Mba, était une marionnette de Paris. Premier chef de l'État après l'indépendance, il avait officialisé sa soumission d'emblée en prévenant ses concitoyens : « Tout Gabonais a deux patries : le Gabon et la France. » Autant éviter de se faire repérer par un pouvoir pareil.

En arrivant à Libreville, Lucchesi, qui n'avait jamais ouvertement manifesté de sentiments religieux, avait tenu à se rendre à la cathédrale. C'était sa manière à lui d'honorer la mémoire de Célestin, qu'ils avaient enterré précipitamment dans un coin de jungle où nul ne viendrait jamais se recueillir. Avec Alphonse et Luc, il avait brûlé un cierge dans l'édifice moderne et tous trois s'étaient assis sur un banc en silence. Antoine se sentait coupable, le malheureux Célestin n'avait rien demandé. Il s'était fait happer dans les intrigues d'une poignée de Français aux desseins ambigus qui, fondamentalement, ne songeaient qu'à eux-mêmes. Blanchard avait une ou deux fois tenté d'approfondir sa relation avec le vieil homme en le sondant sur sa famille, ses envies, ses craintes, mais celui-ci ne s'était jamais livré. Luc avait mis cela sur le compte de leur différence culturelle, jusqu'à ce que Lucille, à qui il s'en était ouvert un soir, dans une case ouverte à tous vents lors de leur descente vers Libreville, ne le déssille sur un pan de la réalité coloniale : « Tu n'as jamais considéré Célestin comme un égal, même si je suis convaincue que sa couleur de peau ou son éducation n'étaient pas un obstacle dans ta tête. Tu le regardais et le traitais comme n'importe quel Français, mais il restait toujours d'un rang inférieur à ceux de ton monde. Ton monde piétine les autres pour survivre. Il ne sait pas faire autrement car c'est ce qu'il a toujours fait. »

Le ton de la métisse avait été doux et bienveillant, bien qu'elle évoquât une sensation qui la bouleversait profondément : son expérience du regard des autres depuis qu'elle était enfant. Luc avait protesté de son absence de préjugés, mais elle l'avait coupé : « Je suis née entre le mortier et le pilon, je sais de quoi je parle. Ma couleur de peau incitera toujours certaines personnes à vouloir m'écarter ou me dominer. Encore pire : elles seront condescendantes. Ma naissance en Guadeloupe et ma vie au Cameroun feront toujours de moi une colonisée. Tu sais ce que cela signifie : quelqu'un que l'on envahit et sur qui on s'essuie les pieds, même si on le remercie pour ses services… Crois-moi, Célestin savait tout cela. Inconsciemment, il l'avait compris. S'il avait voulu se protéger ou échapper à son sort, il aurait fallu qu'il vous quitte. Ou qu'il vous tue. »

Lucille lui avait murmuré cela sans brusquerie, mais ses paroles l'avaient transpercé. Il les avait méditées longtemps, cherchant la faille dans la démonstration mais ne la trouvant pas.

Tous deux ne se quittaient plus désormais. C'était un peu plus qu'un compagnonnage, un peu moins qu'une vie de couple. Ni l'un ni l'autre n'étaient pressés de prononcer de grandes paroles irréversibles et enflammées. Il y avait encore tant de brouillard autour, entre et en eux, qu'il fallait d'abord le percer pour aller de l'avant.

À commencer par le départ de Libreville : la raison pour laquelle tous les cinq se réchauffaient les pieds dans le sable, face à l'océan, rassemblés pour annoncer leurs intentions et mettre fin à leur association éphémère.

Blanchard s'exprima en premier :

— J'ai réservé deux billets d'avion pour Lucille et pour moi sur un vol à destination de Paris après-demain. Je crois qu'il reste des places si vous êtes intéressés. Je me demande juste si on nous laissera embarquer, et si nous n'aurons pas de soucis à Orly en arrivant.

— Vous bilez pas, les gars, assura Sirius. Personne au Cameroun n'a intérêt à faire trop de bruit autour de ce qui s'est passé. Les militaires vont garder ça pour eux.

— Les hélicoptères ? Les soldats morts ? Grenier disparu ? s'enquit Luc, sceptique. Ça fait beaucoup.

— Crois-moi, l'armée française a subi bien pire dans ce pays. Elle n'a aucun intérêt à raconter que deux de leurs machines ont été fumées par une bande de zozos comme nous. Ça la foutrait mal à Paris, mais aussi à Yaoundé. Préserver les apparences, c'est primordial !

Le journaliste fit la moue. Il n'avait pas d'autre solution que celle qu'il avait choisie. Lorsqu'il avait appelé *France Observateur* pour donner signe de vie et annoncer qu'il était à Libreville, son rédacteur en chef lui avait soufflé dans les bronches : « Mais qu'est-ce que tu fous ? Rentre ici dare-dare ! » La communication était certes très mauvaise, pleine de friture et de résonance, mais il avait décelé les reproches dans la voix de René Hartmann. L'écho de ses tribulations était-il remonté jusqu'aux rives de la Seine ? Toujours était-il qu'il préférait courir le risque de grimper dans un avion plutôt que de moisir au Gabon.

— Et vous, qu'allez-vous faire ? interrogea-t-il.

Lucchesi prit la parole avec l'assentiment d'Alphonse :

— On va essayer d'embarquer sur un cargo à destination de Marseille. Il y en a régulièrement. C'est plus prudent pour nous deux. Je n'ai qu'une confiance moyenne en mon faux passeport, et Alphonse a dû abandonner le sien à Ebolowa. Je connais des dockers et des douaniers au Vieux-Port : ça devrait passer.

— Et toi ?

La question s'adressait à Volkstrom qui se roulait une cigarette sur la cuisse.

— Sais pas trop… Rien ne m'attend dans l'Hexagone si ce n'est des fantômes. Je crois que je vais rester ici.

— Tu vas faire quoi ?

Luc avait essayé de poser la question sans y mettre de sous-entendus ni de jugements, mais c'était délicat au vu du pedigree de l'individu à qui il l'adressait.

— Ce que je fais le mieux…

Volkstrom aurait pu en rester là, nul ne l'aurait poussé dans ses retranchements. Mais c'est lui qui ajouta :

— J'aime pas la France. J'aime pas l'Afrique. Mais entre les deux, je crois que je peux faire mon nid.

Lucille, restée muette jusqu'ici, le titilla :

— Tâche de ne pas faire de conneries. N'ajoute pas du merdier à celui qui existe déjà. Les gens ici n'ont pas besoin de plus de douleurs…

— Promis, ma petite dame !

Sirius avait dit ça avec un air spontané de bonté, mais c'était une promesse qui n'engageait que ceux qui l'entendaient. Un serpent ne se transforme pas en canari.

Ils se levèrent chacun à leur tour du sable sur lequel ils étaient assis, puis ils se donnèrent l'accolade de manière un peu guindée, les hommes claquant la bise sur les joues de Lucille.

Ils ne savaient pas s'ils se reverraient un jour. Au fond d'eux, ils n'étaient pas sûrs d'en avoir envie.

Épilogue

Luc Blanchard, Paris, 8 août 1962

Luc Blanchard faisait face à René Hartmann dans le bureau toujours aussi encombré de son rédacteur en chef. Il avait consacré deux jours et deux nuits à écrire son article, il l'avait démarré à Libreville au stylo-plume sur des feuilles volantes, puis l'avait tapé sur sa machine une fois arrivé à Paris, peaufinant le style et l'argumentation.

En dépit de ses multiples appréhensions, aucun incident n'avait perturbé leur voyage retour. Pas plus aux douanes gabonaises qu'au contrôle des passeports à Orly, ni lorsqu'il avait fait entrer Lucille dans son appartement de la rue des Martyrs. C'était ce qu'il redoutait le plus. Jusqu'au moment de glisser la clef dans la porte, il s'était préparé à entendre une phrase du genre « Je crois que je vais rester à l'hôtel », mais elle n'était jamais venue.

La jeune femme, qui mettait les pieds à Paris pour la première fois, s'était coulée avec bonheur et appétit de découverte dans ce qui balisait de toute évidence une nouvelle vie. La foule dans les rues, les innombrables troquets, les boutiques approvisionnées comme elle n'en avait jamais connu, les transports en commun qui permettaient de traverser la capitale en moins d'une heure et de changer radicalement d'atmosphère, tout cela réjouissait Lucille. Elle emmagasinait des sensations nouvelles.

Luc avait eu la surprise de découvrir que, dans ce qu'elle avait extrait du coffre-fort de sa villa de Yaoundé, il y avait des petits lingots d'or et d'argent de deux cent cinquante grammes, emballés dans du tissu et dissimulés dans la doublure au fond de son sac à dos. Les économies de son père devenues les siennes. Lorsqu'elle le lui avait révélé, elle n'avait pas fait de commentaire, mais il avait compris le message : elle n'avait pas l'intention de vivre à ses crochets.

Son seul regret jusqu'ici est qu'il aurait voulu l'accompagner davantage dans ses explorations, de Paris et de leur vie commune. Mais il s'était tout entier consacré à cet article qu'il devait boucler. Et maintenant qu'il l'avait remis à son rédacteur en chef, il attendait la sentence.

— C'est un bon papier. Un très bon papier, lui annonça René qui avait eu vingt-quatre heures pour le lire et le faire circuler à *France Observateur*. Il y a bien quelques imprécisions et une ou deux affirmations non étayées…

— Dis-moi lesquelles, je vais voir ce que je peux améliorer.

— Mais je ne te cache pas que la disparition de toutes tes notes m'ennuie un peu.

— Comment ça ? J'ai tout retranscrit de mémoire et j'ai éliminé ce dont je ne me souvenais pas parfaitement.

— Oui, oui, tu me l'as dit.

René alluma une nouvelle cigarette avec les braises de la

précédente, qui finissait de se consumer. Il cherchait une position confortable dans son fauteuil. Luc commençait à entrevoir une gêne. Ça lui semblait un peu inutile de développer oralement les détails couchés sur les feuilles tapuscrites, mais il le fit quand même :

— Le dossier de François Grenier : j'en parle, je montre que ce type a fait partie des services secrets français et qu'il a commis des assassinats, dont celui de Félix Moumié, en se dissimulant derrière l'écran de fumée de la Main rouge.

— C'est vrai. Mais tes sources sont floues. Tu écris que Grenier n'est pas celui qui a glissé du poison en provenance de la Piscine dans le verre de Moumié, qu'il s'agit de Bechtel, mais ils ont tous les deux disparus dans la nature. C'est un peu compliqué de balancer cela dans le journal...

Il savait qu'Hartmann était tatillon sur la fiabilité des informations, c'est ce qui faisait de lui un bon journaliste et un bon chef. Mais il l'avait toujours connu plus enthousiaste : il était du genre à prendre de l'élan pour sauter les haies plutôt qu'à mesurer leur hauteur d'un air préoccupé.

— D'accord, je vais voir ce que je peux faire, si je peux obtenir d'autres sources ou réécrire en étant plus prudent, concéda Luc, arrangeant. Mais pour le reste, ce que je raconte de la situation au Cameroun, des crimes de l'armée française, ça te va ? C'est suffisamment étayé ?

— Justement. Je ne suis pas sûr. Je me demande s'il ne faudrait pas scinder ton reportage en deux ou trois papiers différents...

Cette fois-ci, Luc tempêta. Hartmann ne s'était jamais comporté ainsi avec lui, même quand il avait rapporté des articles qui n'allaient pas dans le sens du vent sur l'Algérie ou l'accueil des pieds-noirs en métropole. Quelque chose clochait.

— Mais qu'est-ce que tu me racontes ?! C'est l'article dont on était convenus ! Je rapporte des infos qu'on n'a jamais lues ailleurs, j'ai au moins trois ou quatre scoops sur cinq pages !

— C'est bien ça, le souci…

René passa sa main dans sa tignasse blanche. Embarrassé. Très embarrassé.

Il s'empara d'une énième clope.

— Vas-y René, dis-moi ce qui se trame ? Foccart est venu te voir ?

Hartmann tira une bouffée et recracha la fumée. Comme s'il pouvait se dissiper dedans.

— Pas moi. Les patrons.

— Il m'a dézingué auprès d'eux ? Il a raconté que j'étais un menteur ? Un affabulateur ?

— Écoute, ce qu'il a bavé ne te concerne pas. Je suis là pour faire tampon. Prendre les coups à ta place. Moi, je te fais confiance comme journaliste.

— Mais ?

Blanchard savait qu'il y avait un « mais ». Il devinait que cela minait Hartmann, un homme intègre qui n'avait jamais eu le goût des exécutions qui s'éternisent. Le rédacteur en chef se décida enfin :

— Tu sais quel a été le tirage du dernier numéro ?

— Qu'est-ce que ça a à voir avec notre discussion ?

— Tout, hélas. On a vendu à peine plus de douze mille canards la semaine passée.

Luc ne s'était jamais senti concerné par les ventes de

l'hebdomadaire, qui relevaient d'ailleurs du secret patronal. Tout ce qu'il savait, c'est qu'il était payé à l'heure et qu'on n'avait jamais renâclé à l'envoyer en reportage quand il l'avait proposé.

— Il y a un an, on écoulait fastoche plus de cinquante mille exemplaires. Il y a deux ans, on flirtait avec les cent mille. Tu sais ce que ça veut dire ?

— Qu'on perd de l'argent ?

— Oui, entre autres. Mais ça signifie aussi que nos patrons ne veulent pas prendre de risques. Ils préfèrent se concilier les bonnes grâces des banquiers et du gouvernement pour retirer leurs billes du journal.

— Mais ce que je raconte dans mon article est important. On va vendre des exemplaires avec ça !

René soupira. Pas moyen de savoir si c'était par dépit ou dérision.

— Je sais bien que tu étais au Cameroun ces dernières semaines, mais tu as regardé autour de toi récemment ? Les Français veulent guincher ; ils veulent voter de Gaulle ; ils veulent s'acheter une nouvelle bagnole dont ils ont vu la réclame dans le canard ! L'Algérie, c'est terminé. L'Afrique française, c'est terminé. La torture et les porteurs de valise, c'est terminé ! Merde, gamin, ouvre les yeux, c'est l'ère des yéyés ! On approuve béatement « yeah yeah ! », on ne se questionne pas !

Le vieux journaliste était remonté. Il était amer. Luc entendait sa colère, qui n'était pas dirigée contre lui. Malgré le sermon qu'il lui adressait avec condescendance, il en voulait à ses supérieurs, aux lecteurs, et à la société en général plus qu'à son reporter.

— On a fait un chouette journal pendant quelques années. On s'est battus pour des bonnes causes, on n'aura pas à en rougir. Mais on a fait notre temps…

— Mais tu ne peux pas abandonner ainsi ! le rabroua Luc. Ce n'est pas terminé. La preuve avec mon papier : on a encore des choses importantes à raconter !

— Je te fais confiance pour ne pas le répéter, mais les proprios veulent vendre.

— Vendre *France Observateur* ?

— Oui, et en attendant de trouver un acheteur, ils ont besoin de crédits, ils ont besoin d'amis dans les hautes sphères. Si on rue dans les brancards avec un article comme le tien sur Moumié, la Main rouge et les exactions au Cameroun, le gouvernement fera pression sur les repreneurs providentiels et s'arrangera pour qu'on trépasse.

— Mais, mais…, balbutia Luc, incapable de trouver ses mots.

— Ce que je te raconte là, c'est la version intelligible et sans fioritures de ce qu'on m'a exposé hier quand je leur ai fait lire ton article. Je suis désolé, mon garçon. Ils refuseront de le publier.

— Alors tu renonces ?!

Blanchard n'avait pu s'empêcher cette pique. C'était le dégoût qui parlait.

— Oui, sans doute. Ou alors ce sont eux qui renoncent à moi. À toi. Je suis désolé.

René se répétait.

Luc n'était pas désolé. Il fulminait.

Il se leva et arracha ses feuillets qui étaient demeurés entre les mains ridées de son mentor.

Il sortit en claquant la porte en verre sur Hartmann qui avait les yeux dans le vague.

Le journaliste coiffa son chapeau et dévala les escaliers pour fuir ce qui était, pour lui, devenu une morgue. Les presses tourneraient encore quelque temps, crachant les nouvelles autorisées, avant de mettre au lit funéraire un dernier exemplaire insipide.

En déboulant dans la rue des Pyramides, Blanchard s'inséra dans l'essaim de piétons qui vaquaient à leur labeur quotidien. Comme cela lui arrivait régulièrement depuis son retour en France, il fut surpris de la quasi-absence de visages noirs dans la foule. C'était étrange pour un pays qui s'était approprié le sort de millions d'Africains pendant des décennies. Comme si les échanges n'avaient été qu'à sens unique. Le métissage, une anomalie.

Il marcha une vingtaine de mètres puis froissa la liasse de pages et les balança dans la première poubelle qu'il croisa.

Luc rentra chez lui au plus vite, essayant de ne penser à rien, et surtout pas à la foule qui l'entourait dans le métro. Insouciante. Préoccupée par la page des paris hippiques dans son quotidien ou lorgnant les affiches publicitaires sur les quais. Il aimait son pays et ses concitoyens, mais en cet instant il les détestait. Mieux valait ne pas réfléchir.

Il avala quatre à quatre les étages de son immeuble.

Et lorsqu'il tomba sur le regard et le sourire de Lucille qui l'observait tout essoufflé, il retrouva un peu d'espoir. Elle était allongée sur le canapé, une tasse de thé fumant à la main, en train de scruter une carte Michelin qu'elle venait d'acquérir. Elle souriait en la contemplant. C'était celle de son pays d'origine, la Guadeloupe.

Note de l'auteur

Ce roman est une fiction, mais il s'appuie hélas sur l'histoire bien réelle du Cameroun, de la France, et de la relation entre ces deux pays, qui compose une partie de ce que l'on appelle désormais la Françafrique.

Sans entrer dans les détails du réel et de la fiction, quelques précisions :

Le personnage de François Grenier est inventé.

La figure de Jean-Maurice Beauchamp contient quelques similarités avec un proche de Jacques Foccart et de Michel Debré, mais il s'agit dans ce roman d'un personnage inventé. Max Fichet et le colonel Clair sont eux aussi inspirés de personnages réels.

Soguembé est un village imaginaire, mais on pourrait le situer le long du fleuve Sanaga, à mi-chemin entre Yaoundé et Douala.

À ma connaissance, la réunion du 27 juillet 1962 à l'ambassade de France à Yaoundé n'a jamais eu lieu mais toutes les personnalités qui y participent possédaient un lien avec le Cameroun à cette époque.

La phrase attribuée à Pierre Messmer au chapitre 13 est bien de lui, mais elle provient de son livre de mémoires sur la décolonisation intitulé *Les Blancs s'en vont* (Albin Michel, 1998) et sa formulation exacte est : « La décolonisation du Cameroun [fut] aussi atypique que sa colonisation : la France accorda l'indépendance à ceux qui la réclamaient le moins après avoir éliminé politiquement et militairement ceux qui la réclamaient avec le plus d'intransigeance » (p. 115).

La Safrex est une société imaginée pour ce livre. Mais la Safiex était l'entreprise de Jacques Foccart, dont il a toujours dissimulé les activités et les bénéfices qu'il en retirait.

Remerciements

Ce roman n'aurait jamais vu le jour sans le travail pionnier et essentiel effectué par Thomas Deltombe, Manuel Domergue et Jacob Tatsitsa dans leur livre *Kamerun ! Une guerre cachée aux origines de la Françafrique* (La Découverte, 2011). Les ouvrages de Mongo Betti et d'Achille Mbembé se sont aussi révélés de précieux guides.

Merci à Fanny Pigeaud, Michel Roudier, Thomas Deltombe et Ilaria Allergrozzi d'avoir partagé avec moi leurs connaissances et leur affection pour le Cameroun.

Merci à Sylvain Biville de m'avoir initié à l'Afrique.

Un immense merci à Samuel Nguiffo, Elie Smith, David Ekambi Dibongué, Mathieu Njassep, Théophile Yimgaing Moyo, Célestin Piegang, Paul Mbanga, le cardinal Christian Tumi, Franck Essi, Albert Moutoudo, Jaff, Hervé, Innocent et ceux qui préfèrent rester anonymes, pour m'avoir ouvert leurs portes et leurs souvenirs au Cameroun.

Enfin, un grand merci à celle qui ne veut pas être remerciée, sans qui ce livre ne serait pas ce qu'il est.

DU MÊME AUTEUR

Aux éditions Gallimard, collection « Série Noire »

REQUIEM POUR UNE RÉPUBLIQUE, 2019.

Déjà parus dans la même collection

Marin Ledun, *Leur âme au diable*
J-B Pouy & Marc Villard, *La mère noire*
Parker Bilal, *Les divinités*
Pierre Pelot, *Les Jardins d'Eden*
Dolorès Redondo, *La Face nord du cœur*
W.R. Burnett, *Little Caesar*
W.R. Burnett, *Goodbye, Chicago 1928*
Sébastien Raizer, *Les nuits rouges*
Jacques Moulins, *Le réveil de la bête*
Deon Meyer, *La proie*
Jean-Patrick Manchette, *L'affaire N'Gustro*
Jørn Lier Horst, *Le disparu de Larvik*
J.-P Smith, *Noyade*
Dror Mishani, *Une Deux Trois*
Sébastien Gendron, *Fin de siècle*
Parker Bilal, *La cité des chacals*
Vlad Eisinger, *Du rififi à Wall Stree*t
Danu Danquigny, *Les aigles endormis*
Neely Tucker, *Seules les proies s'enfuient*
Marc Villard, *Barbès Trilogie*
Caryl Férey, *Paz*
Mike Nicol, *L'Agence*
Jo Nesbø, *Le Couteau*

Composition : APS-ie
Achevé d'imprimer
sur Roto-Page
par l'Imprimerie Floch
à Mayenne, le 22 mars 2021
Dépôt légal : mars 2021
Numéro d'imprimeur : 97933

ISBN 978-2-07-288616-4 / Imprimé en France.

363557

DANS LA COLLECTION FOLIO POLICIER

folio
POLICIER